Op zoek naar de bron

Nora Roberts bij Boekerij:

Het eiland van de drie zusters
1 Dansen op lucht
2 Hemel en aarde
3 Spelen met vuur

De villa
Droomwereld
Het eind van de rivier
Nachtmuziek
De schuilplaats
Thuishaven
Begraaf het verleden
Geboorterecht
Het noorderlicht
De gloed van vuur
Een nieuw begin
Het heetst van de dag
Eerbetoon
Vastberaden
De zoektocht
Vuurdoop
De ooggetuige
Het strandhuis
De schilder
Geliefde illusie
Terug naar huis

Ierse trilogie:
1 Meer dan liefde
2 Gesloten hart
3 Vergeet haar niet

Teken van Zeven-trilogie
1 Verbonden door het lot
2 Op zoek naar de bron
3 De kracht van het hart

Nora Roberts als J.D. Robb
bij Boekerij:

Thrillers:
Vermoord naakt
Vermoorde reputaties
Vermoorde schoonheid
Vermoord in extase
Plechtig vermoord
Vermoord uit wraak
Vermoorde liefde
Vermoorde harten

E-boek novelles:
Bij nacht vermoord
Vermoorde vaders
Vermoord fantoom
Bloedig vermoord
Ritueel vermoord
Vermoord en vermist

www.jdrobb.nl
www.noraroberts.com
www.boekerij.nl

Nora Roberts

Op zoek naar de bron

Deel 2 van de *Teken van Zeven*-trilogie

BOEKERIJ

Ter nagedachtenis aan mijn ouders.

ISBN 978-90-225-7395-2
ISBN 978-94-023-0486-2 (e-boek)
NUR 302

Oorspronkelijke titel: *The Hollow*
Vertaling: Karin Breuker
Omslagontwerp: Johannes Wiebel | punchdesign, München
Omslagbeeld © Shutterstock
Zetwerk: Mat-Zet, Soest

Deze uitgave is mede tot stand gekomen door Sebes & Van Gelderen Literair Agentschap.

Keep the home fires burning.

Lena Guilbert Ford

The natural flights of the
human mind are not from
pleasure to pleasure, but
from hope to hope…

Samuel Johnson

PROLOOG

Hawkins Hollow, juni 1994

Op een stralende zomerochtend verdronk er een dwergpoedel in het zwembad in de achtertuin van de familie Bestler. Lynne Bestler, die naar buiten was gegaan om snel een duik te nemen voor haar kinderen wakker werden, dacht eerst dat het een dode eekhoorn was. Dat zou erg genoeg zijn geweest. Maar toen ze de moed bij elkaar raapte om met een schepnet het warrige hoopje haar uit het water te vissen, herkende ze de geliefde Marcell van haar buren.

Eekhoorns dragen over het algemeen geen met bergkristallen ingelegde halsbandjes.

Lynnes man, gealarmeerd door haar gegil en de plons waarmee ze de ongelukkige hond met net en al in het zwembad teruggooide, kwam in zijn boxershort naar buiten rennen. Het hysterische gesnik van hun moeder en het gevloek van hun vader, die het water in sprong om het net te grijpen en het lijkje naar de kant te slepen, wekten de tweeling van de familie, die in hun identieke My Little Ponynachtponnen luidkeels begonnen te huilen. Het misbaar in de tuin trok de aandacht van de buren, die zich naar hun omheiningen haastten, net op het moment dat Bestler zich met zijn last uit het water sleepte. Omdat Bestler, net als veel andere mannen, een voorliefde had ontwikkeld voor stokoud ondergoed, bleek het gewicht van het water te veel voor het versleten elastiek.

Bestler kwam dus met een dode hond en zonder boxershort uit het zwembad.

De stralende zomerochtend in het dorpje Hawkins Hollow begon met schrik, verdriet, klucht en drama.

Slechts enkele minuten nadat Fox Ma's Pantry was binnengelopen om een anderhalveliterfles cola en een paar Slim Jims te kopen, hoorde hij van Marcells voortijdige dood.

Hij renoveerde samen met zijn vader een keuken in een pand aan Main Street. Mevrouw Larson wilde nieuwe aanrechtbladen en keukendeurtjes, een nieuwe vloer en nieuwe verf. Zij noemde het een opknapbeurt. Fox noemde het een manier om genoeg geld te verdienen om zaterdagavond met Allyson Brendon pizza te gaan eten en naar de bioscoop te gaan. Hij hoopte haar daarna naar de achterbank van zijn oude Volkswagen Kever te lokken.

Hij vond het niet erg om te werken met zijn vader. Hij hoopte vurig dat hij niet de rest van zijn leven met hamer en cirkelzaag in de weer hoefde te zijn, maar hij vond het niet erg. Zijn vader was altijd gemakkelijk gezelschap, en als hij dit deed, hoefde hij tenminste niet in de tuin te werken en op hun kleine boerderij voor de dieren te zorgen. Het gaf hem ook gemakkelijk toegang tot cola en Slim Jims, twee artikelen die nooit maar dan ook nooit in het huishouden van de familie Barry-O'Dell werden aangetroffen.

Daar regeerde zijn moeder.

Hij hoorde het verhaal van de hond van Susan Keefaffer, die zijn aankopen aansloeg, terwijl een paar mensen die op een junimiddag niets beters te doen hadden, met hun koffie bij de toonbank stonden te roddelen.

Hij kende Marcell niet, maar Fox had een zwak voor dieren en hij voelde dan ook een steek van medelijden met de ongelukkige poedel. Dat werd enigszins verlicht door het beeld van meneer Bestler, die hij wel kende en die, in Susan Keefaffers woorden, piemelnaakt naast het zwembad in zijn achtertuin had gestaan.

Hoewel Fox treurig werd bij het idee dat een arme hond was verdronken in een zwembad, legde hij op dat moment geen verband met de nachtmerrie die zijn twee beste vrienden en hij zeven jaar eerder hadden doorgemaakt.

Hij had de avond ervoor gedroomd van bloed en vuur, en van stemmen die eentonig zongen in een taal die hij niet verstond. Maar goed, hij had dan ook samen met zijn vrienden Cal en Gage twee video's gekeken: *Night of the Living Dead* en *The Texas Chainsaw Massacre.*

Hij bracht de dode dwergpoedel niet in verband met de droom, of met wat er de week na zijn tiende verjaardag door Hawkins Hollow had geraasd. Met wat er was gebeurd na de nacht die Cal, Gage en hij hadden doorgebracht bij de Heidense Steen in Hawkins Wood, toen alles was veranderd, voor hen en voor The Hollow.

Over een paar weken zouden Cal, Gage en hij alle drie zeventien worden, daar dacht hij aan. Baltimore maakte dit jaar verdomd veel kans om kampioen te worden, dus daar dacht hij ook aan. Dit jaar was zijn laatste jaar op de middelbare school, wat betekende dat hij eindelijk boven aan de voedselketen stond en plannen kon gaan maken voor zijn studie.

Voor een zeventienjarige waren heel andere dingen belangrijk dan voor een jongen van tien. Bijvoorbeeld de vraag of hij seks zou hebben met Allyson Brendon.

Dus toen hij over straat terugliep, een magere jongen die het slungelige stadium van de adolescentie nog net niet was ontgroeid, met zijn dikke bruine haar samengebonden in een kort staartje en zijn goudbruine ogen verborgen achter een Oakley-zonnebril, was het voor hem niets meer dan een doodgewone dag. Het dorp zag er net zo uit als altijd. Netjes, een beetje ouderwets, met de oude bakstenen huizen en winkels, de geschilderde veranda's en de hoge stoepen. Hij keek achterom naar de Bowl-a-Rama op het plein. Het was het grootste pand van het dorp en Cal en Gage werkten er allebei.

Als zijn vader en hij klaar waren voor vandaag, zou hij er wel even langsgaan om te zien of er iets te beleven was.

Hij stak over naar het huis van de familie Larson, stapte door de open voordeur naar binnen en hoorde de vloeiende klanken van de Mississippi-blues van Bonnie Raitt uit de keuken stromen. Zijn vader zong met zijn heldere, rustige stem mee, terwijl hij controleerde of de planken die mevrouw Larson in haar voorraadkast wilde hebben waterpas waren. Hoewel de ramen en de achterdeur zo ver mogelijk openstonden, rook de ruimte naar zaagsel, zweet en de lijm die ze die ochtend hadden gebruikt om het nieuwe formicablad aan te brengen.

Zijn vader werkte in zijn oude Levi's-broek en Give Peace a Chance-T-shirt. Zijn haar was tien centimeter langer dan dat van Fox en zat in een staart onder een blauwe bandana. De baard en snor die hij zo lang Fox zich kon herinneren had gehad, had hij afgeschoren. Fox was er nog steeds niet aan gewend om zo veel van zijn vaders gezicht te zien – en er zo veel van zichzelf in te herkennen.

'In Laurel Lane is een hond verdronken in het zwembad van de familie Bestler,' zei Fox, en Brian onderbrak zijn werk om zich naar hem om te draaien.

'Dat is verrekte zielig. Weet iemand hoe het is gebeurd?'

'Niet echt. Het was zo'n klein poedeltje, dus ze denken dat hij erin is gevallen en er niet meer uit kon komen.'

'Je zou denken dat iemand hem wel had horen blaffen. Wat een afschuwelijke manier om aan je eind te komen.' Brian legde zijn gereedschap neer en keek zijn zoon glimlachend aan. 'Geef mij eens zo'n Slim Jim.'

'Welke Slim Jim?'

'Die in je achterzak. Je hebt geen tas bij je, en je bent niet lang genoeg weggebleven om Hostess Pies of Twinkies naar binnen te werken. Ik wed dat je Jims bij je hebt. Als ik er een van je krijg, hoeft je moeder niet te weten dat we chemicaliën en bijproducten van vlees hebben gegeten. Dat heet nou chantage, jongen van me.'

Fox snoof en haalde ze tevoorschijn. Hij had er speciaal voor dit doel twee gekocht. Vader en zoon pakten hun lekkernijen uit, namen een hap en kauwden in volmaakte harmonie. 'Het aanrecht ziet er goed uit, pap.'

'Ja, zeker.' Brian liet zijn hand over het matglanzende oppervlak glijden. 'Mevrouw Larson is geen liefhebber van kleur, maar het is goed werk. Ik weet niet wie ik als schoothondje moet nemen als jij gaat studeren.'

'Ridge is de volgende,' zei Fox, denkend aan zijn jongere broertje.

'Ridge kan nog geen twee minuten een maat onthouden, en als hij een lintzaag gebruikt, staat hij er waarschijnlijk zo bij te dromen dat hij zijn eigen vingers eraf zaagt. Nee.' Brian haalde glimlachend zijn schouders op. 'Dit soort werk is niks voor Ridge, net zomin als voor jou, trouwens. Of voor je zussen. Ik denk dat ik maar iemand moet inhuren die het leuk vindt om met hout te werken.'

'Ik heb nooit gezegd dat ik het niet wilde.' Niet hardop tenminste.

Zijn vader keek hem aan zoals hij dat soms deed, alsof hij meer zag dan er was. 'Je hebt een scherp oog en een goed stel handen. Dat zal je van pas komen in je eigen huis, als je dat eenmaal hebt. Maar jij gaat geen gereedschapsriem omhangen om de kost te verdienen. Maar goed, tot je weet wat je wilt, mag je dit afval voor me naar de container brengen.'

'Doe ik.' Fox raapte het afval bij elkaar en sjouwde het door de smalle achtertuin naar de container die de Larsons voor de duur van de renovatie hadden gehuurd.

Hij wierp een blik op de aangrenzende tuin, waar hij kinderen hoorde spelen. En de lading in zijn armen viel met een plof op de grond toen al het gevoel uit zijn lichaam wegstroomde.

De jongetjes speelden met autootjes, emmertjes en schepjes in een helderblauwe zandbak. Maar er zat geen zand in. Bloed bedekte hun blote armen terwijl ze hun autootjes door de smurrie in de zandbak duwden. Hij week struikelend achteruit terwijl de jongetjes motorgeluiden maakten en er rode golven bloed over de helderblauwe zijkanten klotsten en over het groene gras stroomden.

Op de omheining tussen de tuinen, waar hortensia's op het punt stonden uit te komen, zat een jongen die geen jongen was. Hij ontblootte grijnzend zijn tanden terwijl Fox achterwaarts terugliep naar het huis.

'Pap! Pap!'

Gealarmeerd door de gesmoorde angst in zijn stem stormde Brian naar buiten. 'Wat? Wat is er?'

'Zie je niet... Kun je het niet zien?' Maar terwijl hij wees, wist Fox het, diep vanbinnen. Het was niet echt.

'Wat?' Brian pakte zijn zoon nu stevig bij de schouders. 'Wat zie je?'

De jongen die geen jongen was, danste over het harmonicagaas, terwijl vlammen van de grond omhoogschoten en de hortensia's tot as verbrandden.

'Ik moet weg. Ik moet naar Cal en Gage. Nu meteen, pap. Ik moet...'

'Ga maar.' Brian liet Fox los en deed een stap achteruit. Hij vroeg niets. 'Ga.'

Fox vloog het huis door naar buiten, de stoep over naar het plein. Het dorp zag er in zijn ogen anders uit dan gewoonlijk. Hij zag weer voor zich hoe het er zeven jaar geleden in die afschuwelijke week in juli had uitgezien.

Vuur en bloed, herinnerde hij zich, terugdenkend aan zijn droom.

Hij stormde de Bowl-a-Rama binnen, waar de zomermiddagcompetitie in volle gang was. Het doffe gerommel van de ballen en het gekletter van de pins bonsde in zijn hoofd terwijl hij regelrecht naar de ontvangstbalie rende, waar Cal werkte.

'Waar is Gage?' vroeg Fox op indringende toon.

'Jezus, wat heb jij?'

'Waar is Gage?' herhaalde Fox, en Cals lachende, grijze ogen werden ernstig. 'Die is aan het werk in de speelhal. Hij... hij komt er net aan.'

Na een wenk van Cal kwam Gage aan slenteren. 'Hallo, dames. Wat...' De spottende grijns verdween na één blik op Fox' gezicht. 'Wat is er gebeurd?'

'Het is terug,' zei Fox. 'Het is teruggekomen.'

1

Hawkins Hollow, maart 2008

Fox herinnerde zich veel details van die dag, lang geleden, in juni. De scheur in de linkerknie van de Levi's-broek van zijn vader, de geur van koffie en uien in Ma's Pantry, het gekraak van de wikkels toen zijn vader en hij in de keuken van mevrouw Larson de Slim Jims opentrokken.

Maar wat hij zich vooral herinnerde, meer nog dan de schrik en de angst na wat hij in de tuin had gezien, was dat zijn vader hem had vertrouwd.

Hij had hem ook vertrouwd op de ochtend van Fox' tiende verjaardag, toen hij samen met Gage vuil, uitgeput en doodsbang was thuisgekomen, met een verhaal dat geen volwassene zou geloven.

Er was bezorgdheid geweest, bedacht Fox. Hij zag nog voor zich hoe zijn ouders elkaar hadden aangekeken, toen hij hun vertelde dat er iets zwarts, machtigs en kwaadaardigs was losgebroken op de open plek waar de Heidense Steen stond.

Ze hadden het niet afgedaan als oververhitte fantasie en ze waren niet eens kwaad geworden omdat hij had gelogen dat hij bij Cal zou slapen en er in plaats daarvan met zijn vrienden vandoor was gegaan om de nacht van hun tiende verjaardag door te brengen in het bos ten westen van het dorp.

In plaats daarvan hadden ze geluisterd. En toen Cals ouders waren gekomen, hadden die dat ook gedaan.

Fox keek naar het dunne litteken op zijn pols. Dat streepje, een herinnering aan het moment waarop Cal bijna eenentwintig jaar geleden zijn padvindersmes had gebruikt om hem, Cal en Gage tot bloedbroeders te maken, was het enige litteken op zijn lichaam. Hij had vóór die nacht, vóór dat ritueel, nog meer littekens gehad, want welke jongen van tien had geen littekens? Maar afgezien van dit streepje waren ze allemaal genezen, net zoals sindsdien al zijn verwondingen waren genezen. Zonder een spoor achter te laten.

Het was die vermenging van bloed geweest die het wezen had bevrijd dat eeuwen geleden was gevangen. Zeven nachten lang had het door Hawkins Hollow geraasd.

Ze dachten dat ze het hadden verslagen, drie tienjarige jongens die het opnamen tegen het verdorven wezen dat het dorp had bezoedeld. Maar zeven jaar later kwam het terug en braken er weer zeven helse nachten aan. En nog later, in de week dat ze vierentwintig waren geworden, kwam het nog eens terug.

Deze zomer zou het ook weer terugkomen. Het maakte zijn aanwezigheid al kenbaar.

Maar de situatie was nu anders. Ze waren beter voorbereid, hadden meer kennis. En deze keer kwam het niet alleen op hem, Cal en Gage neer. Ze waren met z'n zessen. Samen met de drie vrouwen die naar The Hollow waren gekomen en die via hun afstamming verbonden waren met de demon, net zoals hij, Cal en Gage waren verbonden met de kracht die de demon had gevangen.

Geen kinderen meer, dacht Fox, terwijl hij parkeerde voor het herenhuis aan Main Street, waar zijn kantoor en appartement waren gevestigd. En als ze iets konden afleiden uit wat hun groepje van zes een paar weken geleden bij de Heidense Steen had weten te bereiken, zou de demon die zich ooit Lazarus Twisse had genoemd, voor een paar verrassingen komen te staan.

Hij greep zijn aktetas en stapte uit. Het had Fox veel zweet en heel wat financieel jongleerwerk gekost om het oude bakstenen herenhuis te kopen. De eerste paar jaar had hij krap gezeten – krapper dan krap, dacht hij nu. Maar ze waren de moeite en de eindeloze reeks boterhammen met jam en pindakaas waard geweest, want elke centimeter van het pand was van hem, en van de Hawkins Hollow Bank & Trust.

Op de plaat bij de deur stond FOX B. O'DELL, ADVOCAAT. Het kon hem nog steeds verbazen dat hij voor het recht had gekozen, en dan nog wel voor het werk van dorpsadvocaat.

Die verbazing was niet helemaal terecht, veronderstelde hij. In het recht draaide het niet simpelweg om goed en kwaad, maar om alle nuances daartussenin. Hij vond het leuk om uit te zoeken welke nuance in verschillende situaties het beste werkte.

Hij stapte naar binnen en er ging een schok door hem heen toen hij Layla Darnell, een van dat groepje van zes, achter het bureau in zijn ontvangstruimte zag zitten. Zijn hoofd raakte even helemaal leeg, zoals vaak gebeurde als hij haar onverwachts zag. Hij zei: 'Eh...'

'Ha.' Haar glimlach was behoedzaam. 'Je bent eerder terug dan verwacht.'

Was dat zo? Hij wist het niet meer. Hoe moest hij zich concentreren met die sexy brunette met haar groene zeemeerminnenogen achter het bureau, in plaats van zijn grootmoederlijke mevrouw Hawbaker? 'Ik... we... hebben gewonnen. De jury had nog geen uur nodig om zich te beraden.'

'Dat is geweldig.' Haar glimlach werd breder. 'Gefeliciteerd. Was dat die letselschadezaak? Het auto-ongeluk? Meneer en mevrouw Pullman?'

'Ja.' Hij verplaatste zijn tas naar zijn andere hand en zorgde ervoor dat het grootste deel van de smaakvolle ontvangstruimte tussen hen in bleef. 'Waar is mevrouw H?'

'Tandarts. Het staat in je agenda.'

Natuurlijk. 'Juist. Ik ben in mijn kantoor.'

'Shelley Kholer belde. Twee keer. Ze heeft besloten dat ze haar zus wil vervolgen voor echtbreuk. En... Wacht.' Layla pakte er een notitieblok bij. 'En omdat ze een "vieze, gore slet" is. Ze zei echt "slet". En de tweede keer wilde ze weten of ze in de echtscheidingsovereenkomst kan laten opnemen dat zij de punten van een of andere online NASCAR-wedstrijd krijgt die die smerige schoft van een toekomstige ex-man van haar heeft gewonnen, omdat zij de coureurs voor die eikel had uitgekozen. Behalve het woord "eikel" weet ik echt niet wat ze met dat laatste bedoelt.'

'Hm-m. Goed, interessant. Ik zal haar bellen.'

'Toen begon ze te huilen.'

'Shit.' Hij had een zwak voor dieren, maar niet minder voor ongelukkige vrouwen. 'Ik zal haar nu bellen.'

'Nee, je kunt beter een uurtje wachten,' zei Layla, met een blik op haar horloge. 'Haar haar wordt nu behandeld. Ze laat het rood verven. Ze kan haar vieze, gore slet van een zus toch niet echt vervolgen voor echtbreuk, toch?'

'Je kunt iemand overal voor vervolgen, maar ik praat het haar wel uit het hoofd. Misschien kun jij me er over een uur aan herinneren dat ik haar moet bellen. Is alles naar wens hier?' voegde hij eraan toe. 'Heb je nog iets nodig?'

'Nee, ik heb alles wat ik nodig heb. Alice – mevrouw Hawbaker – is een goede leermeester. En ze is erg beschermend wat jou betreft. Als zij dacht dat ik het in mijn eentje niet aankon, zou ik hier nu niet zitten. Bovendien moet ik als officemanager in training aan jou vragen of je nog iets nodig hebt.'

Een officemanager die zijn libido niet door het plafond joeg zou een goed begin zijn, maar daar was het te laat voor. 'Ik heb alles wat ik nodig heb. Ik ga nu...' Hij maakte een gebaar naar zijn kantoor en liep weg.

Hij was in de verleiding de schuifdeuren te sluiten, maar dat zou onbeleefd zijn. Hij deed de deuren van zijn kantoor nooit dicht, tenzij hij een cliënt op bezoek had die behoefte had aan privacy.

Omdat hij zich nooit helemaal op zijn gemak voelde in een pak, trok Fox het jasje uit en smeet het over het grijnzende varken dat als haakje diende. Opgelucht trok hij zijn das los en drapeerde die over een lachende koe. Er bleven een kip, een geit en een eend over, allemaal uitgesneden door zijn vader, die van mening was dat geen enkel advocatenkantoor stoffig kon zijn als het onderdak bood aan een stel maffe boerderijdieren.

Tot nog toe was dat juist gebleken, vond Fox.

Het was precies wat hij had gezocht in een kantoor: iets wat deel uitmaakte van een huis in plaats van een gebouw, met uitzicht op een buurt in plaats van straten. In de kast stonden de boeken en spullen die hij nodig had, maar daartussenin stonden kleine dingetjes die bij hem hoorden. Een honkbal die was getekend door de enige echte Cal Ripken, de caleidoscoop van glasinlood die zijn moeder voor hem had gemaakt, ingelijste fotootjes, een schaalmodel van de Millennium Falcon die hij met veel pijn en moeite had gebouwd toen hij twaalf was.

En dan stond er nog op een opvallende plek de grote glazen pot met eendollarbiljetten. Een dollar voor elke keer dat hij op kantoor het woord 'fuck' gebruikte. Dat had Alice Hawbaker ingesteld.

Hij pakte een cola uit de voorraad in zijn minikoelkast en vroeg zich af wat hij in godsnaam moest beginnen als mevrouw Hawbaker naar Minneapolis was vertrokken en hij alleen achterbleef met de lieflijke Layla, niet alleen als deel van het versla-de-vervloekte-demon-team, maar vijf dagen per week op kantoor.

'Fox?'

'Huh?' Hij draaide zich met een ruk om van het raam, en daar was ze weer. 'Wat? Is er iets mis?'

'Nee. Nou ja, afgezien van het Grote Kwaad dan. Je hebt de eerstvolgende paar uur geen afspraken, en aangezien Alice er niet is, dacht ik dat we het daar misschien over konden hebben. Ik weet dat we ander werk te doen hebben, maar...'

'Is goed.' Het Grote Kwaad zou hem iets anders geven om aan te denken dan haar prachtige groene ogen en zachte, glanzend roze lippen. 'Wil je een cola?'

'Nee, dank je wel. Weet je wel hoeveel calorieën er in dat blikje zitten?'

'Het is het waard. Ga zitten.'

'Ik ben te onrustig.' Als om dat te benadrukken, wreef Layla haar handen tegen elkaar terwijl ze heen en weer liep door het kantoor. 'Elke dag dat er niets gebeurt, word ik onrustiger. Wat stom is, want het zou juist een opluchting moeten zijn. Maar sinds we met z'n allen bij de Heidense Steen zijn geweest, is er niets gebeurd. Helemaal niets.'

'We hebben stenen en stokken gegooid en geschreeuwd naar een demon uit de hel.'

'Zeker, en Gage heeft op hem geschoten. En Cal...' Ze stopte en keek Fox aan. 'Ik word nog steeds beverig als ik eraan terugdenk hoe Cal op die kronkelende zwarte massa af stapte en er een mes in stak. En nu al bijna twee weken niets. Daarvoor zagen we hem bijna elke dag. We voelden hem, droomden van hem.'

'We hebben hem verwond,' bracht Fox haar in herinnering. 'Hij is verdwenen naar waar demonen naartoe gaan om hun wonden te likken.'

'Cybil noemt het een stilte voor de storm, en ze denkt dat hij een volgende keer nog harder toeslaat. Ze is elke dag uren bezig met haar onderzoek, en Quinn, nou ja, die schrijft. Dat is hun werk, en ze hebben het hiervoor ook gedaan, iets soortgelijks in elk geval, al was het niet precies hetzelfde. Ik ben een nieuwkomer, en het valt me op dat ze geen stap verder komen.' Ze streek met haar hand door haar donkere haar en schudde haar hoofd, zodat de sexy lokken heen en weer slingerden. 'Wat ik bedoel is... Een paar weken geleden zei Cybil dat ze zeer sterke aanwijzingen dacht te hebben voor waar Ann Hawkins naartoe was gegaan om haar baby's te baren.'

Zijn voorouders, dacht Fox. Giles Dent, Ann Hawkins en de zoons die ze samen hadden verwekt. 'En die aanwijzingen hebben nog niets opgeleverd, dat weet ik. We hebben het hier met z'n allen over gehad.'

'Maar ik denk – ik voel – dat het een van de dingen is die ons tot een oplossing gaan brengen. Het zijn jullie voorouders – van Cal, Gage en jou. Waar zij zijn geboren kan van belang zijn, vooral omdat we een aantal van Anns dagboeken hebben en we het er allemaal over eens zijn dat er meer moeten zijn. En die maken misschien meer duidelijk over de vader van haar zoons. Over Giles Dent. Wat was hij, Fox? Een man, een heks, een goede demon, als zoiets al bestaat? Hoe heeft hij het wezen dat zich Lazarus Twisse noemde die nacht in 1652 in de val gelokt en gevangengehouden tot de nacht dat jullie drieën...'

'Hem hebben bevrijd,' maakte Fox haar zin af, maar Layla schudde weer haar hoofd.

'Het was de bedoeling dat jullie dat deden, daar zijn we het ook over eens. Het was onderdeel van Dents plan of betovering dat dat zou gebeuren. Maar we lijken nu niet meer te weten dan twee weken geleden. We zitten vast.'

'Misschien is Twisse niet de enige die nieuwe krachten moet opdoen. We hebben hem verwond,' herhaalde hij. 'Dat is ons nog niet eerder gelukt. We hebben hem bang gemaakt.' De herinnering daaraan gaf zijn goudbruine ogen een tevreden, koele glans. 'Tot nog toe hebben we elke zeven jaar alleen maar ons best kunnen doen om mensen in veiligheid te brengen en na afloop de puinhopen op te ruimen. Nu weten we dat we hem pijn kunnen doen.'

'Pijn doen is niet genoeg.'

'Nee, dat is zo.' Als ze vastzaten, was dat deels zijn schuld, dat moest hij toegeven. Hij had zich teruggetrokken. Hij had excuses aangevoerd om Layla niet te dwingen het talent aan te scherpen dat haar voorouders aan haar hadden doorgegeven – hetzelfde talent dat hij ook had.

‘Waar denk ik nu aan?’

Ze keek hem met toegeknepen ogen aan. ‘Pardon?’

‘Waar denk ik aan?’ herhaalde hij, en hij zei langzaam het alfabet op in zijn hoofd.

‘Ik heb je al eerder gezegd dat ik niet kan gedachtelezen, en ik wil niet...’

‘En ik heb jou gezegd dat het niet echt gedachtelezen is, maar iets wat er veel op lijkt.’ Hij liet zijn heup op de hoek van zijn robuuste oude bureau zakken, zodat ze elkaar recht konden aankijken. Zijn klassieke overhemd stond van boven open en zijn bruine haar golfde om zijn hoekige gezicht en streek over de achterkant van zijn kraag. ‘Je krijgt indrukken, gevoelens, beelden zelfs, in je hoofd. Probeer het nog eens.’

‘Een goede intuïtie is niet hetzelfde als...’

‘Dat is onzin. Je laat toe dat je bang bent voor iets wat je in je hebt, om waar het vandaan komt, omdat het je anders maakt...’

‘Niet menselijk?’

‘Nee. Anders.’ Hij begreep dat haar gevoelens op dit punt verward waren. In hem zat ook iets wat anders was. Soms was het moeilijker te dragen dan een pak of een das. Maar voor Fox hoorde het bij het leven om dingen te doen die moeilijk waren. ‘Het maakt niet uit waar het vandaan komt, Layla. Je hebt wat je hebt en je bent wie je bent met een reden.’

‘Jij hebt makkelijk praten. Jij stamt af van een of andere helder schijnend licht. Ik van een demon die een arm zestienjarig meisje heeft verkracht.’

‘Als je zo denkt, geef je hem alleen maar de kans om van je te winnen. Probeer het nog eens,’ drong Fox aan, en deze keer greep hij haar hand voor ze hem kon ontwijken.

‘Ik wil niet... Dram niet zo,’ snauwde ze. Ze drukte met haar vrije hand tegen haar slaap.

Het was een schok, wist hij, als er iets zomaar bij je binnenkwam, zonder dat je daarop voorbereid was. Maar er was niets aan te doen. 'Waar denk ik aan?'

'Dat weet ik niet. Ik zie alleen maar een stel letters voor me.'

'Precies.' Een goedkeurende glimlach gleed over zijn gezicht. 'Omdat ik dacht aan een stel letters. Je kunt niet terug.' Hij sprak nu met zachte stem. 'En als je kon, zou je het niet doen. Je zou niet je spullen pakken, teruggaan naar New York en je baas bij de boetiek smeken om je je baan terug te geven.'

Layla rukte haar hand los en het bloed steeg naar haar wangen. 'Ik wil niet dat je in mijn gevoelens en gedachten rondsnuffelt.'

'Nee, daar heb je gelijk in. En ik maak daar ook geen gewoonte van. Maar, Layla, als je aan mij niet de meest oppervlakkige dingen kunt of wilt toevertrouwen, kunnen wij samen weinig nuttigs bereiken. Cal en Quinn gaan terug naar dingen die vroeger zijn gebeurd, en Gage en Cybil zien beelden, of misschien alleen mogelijke beelden, van wat nog gaat gebeuren. Wij, jij en ik, zijn het nu. En het nu is verdomd belangrijk. Je zei dat we vastzitten. Dus kom op, laten we verdergaan.'

'Voor jou is het makkelijker. Jij kunt het gemakkelijker accepteren, want jij hebt dit al...' Ze draaide haar vinger rond naast haar slaap. 'Jij hebt dit al twintig jaar.'

'Jij niet dan?' bracht hij ertegen in. 'Jij hebt dit waarschijnlijk al vanaf je geboorte.'

'Vanwege de demon in mijn stamboom?'

'Precies. Dat is gewoon een feit. Wat je ermee doet, is aan jou. Een paar weken geleden, toen we onderweg waren naar de Heidense Steen, heb je het gebruikt. Die keus heb je gemaakt. Ik heb het je al eerder gezegd, Layla. Je moet een keus maken en daaraan vasthouden.'

'Dat heb ik gedaan. Ik ben mijn baan hiervoor kwijtgeraakt. Ik heb mijn appartement onderverhuurd omdat ik pas naar New York terugga als dit afgelopen is. Ik werk hier om de huur te betalen, en als ik niet werk, ben ik meestal samen met Cybil en Quinn bezig met achtergronden, onderzoek, theorieën en oplossingen.'

'En je bent gefrustreerd omdat je de oplossing niet hebt gevonden. Keuzes maken is meer dan ergens tijd in steken. En ik hoef niet te kunnen gedachtelezen om te weten dat je het niet leuk vindt om dat te horen.'

'Ik was ook op die open plek, Fox. Ik heb ook oog in oog gestaan met dat ding.'

'Zo is het. Waarom is dat voor jou gemakkelijker dan onder ogen te zien wat je in je hebt? Het is een gereedschap, Layla. Als je gereedschap bot of roestig laat worden, werkt het niet meer. Als je het niet gebruikt, vergeet je hoe je ermee moet omgaan.'

'En als dat gereedschap scherp en glanzend is en je niet weet wat je ermee moet doen, kun je er veel schade mee aanrichten.'

'Ik zal je helpen.' Hij stak zijn hand uit.

Ze aarzelde. Toen de telefoon in de ontvangstruimte begon te rinkelen, stapte ze achteruit.

'Laat maar bellen,' zei hij. 'Ze bellen wel terug.'

Maar ze schudde haar hoofd en haastte zich naar de deur. 'Vergeet Shelley niet te bellen.'

Dat ging lekker, dacht hij geërgerd. Hij opende zijn aktetas en haalde de dossiermap eruit van de letselzaak die hij net had gewonnen. Het kon niet altijd meezitten, besloot hij.

Omdat hij vermoedde dat zij dat prettig zou vinden, bleef hij de rest van de middag bij haar uit de buurt. Het was eenvoudig genoeg om haar via de mail opdracht te geven om het standaardmachtigingsdocument uit te draaien met de namen die voor zijn cliënt van toepassing waren. Of om haar te vragen een nota te versturen, of een rekening te betalen. Hij handelde zijn telefoontjes zelf af, in plaats van Layla te laten doorverbinden. Dat soort dingen had hij altijd al idioot gevonden. Hij wist zelf ook wel hoe hij een telefoon moest gebruiken.

Hij slaagde erin Shelley te kalmeren, werkte wat administratie bij en won online een potje schaak. Maar toen hij overwoog Layla nog een mail te sturen om te zeggen dat ze de rest van de dag vrij kon nemen, besefte hij dat dat onder de noemer 'vermijdingsgedrag' zou vallen, en niet alleen tot doel had de lieve vrede te bewaren.

Toen hij naar de receptie liep, zat mevrouw Hawbaker achter de balie. 'Ik wist niet dat u terug was,' zei hij.

'Ik ben al een poosje terug. Ik ben net de papieren aan het nalezen die Layla voor je had verzorgd. Ik heb je handtekening nodig op deze brieven.'

'Oké.' Hij pakte de pen die ze hem aanreikte en tekende. 'Waar is ze? Layla?'

'Die is de rest van de dag vrij. Ze deed het prima in haar eentje.'

Fox, die begreep dat het zowel een constatering als een vraag was, knikte. 'Ja, ze deed het prima.'

Mevrouw Hawbaker vouwde op haar kordate wijze de brieven die Fox had getekend. 'Je hebt ons hier niet allebei fulltime nodig en je kunt je ook niet veroorloven om dubbel te betalen.'

'Mevrouw H...'

'Ik kom de rest van de week halve dagen.' Ze sprak nu snel, terwijl ze de brieven in enveloppen stopte en dichtplakte. 'Alleen om er zeker van te zijn dat alles soepel loopt, voor jou en voor haar. Als er problemen zijn kan ik komen om te helpen. Maar ik verwacht het niet. Als er geen problemen zijn, kom ik vrijdag voor het laatst. We hebben veel in te pakken en op te ruimen. Spullen versturen naar Minneapolis, kopers rondleiden in het huis.'

'Verdomme nog aan toe.'

Ze wees alleen maar naar hem en kneep haar ogen tot spleetjes. 'Als ik weg ben mag je vloeken zo veel als je wilt, maar tot die tijd let je op je taal.'

'Ja, mevrouw. Mevrouw H...'

'En kijk me niet aan met die zielige hondenogen, Fox O'Dell. We hebben dit allemaal al besproken.'

Dat was zo, en hij voelde haar verdriet en haar angst. Het had geen zin haar met zijn verdriet op te zadelen. 'Ik zal in nagedachtenis aan u de vloekpot in mijn kantoor laten staan.'

Daar moest ze om glimlachen. 'Zoals jij af en toe tekeergaat, kun je steenrijk zijn als je met pensioen gaat. Maar je bent een goeie jongen. En een goede advocaat, Fox. En nu wegwezen. Je hebt voor de rest van de dag – of wat er nog van over is – niets in je agenda staan. Ik maak nog even een paar dingen af en dan is het klaar voor vandaag.'

'Goed.' Maar hij bleef bij de deur staan en keek om. Haar sneeuwwitte haar was perfect verzorgd en haar blauwe mantelpak gaf haar een waardige uitstraling. 'Mevrouw H? Ik mis u nu al.'

Hij sloot de deur achter zich en stak zijn handen in zijn zakken terwijl hij de stoep af liep. Hij keek op toen er werd getoeterd en zwaaide toen Denny Moser voorbijreed. Denny Moser, wiens familie eigenaar was van de plaatselijke ijzerhandel. Denny, die op de middelbare school een weergaloze derde honkman was geweest voor de Hawkins Hollow Bucks.

Denny Moser, die tijdens de laatste Zeven Fox had achtervolgd met een pijptang in zijn hand en moordlust in zijn ogen.

Het zou weer gebeuren, dacht Fox. Als ze niet ingrepen, zou het over een paar maanden weer gebeuren. Denny had nu een vrouw en een kind, en misschien zou hij deze keer tijdens die week in juli met een pijptang achter zijn vrouw of zijn dochtertje aan gaan. Of zijn vrouw, die vroeger cheerleader was geweest en nu een kinderdagverblijf runde, zou misschien haar man in zijn slaap de keel doorsnijden.

Het was eerder gebeurd: normale, fatsoenlijke mensen die massaal krankzinnig werden. En het zou weer gebeuren. Tenzij.

Hij liep op de winderige maartse avond over de brede stoep en wist dat hij het niet zover mocht laten komen.

Cal was waarschijnlijk nog in het bowlingcentrum, dacht Fox. Hij zou daarnaartoe gaan, een biertje drinken en misschien iets eten, ook al was het nog vroeg. Misschien zouden zij tweeën kunnen bedenken welke kant het hierna op moest.

Terwijl hij naar het plein liep, zag hij Layla aan de overkant met een plastic zak in haar hand Ma's Pantry uit komen. Ze aarzelde toen ze hem zag en dat veroorzaakte een scherp gevoel van irritatie in zijn buik. Nadat ze vluchtig haar hand naar hem had opgestoken, liepen ze ieder aan hun eigen kant van de straat in de richting van de stoplichten op het plein.

Misschien kwam het door die irritatie, of door de frustratie dat hij niet zeker wist of hij moest doen wat voor hem natuurlijk zou zijn: aan zijn kant van de straat wachten tot zij overstak en met haar praten. Of datgene doen waarvan hij zelfs op deze afstand aanvoelde dat ze dat het prettigste zou vinden: gewoon Main Street verder af lopen, zodat hun wegen elkaar niet zouden kruisen. Hij was bijna bij de hoek toen hij de angst voelde – een plotselinge, felle angst. Hij bleef abrupt staan en zijn hoofd ging met een ruk omhoog.

Daar, op de elektriciteitsdraden boven Main Street en Locust, zaten de kraaien.

Tientallen kraaien zaten in absolute stilte opeengepakt op de dunne draden. Dreigend, met ingeklapte vleugels, en, zo wist hij, waakzaam. Toen hij naar de overkant keek, zag hij dat Layla ze ook had gezien, of omdat ze ze zelf had opgemerkt, of omdat ze zijn starende blik had gevolgd.

Hij rende niet weg, ook al was hij sterk geneigd om dat te doen. In plaats daarvan liep hij met lange, stevige stappen naar de overkant, waar zij stond, met de witte plastic zak in haar handen geklemd.

'Ze zijn echt,' fluisterde ze. 'Ik dacht eerst dat ze alleen maar weer een… maar ze zijn echt.'

'Ja.' Hij pakte haar arm. 'We gaan naar binnen. We draaien om en gaan naar binnen. Dan...'

Hij brak zijn zin af toen hij de eerste beweging achter zich hoorde, niet meer dan een gefladder in de lucht. En in haar ogen, die nu groot waren als schoteltjes, zag hij dat het te laat was.

Het geruis van vleugels veroorzaakte een tornado van geluid en snelheid. Fox duwde haar naar achteren, tegen het gebouw aan, en naar de grond. Met haar gezicht tegen zijn borst gedrukt sloeg hij zijn armen om haar heen en gebruikte zijn lichaam om haar af te schermen.

Naast en achter hem viel glas aan diggelen. Banden gierden en metaal sloeg met een doffe klap op metaal. Hij hoorde gegil en rennende voetstappen en voelde de kracht en het geweld waarmee de vogels zich op zijn rug stortten en met hun scherpe snavels op hem inhakten. Hij wist dat de ruwe, vochtige klappen die hij hoorde afkomstig waren van de vliegende lichamen die tegen de muren en ramen smakten en op de straat en de stoep vielen.

Snel, binnen een minuut, was het voorbij. Een kind gilde met lange, snerpende uithalen. 'Blijf hier.' Enigszins buiten adem leunde hij naar achteren, zodat Layla zijn gezicht kon zien. 'Blijf hier staan.'

'Je bloedt. Fox...'

'Blijf hier staan.'

Hij ging rechtop staan. Op het kruispunt waren drie auto's op elkaar geknald. In de voorruiten zaten spinnenwebachtige barsten waar de vogels tegen het veiligheidsglas waren gevlogen. Verkreukelde bumpers, zag hij, toen hij naar de plek van het ongeluk rende. Geschokte zenuwen, gedeukte spatborden.

Het had veel erger kunnen zijn.

'Iedereen oké?'

Hij luisterde niet naar de woorden: *Zag je dat? Ze vlogen zo tegen mijn auto!* In plaats daarvan luisterde hij met zijn zintuigen. Kneuzingen en blauwe plekken, schrik, wat kleine snijwonden, maar geen ernstige verwondingen. Hij liet het aan anderen over om dit verder op te lossen en liep terug naar Layla.

Ze stond bij een groepje mensen die uit Ma's Pantry en de bedrijven ernaast waren komen toestromen.

'Het is niet te geloven.' Meg, die als kok bij Ma's werkte, staarde naar het verbrijzelde glas van het restaurantje. 'Het is niet te geloven.'

Fox, die het allemaal al eerder had gezien, en nog vele malen erger, greep Layla's hand. 'Kom, we gaan.'

'Moeten we niet iets doen?'

'We kunnen niets doen. Ik breng je naar huis, en dan bellen we Cal en Gage.'

'Je hand.' Naast de zenuwen klonk er ontzag door in haar stem. 'De rug van je hand geneest al.'

'Een van de pluspunten,' zei hij grimmig, en hij trok haar achter zich aan terwijl hij terugliep over Main Street.

'Ik heb niet zulke pluspunten.' Ze sprak zacht terwijl ze op een drafje meeliep om zijn lange, snelle stappen bij te houden. 'Als jij me niet had afgeschermd, zou ik nu bloeden.' Ze bracht haar hand omhoog om de snee in zijn gezicht aan te raken, die langzaam dichttrok. 'Maar het doet wel pijn. Als het gebeurt en ook daarna, als het geneest, heb je pijn.' Layla keek neer op hun ineengeklemde handen. 'Ik kan het voelen.'

Maar toen hij haar wilde loslaten, verstevigde ze haar greep. 'Nee, ik wil het voelen. Je had gelijk.' Ze keek achterom naar de dode kraaien die over het plein verspreid lagen, en naar het kleine meisje dat nu wild huilde in de armen van haar geschokte moeder. 'Ik vind het afschuwelijk dat je gelijk had en daar zal ik aan moeten werken. Maar je had gelijk. Ik kan niet echt iets bijdragen als ik niet accepteer wat ik in me heb en het niet leer gebruiken.'

Ze keek hem weer aan en haalde diep adem, alsof ze zich schrap zette. 'De stilte voor de storm is voorbij.'

2

Hij dronk een biertje aan de kleine tafel met de stijlvolle ijzeren stoeltjes die de keuken in het huurhuis een typisch vrouwelijke sfeer gaven. In elk geval in Fox' ogen. De felgekleurde minipotjes met kruiden die op de vensterbank stonden droegen daar nog aan bij, veronderstelde hij, en het smalle vaasje met witte margrieten, die een van de vrouwen waarschijnlijk bij de bloemenwinkel in het dorp had gekocht, maakte het af.

De vrouwen, Quinn, Cybil en Layla, waren er in een paar weken tijd met meubels van de vlooienmarkt, wat simpele stukken stof en hier en daar een explosie van kleur in geslaagd van het huis een thuis te maken.

En dat terwijl ze het overgrote deel van hun tijd besteedden aan het onderzoeken en in kaart brengen van de bron van de nachtmerrie die The Hollow elke zeven jaar zeven dagenlang ontwrichtte.

Een nachtmerrie die eenentwintig jaar eerder was begonnen, op de verjaardag die hij deelde met Cal en Gage. Die nacht had hem en zijn vrienden – zijn bloedbroeders – veranderd. En alles was weer veranderd toen Quinn naar het dorp was gekomen om de basis te leggen voor haar boek over The Hollow en zijn legende.

Het was nu meer dan een boek geworden voor haar, de weelderige blondine, die genoot van de griezelige kant van het leven en die was gevallen voor Cal. Het was meer dan een project voor Quinns oude studievriendin Cybil Kinski, de exotische onderzoekster. En hij dacht dat het meer een probleem was voor Layla Darnell.

Cal, Gage en hij waren al met elkaar verbonden sinds hun babytijd, of zelfs nog daarvoor, want hun moeders zaten in hetzelfde groepje voor zwangerschapsgymnastiek. Quinn en Cybil waren in hun studententijd kamergenoten geweest en waren sindsdien vriendinnen gebleven. Maar Layla was alleen naar The Hollow gekomen en in haar eentje in deze situatie beland.

Hij herinnerde zichzelf daar elke keer aan als zijn geduld dreigde op te raken. Hoe hecht de vriendschap ook was die zich tussen haar en de andere twee vrouwen had ontwikkeld en hoe sterk ze ook met het geheel verbonden was, zij was hier alleen in terechtgekomen.

Cybil liep naar binnen met een notitieblok in haar hand. Ze gooide het op tafel en pakte een fles wijn. Haar lange krullen had ze uit haar gezicht geveegd en vastgezet met een paar zilveren clips, die glinsterden in haar donkere haar. Ze droeg een nauwsluitende zwarte broek met een knalroze bloesje erboven. Ze liep op blote voeten en haar teennagels waren gelakt in dezelfde kleur als het bloesje.

Fox vond dergelijke details altijd bijzonder fascinerend. Zelf dacht hij er soms maar ternauwernood aan om een paar bij elkaar passende sokken aan te trekken.

'Oké...' Haar donkerbruine ogen keken hem aan. 'Ik ben hier om je verklaring op te nemen.'

'Ga je me niet eerst op mijn rechten wijzen?' Toen ze glimlachte, haalde hij zijn schouders op. 'We hebben het belangrijkste al verteld toen we binnenkwamen.'

'Details, meneer de advocaat.' Haar stem was zacht en strelend als boter. 'Quinn is dol op details in de aantekeningen voor haar boeken en we hebben ze allemaal nodig om een totaalbeeld te krijgen. Quinn is met Layla mee naar boven om haar verhaal op te schrijven terwijl ze zich omkleedt. Ze had bloed op haar shirt. Jouw bloed, neem ik aan, want ze had zelf geen schrammetje.'

'Ik ook niet meer.'

'Ja, die supersonische geneeskracht van je. Dat is handig. Vertel me even precies wat er gebeurd is, oké, lekker ding? Ik weet dat het irritant is, want als de anderen hier aankomen, zullen ze het ook weer willen horen. Maar zeggen ze dat niet in misdaadprogramma's? Blijf nadenken over hoe het precies is gegaan, dan herinner je je misschien iets meer.'

Ze had een punt, dus hij begon bij het moment dat hij had opgekeken en de kraaien had gezien.

'Wat deed je vlak voor je opkeek?'

'Ik liep Main Street af. Ik was van plan bij Cal langs te gaan. Een biertje kopen.' Hij hief met een scheef lachje het flesje op. 'Hier krijg ik het voor niks.'

'Als ik het me goed herinner heb jij ze gekocht. Maar goed, als jij in de richting van het plein liep en die vogels boven het kruispunt hun Hitchcock-act deden, lijkt het me dat je ze al eerder had moeten zien.'

'Ik was afgeleid. Ik liep na te denken over... werk en zo.' Hij streek met zijn vingers door zijn haar, dat nog vochtig was nadat hij het onder de kraan had gehouden om de vogelpoep eruit te spoelen. 'Ik denk dat ik meer naar de overkant keek dan voor me uit. Layla kwam Ma's uit lopen.'

'Ze was die afschuwelijke magere melk voor Quinn gaan halen. Was het geluk – of pech – dat jullie daar allebei precies op dat moment waren?' Ze hield haar hoofd schuin en haar wenkbrauwen gingen omhoog. 'Of ging het daar juist om?'

Hij hield ervan dat ze zo snel en scherp was. 'Ik ben geneigd te denken dat het daar juist om ging. Als de Grote Kwaadaardige Schoft duidelijk wilde maken dat het spel weer was begonnen, zou het meer indruk maken als ten minste een van ons ter plaatse was. Er zou veel minder lol aan zijn als we het alleen maar van horen zeggen zouden hebben.'

'Dat vermoed ik ook. We waren het er al over eens dat hij sneller en gemakkelijker invloed kan uitoefenen op dieren, of op mensen die op de een of andere manier verzwakt zijn. Kraaien dus. Dat is al eerder gebeurd.'

'Ja. Kraaien en andere vogels die tegen ramen, mensen en gebouwen aan vliegen. Zelfs mensen die erbij waren toen het eerder gebeurde zijn trouwens verbaasd. Alsof het de eerste keer is dat ze zoiets meemaken. Dat hoort bij de symptomen, zoals we ze maar zullen noemen.'

'Er waren nog andere mensen bij – voetgangers, passerende automobilisten.'

'Zeker.'

'Maar geen van hen stopte en zei: "Mijn god, moet je al die kraaien zien."'

'Nee.' Hij begreep waar ze naartoe wilde en knikte. 'Nee. Niemand zag ze, of degenen die ze wel zagen, vonden ze niet opmerkelijk. Dat is ook eerder gebeurd. Mensen zien dingen die er niet zijn, of ze zien dingen niet die er wel zijn. Het is alleen nog nooit zo ver voor de Zeven gebeurd.'

'Wat deed je toen je Layla zag?'

'Ik liep door.' Hij draaide nieuwsgierig zijn hoofd om op z'n kop mee te lezen wat ze opschreef. Hij zag alleen kriebeltjes en tekens waarvan hij niet begreep hoe iemand die met de goede kant naar boven wel zou kunnen ontcijferen. 'Ik denk dat ik even inhield, zoals je in zo'n geval doet, en toen doorliep. En toen… voelde ik het eerst, zo werkt dat bij mij. Het is een soort bewustzijn. Net zoiets als dat je haartjes overeind gaan staan in je nek, of dat je een tinteling voelt tussen je schouderbladen. Ik zag ze in mijn hoofd, en toen ik opkeek, zag ik ze met mijn ogen. Layla zag ze ook.'

'En nog steeds zag niemand anders ze?'

'Nee.' Weer streek hij met zijn hand door zijn haar. 'Dat denk ik niet. Ik wilde haar naar binnen zien te krijgen, maar daar was geen tijd voor.'

Ze viel hem niet in de rede en stelde geen vragen toen hij snel vertelde wat er verder was gebeurd. Toen hij klaar was, legde ze haar potlood neer en keek hem glimlachend aan. 'Je bent een schatje, Fox.'

'Jazeker. Helemaal waar. Hoezo?'

Nog steeds glimlachend stond ze op en liep om de kleine tafel heen. Ze nam zijn gezicht tussen haar handen en kuste hem licht op de mond. 'Ik zag je jack. Het is kapot en het zit onder het vogelbloed en god weet wat nog meer. Dat had Layla's bloed kunnen zijn.'

'Ik kan een nieuw jack kopen.'

'Zoals ik al zei, je bent een schatje.' Ze kuste hem nog eens.

'Sorry dat ik dit roerende moment kom verstoren.' Gage kwam binnen met verwaaide haren en een cynische blik in zijn groene ogen. Hij zette de biertjes die hij bij zich had in de koelkast en pakte er een voor zichzelf.

'Het moment is al voorbij,' kondigde Cybil aan. 'Jammer dat je de opwinding hebt gemist.'

Hij trok het blikje open. 'Er komen nog genoeg opwindende momenten voor het voorbij is. Alles oké met jou?' vroeg hij aan Fox.

'Ja. Ik laat mijn dvd van *The Birds* voorlopig in de kast staan, maar verder gaat het prima.'

'Cal zei dat Layla niets mankeerde.'

'Ja, dat klopt. Ze is zich boven aan het omkleden. Het was een beetje een smeerboel.'

Cybil ving Fox' blik op en haalde haar schouders op. 'Oké, dat is mijn cue. Ik ga boven even kijken hoe het met haar is, dan kunnen jullie praten, als mannen onder elkaar.'

Gage volgde haar met zijn ogen toen ze de deur uit liep. 'Ziet er goed uit.' Hij nam een flinke slok van zijn bier en ging tegenover Fox zitten. 'Ben jij geïnteresseerd?'

'Wat? O, in Cybil? Nee.' Fox besefte dat ze een mysterieuze, aantrekkelijke geur had achtergelaten. 'Maar... Nee. Jij?'

'Kijken staat vrij. Hoe erg was het vandaag?'

‘We hebben veel erger gezien. Voornamelijk materiële schade. Misschien wat snijwonden en blauwe plekken.’ Alles aan hem werd hard, zowel vanbinnen als vanbuiten. ‘Ze hadden haar verschrikkelijk toegetakeld, Gage, als ik daar niet was geweest. Ze was nooit op tijd binnengekomen. Ze vlogen niet zomaar tegen auto’s en gebouwen op. Ze kwamen recht op haar af.’

‘Wij hadden het allemaal kunnen zijn.’ Gage dacht er even over na. ‘Afgelopen maand viel hij Quinn aan toen ze alleen in de sportschool was.’

‘Hij heeft het op de vrouwen gemunt,’ zei Fox met een knikje, ‘vooral als ze alleen zijn. Vanuit het idee – het verkeerde idee – dat een vrouw alleen kwetsbaarder is.’

‘Niet helemaal verkeerd. Wij genezen, zij niet.’ Gage leunde achterover in zijn stoel. ‘We kunnen onmogelijk drie vrouwen beschermen terwijl we een manier proberen te bedenken om een eeuwenoude, woedende demon te vermoorden. Bovendien hebben we ze nodig.’

Hij hoorde de voordeur open- en dichtgaan en toen hij zich omdraaide, zag hij Cal binnenkomen met zakken vol afhaaleten. ‘Hamburgers en belegde broodjes,’ kondigde Cal aan. Hij zette alles op het aanrecht en keek Fox aandachtig aan. ‘Ben je oké? Layla oké?’

‘Het enige slachtoffer is mijn leren jack. Hoe is het buiten?’

Cal pakte een biertje en ging bij zijn vrienden zitten. Zijn grijze ogen hadden een kille, nijdige uitdrukking. ‘Een stuk of tien kapotte ramen in Main Street en drie auto’s op elkaar op het plein. Geen ernstige verwondingen dit keer. De burgemeester en mijn vader hebben wat mensen opgetrommeld om de rotzooi op te ruimen. Commandant Hawbaker is verklaringen aan het opnemen.’

‘En als het gaat zoals het meestal gaat, denkt over een paar dagen niemand er meer aan. Misschien is het beter zo. Als mensen zich dit soort dingen zouden herinneren, zou The Hollow nu een spookstadje zijn.’

'Misschien zou dat goed zijn. En kom me niet aan met sentimentele praatjes over het dorp waar we geboren zijn,' zei Gage tegen Cal, voor die iets kon zeggen. 'Het is een plek. Een stip op de kaart.'

'Het zijn mensen,' verbeterde Cal hem, hoewel ze deze discussie al eerder hadden gevoerd. 'Het zijn gezinnen, bedrijven, huizen. En het is van ons, verdomme. Twisse, of hoe we hem ook maar willen noemen, gaat het ons niet afnemen.'

'Heb je wel eens bedacht dat we hem heel wat gemakkelijker zouden kunnen uitschakelen als we ons geen zorgen hoefden te maken over de drieduizend mensen in The Hollow?' bracht Gage ertegen in. 'Wat doen we uiteindelijk het grootste deel van de Zeven, Cal? We proberen te voorkomen dat mensen zichzelf of elkaar van kant maken en we zorgen dat ze medische hulp krijgen. Hoe kunnen we hem bestrijden als we druk zijn met het bestrijden van wat hij teweegbrengt?'

'Hij heeft een punt.' Fox stak bezwerend zijn hand op. 'Ik heb echt wel eens gewenst dat we iedereen konden laten ophoepelen en de confrontatie aan konden gaan. Dat we er een eind aan konden maken, verdomme. Maar je kunt drieduizend mensen niet zomaar opdragen om een week lang hun huizen en bedrijven in de steek te laten. Je kunt niet een heel dorp ontruimen.'

'De Anasazi hebben dat wel gedaan.' Quinn stapte naar binnen. Ze liep eerst naar Cal. Haar lange blonde haar zwaaide naar voren toen ze over zijn stoel boog om hem te kussen. 'Hoi.'

Toen ze weer overeind kwam, liet ze haar handen op zijn schouders rusten. Fox wist niet zeker of dit alleen een gebaar van liefde was, of dat het bedoeld was om hem gerust te stellen. Maar toen Cal zijn hand over de hare legde, wist hij dat dat betekende dat ze verenigd waren.

'Er zijn al eerder dorpen en steden verlaten, om mysterieuze en onverklaarbare redenen,' vervolgde Quinn. 'De oude Anasazi, die complexe nederzettingen bouwden in de canyons van Arizona en

New Mexico, de kolonie Roanoke. Mogelijke oorzaken waren oorlog of ziekte, of iets anders. Ik vraag me af of in sommige gevallen sprake was van hetzelfde "iets anders" als waar wij mee te maken hebben.'

'Denk jij dat Lazarus Twisse de Anasazi en de kolonisten van Roanoke heeft afgeslacht?' vroeg Cal.

'Misschien in het geval van de Anasazi voor hij een naam aannam die wij kennen. Roanoke is na 1652 gebeurd, dus dat kunnen we niet aan onze Grote Kwaadaardige Schoft toeschrijven. Het is gewoon een theorie waar ik over nadenk.' Ze draaide zich om en porde met haar vinger in de zakken op het aanrecht. 'Maar goed, laten we gaan eten.'

Terwijl voedsel en borden naar de eetkamer werden gebracht, lukte het Fox om Layla even apart te nemen. 'Gaat het goed met je?'

'Ja.' Ze pakte zijn hand, draaide hem om en bestudeerde de gave huid. 'Met jou ook, zo te zien.'

'Luister, als je een paar dagen vrij wilt nemen, van kantoor, bedoel ik, is dat prima.'

Ze liet zijn hand los, hield haar hoofd schuin en bestudeerde aandachtig zijn gezicht. 'Denk je echt dat ik zo... laf hartig ben?'

'Nee. Ik bedoelde alleen...'

'Ja, dat denk je wel. Omdat ik niet warmloop voor het idee van een *Star Trek*-achtige *mindmeld*, denk je dat ik een lafaard ben.'

'Dat is niet waar. Ik dacht dat je van streek zou zijn – iedereen zou dat zijn. Mijn complimenten voor de verwijzing naar Spock, trouwens, ook al klopt die niet helemaal.'

'O nee?' Ze liep langs hem heen om aan tafel te gaan zitten.

'Oké.' Quinn wierp een smachtende blik op Cals hamburger en begon toen aan haar gegrilde kip. 'We weten allemaal wat er op het plein is gebeurd. Kwaadaardige vogels. We maken er verslag van en brengen het in kaart en ik ben van plan morgen met getuigen te gaan praten. Ik vroeg me af of het zinvol is om een van de dode vogels op te halen en op te sturen voor analyse. Misschien zijn er aanwijzingen voor een of andere lichamelijke verandering of een infectie, of een andere afwijking die bij een autopsie naar voren zou komen.'

'Dat laten we aan jou over.' Cybil trok een gezicht terwijl ze een klein hapje nam van het broodje kalkoen dat ze in vieren had gesneden. 'Laten we het onder het eten niet over autopsies hebben. Ik ontdekte trouwens iets interessants wat betreft de gebeurtenissen van vandaag. Voor zover ik kan vaststellen voelden en zagen Layla en Fox de vogels allebei op hetzelfde moment. Of nagenoeg op hetzelfde moment. Is dat gewoon omdat wij alle zes op de een of andere manier verbonden zijn met de duistere en de lichte kant van wat er is gebeurd en nog steeds gebeurt in Hawkins Hollow? Of komt het door het specifieke talent dat zij delen?'

'Ik zou zeggen allebei,' was Cals mening. 'Met de nadruk op het gedeelde talent.'

'Dat idee heb ik ook. Dus,' vervolgde Cybil, 'hoe gaan we daar gebruik van maken?'

'Dat doen we niet.' Fox schepte friet op. 'Niet zolang Layla ervoor terugschrikt om haar talent te leren gebruiken. Zo is het,' vervolgde hij, toen Layla hem aanstaarde. 'Je hoeft het niet leuk te vinden, maar zo is het. Het talent dat je hebt heeft geen nut voor jou of voor het team als je het niet wilt gebruiken en niet wilt leren hoe je het kunt gebruiken.'

'Ik heb niet gezegd dat ik het niet wilde. Ik wil alleen niet dat je het me opdringt. En het helpt ook niet om me een schuldgevoel aan te praten.'

'Wat helpt wel?' reageerde Fox. 'Ik sta open voor suggesties.'

Cybil stak haar hand op. 'Ik heb dit blik met wormen opengetrokken, dus laat mij eens iets proberen. Jij hebt hier je bedenkingen bij, Layla. Waarom vertel je ons niet wat die zijn?'

'Ik heb het gevoel dat ik stukken van mezelf kwijtraak. Of stukken van wie ik dacht dat ik was. Als ik dit toelaat, zal ik nooit meer worden wie ik was.'

'Dat kan,' zei Gage luchtig. 'Maar waarschijnlijk overleef je juli toch niet.'

'Natuurlijk.' Layla pakte met een scheef lachje haar glas wijn op. 'Ik moet het van de zonnige kant bekijken.'

'Laten we het eens op een andere manier proberen.' Cal keek Gage hoofdschuddend aan. 'Als er vandaag geen klik was geweest tussen jou en Fox, was je waarschijnlijk gewond geraakt. En het klikte zonder dat jullie daar bewust iets voor deden. Wat?' vroeg hij, toen Quinn iets wilde zeggen, maar haar woorden inslikte.

'Nee, niks.' Quinn wisselde een snelle blik met Cybil. 'Laten we zeggen dat ik denk te begrijpen wat iedereen beweegt. En iedereen heeft een punt. Wat ik wil zeggen, Layla, is dat je het misschien eens van een andere kant moet bekijken. Dat je er niet iets mee kwijtraakt, maar er misschien juist iets mee wint. Intussen gaan we door met het lezen van Ann Hawkins' dagboeken en de andere boeken die Cals overgrootmoeder ons heeft gegeven. En Cybil probeert erachter te komen waar Ann naartoe is gegaan in de nacht dat Giles Dent Lazarus Twisse in de val lokte bij de Heidense Steen. Waar ze is geweest tot haar zoons geboren werden, waar ze heeft gewoond tot de kinderen een jaar of twee waren en ze hier terugkwam. We hopen nog steeds dat als we die plek vinden, we meer dagboeken van haar zullen vinden. En Cybil heeft ook haar tak van de familiestamboom nagetrokken.'

'Een jongere tak dan die van jullie allemaal, voor zover ik kan nagaan,' vervolgde Cybil. 'Een van mijn voorouders, ene Nadia Sytarskyi, is hier halverwege de negentiende eeuw met haar familie en een stel anderen naartoe gekomen. Ze is getrouwd met Jonah Adams, een afstammeling van Hester Deale. Eigenlijk zijn er twee takken, want zo'n vijftig jaar later is een van mijn andere voorouders, van de Kinski-kant, hier ook naartoe gekomen en getrouwd met de kleinzoon van Nadia en Jonah. Dus ik stam net als Quinn en Layla af van Hester Deale en de demon die haar heeft verkracht en zwanger gemaakt.'

'Waarmee we dus allemaal één grote, gelukkige familie zijn,' merkte Gage op.

‘Waarmee we dus iets zijn. Het zit me niet lekker,’ vervolgde Cybil nu rechtstreeks tegen Layla, ‘dat iets van wat ik in me heb en wat ik ben, afstamt van iets kwaadaardigs, iets wat niet menselijk of humaan is. Sterker nog, het maakt me kwaad. Zo kwaad dat ik van plan ben alles wat ik ben en in me heb te gebruiken om hem kapot te maken.’

‘Ben je niet bezorgd dat hij misschien gebruik kan maken van wat je bent en in je hebt?’

Cybil pakte haar glas weer op en er lag een koele glans in haar ogen toen ze een slokje nam. ‘Dat mag hij proberen.’

‘Ik ben er wel bezorgd over.’ Layla keek naar de gezichten van de mensen om de tafel, van wie ze was gaan houden. ‘Ik vind het zorgwekkend dat ik iets in me heb wat ik niet helemaal begrijp en waar ik geen controle over heb. En dat het ooit een keer, wanneer dan ook, de controle over mij kan overnemen.’ Ze schudde haar hoofd voor Quinn iets kon zeggen. ‘Ik weet nu nog steeds niet of ik er zelf voor heb gekozen om hiernaartoe te komen, of dat ik hiernaartoe ben geleid. Het meest verontrustende voor mij is dat ik niet zeker weet of wat ik heb gedaan mijn eigen keus is geweest, of deel van een masterplan dat door deze krachten van de duisternis en het licht is opgesteld. Daar zit ik mee. Daar loop ik op vast.’

‘Niemand dwingt je om op die stoel te blijven zitten,’ merkte Gage op.

‘Kalm aan,’ zei Fox, maar Gage haalde zijn schouders op.

‘Ik dacht het niet. Zij heeft een probleem, en wij hebben allemaal een probleem. Dus laten we het aanpakken. Waarom ga je niet terug naar New York? Waarom pak je je oude baantje niet op? Wat was het ook weer? Te dure schoenen verkopen aan verveelde vrouwen met te veel geld?’

‘Kappen nou, Gage.’

‘Nee.’ Layla legde een hand op Fox’ arm toen hij op wilde staan. ‘Ik hoef niet te worden gered, of beschermd. Waarom ik niet wegga?

Omdat ik dan een lafaard zou zijn, en dat ben ik tot nog toe nooit geweest. Ik ga niet weg omdat het wezen dat Hester Deale heeft verkracht, zijn half demonische bastaard in dat kind heeft gestopt en haar tot waanzin en zelfmoord heeft gedreven, niets liever zou willen dan dat ik hiermee zou kappen en ervandoor zou gaan. Ik weet beter dan wie dan ook hier wat hij haar heeft aangedaan, want hij heeft me gedwongen dat zelf te ondergaan. Misschien ben ik daardoor banger dan jullie, misschien hoorde dat bij het plan. Ik ga nergens naartoe, maar ik schaam me er niet voor toe te geven dat ik bang ben. Voor wat er daarbuiten is, en voor wat ik in me heb. Wat we allemaal in ons hebben.'

'Als je niet bang was, zou je stom zijn.' Gage hief zijn glas op in een toost. 'Slimheid en zelfbewustzijn zijn moeilijker te manipuleren dan stomheid.'

'Elke zeven jaar brengen goede, gewone, slimme en zelfbewuste mensen elkaar en zichzelf verwondingen toe. Ze doen dingen die ze op geen enkel ander moment ooit zouden doen.'

'Denk je dat je besmet zou kunnen worden?' vroeg Fox haar. 'Dat je zou kunnen veranderen en iemand, een van ons, kwaad zou kunnen doen?'

'Hoe kunnen we zeker weten of ik immuun ben? Of Cybil, of Quinn? Moeten we er geen rekening mee houden dat we door onze afstamming misschien extra kwetsbaar zijn?'

'Dat is een goede vraag. Verontrustend,' voegde Quinn eraan toe, 'maar goed.'

'Klopt niet.' Fox ging verzitten zodat Layla hem in de ogen kon kijken. 'De dingen zijn niet gegaan zoals Twisse had gepland of verwacht, want Giles Dent was hem voor. Hij voorkwam dat hij in de buurt was toen Hester haar baby kreeg, en hij voorkwam dat hij nog meer nageslacht verwekte, waardoor de bloedlijn is verzwakt. Jij bent niet wat hij voor ogen had. Sterker nog, uit wat we weten, kunnen we afleiden dat jij deel uitmaakt van wat Cal, Gage en mij deze keer in een voordelige positie zal brengen. Ben jij bang voor hem en voor wat je in je hebt? Bedenk dan dat Twisse bang is voor jou en voor wat je in je hebt. Waarom heeft hij je anders geprobeerd af te schrikken?'

'Goed antwoord.' Quinn streelde Cals hand.

'Deel twee,' vervolgde Fox. 'Het gaat er niet alleen om dat we immuun zijn voor zijn macht om mensen gewelddadige, abnormale dingen te laten doen. Het gaat erom dat we zelf aspecten van die macht hebben, hoe verzwakt ook, en dat die er samen voor kunnen zorgen dat hij voorgoed wordt verslagen.'

Layla bestudeerde Fox' gezicht. 'Geloof je dat?'

Hij wilde antwoorden, maar in plaats daarvan pakte hij haar hand en toen ze zich los wilde trekken, verstevigde hij zijn greep. 'Zeg jij het maar.'

Ze stribbelde tegen. Hij zag en voelde hoe ze er instinctief voor terugschrok om de verbinding met hem te accepteren. Hij weerstond de verleiding om door te zetten en stelde zich alleen maar verder voor haar open. En zelfs toen hij de klik voelde, wachtte hij.

'Je gelooft het,' zei Layla langzaam. 'Je... je ziet ons als zes strengen die tot één touw zijn samengevlochten.'

'En daar gaan we Twisse aan ophangen.'

'Je houdt zo veel van hen. Het is...'

'Ah...' Nu trok Fox zich terug, verward en in verlegenheid gebracht doordat ze meer had gezien en dieper was gegaan dan hij had verwacht. 'Oké, dat is duidelijk. Nu wil ik nog een biertje.'

Hij liep de keuken in, en toen hij zich met een biertje in zijn hand van de koelkast afwendde, kwam Layla binnen.

'Sorry. Ik wilde niet...'

'Maakt niet uit. Is niet erg.'

'Het is wél erg. Ik wilde alleen... Het was alsof ik in je hoofd of in je hart was, en ik zag of voelde die golf van liefde, die verbondenheid die je hebt met Gage en Cal. Je had me niet gevraagd om dat te doen, en het was vreselijk opdringerig.'

'Oké, luister, het is een lastig proces. Ik stelde me iets meer open dan ik had moeten doen, omdat ik dacht dat jij dat nodig had. Feit is dat je minder hulp nodig hebt dan ik dacht. En dan jij dacht.'

'Nee, dat is niet zo. Ik heb wel hulp nodig. Ik heb jou nodig om het me te leren.' Ze liep naar het raam en keek de duisternis in. 'Want Gage had gelijk. Als ik toelaat dat dit een probleem voor me blijft, is dat een probleem voor ons allemaal. En als ik dit talent wil gebruiken, moet ik het leren beheersen, zodat ik niet zomaar bij mensen hun hoofd binnendring.'

'We gaan er morgen mee aan de slag.'

Ze knikte. 'Ik zal zorgen dat ik er klaar voor ben.' Ze draaide zich om. 'Wil je tegen de anderen zeggen dat ik naar boven ben? Het is een erg vreemde dag geweest.'

'Doe ik.'

Even stond ze hem alleen maar aan te kijken. 'Ik wil zeggen, en het spijt me als ik je ermee in verlegenheid breng, maar ik vind het heel bijzonder als een man zo diep kan liefhebben als jij. Cal en Gage boffen dat ze jou als vriend hebben. Iedereen zou daarmee boffen.'

'Ik ben ook jouw vriend, Layla.'

'Dat hoop ik. Welterusten.'

Toen ze weg was, bleef hij staan waar hij stond en herinnerde zichzelf eraan dat hij haar vriend moest blijven. Dat hij moest blijven wat ze nodig had, wanneer ze dat nodig had.

3

In de droom was het zomer. De hitte greep zich met zweterige handen vast en wrong de energie weg als water uit een dweil. In Hawkins Wood hing een dik, groen bladerdek boven zijn hoofd, maar de zonnestralen baanden zich er een weg doorheen en schenen als laserstralen in zijn ogen. Bramen rijpten aan de doornige struiken en de wilde lelies met hun onaards oranje bloemen stonden volop in bloei.

Hij wist de weg. Het leek alsof Fox altijd de weg had geweten tussen deze bomen en op deze paden. Zijn moeder zou het zintuiglijk geheugen noemen, dacht hij. Of herinneringen uit een vorig leven.

Hij hield van de rust van de bossen, van het zachte gezoem van de insecten, het vage geritsel van eekhoorns en konijnen, het melodieuze koor van de vogels, die op een warme zomerdag weinig meer te doen hadden dan zingen en wat rondvliegen.

Ja, hij wist hier de weg, hij kende de geluiden, hij wist zelfs hoe de lucht in verschillende seizoenen aanvoelde, want hij had hier in elk seizoen gelopen. Bloedhete zomers, ontluikende lentes, frisse herfsten, strenge winters. Hij herkende dan ook de kou in de lucht toen die langs zijn ruggengraat omhoogkroop. Hij herkende de plotselinge verandering in het licht, de grauwsluier die niet werd veroorzaakt door een verdwaalde wolk die voor de zon schoof. Hij kende het zachte gegrom dat van voren en van achteren tegelijk kwam en dat de geluiden van de mezen en de Vlaamse gaaien deed verstommen.

Hij liep verder het pad af naar Hester's Pool.

De angst liep met hem mee, droop als zweet van zijn huid en spoorde hem aan om te vluchten. Hij had geen wapen en in de droom vroeg hij zich niet af waarom hij daar in zijn eentje ongewapend naartoe was gekomen. Toen de bomen, die nu kaal waren, begonnen te bloeden, liep hij door. Het bloed was een leugen, het bloed was angst.

Hij stopte pas toen hij de vrouw zag. Ze stond bij de kleine, donkere poel, met haar rug naar hem toe. Ze boog voorover om stenen te verzamelen, vulde er haar zakken mee.

Hester. Hester Deale. In de droom riep hij haar, hoewel hij wist dat ze verloren was. Hij kon niet honderden jaren teruggaan in de tijd om haar ervan te weerhouden zich te verdrinken. Maar hij kon zich er ook niet van weerhouden het te proberen.

Dus riep hij naar haar terwijl hij zich naar voren haastte en het gegrom veranderde in een afschuwelijk, geamuseerd gegrinnik.

Niet doen. Niet doen. Het was niet jouw schuld. Niets hiervan was jouw schuld.

Toen ze zich omdraaide en hem in de ogen keek, was het niet Hester, maar Layla. Tranen stroomden als een bittere regen over haar wangen en haar gezicht was lijkbleek.

Ik kan niet stoppen. Ik wil niet dood. Help me. Kun je me niet helpen?

Nu begon hij naar haar toe te rennen, maar het pad werd steeds langer en het gegrinnik werd steeds luider. Ze strekte haar handen naar hem uit, in een laatste smeekbede voor ze in de poel viel en verdween.

Hij sprong. Het water was gruwelijk, beestachtig koud. Hij dook naar beneden en zocht tot zijn brandende longen hem dwongen naar boven te gaan en naar adem te happen. Er raasde een onweersbui door het bos, met woeste, rode bliksemflitsen, krakende donderslagen en vonkende vlammenzeeën die hele bomen overspoelden. Hij dook weer, terwijl hij Layla riep met zijn geest.

Toen hij haar zag, dook hij nog dieper naar beneden.

Weer ontmoetten hun ogen elkaar, weer strekte ze haar handen naar hem uit.

Ze omhelsde hem. Haar lippen sloten zich om zijn mond in een kus die net zo koud was als het water. Toen sleurde ze hem naar beneden om samen te verdrinken.

Happend naar adem werd hij wakker. Zijn keel brandde en voelde rauw aan en zijn borst bonsde van pijn. Hij tastte naar het licht en ging op de rand van het bed zitten om op adem te komen.

Niet in het bos, niet in de poel, zei hij tegen zichzelf. In zijn eigen bed, in zijn eigen appartement. Hij drukte de muizen van zijn handen tegen zijn ogen en hield zich voor dat hij zo langzamerhand aan de nachtmerries gewend moest zijn. Cal, Gage en hij waren er sinds hun tiende verjaardag elke zeven jaar door gekweld. Hij zou er ook aan gewend moeten zijn dat hij sommige aspecten van de droom naar de werkelijkheid meenam.

Hij had het nog steeds ijskoud. Er trokken krampachtige rillingen door zijn huid en zijn verkleumde botten. De ijzersmaak van het water van de poel zat nog in zijn keel. Niet echt, dacht hij. Niet echter dan bloedende bomen en branden zonder vuur. Alleen maar een gemene por van een demon uit de hel. Geen blijvende schade.

Hij stond op, liep de slaapkamer uit, de huiskamer door en de keuken in. Hij pakte een fles koud water uit de koelkast en dronk hem al staande half leeg.

Toen de telefoon ging, trok er een nieuwe steek van ongerustheid door hem heen. Layla's nummer stond op de display. 'Wat is er mis?'

'Het is goed met je.' Ze liet haar adem in een lange, haperende zucht ontsnappen. 'Het is goed met je.'

'Waarom zou het niet goed met me zijn?'

'Ik... o, god, het is drie uur 's nachts. Neem me niet kwalijk. Paniekaanval. Ik heb je wakker gemaakt. Sorry.'

'Je hebt me niet wakker gemaakt. Waarom zou het niet goed met me zijn, Layla?'

'Het was maar een droom. Ik had je niet moeten bellen.'

'We waren bij Hester's Pool.'

Er viel een stilte. 'Ik vermoordde je.'

'Als advocaat voor de verdediging moet ik aanvoeren dat die aanklacht moeilijk hardgemaakt zal kunnen worden, aangezien het slachtoffer op dit moment springlevend in zijn eigen keuken staat.'

'Fox...'

'Het was een droom. Een akelige droom, maar een droom. Hij speelt in op je zwakke plekken, Layla.' En die van mij, besefte Fox, want ik wil het meisje redden. 'Ik kan naar je toe komen. We...'

'Nee, nee, ik vind het al stom genoeg dat ik je heb gebeld. Het was gewoon zo echt, weet je?'

'Ja, ik weet het.'

'Ik dacht niet na, ik pakte meteen de telefoon. Oké, ik ben nu rustiger. We moeten het hier morgen over hebben.'

'Doen we. Probeer nog wat te slapen.'

'Jij ook. En Fox, ik ben blij dat ik je niet heb verdronken in Hester's Pool.'

'Daar ben ik zelf ook best blij mee. Welterusten.'

Fox nam de fles water mee naar de slaapkamer. Daar ging hij voor het raam staan en keek uit over de straat. The Hollow lag er stil en roerloos bij, als op een foto. Niets bewoog. De mensen van wie hij hield, de mensen die hij kende, lagen veilig in hun bed.

Maar hij stond daar, waakzaam in het donker, en dacht aan een kus die zo koud was geweest als het graf. En toch verleidelijk.

'Kun je je nog andere details herinneren?' Cybil maakte aantekeningen van Layla's droom terwijl die haar laatste slok koffie nam.

'Volgens mij heb ik je alles verteld.'

'Oké.' Cybil leunde achterover in de keukenstoel en tikte met haar potlood op tafel. 'Zo te horen hadden Fox en jij dezelfde droom. Het zal interessant zijn om te zien of ze exact hetzelfde waren, of dat er details zijn die verschillen.'

'Interessant.'

'En informatief. Je had me wakker mogen maken, Layla. We weten allemaal hoe die nachtmerries zijn.'

'Ik was rustiger toen ik Fox had gesproken en wist dat hij niet dood was.' Ze glimlachte. 'Bovendien heb ik geen psychiater nodig om vast te stellen dat een deel van de droom voortkwam uit wat we gisteravond hebben besproken. Mijn angst om een van jullie kwaad te doen.'

'Met name Fox.'

'Misschien wel. Ik werk nu voorlopig voor hem. En ik moet met hem samenwerken. Quinn, jij en ik… nou ja, wij zijn allemaal één pot nat. Over jullie tweeën maak ik me niet zo veel zorgen. Vertel jij Quinn maar over de droom.'

'Zodra ze terug is van sporten. Ik neem aan dat ze Cal heeft meegesleept naar de sportschool, dus ze zal hem waarschijnlijk wel overhalen om hier een kop koffie te komen drinken. Ik kan het hun allebei vertellen, en iemand zal Gage wel op de hoogte brengen. Gage pakte je gisteravond een beetje hard aan.'

'Inderdaad.'

'Je had het nodig.'

'Misschien wel.' Het had geen zin om erover te klagen, dacht Layla. 'Ik wil je iets vragen. Gage en jij zullen op een bepaald moment ook moeten gaan samenwerken. Hoe wil je dat gaan doen?'

'Dat zien we dan wel weer. Ik denk dat we wel een manier zullen vinden om het te doen zonder elkaars bloed te vergieten.'

'Als jij het zegt. Ik ga naar boven om me aan te kleden. Ik moet naar mijn werk.'

'Wil je een lift?'

'Nee, dank je wel. De wandeling zal me goeddoen.'

Layla nam de tijd. Alice Hawbaker bemande het kantoor, en er zou waarschijnlijk niet veel te doen zijn. Met Alice in de buurt leek het Layla niet verstandig om met Fox de gezamenlijke droom te bespreken. En het was ook niet het juiste moment om haar talent aan te scherpen en, wat in haar geval nog belangrijker was, in de hand te leren houden.

Ze zou een paar uur haar tijd zien te vullen en misschien wat klusjes voor Alice doen. Ze had maar een paar dagen nodig gehad om de kantoorroutine te pakken te krijgen. Als ze aspiraties had om een advocatenkantoor te runnen, zou Fox' praktijk daar prima geschikt voor zijn.

In haar geval zou ze zich binnen een paar weken doodvervelen.

Maar daar ging het niet om, hield Layla zichzelf voor, terwijl ze behoedzaam in de richting van het plein liep. Het ging erom dat ze Fox uit de brand hielp, geld verdiende en iets te doen had.

Op het plein bleef ze staan. Dat was nog zoiets. Ze kon hier gewoon staan, dacht ze. Ze kon naar de kapotte en dichtgetimmerde ramen kijken. Ze kon zichzelf opdragen onder ogen te zien wat er de vorige avond met haar was gebeurd, en zichzelf beloven alles te doen wat in haar vermogen lag om het een halt toe te roepen.

Ze draaide zich om en liep Main Street in om de paar huizenblokken af te leggen naar Fox' kantoor.

Het was een leuk dorp, als je even vergat wat er elke zeven jaar gebeurde. Er stonden prachtige oude huizen aan Main Street, en schattige kleine winkeltjes. Het was er druk, zoals het in kleine dorpen druk is. Een bezadigde drukte, met bekende gezichten die boodschappen deden en achter de kassa zaten. Dat had iets troostrijks, veronderstelde ze.

Ze hield van de brede veranda's, de zonneluifels, de nette voortuinen en de stenen stoepen. Oppervlakkig bezien was het een aangename, wat ouderwetse plek om te zijn, net niet zo ansichtkaartachtig dat het irritant werd.

Het leven van alledag van het dorp had ze ook snel opgepikt. Mensen liepen hier veel, en bleven soms staan om een praatje te maken met een buur of een vriend. Als ze de straat overstak naar Ma's Pantry, groetten mensen haar bij naam en vroegen ze hoe het met haar ging.

Halverwege het blok bleef ze staan voor het cadeauwinkeltje waar ze wat spulletjes voor het huis had gekocht. De eigenares stond voor de deur en staarde omhoog naar haar kapotte ramen. Toen ze zich omdraaide, zag Layla dat ze huilde.

'Neem me niet kwalijk.' Layla liep naar haar toe. 'Is er iets...'

De vrouw schudde haar hoofd. 'Het is alleen maar glas, toch? Alleen maar glas en spullen. Heel veel kapotte spullen. Een paar van die vervloekte vogels zijn door het raam gevlogen en hebben mijn halve inventaris vernield. Het was haast alsof ze het expres deden, als dronkenlappen op een feestje. Ik weet het niet.'

'Ik vind het zo erg.'

'Ik zeg tegen mezelf: ach, je bent toch verzekerd. En meneer Hawkins maakt de ramen wel weer in orde. Hij is een goede huisbaas en die ramen worden vast meteen gerepareerd. Maar het lijkt niet te helpen.'

'Ik zou er ook kapot van zijn,' zei Layla tegen haar, en ze legde troostend een hand op haar arm. 'U had echt mooie spulletjes.'

'Allemaal kapot. Zeven jaar geleden is er ingebroken – door jongelui, vermoeden we – en toen is de hele boel vernield. Ze hadden alles kapotgemaakt wat ze te pakken konden krijgen en gore teksten op de muren geschreven. Het was moeilijk om dat te boven te komen, maar het is gelukt. Ik weet niet of ik daar weer de moed voor heb.' De vrouw liep terug naar haar winkel, ging naar binnen en verdween achter het gebroken glas.

Er waren niet alleen glas en spullen kapotgegaan, dacht Layla, terwijl ze doorliep. Ook dromen waren vernield. Eén kwaadaardige actie kon zo veel schade aanrichten.

Met een bezwaard gemoed liep ze de ontvangstruimte in. Mevrouw Hawbaker zat aan het bureau en haar vingers vlogen over het toetsenbord. 'Goeiemorgen!' Ze stopte en keek Layla glimlachend aan. 'Wat zie je er leuk uit.'

'Dank u wel.' Layla trok haar jack uit en hing het in de garderobekast. 'Een vriendin van me in New York heeft mijn kleren voor me ingepakt en hiernaartoe gestuurd. Zal ik koffie voor u halen, of hebt u iets voor me te doen waar ik mee kan beginnen?'

'Fox vroeg of ik je naar hem toe wilde sturen als je binnenkwam. Hij heeft ongeveer dertig minuten voor zijn volgende afspraak, dus loop maar door.'

'Goed.'

'Ik ga vandaag om een uur weg. Zorg dat je Fox eraan herinnert dat hij morgenochtend in de rechtbank moet zijn. Het staat in de agenda, en ik heb hem een memo gestuurd, maar het is het beste om hem er aan het eind van de dag ook nog even aan te herinneren.'

'Geen probleem.'

Voor zover zij had gezien was Fox lang niet zo vergeetachtig en verstrooid als Alice en hij graag dachten, dacht Layla, terwijl ze door de gang liep. Omdat de schuifdeuren naar zijn kantoor openstonden, wilde ze op de deurpost kloppen voor ze naar binnen ging. Maar toen bleef ze abrupt staan.

Hij stond achter zijn bureau, voor het raam, met zijn overhemd uit zijn vandaag-geen-rechtbank-spijkerbroek, en jongleerde met drie rode ballen. Hij stond met gespreide benen, zijn gezicht was volkomen ontspannen en zijn tijgerogen volgden de cirkel terwijl zijn handen vingen en gooiden, vingen en gooiden.

'Jij kunt jongleren.'

Ze verstoorde zijn ritme, maar hij wist toch nog twee ballen in zijn ene en de derde bal in zijn andere hand op te vangen, voor ze de kamer door vlogen. 'Ja. Het helpt me met nadenken.'

'Jij kunt jongleren,' herhaalde ze, verbluft en verrukt.

Omdat hij haar maar zelden zo zag glimlachen, liet hij de balletjes weer rondgaan. 'Het draait helemaal om timing.' Toen ze lachte, gooide hij ze hoog in de lucht en begon intussen te lopen en rondjes te draaien. 'Drie of zelfs vier voorwerpen van dezelfde grootte en hetzelfde gewicht is niet echt moeilijk. Als ik een uitdaging zoek, gebruik ik verschillende dingen. Dit is alleen maar denk-jongleren.'

'Denk-jongleren,' herhaalde ze, terwijl hij de ballen weer opving.

'Ja.' Hij opende de la van zijn bureau en liet ze erin vallen. 'Helpt me mijn hoofd helder te maken als ik…' Hij keek haar aandachtig aan. 'Wauw. Jij ziet er… goed uit.'

'Dank je wel.' Ze droeg een rok met een kort jasje met een ceintuur erboven, en ze vroeg zich nu af of het misschien te chic was voor deze baan. 'De rest van mijn kleren is aangekomen, dus nu ik ze toch heb, dacht ik… Maar goed, je wilde me spreken.'

'O ja? Ja, dat is zo,' herinnerde hij zich. 'Wacht.' Hij liep naar de schuifdeuren en deed ze dicht. 'Wil je iets drinken?'

'Nee, dank je.'

'Oké.' Zijn jongleer-frisse hoofd werd weer volledig in verwarring gebracht door haar benen, dus liep hij naar zijn minikoelkast en haalde er een flesje cola uit. 'Omdat we vanmorgen wat tijd overhebben, leek het me een goed idee om te vergelijken wat we ons van de droom herinneren. Kom, we gaan zitten.'

Ze ging in een van de twee bezoekersstoelen zitten en Fox nam de andere. 'Begin jij maar,' zei ze tegen hem.

Toen hij uitgesproken was, stond hij op, opende zijn koelkastje en haalde er een flesje Pepsi Light uit. Toen hij het in haar hand duwde en zij er alleen maar naar staarde, ging hij weer zitten. 'Dat drink jij toch? Dat zag ik tenminste bij jullie thuis in de koelkast staan.'

'Ja. Dank je wel.'

'Wil je een glas?'

Ze schudde haar hoofd. De eenvoudige attentie had haar niet hoeven verbazen, maar deed dat toch. 'Heb je daar Sprite Zero in voor Alice?'

‘Jazeker. Waarom niet?’

‘Waarom niet,’ mompelde ze en ze nam een slok. ‘Ik was ook in het bos,’ begon ze, ‘maar het was niet gewoon ik. Zij zat in mijn hoofd, of ik in het hare. Het is moeilijk te zeggen. Ik voelde haar wanhoop en angst, alsof het mijn eigen wanhoop en angst waren. Ik... Ik ben nooit zwanger geweest, heb nooit een kind gehad, maar mijn lichaam voelde anders.’ Ze aarzelde, maar toen hield ze zichzelf voor dat Cybil ook de details van haar had gehoord. Ze kon ze nu ook aan Fox vertellen. ‘Mijn borsten waren zwaar en ik begreep, ik wist, dat ik een kind aan de borst had gehad. Net zoals ik haar verkrachting had meegemaakt. Het was hetzelfde soort bewustzijn. Ik wist waar ik naartoe ging.’

Ze zweeg weer en draaide zich een stukje om, zodat ze hem aan kon kijken. Hij had een manier van luisteren, dacht ze, die haar duidelijk maakte dat hij niet alleen elk woord hoorde, maar ook begreep wat erachter zat. ‘Ik ken dat bos niet, ik ben er alleen maar die ene keer geweest, maar ik wist waar ik was en ik wist dat ik naar de poel ging. Ik wist ook waarom. Ik wilde er niet naartoe. Ik wilde niet, maar ik kon mezelf niet tegenhouden. Ik kon haar niet tegenhouden. Ik gilde vanbinnen, omdat ik niet dood wilde, maar zij wilde het wel. Ze kon het niet langer verdragen.’

‘Wat kon ze niet verdragen?’

‘Ze herinnerde het zich. Ze herinnerde zich de verkrachting, hoe het voelde, wat er in haar was. Ze herinnerde zich de nacht op de open plek, Fox. Hij – het wezen – had haar in zijn macht en dwong haar Giles Dent van de verkrachting te beschuldigen en hem en Ann Hawkins als heksen aan te wijzen. Ze dacht dat ze dood waren. Ze kon niet leven met het schuldgevoel. Hij had haar gezegd dat ze moest vluchten.’

‘Wie?’

‘Dent. Op de open plek, vlak voor de brand, keek hij haar aan. Hij had medelijden met haar, vergaf het haar. Hij zei tegen haar dat ze moest vluchten. Dat deed ze. Ze was pas zestien. Iedereen dacht dat het kind van Dent was, en had medelijden met haar. Ze wist het, maar ze was bang om het te weerleggen. Ze was bang om iets te zeggen.'

Het sneed door haar heen terwijl ze erover sprak. Die angst, die verschrikking en die wanhoop. 'Ze was al die tijd bang, Fox, en toen ze het kind ter wereld bracht, hadden die angst, dat schuldgevoel en die herinneringen haar krankzinnig gemaakt. Ik voelde het allemaal, het ging allemaal door haar – en door mij – heen. Ze wilde er een eind aan maken. Ze wilde het kind met zich meenemen in de dood, maar dat kon ze niet opbrengen.'

De opmerkzame, meelevende ogen keken Layla strak aan. 'Dacht ze erover om de baby te vermoorden?'

Layla knikte en ademde heel langzaam in. 'Ze vreesde het, ze haatte het, maar toch hield ze ervan. Ze zag het als een "het", niet als een "zij". Ik bedoel...'

'Hester beschouwde de baby als een "het".'

'Ja. Ja. Maar toch kon ze de baby niet vermoorden. Als ze dat had gedaan... Ik bedacht dat als ze dat had gedaan, ik hier nu niet zou zijn. Ze schonk mij het leven door het kind te sparen, en nu ging ze me vermoorden, omdat ik in haar gevangenzat. We liepen, en als ze me hoorde, moet ze hebben gedacht dat ik een van de stemmen was die haar tot waanzin dreven. Ik kon haar niet dwingen te luisteren, ik kon het haar niet laten begrijpen. Toen zag ik jou.'

Ze onderbrak zichzelf om weer wat te drinken en tot rust te komen. 'Ik zag jou, en ik dacht: godzijdank. Godzijdank, hij is hier. Ik voelde de stenen in mijn hand toen zij ze opraapte, ik voelde hun gewicht in de zakken van de jurk die we aanhadden. Ik kon niets doen, maar ik dacht...'

'Je dacht dat ik haar tegen zou houden.' Dat had hij ook gedacht, peinsde Fox. Red het meisje.

'Je riep dat het haar schuld niet was. Je rende naar haar, naar mij toe.

En heel even denk ik dat ze je hoorde. Ik denk, ik voelde dat ze je wilde geloven. Toen waren we in het water en we zakten naar beneden. Ik wist niet of ze viel of sprong, maar we waren onder water. Ik zei tegen mezelf dat ik niet in paniek moest raken. Geen paniek. Ik ben een goede zwemmer.'

'Aanvoerster van het zwemteam.'

'Heb ik je dat verteld?' Ze wist een klein lachje op te brengen en slikte. 'Ik zei tegen mezelf dat ik ondanks het gewicht weer boven kon komen. Ik ben een sterke zwemmer. Maar ik kon het niet. Erger nog, ik kon het niet eens proberen. Het waren niet alleen de stenen die me naar beneden trokken.'

'Het was Hester.'

'Ja. Ik zag jou het water in duiken en toen...' Ze sloot haar ogen en perste haar lippen stijf op elkaar.

'Het is goed.' Hij boog voorover en legde zijn hand over de hare. 'Het is goed met ons.'

'Fox, ik weet niet of zij het was, of dat ik... Ik weet het niet. We grepen je vast.'

'Je kuste me.'

'We vermoordden je.'

'We kwamen allebei op een akelige manier aan ons einde, maar het gebeurde niet echt. Hoe echt het ook leek, het was niet echt. Het was voor jou een harde manier om in Hesters hoofd te komen, maar we weten nu wel meer van haar.'

'Waarom was jij daar?'

'Zal ik raden? Jij en ik hebben dus een link. Ik heb eerder dezelfde dromen gehad als Cal en Gage. Net zoals dit. Maar nu was er meer, een extra niveau van verbondenheid. In de droom zag ik jou, Layla. Niet Hester. Ik hoorde jou. Dat is interessant. Iets om over na te denken.'

'Als je jongleert.'

Hij grijnsde. 'Kan geen kwaad. We moeten...'

Zijn intercom zoemde. 'Meneer Edwards is hier.'

Fox stond op en drukte de knop op zijn bureau in. 'Oké, geef me een minuut.' Hij draaide zich om naar Layla. 'We hebben hier meer tijd voor nodig. Mijn laatste afspraak van vandaag is om...'

'Vier uur. Mevrouw Halliday.'

'Juist. Jij bent goed. Als je niets anders te doen hebt, kunnen we na mijn laatste afspraak naar boven gaan om hieraan verder te werken.'

Het was tijd om aan de slag te gaan, dacht Layla. 'Goed.'

Hij liep met haar naar de deuren en schoof ze open. 'We zouden samen iets kunnen eten,' begon hij.

'Je moet geen moeite voor me doen.'

'Ik heb elke afhaaltent binnen een radius van acht kilometer onder een sneltoets.'

Ze glimlachte. 'Goed plan.'

Hij liep met haar de ontvangstruimte in, waar een van de stoelen werd gevuld door ruim honderdtwintig kilo Edwards. Zijn buik, die werd bedekt door een wit T-shirt, puilde over de rand van zijn spijkerbroek. Op zijn borstelige grijze haar stond een honkbalpet van John Deere. Hij kwam overeind en klemde de hand vast die Fox hem aanbood.

'Hoe gaat het ermee?' vroeg Fox.

'Wat zal ik zeggen.'

'Komt u maar mee naar binnen, meneer Edwards. Dan kunnen we het bespreken.'

Werkt buiten, stelde Layla vast, terwijl Fox zijn cliënt naar binnen begeleidde. Misschien een boer, of een aannemer, of een tuinarchitect. Ruim over de zestig en moedeloos.

'Wat is zijn verhaal, Alice? Kun je me dat vertellen?'

'Grondgeschil,' zei Alice, terwijl ze een stel enveloppen bij elkaar pakte. 'Tim Edwards heeft een paar kilometer ten zuiden van het dorp een boerderij. Ontwikkelaars hebben een deel van de omliggende grond gekocht. Volgens landmetingen ligt zo'n drie hectare van Tims grond over de grens. De ontwikkelaar wil die grond hebben en Tim ook. Ik ga nu snel naar het postkantoor.'

'Ik kan het ook voor je doen.'

Alice zwaaide naar haar met haar vinger. 'Dan loop ik mijn wandeling en de roddeltjes mis. Ik heb hier aantekeningen voor een trust waar Fox mee bezig is. Zou jij terwijl ik weg ben alvast een eerste versie willen opstellen?'

Eenmaal alleen ging Layla aan het werk. Binnen tien minuten vroeg ze zich af waarom mensen zulke ingewikkelde, onbegrijpelijke taal nodig hadden om iets heel simpels te zeggen. Ze werkte zich erdoorheen, beantwoordde de telefoon en maakte afspraken. Toen Alice terugkwam, had ze vragen. Ze merkte op dat Edwards er toen hij naar buiten kwam opvallend minder moedeloos uitzag dan toen hij naar binnen ging.

Om één uur was ze alleen en kon ze tot haar genoegen de trust uitprinten die Alice voor haar had nagekeken. Bij de tweede pagina gaf de printer een piepje dat de inkt op was. Ze liep langs het bibliotheekje met wetboeken naar de voorraadkast, in de hoop dat Fox nieuwe cartridges in voorraad had. Ze ontdekte de doos op de bovenste plank.

Waarom toch altijd de bovenste plank, vroeg ze zich af. Waarom waren er überhaupt bovenste planken, terwijl lang niet iedereen een meter tachtig lang was? Ze ging op haar tenen staan, rekte zich uit en slaagde erin een hoek van de doos over de rand van de plank te schuiven. Terwijl ze met haar ene hand op een lagere plank steunde, wipte ze de doos met haar andere hand nog iets verder naar voren.

'Ik ga even lunchen,' zei Fox achter haar. 'Als jij ook iets wilt... Wacht, ik doe het wel.'

'Ik heb dat stomme ding net bijna te pakken.'

'Ja, en dan valt hij op je hoofd.'

Hij boog naar voren en stak zijn arm omhoog, net op het moment dat zij zich omdraaide.

Hun lichamen botsten tegen elkaar. Haar opgeheven gezicht vulde zijn blikveld en haar geur gleed als zijden linten om hem heen. Die zeemeerminnenogen maakten hem een beetje dronken en hij voelde een diep verlangen in zich opwellen. Hij dacht: stap achteruit, O'Dell. Toen maakte hij de fout door zijn ogen naar haar mond te laten afdwalen. En was hij verloren.

Hij boog zijn hoofd iets dichter naar haar toe en hoorde hoe ze haar adem inhield. Haar lippen weken uiteen en hij overbrugde de laatste centimeters. Een kleine, vederlichte aanraking, en nog een. Toen vielen die verleidelijke ogen dicht en streek haar mond langs zijn lippen.

De kus werd dieper, een trage afdaling in een hitte die zijn zintuigen verwarde, tot hij alleen nog maar dieper en dieper wilde wegzinken. En verdrinken.

Ze maakte een geluid, van genot of ontzetting, dat kon hij door het bloed dat in zijn oren bonsde niet horen. Maar het herinnerde hem eraan waar ze waren. Hoe ze daar stonden. Hij verbrak de kus, in het besef dat hij haar min of meer de voorraadkast in duwde.

'Sorry. Het spijt me.' Ze werkte nota bene voor hem. 'Dat had ik niet moeten doen. Dat was ongepast. Het was...' Fantastisch. 'Het was...'

'Fox?'

Hij schoot bijna een halve meter achteruit bij het horen van de stem achter hem. Toen hij zich met een ruk omdraaide, voelde hij zijn maag ineenkrimpen. 'Mam.'

'Sorry dat ik stoor.' Ze keek met een zonnige glimlach van Fox naar Layla. 'Hallo. Ik ben Joanne Barry. Fox' moeder.'

Waarom is er nooit een handig gat in de grond als je het nodig hebt, dacht Layla. 'Aangenaam kennis te maken, mevrouw Barry. Ik ben Layla Darnell.'

'Ik heb je verteld dat Layla me helpt op kantoor. We zouden net...'

'Ja, dat zag ik.'

Ze glimlachte nog eens en liet het daarbij.

Ze was het soort vrouw waar je waarschijnlijk ook naar zou staren als je niet met stomheid geslagen was, dacht Layla. Ze had een dikke bos bruin haar dat in wilde golven om haar gezicht hing, een volle mond zonder lippenstift en grote, hazelnootbruine ogen die erin slaagden geamuseerd, nieuwsgierig en geduldig tegelijk te kijken. Joanne was lang en tenger gebouwd, waardoor de lage spijkerbroek, de laarzen en de strakke trui prima tot hun recht kwamen.

Het zag ernaar uit dat Fox geen stom woord kon uitbrengen, dus zei Layla, nadat ze haar keel had geschraapt: 'Ik eh... had een nieuwe cartridge nodig. Voor de printer. Hij ligt op de bovenste plank.'

'Ja. Precies. Die ging ik pakken.' Fox draaide zich om en kwam weer met Layla in botsing. 'Sorry.' Jezus nog aan toe. Hij had de doos nauwelijks gepakt toen Layla hem uit zijn handen rukte en wegvluchtte.

'Bedankt!'

'Heb je even voor me?' vroeg Jo liefjes. 'Of moet je verder met waar je mee bezig was toen ik binnenkwam?'

'Hou op.' Fox trok zijn schouders op en liep voor haar uit naar zijn kantoor.

'Ze is erg knap. Wie kan het je kwalijk nemen dat je graag een beetje baas-en-secretaressetje met haar speelt?'

'Mam.' Nu streek hij met zijn handen door zijn haar. 'Zo was het niet. Het was... Laat maar.' Hij liet zich in zijn stoel vallen. 'Wat is er aan de hand?'

'Ik had een paar dingen te doen in het dorp. Een van die dingen was lunchen bij je zus. Sparrow zegt dat ze je daar al twee weken niet heeft gezien.'

'Ik was wel van plan te gaan.'

Jo leunde tegen zijn bureau. 'Het zal je geen kwaad doen om één keer in de week iets te eten wat niet is gefrituurd, bewerkt of vol zit met chemicaliën, Fox. En je hoort je zus te steunen.'

'Oké. Ik ga vandaag.'

'Mooi. Ten tweede moest ik wat keramiek langsbrengen bij Lorrie. Je hebt vast wel gezien wat er met haar winkel is gebeurd.'

'Niet echt.' Hij dacht aan de gebroken ramen en de dode kraaien in Main Street. 'Hoe groot is de schade?'

'Groot.' Jo bracht haar hand naar de drie kristallen die aan een ketting om haar hals hingen. 'Fox, ze heeft het erover dat ze de winkel wil sluiten. Dat ze weg wil gaan. Ik vind het verschrikkelijk. En het maakt me bang. Ik ben bang voor jou.'

Hij stond op, sloeg zijn armen om haar heen en wreef met zijn wang langs de hare. 'Het komt goed. We werken eraan.'

'Ik wil iets doen. Je vader en ik, wij allemaal, we willen iets doen.'

'Je hebt elke dag van mijn leven iets gedaan.' Hij gaf haar een kneepje. 'Je bent mijn moeder geweest.'

Ze deed voorzichtig een stapje achteruit en nam zijn gezicht tussen haar handen. 'Dat charmante heb je van je vader. Kijk me recht aan en beloof me dat het goed komt.'

Zonder aarzeling keek hij haar oprecht aan. 'Het komt goed. Vertrouw me.'

'Dat doe ik.' Ze gaf hem een zoen op zijn voorhoofd, zijn wang, zijn andere wang en een vluchtig kusje op zijn lippen. 'Maar je bent evengoed mijn kind. Ik verwacht van je dat je goed voor mijn kind zorgt. Zo, en ga nu lunchen bij je zus. Ze heeft auberginesalade op het dagmenu staan.'

'Mmm, verrukkelijk.'

Vergevingsgezind gaf ze hem een zachte por in zijn buik. 'Je moet gewoon het kantoor een uur dichtgooien en dat knappe meisje meenemen voor de lunch.'

'Het knappe meisje werkt voor me.'

'Hoe is het toch mogelijk dat ik iemand heb grootgebracht die zich zo aan de regels houdt? Het is ontmoedigend.' Ze gaf hem nog een por en liep naar de deur. 'Ik hou van je, Fox.'

'Ik ook van jou, mam. Wacht, ik loop even met je mee,' voegde hij er snel aan toe, toen hij besefte dat zijn moeder er niet voor zou terugschrikken om bij Layla's bureau langs te gaan en het knappe meisje wat informatie te ontfutselen.

'Ik krijg nog wel een andere keer de kans om haar alleen te spreken en aan een verhoor te onderwerpen,' zei Jo nonchalant.

'Ja. Maar niet vandaag.'

De salade was niet slecht, en omdat hij aan de bar had gegeten, had hij wat tijd gehad om met zijn jongste zusje te praten. Omdat zij hem altijd wist op te vrolijken, genoot hij op de terugweg naar kantoor van de zonnige, stormachtige dag. Hij had er nog meer van genoten als hij Derrick Napper niet was tegengekomen. De plaaggeest uit zijn jeugd, die nu hulpsheriff was geworden, kwam net de kapperszaak uit lopen.

'Wel, wel, wel, het is O'Dell.' Napper zette zijn zonnebril op en tuurde eerst de ene en toen de andere kant van de straat af. 'Grappig, er komen niet eens ambulances aanscheuren.'

'Heb je nog veel moeten betalen voor dat stekeltjeskapsel? Ik hoop het niet voor je.'

Er verscheen een vage glimlach op Nappers harde, vierkante gezicht. 'Ik hoorde dat je gisteren ter plaatse was toen er problemen waren bij het plein. Je bent niet gebleven om een verklaring af te leggen, en je bent niet naar het bureau gekomen om een getuigenverklaring te laten opstellen. Jij als advocaat zou toch beter moeten weten.'

'Zoals gewoonlijk heb je het mis. Ik ben vanmorgen langsgegaan en heb met je baas gesproken. Blijkbaar vertelt hij zijn kontkruipers niet alles.'

'Ik zou maar niet vergeten hoe vaak ik jou in het verleden een schop onder je kont heb gegeven, O'Dell.'

'Ik vergeet niks.' Fox liep door. Eens een hufter, altijd een hufter, dacht hij. Voor de Zeven voorbij waren, zouden Napper en hij het wel weer met elkaar aan de stok krijgen, vermoedde hij. Maar nu zette hij het voorlopig uit zijn hoofd.

Hij had werk te doen, en toen hij de deur van zijn kantoor opende, besefte hij dat hij nog iets moest rechtzetten. Dat kon hij maar beter meteen doen.

Toen hij binnenkwam, liep Layla net de ontvangstruimte in met een vaas bloemen, die Alice Hawbaker altijd graag neerzette. Layla bleef abrupt staan.

'Ik heb deze net vers water gegeven. Er is niet gebeld terwijl je weg was, maar ik heb de trust afgemaakt en uitgeprint. Hij ligt op je bureau.'

'Mooi. Luister, Layla...'

'Ik wist niet of er iets moest worden uitgetypt voor meneer Edwards, of...'

'Oké, oké, zet dat even neer.' Hij loste het op door de vaas uit haar handen te pakken en op de tafel te zetten.

'Eigenlijk moeten ze...'

'Stop. Ik ben over de schreef gegaan, en daar bied ik mijn excuses voor aan.'

'Dat heb je al gedaan.'

'Dan doe ik het nog eens. Ik wil niet dat je je ongemakkelijk voelt, want hier op kantoor hebben we de baas-ondergeschikte-situatie, en ik heb avances gemaakt. Het was niet mijn bedoeling… Je mond was daar gewoon.'

'Mijn mond was daar gewoon?' Haar stem werd nu gevaarlijk zoetsappig. 'In mijn gezicht, bedoel je? Onder mijn neus, boven mijn kin?'

'Nee.' Hij wreef met zijn vingers over het midden van zijn voorhoofd. 'Ja, maar nee. Je mond was… Ik vergat dat ik niet hoorde te doen wat ik deed, en dat was gezien de omstandigheden volkomen ongepast. Nog even en ik beroep me op het Vijfde Amendement, of op tijdelijke ontoerekeningsvatbaarheid.'

'Je kunt je beroepen op alles wat je wilt, maar misschien moet je in overweging nemen dat mijn mond, die daar gewoon was, geen woorden vormde zoals “nee”, “stop” of “sodemieter op”. Waar hij heel goed toe in staat is.’

‘Oké.’ Even zei hij niets. ‘Dit is erg ongemakkelijk.’

‘Bedoel je voor of nadat je moeder binnenkwam?’

‘Toen was het niet ongemakkelijk meer, maar werd het een klucht.’ Hij stak zijn handen in zijn zakken. ‘Mag ik ervan uitgaan dat je er geen advocaat bij haalt om me voor de rechter te slepen wegens ongewenste intimiteiten?’

Ze hield haar hoofd schuin. ‘Mag ik ervan uitgaan dat je me niet ontslaat?’

‘Ik stem voor “ja” op beide vragen. Alles is dus oké?’

‘Prima.’

Ze pakte de vaas op en droeg hem naar de juiste tafel. ‘Ik heb trouwens een nieuwe cartridge besteld voor de printer.’ Ze wierp hem een zijdelingse blik toe, met een vage glimlach om haar lippen.

‘Goed idee. Ik ben eh...’ Hij gebaarde naar zijn kantoor.

‘En ik ben eh...’ Ze wees naar haar bureau.

‘Oké.’ Hij liep langzaam achteruit. ‘Oké,’ herhaalde hij en hij keek naar de voorraadkast. ‘O, jee.’

4

Om kwart voor vijf begeleidde Fox zijn laatste cliënt van die dag naar de deur. Buiten tolden dunne bruine blaadjes over de stoepen en kinderen met capuchontruien liepen recht tegen de onstuimige maartse wind in. Waarschijnlijk onderweg naar de speelhal in het bowlingcentrum, mijmerde hij. Nog even snel wat gamen voor het avondeten.

Er was een tijd geweest dat hij zelf door de wind had gelopen voor een paar potjes Galaxia. Sterker nog, dat had hij vorige week nog gedaan. Als dat betekende dat hij op een bepaald niveau nog steeds twaalf was, kon hij daarmee leven. Sommige dingen hoorden niet te veranderen.

Hij hoorde Layla praten aan de telefoon. Ze vertelde de beller dat meneer O'Dell morgen in de rechtbank was, maar dat ze een afspraak kon maken voor later in de week.

Toen hij zich omdraaide, toetste ze het op haar efficiënte manier in op de computer, in de agenda, veronderstelde hij. Vanwaar hij stond zag hij haar benen in de opening van het bureau, en hij zag hoe ze onder het werk met haar voet tikte. Hij zag de zilveren sieraden in haar oren glinsteren terwijl ze zich omdraaide om de telefoon neer te leggen. Toen keek ze op en ontmoette zijn blik. En de spieren in zijn buik trilden.

Op dit niveau was hij beslist geen twaalf. Goddank veranderden sommige dingen wel.

Waarschijnlijk kwam het door de dwaze glimlach op zijn gezicht dat ze hem schuin aankeek. 'Wat?'

'Niks. Ik sta zomaar een beetje te dagdromen. Ging dat telefoontje over iets belangrijks?'

'Niets dringends. Een partnerschapovereenkomst. Twee vrouwen schrijven een serie kookboeken die volgens hen een bestseller gaat worden. Rachael Ray kan wel inpakken, begrijp ik. Ze willen hun samenwerking formeel vastleggen voor ze binnenlopen. Je hebt een drukke agenda, deze week.'

'Dan moet ik het me kunnen veroorloven om vanavond Chinees te halen, als je nog steeds komt.'

'Ik moet alleen de computer nog afsluiten.'

'Ga je gang. Dat moet ik ook nog doen. We kunnen via de keuken naar boven.'

In zijn kantoor zette Fox de computer uit, hees zijn tas op zijn schouder en probeerde zich te herinneren hoe hij zijn appartement had achtergelaten.

O-o. Hij besefte dat er nog een gebied was waarop hij twaalf was gebleven.

Hij kon er maar beter niet aan denken, besloot hij, want er was nu toch niets meer aan te doen. Bovendien, hoe erg kon het zijn?

Hij liep de keuken in, waar het koffiezetapparaat en de magnetron stonden en waar mevrouw Hawbaker het serviesgoed bewaarde dat ze geschikt achtte voor de cliënten. Hij wist dat ze er ook een koektrommel had staan, want die plunderde hij regelmatig. En haar vazen, dozen en bijzondere theesoorten.

Wie zou er koekjes inslaan als mevrouw H hem in de steek liet? Treurig draaide hij zich om, precies op het moment dat Layla binnenkwam.

'Zij betaalt de voorraden die ze inslaat met de opbrengst van de vloekpot in mijn kantoor. Die hou ik redelijk op peil. Dat heeft ze je vast al verteld.'

‘Een dollar per lelijk woord, erewoordsysteem. Ik heb de pot gezien, dus ik zou zeggen dat je niet zuinig bent met vloeken en er eerlijk voor uitkomt.’ Hij is zo verdrietig, dacht ze. Ze wilde hem het liefst een knuffel geven en over zijn verwarde, golvende haren strelen. ‘Ik weet dat je haar zult missen.’

‘Misschien komt ze terug. Maar het leven gaat hoe dan ook door.’ Hij opende de deur naar het trappenhuis. ‘Ik moet je wel vertellen dat mevrouw H zich niet met mijn appartement bemoeit. Sinds een ongelukkig voorval, waarbij ik me had verslapen en er sprake was van enige achterstand met de was, weigert ze hier te komen, dus het zal waarschijnlijk een puinhoop zijn.’

‘Ik heb vaker puinhopen gezien.’

Maar toen ze van de keurige kantoorkeuken Fox’ privékeuken in liep, begreep Layla dat ze de definitie van het woord ‘puinhoop’ had onderschat.

Er stond vuile vaat in de gootsteen, op het aanrecht en op het tafeltje, dat bovendien vol lag met kranten. Op het smalle stukje aanrecht naast de koelkast, waarvan de deur vol hing met fotootjes en Post-its, verdrongen zich een paar dozen ontbijtgranen (aten volwassen mannen werkelijk Cocoa Puffs?), zakken chips, een fles rode wijn, een paar potten met kruiderijen en een lege Gatorade-fles.

Er stonden drie paar schoenen op de grond, over een van de keukenstoelen hing een haveloos jack, en op de zitting van de tweede lag een grote stapel tijdschriften.

‘Misschien wil jij een uur of een week weggaan, terwijl ik dit opruim.’

‘Nee. Nee. Is de rest net zo erg?’

‘Weet ik niet meer. Ik kan even kijken voor...’

Maar zij stapte al over de schoenen heen de huiskamer in.

Het was niet net zo erg, dacht hij. Niet echt. Hij besloot in actie te komen en begon de troep op te ruimen. ‘Ik leef als een varken, ik weet het. Ik heb het allemaal al eerder gehoord.’ Hij propte een lading kleren in de vergeten gangkast.

Haar gezicht en stem waren vervuld van verbijstering. 'Waarom neem je geen huishoudelijke hulp? Iemand die één keer per week langskomt en dit voor je regelt?'

'Omdat die het huis uit rennen en nooit meer terugkomen. Kom, we gaan uit.' Het was niet zozeer uit schaamte – hé, hij woonde hier – als wel uit angst voor een preek dat hij een leeg bierflesje en een bijna lege schaal popcorn van de koffietafel griste. 'We zoeken wel een leuk, hygiënisch restaurant.'

'Ik heb met twee meisjes een kamer gedeeld op de universiteit. Aan het eind van het semester moest ik de ontsmettingsdienst bellen.' Voor hij de kans had om het zelf te doen, raapte ze een paar sokken van een stoel en gaf ze aan hem. 'Maar als er nog ergens een schoon glas is, zou ik wel wat van die wijn lusten.'

'Ik zal er een ontsmetten.'

Hij greep nog meer glazen bij elkaar terwijl hij terugliep naar de keuken. Layla keek nieuwsgierig de kamer rond en probeerde door de chaos heen te kijken. De muren hadden een erg mooie salieachtige groene tint, een warme kleur waartegen de brede eikenhouten omlijsting van de ramen mooi uitkwam. Een schitterend geweven vloerkleed, dat in de afgelopen tien jaar vast wel een keer was gestofzuigd, lag op de brede, donkerbruine houten vloerdelen. De kunst aan de muur was prachtig – aquarellen, inkttekeningen en foto's. De kamer werd dan wel gedomineerd door een grote flatscreen-tv en talloze kleine voorwerpen, maar er stond ook beeldschone keramiek tussen.

Gemaakt door zijn broer, veronderstelde ze, of zijn moeder. Hij had haar een keer vanaf de weg het pottenbakkersbedrijf van zijn jongere broer aangewezen. Ze draaide zich om toen ze voelde dat Fox weer binnenkwam.

'Ik vind de schilderijen en de keramiek geweldig. Dit stuk.' Ze liet haar vinger langs een hoge, slanke vaas met verschillende dromerige tinten blauw glijden. 'Het heeft zo'n vloeiende vorm.'

'Dat is werk van mijn moeder. Mijn broer Ridge heeft die schaal gemaakt die op de tafel onder het raam staat.'

Ze liep ernaartoe. 'Hij is prachtig.' Ze streelde met haar vinger over de licht gebogen rand. 'En de kleuren en patronen. Het is net een bos in een grote kom.'

Ze draaide zich om om het glas wijn aan te pakken. 'Wie hebben de stukken aan de muur gemaakt?'

'Mijn moeder, mijn broer, mijn schoonzus. De foto's zijn van Sparrow, mijn jongste zusje.'

'Veel talent in één familie.'

'En dan zijn er nog de advocaten. Mijn oudste zus en ik.'

'Is er voor het advocatenvak geen talent nodig?'

'Wel wat.'

Ze nam kleine slokjes van haar wijn. 'Je vader is timmerman, toch?'

'Timmerman, meubelmaker. Hij heeft de tafel gemaakt waar Ridge' schaal op staat.'

'Hij heeft de tafel gemaakt.' Ze ging op haar hurken zitten om hem beter te bekijken. 'Stel je voor.'

'Geen spijkers, geen schroeven. Messing en groef. Hij heeft gouden handen.'

Ze liet haar vinger door het stof op het oppervlak glijden. 'De bovenlaag voelt aan als satijn. Je hebt prachtige dingen.' Met opgetrokken wenkbrauwen veegde ze haar vinger schoon aan de mouw van Fox' overhemd. 'Ik moet er wel bij zeggen dat je beter voor je spullen en hun omgeving moet zorgen.'

'Je bent niet de eerste. Wacht, ik zal je afleiden met eten.' Hij stak haar een papieren menukaart toe. 'De Chinese keuken van Han Lee.'

'Het is nog een beetje vroeg om te eten.'

'Ik bel alvast en zeg dat ze het om zeven uur kunnen brengen. Dan hebben we daarvoor nog tijd om wat te werken.'

'Varkensreepjes in zoetzure saus,' besloot ze, na een blik op het menu.

'Is dat alles?' vroeg hij, toen ze de kaart aan hem teruggaf. 'Triest. Varkensreepjes in zoetzure saus. Ik zorg voor de rest.'

Hij liep de kamer uit om te gaan bellen. Een paar minuten later hoorde ze het geluid van stromend water en kletterende borden. Ze rolde met haar ogen en liep de keuken in, waar hij de aanval op de vuile vaat had geopend.

'Oké.' Layla trok haar jasje uit.

'Nee. Echt niet.'

'Ja.' Ze rolde haar mouwen op. 'Echt wel. Eenmalig aanbod, omdat jij het eten betaalt.'

'Moet ik nog eens mijn excuses aanbieden?'

'Deze keer niet.' Haar wenkbrauwen gingen omhoog. 'Geen vaatwasser?'

'Nee, dat is het probleem. Ik denk er steeds over om dat kastje daar weg te halen en een vaatwasser te laten installeren, maar dan denk ik weer: ach, ik ben maar in mijn eentje, en ik gebruik vaak papieren borden.'

'Niet vaak genoeg. Is er ergens een schone theedoek?'

'O. Oké.' Hij fronste gegeneerd. 'Zo terug.'

Hoofdschuddend liep Layla naar de gootsteen die hij had verlaten en nam het over. Ze vond het niet erg. Het was een suf klusje, dat op een vreemde manier ontspande en bevrediging gaf. Bovendien had ze vanuit het raam boven de gootsteen een mooi uitzicht. Ze kon uitkijken tot de bergen, waar de zon de ijzige bergpieken bescheen.

De wind rukte nog steeds aan de bomen en blies de lakens die in de tuin beneden aan de waslijn hingen bol. Ze stelde zich voor dat de lakens op het bed zouden ruiken naar de wind en de bergen.

Een kleine jongen en een grote zwarte hond renden met zo veel plezier en energie door een omheinde tuin dat ze bijna zelf de wind op haar wangen en in haar haar kon voelen. Toen de jongen in zijn felblauwe jas op zijn schommel ging staan, met zijn vingers strak om de kettingen geklemd, voelde ze de spanning van de hoogte en de snelheid trillen in haar buik.

Misschien staat zijn moeder in de keuken het eten klaar te maken, dacht ze dromerig. Of misschien is de vader aan de beurt om te koken. Of beter nog, ze koken samen en praten onder het snijden en roeren over hun dag, terwijl de kleine jongen zijn gezicht opheft naar de wind en vliegt.

'Wie had kunnen denken dat afwassen zo sexy kon zijn?'

Ze lachte en keek over haar schouder naar Fox. 'Denk maar niet dat je me daarmee kunt overhalen om het nog eens te doen.'

Hij bleef stokstijf staan, met een vreselijk gekreukelde theedoek in zijn hand. 'Wat?'

'Afwassen is alleen sexy als je zelf niet met je handen in het sop staat.'

Hij stapte naar voren en legde een hand op haar arm. Zijn ogen hechtten zich aan de hare. 'Dat zei ik niet hardop.'

'Ik hoorde je.'

'Dat blijkt, maar ik dacht het, ik zei het niet. Ik was afgeleid,' vervolgde hij, toen ze bij hem vandaan stapte. 'Door hoe je eruitzag, hoe het licht op je haar viel, door de welving van je rug, de ronding van je armen. Ik was afgeleid,' herhaalde hij. 'En open. Wat was jij, Layla? Niet nadenken, niet analyseren. Vertel me alleen maar wat je voelde toen je me "hoorde".'

'Ik keek naar het jongetje op de schommel in de tuin. Ik was ontspannen.'

'Nu niet meer.' Hij pakte een bord en begon af te drogen. 'Dus we wachten tot je weer ontspannen bent.'

'Kun je dat ook met mij doen? Kun je horen wat ik denk?'

'Met emoties gaat het gemakkelijker dan met woorden. Maar ik zou het niet doen, tenzij je me toestemming zou geven.'

'Je kunt het met iedereen.'

Hij keek haar in de ogen. 'Maar dat zou ik niet doen.'

'Omdat jij iemand bent die een dollar in een vloekpot stopt, zelfs als niemand je heeft gehoord.'

‘Als ik mijn woord geef, hou ik me daaraan.’

Ze waste nog een bord af. De charme van wapperende lakens in de wind en van een kleine jongen met zijn grote hond loste op. ‘Heb je het altijd in de hand gehouden? Altijd de verleiding kunnen weerstaan?’

‘Nee. Ik was tien toen ik in de gedachten van andere mensen kon kruipen. Tijdens de eerste Zeven was het angstaanjagend en kon ik het nauwelijks hanteren. Maar het hielp. Toen het die eerste keer ophield, dacht ik dat het weg was.’

‘Maar dat was niet zo.’

‘Nee. Het was supercool om tien te zijn en te weten wat mensen dachten, of voelden. Het was iets groots, en niet alleen in de zin van: wauw, ik heb superkrachten. Het was iets groots, omdat ik bijvoorbeeld een tien wilde halen voor mijn geschiedenisproefwerk, en het kind dat het beste was in geschiedenis vlak voor me in de rij zat. Waarom zou ik niet in zijn hoofd kijken en daar de antwoorden ophalen?’

Omdat hij afdroogde, besloot ze in plaats van niets te doen op te gaan ruimen. Het gaf haar meer rust als ze doorgingen, als alle handen bezig waren. ‘Nadat ik een paar keer tienen had gehaald, begon ik me er schuldig over te voelen. En het was ook raar, want ik kon zomaar een kijkje nemen in het hoofd van een willekeurige leraar om te zien wat hij voor ons in petto had. Bovendien kwam ik achter dingen die ik helemaal niet hoorde te weten. Problemen thuis en zo. Ik was opgevoed met het idee dat je de privacy van mensen hoorde te respecteren, en ik drong zomaar hun privéleven binnen. Dus ik stopte.’ Hij glimlachte even. ‘Grotendeels.’

‘Het helpt dat je niet volmaakt bent.’

‘Het duurde even voor ik doorhad hoe ik ermee moest omgaan. Als ik niet goed oplette, ontgingen me dingen, als ik te goed oplette, soms ook. En soms gebeurde het bewust. Er waren een paar akkefietjes met een eikel die het leuk vond om me belachelijk te maken. En…

toen ik wat ouder werd, was er het gedoe met meisjes. Misschien kon ik snel in haar hoofd gluren en zien of ik kans maakte om in haar bloesje te komen.'

'Werkte het?'

Hij glimlachte alleen maar en zette een bord in de kast. 'Toen, een paar weken voor we zeventien werden, begonnen er weer dingen te gebeuren. Ik wist – we wisten – dat het toch niet afgelopen was. Het drong tot me door dat de gave die ik had, niet bedoeld was om zomaar wat mee te spelen. Ik stopte.'

'Grotendeels?'

'Bijna helemaal. Het is er, Layla. Het hoort bij ons. Ik kan er niets aan doen dat ik soms iets van iemands gedachten of gevoelens opvang. Maar ik kan wel zelf beslissen of ik iemands gedachten verder binnendring of dat ik me terugtrek.'

'Dat moet ik leren.'

'En je moet misschien leren doorzetten. Als je moet kiezen tussen iemands privacy of zijn leven, of het leven van anderen, moet je doorzetten.'

'Maar hoe weet je wanneer dat zo is? Wanneer het nodig is, en of het nodig is en hoe het moet?'

'We gaan eraan werken.'

'Ik voel me in jouw gezelschap meestal niet echt ontspannen.'

'Dat heb ik gemerkt. Waarom is dat?'

Ze keek weer uit het raam. Het jongetje was naar binnen gegaan, zag ze. Om te eten. Zijn hond lag op de veranda en krulde zich op naast de achterdeur om uit te rusten van het spel.

'Omdat ik me ervan bewust ben dat je kunt voelen wat ik denk of voel. Of ik maak me daar zorgen over, waardoor ik nerveus word. Maar je doet het niet, omdat je je inhoudt, of omdat ik zo nerveus ben dat ik je tegenhoud. Misschien allebei. Je wist niet wat ik dacht of voelde toen je me eerder vandaag kuste.'

'Op dat moment was het alsof bij mij alle draden verkeerd waren aangesloten.'

'We voelen ons tot elkaar aangetrokken. Is dat een juiste interpretatie?'

'Wat mij betreft sla je de spijker precies op de kop.'

'En dat maakt mij nerveus. Het is ook verwarrend, omdat ik niet weet hoeveel we van elkaar oppikken en hoeveel voortkomt uit gewone aantrekkingskracht. Ik weet niet of we hier iets mee moeten doen, gezien alle andere dingen die we hebben om ons zorgen over te maken.'

'Wacht even. Ben je nerveus omdat ik me tot je aangetrokken voel, of omdat we ons tot elkaar aangetrokken voelen?'

'Antwoord nummer twee, en ik hoef niet in je hoofd te kijken om te weten dat je dat prettig vindt.'

'Het is het beste wat ik in weken heb gehoord. Misschien wel in jaren.'

Ze zette een hand tegen zijn overhemd toen hij zich naar haar toe boog. 'Ik kan me niet ontspannen bij de gedachte dat ik met je naar bed ga. De gedachte aan seks windt me meestal op.'

'We zouden ons later kunnen ontspannen. Sterker nog, ik kan je garanderen dat we een stuk ontspannener zullen zijn als we eerst het gedeelte met de opwinding afhandelen.'

Ze liet haar hand liggen waar hij lag en duwde hem een flink stuk achteruit. 'Ongetwijfeld. Maar ik verdeel de dingen graag in vakjes. Zo zit ik in elkaar, zo werkt het bij mij. Dit, wat er tussen ons is, moet ik eerst een poosje in een ander vakje stoppen. Ik moet erover nadenken, me er zorgen over maken, me erover verbazen. Als ik van je wil leren, als ik wil helpen vernietigen wat ons probeert te vernietigen, moet ik me daarop concentreren.'

Hij knikte met een ernstig, aandachtig gezicht. 'Ik jongleer graag.'

'Dat weet ik.'

'En ik hou van onderhandelen. En.' Hij bracht haar hand naar zijn lippen. 'Ik weet wanneer ik de tegenpartij de gelegenheid moet geven om over alle opties na te denken. Ik wil jou. Naakt. In bed, in een schemerige kamer en met rustige muziek. Ik wil je hart tegen mijn hand voelen bonzen terwijl ik dingen met je doe. Dus stop dat maar in je vakje, Layla.'

Hij gooide zijn theedoek opzij terwijl ze hem aanstaarde. 'Ik ga wijn voor je pakken. Dat zal je helpen ontspannen voor we aan het werk gaan.'

Ze stond nog steeds te staren toen hij de keuken uit slenterde. Ze slaagde erin een hand op haar hart te leggen, en inderdaad, het bonsde.

Ze had duidelijk heel wat te leren als hij dat allemaal in zich had, zonder dat zij het had gevoeld.

Er was meer dan een glas rode wijn voor nodig om haar nu te helpen ontspannen.

Ze dronk de wijn, hij ruimde de keukentafel op. Toen schonk hij haar nog een glas in. Ze zei geen woord en hij gaf haar de gelegenheid om zwijgend na te denken tot hij ging zitten.

'Oké, weet je hoe je moet mediteren?'

'Ik ben bekend met het concept.' Er klonk een lichte irritatie door in haar stem. Dat vond hij niet erg.

'Kom zitten, dan kunnen we beginnen. Het punt met meditatie,' begon hij, toen ze bij hem kwam zitten, 'is dat de meeste mensen niet het niveau kunnen bereiken waarop ze hun geest uitschakelen en niet meer denken aan hun werk of hun afspraak bij de tandarts of de pijn in hun onderrug. Maar we kunnen dat niveau benaderen. We kunnen de yoga-ademhaling gebruiken. Je kunt je ogen dichtdoen, je een witte muur voorstellen...'

'En "mmm" neuriën. Hoe moet dat me helpen toegang te krijgen tot dat ding? Ik kan niet in een meditatieve toestand gaan rondlopen.'

'Het is bedoeld om jezelf na afloop te reinigen. Om je te helpen – ik klink nu net als mijn moeder – je geest en je aura te zuiveren en je chi in balans te brengen.'

'Doe me een lol, zeg.'

'Het is een proces, Layla. Tot nog toe ben je aan de oppervlakte gebleven, heb je alleen je teen erin gestoken. Hoe dieper je gaat, hoe meer het van je vergt.'

'Zoals?'

'Te lang te diep gaan? Hoofdpijn, misselijkheid, neusbloedingen. Het kan pijn doen. Het kan je leegzuigen.'

Ze fronste haar wenkbrauwen en streek met haar vinger langs het glas. 'Toen we op de zolder van de oude bibliotheek waren, had Quinn een flashback van Ann Hawkins. En ze was behoorlijk van slag toen ze daarvan terugkwam. Hevige hoofdpijn, misselijkheid, zweterigheid.' Layla blies haar wangen op. 'Oké. Ik ben waardeloos in mediteren. Als we onze yogales eindigen in de lijkhouding ben ik ontspannen, maar algauw denk ik aan wat ik daarna ga doen, en of ik dat fantastische leren jack zal kopen dat net is binnengekomen. Ik zal wel oefenen. Ik kan oefenen met Cybil.'

Omdat zij veiliger is dan ik, dacht Fox, en hij liet dat los. 'Oké, laten we voorlopig alleen langs de oppervlakte scheren. Ontspan je, ruim de rommel op die voor in je gedachten zit. Net als wanneer je afwast.'

'Het is moeilijker als je het bewust doet. Er komen allerlei dingen in je op.'

'Precies. Die stop je in vakjes,' stelde hij met een rustige glimlach voor. 'Geef ze een eigen plek. Stop ze weg. Kijk me aan.' Hij legde zijn hand op de hare. 'Kijk me alleen maar aan. Concentreer je op mij. Je kent me.'

Ze voelde zich een beetje vreemd, alsof de wijn haar naar het hoofd was gestegen. 'Ik begrijp je niet.'

'Dat komt wel. Kijk me aan. Het is alsof je een deur opent. Draai de knop om, Layla. Leg je hand op de knop en draai hem om, duw de deur voorzichtig open, een paar centimeter maar. Kijk me aan. Wat denk ik?'

'Je hoopt dat ik niet alle knoedels opeet.' Ze voelde zijn humor, als een warm blauw licht. 'Dat deed jij.'

'Dat deden wij. Blijf bij de deur. Blijf geconcentreerd. Open hem iets verder en vertel me wat ik voel.'

'Ik... kalm. Je bent zo kalm. Ik snap niet hoe je het voor elkaar krijgt. Ik geloof niet dat ik ooit zo kalm ben, en met wat er is gebeurd, en wat er nu gebeurt, weet ik niet of ik ook ooit weer echt kalm zal worden. En... Je hebt een beetje honger.'

'Ik heb tijdens de lunch gedaan alsof ik het grootste deel van een auberginesalade heb gegeten. Daarom heb ik bij de chinees...'

'Kung Po beef besteld, suikererwten, koude noedels, tien loempia's en knoedels. Tíén loempia's?'

'Als er over is, zijn ze goed als ontbijt.'

'Dat is walgelijk. En nu denk je dat ík goed ben als ontbijt,' voegde ze eraan toe, en ze trok haar hand onder de zijne vandaan.

'Sorry, dat glipte erdoorheen. Gaat het?'

'Een beetje duizelig, heel erg van mijn stuk, maar inderdaad, het gaat. Het wordt gemakkelijker met jou, hè? Omdat je weet hoe je het moet aanpakken. Hoe je mij moet aanpakken.'

Hij pakte zijn vergeten biertje op en leunde achterover in zijn stoel. 'Een vrouw komt in New York de winkel binnen die je hebt gerund. Ze kijkt alleen maar wat rond. Hoe weet je waar je haar naartoe moet leiden, hoe je haar moet bewerken?'

'"Het naar de zin moet maken", niet "bewerken",' verbeterde Layla hem. 'Voor een deel zal dat afhangen van hoe ze eruitziet, van haar leeftijd, hoe ze gekleed is, wat voor tas, wat voor schoenen ze draagt. Dat zijn oppervlakkige dingen, die in de verkeerde richting kunnen leiden, maar het is een begin. En ik ben in het vak opgegroeid, dus ik heb gevoel voor bepaalde typen klanten.'

'Maar ik wed dat je negen van de tien keer wist wanneer je de opvallende leren handtas uit het magazijn moest halen, en wanneer je haar naar het traditionele zwarte exemplaar moest leiden. Wanneer ze zei dat ze een zakelijke outfit kwam uitzoeken, maar eigenlijk uit was op een supersexy jurkje en dito schoenen.'

'Ik had veel ervaring met het inschatten van... Ja.' Ze liet haar adem ontsnappen, maar de ergernis was dit keer tegen haarzelf gericht. 'Ik weet niet waarom ik me ertegen blijf verzetten. Ja, ik voelde vaak precies aan wat klanten wilden. De eigenares noemde het mijn magisch instinct. Ik denk dat ze er niet ver naast zat.'

'Hoe deed je het?'

'Als ik een klant help, nou ja, dan concentreer ik me op haar, op wat zij wil en wat ze leuk vindt, en inderdaad, op wat ik haar kan verkopen. Je moet luisteren naar wat ze zeggen, maar er is ook lichaamstaal, en ik heb mijn eigen gevoel voor wat hen fantastisch zou staan. En soms, ik heb altijd gedacht dat dat instinct was, verscheen er een beeld in mijn hoofd van de jurk of de schoenen. Ik dacht altijd dat ik het tussen de regels door opmaakte uit wat ze me vertelden als ik een praatje met ze maakte, maar het kan ook zijn dat ik een stemmetje hoorde. Misschien waren het hun gedachten. Ik weet het niet zeker.'

Ze kwam in de buurt, dacht hij. Langzaam begon ze haar talent te accepteren. 'Je had vertrouwen in wat je deed, je was zeker van je zaak, dat is ook een soort ontspanning. En je was oprecht geïnteresseerd. Je wilde iets voor hen vinden wat ze echt wilden hebben, wat ze stond en waar ze gelukkig van zouden worden. En je wilde verkopen. Klopt dat?'

'Ik denk het wel.'

'Zelfde programma, ander kanaal.' Hij stak zijn hand in zijn zak en haalde wat kleingeld tevoorschijn. Hij schermde zijn hand af en telde het uit. 'Hoeveel heb ik in mijn hand?'

'Ik...'

'Het bedrag zit in mijn hoofd. Zet de deur open.'

'God. Wacht.' Ze nam eerst nog een slok wijn. Er ging te veel door haar eigen hoofd, besefte Layla. Stop het weg. 'Niet helpen!' snauwde ze, toen hij haar hand wilde pakken. 'Laat... laat me.'

Stop het weg, herhaalde ze bij zichzelf. Ruim het op. Ontspan je. Concentreer je. Waarom dacht hij dat ze dit kon? Waarom was hij daar zo zeker van? Waarom hadden sommige mannen zulke prachtige wimpers? Oeps. Niet afdwalen. Ze sloot haar ogen en stelde zich de deur voor. 'Een dollar achtendertig.' Haar ogen gingen open. 'Wauw.'

'Goed gedaan.'

Ze schrok op toen er op de deur werd geklopt.

'De bezorger. Lees hem.'

'Wat?'

'Ik maak een praatje met hem terwijl ik hem betaal en in die tijd lees jij zijn gedachten.'

'Maar dat is...'

'Onbeleefd en opdringerig, zeker. We offeren beleefdheid op, in naam van de vooruitgang. Lees hem,' beval Fox, terwijl hij opstond en naar de deur liep.

De jongen was een jaar of zestien, schatte Layla. Spijkerbroek, trui, hoge Nikes die er vrij nieuw uitzagen. Ruig bruin haar, klein zilveren ringetje in zijn rechteroor. Zijn bruine ogen gleden over haar heen – en bleven even bij haar hangen – terwijl de zakken met eten en het geld werden uitgewisseld.

Ze haalde diep adem en duwde tegen de deur.

Fox hoorde een geluid achter zich, iets wat het midden hield tussen een stokkende adem en gesnuif. Hij praatte door terwijl hij de jongen een fooi gaf en een opmerking maakte over basketbal.

Nadat hij de deur had gesloten, zette Fox de zakken op tafel. 'En?'

'Hij vindt jou cool.'

'Ben ik ook.'

'En mij vindt hij sexy.'

'Ben je ook.'

'Hij vroeg zich af of jij vanavond aan je trekken zou komen. En hij zou er zelf ook wel zin in hebben. In seks, niet in de loempia's.'

Fox maakte de zakken open. 'Kaz is zeventien. Een jongen van die leeftijd denkt zo ongeveer de hele dag aan seks. Hoofdpijn?'

'Nee. Hij was gemakkelijk. Gemakkelijker dan jij.'

Hij keek haar glimlachend aan. 'Mannen van mijn leeftijd denken ook aan seks. Maar wij weten meestal wel wanneer het waarschijnlijk bij loempia's blijft. Kom, we gaan eten.'

Hij deed geen pogingen meer om haar te kussen, zelfs niet toen hij haar in zijn auto naar huis bracht. Layla kon er niet achter komen of hij er wel aan dacht, en besloot dat dat maar beter was. Haar eigen gedachten en gevoelens waren een warrige, rafelige chaos, waaruit ze opmaakte dat ze Fox' advies ter harte moest nemen en voor de meditatie moest gaan.

Ze trof Cybil met een boek en een kop thee aan op de bank in de huiskamer.

'Hoi. Hoe ging het?'

'Goed.' Layla liet zich in een stoel vallen. 'Verrassend goed. Ik ben eigenlijk een beetje duizelig. Alsof ik een paar glazen scotch achterover heb geslagen.'

'Zin in thee? Er zit nog in de pot.'

'Misschien wel.'

'Ik pak het wel voor je,' zei Cybil, toen Layla aanstalten maakte om op te staan. 'Je ziet er doodmoe uit.'

'Dank je.' Layla deed haar ogen dicht en probeerde de yoga-ademhaling te doen, waarbij ze zich voorstelde dat ze haar lichaam vanuit haar tenen ontspande. Ze was tot haar enkels gekomen toen ze het opgaf. 'Fox zegt dat ik moet mediteren,' zei ze tegen Cybil, toen die terugkwam met een chique kop-en-schotel. 'Ik vind meditatie doodsaai.'

'Dan doe je het niet goed. Drink eerst wat thee,' zei Cybil, terwijl ze inschonk. 'En zeg dan waar je aan denkt. Dat is de beste manier om het uit je hoofd te zetten, en daarna kun je mediteren.'

'Hij heeft me gekust.'

'Tjonge, wat een verrassing.' Cybil gaf het kopje aan Layla, liep terug naar de bank en krulde zich op. Ze lachte onbezorgd toen Layla haar fronsend aankeek. 'Liefje, die man heeft zijn Foxy vossenogen voortdurend op jou gericht. Hij kijkt naar je als je de kamer uit loopt en als je terugkomt. Hij is smoor op je.'

'Hij zei... Waar is Quinn?'

'Bij Cal. De kluizenaar is ergens aan het kaarten, dus Cals huis is leeg, voor de verandering. Daar maken ze gebruik van.'

'O. Fijn voor ze. Ze zijn fantastisch samen, vind je ook niet? In één keer de juiste klik.'

'Ja, hij is de ware voor haar, geen twijfel mogelijk. Alle anderen die ze heeft geprobeerd waren Bucklers.'

'Bucklers?'

'Ja, net geen echte liefde. Cal is de ware. Vind je het gemakkelijker om over hen te praten dan over jezelf?'

Layla zuchtte. 'Deze gevoelens zijn verwarrend. Het is verwarrend om te voelen dat hij die gevoelens heeft en om je best te doen om niet te voelen wat hij voelt. Want dat maakt het alleen nog maar verwarrender. Daar komt nog bij dat we op verschillende niveaus samenwerken, en dat schept een soort intimiteit, en die intimiteit moet worden gerespecteerd en zelfs beschermd, omdat er zo verdomd veel op het spel staat. Als je dat verwart met de lichamelijke en emotionele intimiteit van persoonlijke relaties en seks, hoe kun je dan de elementaire orde in stand houden die nodig is om datgene te doen waar we hier allemaal voor zijn?'

'Wauw.' Met gekrulde lippen nam Cybil een slokje van haar thee. 'Dat is veel denkwerk.'

'Dat weet ik.'

'Probeer dit eens. Simpel en direct. Geil je op hem?'

'O, god, ja. Maar...'

'Nee, niet uitweiden, niet analyseren. Seksueel verlangen is iets elementairs en krachtigs, iets wat je energie geeft. Geniet ervan. Of je er iets mee doet of niet, het laat het bloed stromen. De rest komt er geleidelijk bij. Je moet wel. Je bent een mens en een vrouw. We moeten geleidelijk emoties toevoegen, en zorgen, en consequenties. Maar grijp de kans om te genieten van het hier en nu.' Cybils donkere ogen schitterden. 'Geniet van de lust.'

Layla dacht daarover na terwijl ze een slokje nam van haar thee. 'Als je het zo zegt, voelt het best lekker.'

'Als je je thee ophebt, gebruiken we je lust als focus van een meditatieoefening.' Cybil keek haar over de rand van haar kopje heen glimlachend aan. 'Ik denk niet dat je het saai zult vinden.'

5

Aanvankelijk bezorgde Cybils lust-als-springplank-meditatie Layla de slappe lach, maar uiteindelijk vond ze dat ze het er best goed van af had gebracht. In elk geval beter dan bij haar yogalessen, waar ze altijd maar een beetje deed alsof. Ze had volgens de instructies de lust van navel tot ruggengraat ingeademd en de spanning en stress uitgeademd. Ze had zich gefocust op de 'kriebels in de buik', zoals Cybil het had beschreven. Eraan toegegeven.

Daar, tussen het gelach, de ademhaling en de kriebels door, had ze zich zo volledig ontspannen dat ze haar eigen hart had horen kloppen. En dat was nog niet eerder gebeurd.

Ze sliep diep en droomloos en werd verfrist wakker. En, zoals Layla moest toegeven, met nieuwe energie. Blijkbaar hoefde meditatie niet eindeloos saai te zijn.

Fox was naar de rechtbank en Alice bemande het kantoor, dus ze hoefde pas na het middaguur naar haar werk. Tijd, dacht ze, terwijl ze onder de douche stond, om zich samen met Cybil en Quinn in het onderzoek te storten. Om haar energie te steken in het vinden van meer antwoorden. Ze had nog steeds het voorval op het plein niet aan haar schema toegevoegd, en ook de droom die ze samen met Fox had gehad, had ze nog niet gecatalogiseerd.

Ze trok voor de ochtend een spijkerbroek en een trui aan en legde alvast de kleren klaar voor de gedaanteverwisseling naar secretaresse Layla. Ze moest toegeven dat dat leuk was. Het voelde fijn om zich netjes te moeten kleden voor het werk, om na te denken over de kleren en accessoires. In de weken tussen haar vertrek uit New York en het begin van haar baan op Fox' kantoor had ze het absoluut druk gehad. Ze had zich enorm moeten aanpassen en gigantische obstakels moeten overwinnen. Maar ze had het werk gemist, de wetenschap dat iemand verwachtte dat ze op een bepaald moment op een bepaalde plek zou zijn om bepaalde taken te verrichten.

En het was dan misschien oppervlakkig, maar ze had de aanleiding gemist om een paar fantastische laarzen aan te trekken.

Toen ze haar slaapkamer uit kwam, met het plan om in de keuken een kop koffie te halen, hoorde ze het geratel van het toetsenbord in het kantoortje dat ze in de vierde slaapkamer hadden ingericht.

Quinn zat in kleermakerszit in de stoel en tikte erop los. Haar lange blonde haar zwiepte in de sluike paardenstaart heen en weer terwijl ze haar hoofd meebewoog op het ritme van een of ander inwendig muzieknummer.

'Ik wist niet dat je terug was.'

'Terug.' Quinn drukte nog snel een paar toetsen in en stopte toen om haar aan te kijken. 'Naar de sportschool geweest, een paar honderd calorieën weggewerkt, dat verkloot met een enorme blauwebessenmuffin van de bakker, maar ik ga ervan uit dat ik nog steeds goed zit, gezien de overweldigende, energieverslindende seks die ik de afgelopen nacht heb gehad. Koffiegedronken, gedoucht, en nu zit ik Cybils aantekeningen over jouw droom uit te typen.' Quinn strekte haar armen boven haar hoofd uit. 'En ik heb nog steeds het gevoel dat ik de marathon van Boston zou kunnen lopen.'

'Dat moet wel spectaculaire seks geweest zijn.'

'O, man, man, man.' Quinn wiebelde haar kont heen en weer in de stoel en lachte hard en veelbetekenend. 'Ze zeggen wel dat seks beter is als je verliefd bent, en ik heb altijd gedacht dat dat sentimentele praatjes waren uit liefdesromans. Maar ik ben het levende en buitengewoon bevredigde bewijs. Enfin, genoeg over mij. Hoe is het met jou?'

Als ze niet bruisend van energie wakker was geworden, zouden twee minuten in Quinns gezelschap voldoende zijn geweest om haar helemaal op te vrolijken, peinsde Layla. 'Ik ben dan wel niet buitengewoon bevredigd, maar ik heb ook aardig wat energie. Is Cybil al op?'

'In de keuken bezig met haar koffie-en-krantritueel. Ze gromde in het voorbijgaan iets over dat Fox en jij gisteren vorderingen hebben gemaakt.'

'Heeft ze laten vallen dat we met onze lippen tegen elkaar geplakt in de voorraadkast van zijn kantoor stonden toen zijn moeder binnenkwam?'

Quinns helderblauwe ogen sprongen wijd open. 'Ze was onduidelijk. Vertel.'

'Dat heb ik net gedaan.'

'Ik wil details.'

'Ik wil koffie. Ik kom zo terug.'

Ook iets wat ze had gemist, besefte Layla. Samen met vriendinnen leuke, persoonlijke dingen bespreken.

In de keuken knabbelde Cybil op een halve bagel en las intussen de krant, die op de tafel lag uitgespreid. 'In de krant van vandaag geen woord over de kraaien,' kondigde ze aan toen Layla binnenkwam. 'Het is echt heel merkwaardig. Gisteren een kort artikeltje, zonder al te veel details, en nu niets meer.'

'Typisch, hè?' Layla schonk nadenkend koffie in. 'Niemand besteedt veel aandacht aan wat er hier gebeurt. En als er meldingen worden gedaan, of als mensen geïnteresseerd zijn of vragen stellen, dan is dat van korte duur, of het lijkt net overlevering.'

'Zelfs de mensen die het hebben meegemaakt, die hier wonen, verdoezelen het, bewust of onbewust.'

'Sommigen die het zich te goed herinneren, vertrekken.' Layla besloot yoghurt te nemen en haalde een pak uit de koelkast. 'Zoals Alice Hawbaker.'

'Het is fascinerend. Maar goed, er zijn nog steeds geen nieuwe meldingen van agressieve dieren of onverwachte gebeurtenissen. Vandaag nog niet, tenminste. Enfin.' Met een schouderbeweging begon Cybil de krant op te vouwen. 'Ik ga aan een paar heel dunne draadjes trekken om erachter te komen waar Ann Hawkins onze ontbrekende twee jaar heeft gewoond. Het is verrekte irritant,' voegde ze eraan toe, terwijl ze opstond. 'Er woonden hier helemaal niet zo veel mensen in 1652. Waarom kan ik verdomme de juiste niet vinden?'

Tegen de middag had Layla met haar huisgenoten alles gedaan wat ze kon. Ze kleedde zich om in een grijze broek en hoge laarsjes voor haar middag op kantoor.

Tijdens haar wandeling merkte ze op dat de ruiten van de cadeauwinkel waren vervangen. Cals vader was een plichtsgetrouwe huisbaas die, zoals ze wist, trots was op zijn dorp. En ze zag het grote handgemaakte bord met OPHEFFINGSUITVERKOOP in de etalage staan.

Dat was verschrikkelijk jammer, dacht ze, terwijl ze doorliep. De levens die mensen opbouwden, of probeerden op te bouwen, stortten om hen heen in elkaar, zonder dat ze daar iets aan konden doen. Sommigen, die niet de hoop of de moed konden opbrengen om alles weer op te bouwen, lieten de puinhopen achter. Anderen stroopten hun mouwen op en begonnen opnieuw.

Er waren ook nieuwe ruiten in Ma's Pantry en in andere winkels en huizen. Mensen, met hun jassen hoog dichtgeknoopt en dichtgeritst tegen de kou, liepen in en uit. Mensen bleven. Ze zag een man in een verschoten spijkerjack en met een gereedschapsriem om zijn heupen een deur vervangen in de boekwinkel. Gisteren was die deur nog zwaar beschadigd en lag het glaswerk eruit, dacht ze. Nu zou hij snel weer als nieuw zijn.

Mensen bleven, dacht ze weer, en anderen bonden hun gereedschapsriemen om en hielpen hen de boel weer op te bouwen.

Toen de man zich omdraaide en haar blik ontmoette, glimlachte hij. Layla's hart maakte een sprongetje van plezier en verrassing. Het was Fox' glimlach. Even dacht ze dat ze hallucineerde, maar toen herinnerde ze het zich. Zijn vader was timmerman. Fox' vader verving de deur van de boekwinkel en glimlachte haar vanaf de overkant van Main Street toe.

Ze zwaaide even naar hem en liep door. Was het niet interessant om een glimp op te vangen van hoe Fox B. O'Dell er over twintig jaar misschien uit zou zien?

Verdomd leuk.

Ze lachte nog steeds in zichzelf toen ze Fox' kantoor binnenliep om Alice af te lossen.

Omdat ze het kantoor voor zich alleen had, zette ze een cd op en begon met Michelle Grant zachtjes aan met het werk dat Alice voor haar had achtergelaten.

Binnen een uur was haar bureau leeg en had ze Fox' agenda bijgewerkt. Omdat ze het kantoor nog steeds als Alice' domein beschouwde, besloot ze het volgende uur niet te doden met het reorganiseren van de voorraadkast en het inrichten van de bureauladen zoals zij dat graag wilde.

In plaats daarvan pakte ze uit haar tas een van de boeken waarin een plaatselijke inwoner de legende van de Heidense Steen had beschreven.

Ze zag in gedachten voor zich hoe de steen de open plek in Hawkins Wood domineerde. Hoe hij somber en grijs als een altaar uit de geschroeide grond oprees. Massief, dacht ze nu, terwijl ze het boek doorbladerde. Robuust en stokoud. Geen wonder dat hij deze naam heeft gekregen, besloot ze. Zij zag de steen als iets wat de goden hadden gesmeed voor wie hen ook maar verafgoodden.

Een centrum van macht, veronderstelde ze, niet op een of andere hoge bergtop, maar in het stille, slaperige bos.

Er stond niets nieuws in het boek, dat ze vluchtig doorkeek – de kleine puriteinse nederzetting die op haar grondvesten trilde na beschuldigingen van hekserij, een tragische brand, een plotseling noodweer. Ze wenste dat ze een van Anns dagboeken bij zich had, maar ze voelde zich er niet prettig bij om ze uit het huis mee te nemen.

Ze legde het boek weg en probeerde het op het internet, maar ook daar vond ze alleen oud nieuws. Ze had gelezen en gezocht en nog meer gelezen, en er was geen vraag waar zij een beter antwoord op had gevonden dan Quinn en Cybil. Haar kracht lag in het ordenen, in het op een logische manier verbinden van losse punten. Op dit moment waren er simpelweg geen nieuwe punten om met elkaar te verbinden.

Rusteloos stond ze op en liep naar het raam aan de voorkant van het huis. Ze wilde iets te doen hebben, een duidelijk omschreven taak, iets om haar handen en haar geest bezig te houden. Ze moest iets doen. Nu.

Ze draaide zich om met het plan Quinn te bellen en haar te smeken om een opdracht, hoe onbenullig ook.

De vrouw stond voor het bureau, met haar handen voor haar middel gevouwen. Haar grijze jurk had een lange rok, lange mouwen en een hoog gesloten kraag. Ze droeg haar zonnige blonde haar in een eenvoudige knot achter in haar nek.

'Ik weet hoe het is om ongeduldig en rusteloos te zijn,' zei ze. 'Ik kon ook nooit lang stilzitten met niets omhanden. Hij zei altijd dat rust een doel had, maar ik vond het zo moeilijk om te wachten.'

Geesten, dacht Layla. Waarom zou haar hart bijna stil blijven staan van een geest, terwijl ze net nog aan goden had gedacht? 'Ben jij Ann?'

'Je weet het. Je moet nog steeds leren meer op jezelf en wat je is geschonken te vertrouwen. Maar je weet het.'

'Zeg me wat we moeten doen, vertel óns wat we moeten doen om er een eind aan te maken. Om het te vernietigen.'

'Dat ligt buiten mijn macht. Het ligt zelfs buiten de macht van hem, mijn geliefde. Het is aan jullie om het te ontdekken, aan jullie, die hier deel van zijn, die deel zijn van mij en de mijnen.'

'Is het kwaad in me?' O, de mogelijkheid dat dat zo zou zijn, brandde in Layla's buik. 'Kun je me dat vertellen?'

'Het is wat jij ervan maakt. Ken je de schoonheid van het nu? De schoonheid van het vasthouden?' Verdriet en vreugde straalden van Anns gezicht, klonken door in haar stem. 'Van moment tot moment beweegt en verandert het. Dat moet jij ook doen. Als je in het hart en de geest van anderen kunt kijken en kunt zien wat echt is en wat niet, kun je dan niet in jezelf kijken voor het antwoord?'

'Dit is het nu, maar jij bezorgt me alleen maar meer vragen. Vertel me waar je naartoe ging voor de nacht van de brand bij de Heidense Steen.'

'Ik ging om te leven, zoals hij van me had gevraagd. Om kostbaar leven te schenken. Zij waren mijn geloof, mijn hoop, mijn waarheid, en liefde had hen verwekt. Nu ben jij mijn hoop. Jij moet jouw hoop niet verliezen. Dat heeft hij ook nooit gedaan.'

'Wie? Giles Dent? Fox,' besefte Layla. 'Je bedoelt Fox.'

'Hij gelooft in de rechtvaardigheid van dingen, in het juiste ervan.' Ze glimlachte nu, met absolute liefde. 'Dat is zijn grote kracht, en wat hem kwetsbaar maakt. Vergeet niet, het zoekt zwakte.'

'Wat kan ik... Ah, verdomme!' Ann was weg, en de telefoon ging.

Ze zou het opschrijven, dacht Layla, terwijl ze zich haastte om op te nemen. Elk woord, elk detail. Ze had nu opeens heel veel te doen.

Ze pakte de telefoon op. En hield een sissende slang in haar hand.

De gil ontsnapte aan haar keel terwijl ze de kronkelende zwarte massa van zich af gooide. Ze week struikelend achteruit en terwijl er nieuwe angstkreten uit haar keel opborrelden, zag ze hoe het beest zich als een cobra oprichtte en haar met zijn langwerpige, schuine ogen strak aanstaarde. Toen liet hij zijn kop zakken en begon over de grond naar haar toe te kronkelen. Gebeden en smeekbeden buitelden door haar hoofd terwijl ze achterwaarts naar de deur liep. De ogen van het beest lichtten rood op toen het bliksemsnel naar voren schoot en zich tussen haar en de uitgang opnieuw oprichtte.

Ze hoorde haar eigen ademhaling, die te snel kwam, in hijgende stoten die stokten in haar keel. Ze wilde zich omdraaien en wegrennen, maar de angst om de slang de rug toe te keren was te groot. Hij liet zich centimeter voor centimeter zakken en kronkelde naar haar toe.

Was hij nu langer? O, god, o, lieve god. Zijn huid glansde als zwarte olie en hij bewoog zich in een golvende, slinkse beweging over de vloer. Zijn gesis werd harder toen haar rug de muur raakte. Toen ze nergens meer naartoe kon vluchten.

'Je bent niet echt.' Maar de twijfel in haar stem was zelfs voor haar duidelijk hoorbaar, en hij kwam steeds dichterbij. 'Niet echt,' herhaalde ze, terwijl ze worstelde om in te ademen. Kijk ernaar! beval ze zichzelf. Kijk ernaar en zie het. Weet het. 'Je bent niet echt. Nog niet, schoft.'

Knarsetandend maakte ze zich los van de muur. 'Kom maar op. Kronkel maar, sla maar toe, je bent niet écht!' Met dat laatste woord liet ze haar voet met geweld naar beneden komen en trapte ze met haar hak dwars door het olieachtige, zwarte lichaam. Even voelde ze substantie. Ze zag bloed uit de wond gutsen en keek ontzet en vol walging toe. Terwijl ze uit alle macht doordrukte, voelde ze zijn woede, en, wat bevredigender was, zijn pijn.

'Ja, precies, zo is het. We hebben je eerder pijn gedaan, en we zullen je weer pijn doen. Loop naar de hel, jij...'

Hij sloeg toe. Even, een verblindende seconde lang, was de pijn die ze voelde die van haarzelf. Ze schoot naar voren en viel op de grond. Voor ze overeind kon krabbelen om te vechten en zich te verdedigen, was hij verdwenen.

Uitzinnig rukte ze haar broekspijp omhoog en zocht naar een wond. Haar huid was onbeschadigd. De pijn, dacht ze, terwijl ze naar haar tas kroop, was een illusie. Het wezen maakte dat ze pijn voelde, zo veel kracht had het. Maar niet genoeg om te verwonden. Haar handen trilden hevig terwijl ze haar telefoon uit haar tas pakte.

In de rechtbank, herinnerde ze zich. Fox was in de rechtbank. Kan niet komen, kan niet helpen. Ze drukte de sneltoets in voor Quinn. 'Kom,' wist ze uit te brengen, toen Quinn opnam. 'Je moet komen. Snel.'

'We stonden net op het punt de deur uit te gaan toen we je belden,' vertelde Quinn haar. 'Je nam niet op, noch op je mobiel, noch op het kantoortoestel.'

'Hij ging over.' Layla zat op de bank in de ontvangstruimte. Ze was weer op adem gekomen en het trillen was bijna opgehouden. 'De telefoon ging over, maar toen ik opnam...' Ze pakte de fles water die Cybil voor haar uit de keuken had gehaald. 'Ik heb hem daar neergegooid.'

Toen ze wees, liep Cybil naar het bureau. 'Hij staat er nog.' Ze pakte de telefoon van de lader.

'Omdat ik hem nooit heb opgepakt,' zei Layla langzaam. 'Ik heb helemaal niks opgepakt. Hij liet me alleen maar denken dat ik dat deed.'

'Maar je voelde het.'

'Ik weet het niet. Ik hoorde het. Ik zag het. Ik dacht dat ik het voelde.' Ze keek neer op haar hand en kon een huivering niet helemaal onderdrukken.'

'Cal is er,' zei Cybil, met een blik uit het raam.

'We hebben hem gebeld.' Quinn wreef over Layla's arm. 'Het leek ons een goed idee om alle strijdkrachten te mobiliseren.'

'Fox is in de rechtbank.'

'Oké.' Quinn, die op haar hurken bij Layla had gezeten, stond op toen Cal binnenkwam.

'Is iedereen in orde? Niemand gewond?'

'Niemand gewond.' Met haar ogen op Cal gevestigd, legde Quinn een hand op Layla's schouder. 'Alleen heel erg geschrokken.'

'Wat is er gebeurd?'

'Daar waren we net aan toe. Fox is in de rechtbank.'

'Ik probeerde hem te bereiken, maar ik kreeg zijn voicemail. Ik heb geen boodschap ingesproken. Toen hij niet op kantoor was, leek het me niet verstandig om hem te vertellen dat er iets mis was, voor het geval hij achter het stuur zat. Gage is onderweg.' Cal liep naar hen toe en liet even een hand over Quinns arm glijden voor hij naast Layla ging zitten.

'Wat is hier gebeurd? Wat is er met jou gebeurd?'

'Ik had bezoek uit beide teams.'

Ze vertelde hun over Ann Hawkins. Ze zweeg even toen Quinn haar recorder tevoorschijn haalde, en nog eens toen Gage binnenkwam.

'Zei je dat je haar hoorde praten?' vroeg Cal.

'We hadden hier op deze plek een gesprek. Ik en een vrouw die al driehonderd jaar dood is.'

'Maar zei ze echt iets?'

'Dat zeg ik toch... O. O. Hoe stom kan ik zijn?' Layla zette het water opzij en drukte haar vingers tegen haar ogen. 'Ik hoor in het moment te blijven, aandacht te besteden aan het hier en nu, en dat deed ik niet. Dat deed ik niet.'

'Het was waarschijnlijk een behoorlijke verrassing voor je toen je je omdraaide en een dode vrouw bij je bureau zag staan,' merkte Cybil op.

'Ik wenste net dat ik iets te doen had, dat ik iets had om me bezig te houden, en... nou ja, pas op met wat je wenst. Wacht, laat me nadenken.' Ze sloot haar ogen en probeerde zich het voorval voor de geest te halen. 'In mijn hoofd,' mompelde ze. 'Ik hoorde haar in mijn hoofd, dat weet ik bijna zeker. Dus ik had... Wat was het? Een telepathisch gesprek met een dode vrouw. Het wordt almaar beter.'

'Het klinkt meer als peptalk van haar kant,' merkte Gage op. 'Geen echte informatie, alleen: laat je niet kisten en zet 'm op voor het team.'

'Misschien had ik dat nodig. Want ik kan je wel vertellen dat die peptalk misschien de doorslag heeft gegeven toen die andere bezoeker kwam opdagen. De telefoon ging. Waarschijnlijk was jij het,' zei ze tegen Quinn. 'Toen...'

Ze onderbrak haar verhaal toen de deur openging. Fox kwam nonchalant binnenslenteren. 'Iemand geeft een feestje en is verg... Layla.' Hij rende zo snel de kamer door dat Quinn achteruit moest springen om niet omver te worden gelopen. 'Wat is er gebeurd?' Hij greep haar handen. 'Slang? Jézus. Je bent niet gewond.' Hij rukte haar broekspijp omhoog voor ze kon antwoorden.

'Stop. Niet doen. Ik ben niet gewond. Laat me het vertellen. Je moet me niet op die manier lezen.'

'Sorry, dit leek me niet het moment voor etiquette. Je was alleen. Je had wel...'

'Stop,' beval ze. Ze trok doelbewust haar handen los en probeerde even doelbewust haar geest voor hem af te sluiten. 'Stop. Ik kan je niet vertrouwen als je zo mijn geest binnendringt. Ik wil je niet vertrouwen als je dat doet.'

Hij trok zich op alle niveaus terug. 'Oké. Prima. Vertel.'

'Ann Hawkins kwam als eerste,' begon Quinn, 'maar daar komen we straks op terug, als je het niet erg vindt. Ze heeft dat net verteld.'

'Ga dan maar verder.'

'De telefoon ging,' zei Layla weer, en ze deed haar verhaal.

'Je hebt hem pijn gedaan,' zei Quinn. 'Zelf, in je eentje. Dat is goed nieuws. En ik vind die laarzen geweldig.'

'Ze zijn sinds kort mijn favoriete schoeisel.'

'Maar je voelde pijn.' Cal maakte een gebaar naar haar kuit. 'En dat is niet goed.'

'Het was maar heel even, en ik weet niet – ik weet echt niet – hoeveel van die pijn paniek was, of de verwachting pijn te voelen. Ik was zo bang, natuurlijk was ik bang, en toen was die slang daar. Ik hyperventileerde en ik kon daar eerst niet mee ophouden. Ik denk dat ik was flauwgevallen als ik niet nog banger was geweest dat er een slang over me heen zou kruipen terwijl ik bewusteloos was. Ik heb gewoon een fobie.'

Cybil hield haar hoofd schuin. 'Angst voor slangen? Heb jij ofidiofobie? Slangenfobie,' legde ze uit, toen Layla haar niet-begrijpend aankeek.

'Zij weet al dat soort dingen,' zei Quinn trots.

'Ik weet niet of het echt een fobie is. Ik hou gewoon niet van... Oké, ik ben bang voor slangen. Voor dingen die glibberen.'

Cybil keek naar Quinn. 'Die enorme naaktslak die Layla en jij zagen in de eetzaal van het hotel op de dag dat ze had ingecheckt.'

'Hij speelt in op haar angst. Goeie, Cyb.'

'Toen jullie vieren op het valentijnsbal waren, waren het spinnen.' Cybil trok haar wenkbrauw op. 'Jij hebt iets met spinnen, Q.'

'Ja, maar het is meer dat ik ze vies vind dan dat ik er bang voor ben.'

'Daarom zeg ik ook niet dat je arachnofobie hebt.'

'Dat heeft Fox,' merkte Cal op.

'Nee. Ik hou niet van spinnen, maar...'

'Wie wilde er niet naar *Arachnophobia*? De film? Wie zat er als een meisje te gillen toen er een wolfsspin over zijn slaapzak kroop toen we...'

'Hallo, zeg, toen was ik twaalf.' Met een gezichtsuitdrukking die het midden hield tussen schaamte en ongeduld duwde Fox zijn handen in zijn zakken. 'Ik hou niet van spinnen, maar dat is iets anders dan een fobie. Ze hebben te veel poten, in tegenstelling tot slangen, die helemaal geen poten hebben, en die ik best wel cool vind. Ik heb het alleen niet erg op spinnen die groter zijn dan mijn hand.'

'Dat waren ze,' beaamde Layla.

Fox zuchtte. 'Ja, dat geloof ik ook.'

'Ze zei… Ann zei dat hij inspeelt op onze zwakheden.'

'Spinnen en slangen,' bracht Cal naar voren.

'Spiders and snakes, that ain't what it takes,' zong Gage, en hij wierp een glimlach in Cybils richting.

'Waar ben jij bang voor?' vroeg ze aan hem.

'Voor de belastingdienst. En voor vrouwen die woorden als "ofidiofobie" uit hun mouw schudden.'

'Iedereen heeft angsten en zwakke plekken.' Layla wreef vermoeid over de achterkant van haar nek. 'Hij zal ze tegen ons gebruiken.'

'We kunnen beter stoppen en jou naar huis brengen.' Fox bekeek aandachtig Layla's gezicht. 'Je hebt hoofdpijn. Ik zie het aan je ogen,' voegde hij er stijfjes aan toe, toen haar rug verstrakte. 'Ik sluit het kantoor voor de rest van de dag.'

'Goed idee.' Quinn reageerde voordat Layla bezwaar kon maken. 'We gaan terug naar ons huis. Layla kan een aspirientje innemen, of misschien in een warm bad gaan liggen. Cybil kookt.'

'O, doet ze dat?' vroeg Cybil droog. Ze rolde met haar ogen toen Quinn glimlachte. 'Oké, oké, ik kook.'

Toen de vrouwen weg waren, ging Fox midden in de kamer staan en keek onderzoekend om zich heen.

'Er is hier niks,' merkte Gage op.

'Maar er was wel iets. We hebben het allemaal gevoeld.' Fox keek naar Cal en kreeg een knikje.

'Ja. Maar goed, niemand van ons dacht ook dat ze het zich had verbeeld.'

'Ze had het zich niet verbeeld,' beaamde Gage, 'en ze heeft het aangepakt. Ze zijn alle drie hartstikke sterk. Dat is een voordeel.'

'Ze was alleen.' Fox draaide zich met een ruk om. 'Ze moest het in haar eentje "aanpakken".'

'We zijn met z'n zessen, Fox.' Cals stem was kalm en overredend. 'We kunnen niet vierentwintig uur per dag bij elkaar zijn, zelfs niet in tweetallen. We moeten werken, slapen, leven, zo is het nu eenmaal. Zo is het altijd geweest.'

'Ze weet hoe het werkt.' Gage spreidde zijn handen. 'Net als wij allemaal.'

'Het is verdomme geen hockeywedstrijd.'

'En zij is Carly niet.'

Opeens werd het stil in de kamer.

'Ze is Carly niet,' herhaalde Cal zacht. 'Wat hier vandaag is gebeurd, is niet jouw schuld, net zomin als wat er zeven jaar geleden is gebeurd jouw schuld was. Als je dat met je meesleept, bewijs je daar jezelf en Layla geen dienst mee.'

'Jullie hebben hier geen van tweeën iemand bij verloren van wie je hield,' kaatste Fox terug. 'Dus jullie weten er niets van.'

'We waren erbij,' verbeterde Gage hem. 'Dus we weten er wel degelijk wat van. We weten het.' Hij schoof zijn mouw omhoog en stak zijn pols naar voren, waar een dun, wit litteken op te zien was. 'Want we zijn er altijd geweest.'

Omdat dat de zuivere waarheid was, ademde Fox langzaam uit en liet de woede los. 'We moeten een systeem bedenken, een systeem om contact te maken. Dat als een van ons wordt bedreigd terwijl hij of zij alleen is, we allemaal een signaal krijgen.' Hij zweeg even. 'We moeten iets bedenken,' besloot hij. 'Maar nu moet ik afsluiten en dit pak uittrekken. En daarna wil ik een biertje.'

Toen de mannen bij het huurhuis arriveerden, was het avondeten al in voorbereiding. Quinn fungeerde tegen wil en dank als Cybils keukenhulpje.

'Wat staat er op het menu?' Cal boog voorover, duwde Quinns kin omhoog en kuste haar op de mond.

'Ik weet alleen dat ik deze wortels en aardappelen moet schillen.'

'Het was jouw idee om met z'n zessen te eten,' bracht Cybil haar in herinnering, maar ze glimlachte naar Cal. 'Er staat iets verrukkelijks op het menu. Je vindt het vast lekker. En nu wegwezen.'

'Hij kan ook wortels schillen,' protesteerde Quinn.

'Laat Fox dat maar doen,' opperde Cal. 'Hij weet hoe hij met groenten moet omgaan, want dat is zo ongeveer het enige wat ze bij hem thuis aten.'

'Daarom moet jij juist oefenen,' kaatste Fox terug. 'Ik wil Layla spreken. Waar is ze?'

'Boven. Ze… hm,' besloot Quinn, toen Fox zich simpelweg omdraaide en de deur uit liep. 'Dat wordt interessant. Jammer dat ik het moet missen.'

Hij liep regelrecht door naar boven. Fox kende de indeling van de tweede verdieping, omdat hij toen de vrouwen zich nog moesten installeren was ingeschakeld om meubels naar boven te sjouwen. Hij liep zonder meer door de open deur Layla's kamer binnen, waar ze stond met niets anders aan dan een beha en een laag uitgesneden slipje.

'Ik moet met je praten.'

'Eruit. Ga weg. Jezus.' Ze griste een shirt van het bed en hield dat snel voor zich.

'Het duurt niet lang.'

'Het kan me niet schelen hoe lang het duurt, ik ben niet aangekleed.'

'Mijn god, ik heb wel vaker vrouwen in hun ondergoed gezien.' Maar aangezien ze alleen maar haar arm uitstak en naar de deur wees, kwam hij haar tegemoet door zich om te draaien. 'Als je zo preuts bent, moet je je deur dichtdoen.'

'Dit is een huis voor vrouwen, en ik… laat maar.'

Hij hoorde kleren ritselen en laden dichtslaan. 'Hoe is het met je hoofdpijn?'

'Prima. Het is over, bedoel ik. Ik voel me prima, dus als dat het enige is...'

'Je hoeft niet zo hoog van de toren te blazen.'

‘Pardon?’

‘Je verstaat me best. En je kunt ook vergeten dat ik mijn excuses ga aanbieden omdat ik je daarstraks heb gelezen. Je stond stijf van de angst en dat kwam als een lawine bij me naar binnen. Wat er daarna gebeurde was puur instinctief, maar daarom ben ik nog geen geestelijke gluurder.’

‘Je kunt je instinct intomen, dat doe je voortdurend. Dat heb je me zelf verteld.’

‘Het is moeilijker als iemand om wie ik geef in een crisis zit. Dus wen er maar aan. Intussen wil je misschien eens gaan nadenken over een andere baan.’

‘Ontslá je me?’

Hij veronderstelde dat ze genoeg tijd had gehad om iets aan te trekken, dus hij draaide zich om. Hij zag nog steeds glashelder voor zich hoe ze eruit had gezien met alleen een beha en een slipje aan, maar hij moest toegeven dat ze er even indrukwekkend uitzag in een spijkerbroek en een trui en in een staat van diepe verontwaardiging.

‘Ik stel voor dat je een baan zoekt waar je mensen om je heen hebt. Ik ben lang niet altijd op kantoor, en als mevrouw H...’

‘Bedoel je dat ik een oppas nodig heb?’

‘Nee, en op dit moment zou ik willen zeggen dat je een grote overdrijfknop hebt en dat je vinger daaraan vastgeplakt zit. Wat ik bedoel is dat je je niet verplicht moet voelen om naar kantoor te komen, dat ik het snap als je je daar ongemakkelijk bij voelt, en dat ik dan andere regelingen zal treffen.’

‘Ik woon en werk in een dorp waar elke zeven jaar een demon komt spelen. Ik heb heel wat meer om me ongemakkelijk bij te voelen dan bij het doen van jouw verdomde administratie.’

‘Er zijn andere banen, waar je niet regelmatig in je eentje iemands verdomde administratie zit te doen. Waar je er niet in je eentje wordt uitgepikt en aangevallen.’

‘Ik heb toevallig wel teruggevochten en behoorlijk wat schade aangericht.’

'Dat wil ik niet onderschatten, Layla.'

'Zo klinkt het anders wel.'

'Ik wil me niet verantwoordelijk voelen als jou iets overkomt. Nee.' Hij stak zijn hand op. 'Mijn kantoor, mijn agenda, mijn gevoelens.'

Ze hield haar hoofd schuin, waar zowel erkenning als uitdaging uit sprak. 'Dan zul je me moeten ontslaan, of anders zul je een oplossing moeten bedenken.'

'Dan zal ik... een oplossing bedenken. We gaan een soort alarm of een teken verzinnen waarmee we iedereen tegelijkertijd kunnen bereiken. Geen telefoonketens meer.'

'Wat? Zoiets als het Bat-signaal in de Batman-films?'

Hij moest glimlachen. 'Dat zou gaaf zijn. We zullen het erover hebben.'

Toen ze samen de kamer uit liepen, vroeg hij: 'Is het weer oké tussen ons?'

'Oké genoeg.'

Ondanks Cybils verordening verdrong de rest zich in de keuken. Wat er ook maar op het menu stond, vervulde de lucht met zijn geur. Cals hond Lump lag languit onder de kleine koffietafel te snurken.

'Er is een perfecte woonkamer in het huis,' merkte Cybil op. 'Uitermate geschikt voor mens én hond, gezien de huidige inrichting.'

'Cybil heeft nog steeds bezwaar tegen de vlooienmarkt-uitverkoop-ambiance.' Quinn grijnsde en beet in een stengel bleekselderij. 'Voel je je beter, Layla?'

'Veel beter. Ik pak even een glas wijn en dan ga ik naar boven om dit laatste voorval in kaart te brengen. Waarom belde je me trouwens? Je zei dat je me op mijn mobiel en op mijn werktelefoon had geprobeerd te bellen.'

'O, god, dat zijn we in alle opwinding vergeten.' Quinn keek naar Cybil. 'Onze toponderzoekster heeft een nieuwe aanwijzing gevonden waar Ann Hawkins na de nacht bij de Heidense Steen misschien heeft gewoond.'

'Bij een zekere familie Ellsworth, enkele kilometers buiten de nederzetting die hier in 1652 was gevestigd. Ze zijn kort na Hawkins gearriveerd, ongeveer drie maanden later, afgaande op wat ik heb opgedoken.'

'Is er een verband?' vroeg Cal.

'Ze kwamen allebei uit Engeland. Hij heette Fletcher Ellsworth. Ann noemde een van haar zoons Fletcher. En Ellsworths vrouw, Honor, was een achternicht van Hawkins vrouw.'

'Dat noem ik een verband,' verklaarde Quinn.

'Heb je de locatie kunnen vaststellen?'

'Daar werk ik nog aan,' antwoordde Cybil. 'Ik ben zo veel te weten gekomen omdat een van Ellsworths afstammelingen tijdens de Amerikaanse Onafhankelijkheidsoorlog met George Washington in Valley Forge heeft gezeten, en een van zíjn afstammelingen heeft een boek over de familie geschreven. Ik heb contact met hem opgenomen. Een praatlustig type.'

'Mensen praten altijd met Cyb.' Quinn nam nog een hap selderij.

'Inderdaad. Hij kon bevestigen dat de Ellsworths in wie wij geïnteresseerd zijn een boerderij hebben gehad ten westen van het dorp, op een plek die Hollow Creek werd genoemd.'

'Dus we hoeven alleen maar...' Quinn brak haar zin af toen ze Cals gezichtsuitdrukking zag. 'Wat?' Omdat hij Fox aanstaarde, draaide ze zich om en herhaalde: 'Wat?'

'Sommige mensen hier noemen het nog steeds zo,' legde Fox uit. 'Dat deden ze tenminste toen mijn ouders drieëndertig jaar geleden de grond kochten. We hebben het over de boerderij van mijn ouders.'

6

Toen Fox zijn auto achter de truck van zijn vader parkeerde, was het al helemaal donker. Het late tijdstip was een van de redenen geweest waarom hij zijn ouders niet wilde overvallen met zes mensen die met een soort speurtocht bezig waren.

Hij wist dat ze het prima zouden hebben gevonden. De deur stond bij hem thuis altijd voor iedereen open. Familieleden, oude vrienden, nieuwe vrienden, een enkele onbekende: iedereen kon rekenen op een bed, een maaltijd en een veilig heenkomen bij de familie Barry-O'Dell. In ruil voor de gastvrijheid kon men kippen voeren, geiten melken, de tuin wieden of hout hakken.

Zijn hele jeugd was het huis druk en rumoerig geweest, en dat was het vaak nog steeds. Het was een huis waar degenen die er woonden werden aangemoedigd hun eigen pad te kiezen, waar de regels flexibel waren en aangepast aan het individu, en waar van iedereen werd verwacht dat hij zijn steentje bijdroeg.

Het was nog steeds thuis, dacht hij: het rommelige huis van hout en steen met zijn brede veranda, zijn interessante hoekjes en zijn houten luiken (nu uitdagend rood geschilderd). Hij veronderstelde dat zelfs als hij ooit de kans kreeg om zijn eigen huis te bouwen en zijn eigen gezin te stichten, deze boerderij, dit huis, deze plek nog altijd thuis zou zijn.

Er klonk muziek toen hij binnenkwam in de grote huiskamer met zijn excentrieke samenraapsel van kunstvoorwerpen en zijn vrijmoedige gebruik van kleur en textuur. Alle meubelstukken waren handgemaakt, merendeels door zijn vader. Lampen, schilderijen, vazen, schalen, plaids, kaarsen: allemaal oorspronkelijk werk van familie of vrienden.

Hij vroeg zich af of hij dat als kind had gewaardeerd. Waarschijnlijk niet. Het was gewoon thuis.

Een paar honden kwamen vanuit het achterste gedeelte van het huis naar voren rennen om hem met geblaf en zwiepende staarten te verwelkomen. Er waren hier altijd honden geweest. Deze twee, Mick en Dylan, waren net als hun voorgangers vuilnisbakjes die gered waren uit het asiel. Fox ging op zijn hurken zitten om door hun vacht te woelen toen zijn vader achter ze aan kwam.

'Hé.' Brian schonk hem een stralende glimlach. 'Hoe gaat-ie? Heb je al gegeten?'

'Ja.'

'Kom mee naar achteren. Wij zijn nog bezig, en er gaan geruchten van appeltaart.' Brian sloeg zijn arm om Fox' schouders terwijl ze terugliepen naar de keuken.

'Ik wilde nog langskomen, want ik werkte vandaag in het dorp,' vervolgde Brian. 'Maar ik werd opgehouden. Kijk eens wie ik hier heb,' zei hij tegen Jo. 'Hij had zeker gehoord van de appeltaart.'

'Het hele dorp praat erover.' Fox liep om de grote bloktafel heen om zijn moeder een zoen te geven. De keuken rook naar de kruiden en kaarsen van zijn moeder, en naar de stevige soep die in een pan op het fornuis stond. 'En voor je het vraagt, ik heb al gegeten.'

Hij ging in een stoel zitten, die hij had helpen maken toen hij dertien was. 'Ik kwam langs om met jullie te praten over het huis, de boerderij.'

'Kom je weer thuis wonen?' vroeg Brian, en hij pakte zijn lepel op om verder te eten van wat Fox herkende als zijn moeders bruine-rijst-met-linzen-soep.

'Nee.' Hoewel hij wist dat de deur altijd voor hem open zou staan.

'Het grootste deel van het huis is nog van voor de Burgeroorlog, toch?'

'Van na achttienvijftig,' bevestigde Jo. 'Dat weet je.'

'Ja, maar ik vroeg me af of jullie wisten of het misschien op een oudere fundering is gebouwd.'

'Misschien wel,' antwoordde zijn vader. 'De stenen schuur achter in de tuin is ouder. Het lijkt me logisch dat er hier ooit meer heeft gestaan.'

'Precies. Jij hebt de geschiedenis bestudeerd. Dat herinner ik me nog.'

'Dat klopt.' Jo keek hem aandachtig aan. 'Er bewerkten hier al mensen het land voor de blanken kwamen en hen van hun grond verdreven.'

'Ik heb het niet over de inheemse bevolking en hoe die door de indringers zijn uitgebuit.' Hij wilde niet dat ze daar nu over ging uitweiden. 'Ik ben meer geïnteresseerd in wat jullie misschien weten van de tijd na de komst van de kolonisten.'

'De tijd na de stichting van The Hollow,' zei Jo. 'Toen Lazarus Twisse hiernaartoe kwam.'

'Ja.'

'Ik weet dat het land toen werd verbouwd en dat de streek bekendstond als Hollow Creek. We hebben er wat papieren over. Hoezo, Fox? We zitten niet dicht bij de Heidense Steen, we wonen buiten het dorp.'

'We denken dat Ann Hawkins hier heeft gewoond en haar zoons hier heeft gebaard.'

'Op deze boerderij?' vroeg Brian peinzend. 'Hoe zit dat dan?'

'Ik heb je verteld dat ze dagboeken heeft geschreven, en ook dat er gaten tussen zitten. We hebben geen dagboeken gevonden van de periode dat ze uit The Hollow is vertrokken – zoals ze vermoedelijk heeft gedaan – tot een paar jaar later, toen ze weer terugkwam. Als we die konden vinden...'

'Dat was driehonderd jaar geleden,' merkte Jo op.

'Dat weet ik, maar we moeten het proberen. Als we morgenochtend vroeg langs zouden kunnen komen, voor ik klanten krijg...'

'Je weet dat je dat niet hoeft te vragen,' zei Brian. 'We zijn er.'

Jo zweeg even. 'Ik ga de beroemde appeltaart halen.' Ze stond op en streek even met haar hand over de schouder van haar zoon toen ze naar de kast liep.

Hij had het weg willen houden van zijn familie, weg van thuis. Toen hij bij het eerste ochtendgloren de vertrouwde weggetjes af reed naar de boerderij, hield Fox zichzelf voor dat zijn familie door deze zoektocht niet verder in dit alles zou worden meegesleurd. Zelfs als ze bewijzen zouden vinden dat Ann op hun grond had gewoond, zelfs als ze haar dagboeken zouden vinden, veranderde dat niets aan het feit dat de boerderij een van de veilige zones was.

Geen van hun familieleden was ooit meegezogen tijdens de Zeven of bedreigd. Dat zou niet veranderen. Dat zou hij simpelweg niet toestaan. De dreiging kwam sneller en heftiger, dat was een feit. Maar zijn familie bleef veilig.

Hij parkeerde zijn auto voor de boerderij en direct daarna kwamen Cal en Gage aanrijden.

'Ik heb twee uur,' zei hij tegen hen, toen ze uitstapten. 'Als we meer tijd nodig hebben, kan ik proberen een paar afspraken te verschuiven. Anders moet het wachten tot morgen. Zaterdag ben ik vrij.'

'We komen er wel uit.' Cal deed een stap opzij, zodat Lump en de twee honden des huizes elkaar konden besnuffelen om hun kennismaking te hernieuwen.

'Daar komt het oestrogeen aan.' Gage knikte met zijn kin naar de weg. 'Is die vrouw van je klaar om te leveren, Hawkins?'

'Ze zegt van wel, dus dan is dat zo.' Maar Cal liep naar de auto en toen de vrouwen uitstapten, trok hij Quinn even opzij. 'Ik weet niet of ik je hiermee kan helpen.'

'Cal...'

'Ik weet dat we het hier gisteravond over hebben gehad, maar ik mag overbezorgd zijn voor de vrouw van wie ik hou.'

'Absoluut.' Ze sloeg haar armen om zijn nek en keek hem met haar blauwe ogen glimlachend aan. 'Wees maar lekker overbezorgd.'

Ze hief haar mond naar hem op en hij liet zich wegzinken in haar kus. 'Ik zal doen wat ik kan, dat weet je. Maar het is gewoon een feit dat ik hier al mijn hele leven kom. Ik heb in dit huis geslapen, gegeten, gespeeld. Ik heb door de velden gerend, geholpen met het werk op de boerderij. Het was mijn tweede thuis, en ik heb geen enkele keer een flits gezien van het verleden, van Ann, of van wat dan ook.'

'Giles Dent was hier niet, net zomin als de wachters die hem voorgingen. Niet voor zover wij weten. Als Ann hiernaartoe is gegaan, heeft ze dat zonder hem gedaan, en ze is gebleven toen hij al weg was. Dit moet ík doen, Cal.'

'Dat weet ik.' Hij beroerde haar lippen weer met de zijne. 'Maar doe het rustig aan, Blondie.'

'Het is een geweldig huis,' zei Layla tegen Fox. 'En een geweldige plek. Vind je ook niet, Cybil?'

'Het lijkt wel een schilderij van Pissarro. Wat voor type boerenbedrijf is het, Fox?'

'Een biologisch gezinsbedrijf, zou je kunnen zeggen. Rond deze tijd in de ochtend zijn ze meestal bezig met de dieren.'

'Koeien?' Layla sloot achter hem aan.

'Nee. Geiten voor de melk. Kippen voor de eieren. Bijen voor de honing. Groenten, kruiden, bloemen. Alles wordt gebruikt, en wat over is, verkopen of ruilen we... ze.'

De ochtendlucht voerde de geur van dieren met zich mee, voor haar als stadsmeisje een exotische ervaring. Aan de knoestige tak van een boom, ze vermoedde een plataan, hing een oude autoband die als schommel diende. 'Het was vast heerlijk om hier op te groeien.'

'Dat was het zeker. Ik dacht er vermoedelijk anders over als ik kippenmest moest ruimen of woekerplanten moest weghakken, maar het was fantastisch.'

Kippen kakelden druk en indringend. Toen ze verder liepen zag Fox zijn moeder, die voer voor ze strooide. Ze was gekleed in een spijkerbroek, haar stokoude rubberlaarzen, een gerafeld geruit overhemd en een warme trui eroverheen. Haar haar hing in een lange, dikke vlecht op haar rug.

Nu was het zijn beurt voor een flits uit het verleden. Hij zag voor zich hoe ze op een heldere zomerochtend hetzelfde had gedaan, alleen toen met een lange, blauwe jurk aan en een draagband om, waarin zijn jongste zusje lag te slapen.

Ze zong, herinnerde hij zich. Ze zong vaak onder het werk. Hij hoorde haar nu, zoals hij haar toen had gehoord.

'*I'll fly away, o glory, I'll fly away – in the morning.*'

In het aangrenzende weiland melkte zijn vader een van de geiten en zong met haar mee.

En Fox' liefde voor hen was zo groot dat hij het bijna niet kon bevatten.

Ze zag hem en glimlachte naar hem. 'Perfecte timing. Het werk is net klaar.'

'Daar ben ik altijd goed in geweest.'

Ze strooide de rest van het graan uit, zette de emmer op de grond en liep naar hem toe. Ze kuste hem – een zoen op zijn voorhoofd, een op allebei zijn wangen en een op de lippen. 'Goeiemorgen.' Toen draaide ze zich om naar Cal en deed hetzelfde. 'Caleb. Ik hoorde dat je nieuws had.'

'Inderdaad. Hier is ze. Quinn, dit is Joanne Barry, mijn jeugdliefde.'

'Het zal niet gemakkelijk zijn om jou te evenaren. Leuk om je te ontmoeten.'

'Insgelijks.' Ze gaf Quinn een klopje op de arm en wendde zich tot Gage. 'Waar heb jij gezeten, en waarom ben je me niet komen opzoeken?'

Ze gaf hem een kus en sloeg toen haar armen om hem heen voor een stevige knuffel.

Hij knuffelde haar ook, viel Cybil op. Hij pakte haar vast, sloot zijn ogen en hield haar stevig tegen zich aan. 'Ik heb je gemist,' mompelde hij.

'Blijf dan ook niet zo lang weg.' Ze trok zich zachtjes terug. 'Hallo, Layla, fijn om je weer te zien. En dit is zeker Cybil.'

'Inderdaad. U hebt een erg mooie boerderij, mevrouw Barry.'

'Dank je wel. Daar komt mijn man aan.'

'LaMancha-geiten?' vroeg Cybil, waarop Jo haar wat aandachtiger aankeek.

'Inderdaad. Je ziet er niet uit als een geitenhoedster.'

'Ik heb er een paar jaar geleden een stuk of wat gezien in Oregon. Ze vallen op doordat de punten van hun oren overeind staan. Hoog botervetgehalte in de melk, toch?'

'Ja. Wil je wat proeven?'

'Ik weet hoe het smaakt. Het is heerlijk, en uitstekend geschikt om te bakken.'

'Zeker. Bri, dit zijn Cybil, Quinn en Layla.'

'Leuk om... Hé, wij hebben elkaar al ontmoet.' Hij grijnsde naar Layla. 'Min of meer. Ik zag je gisteren Main Street af lopen.'

'En jij was de deur van de boekwinkel aan het vervangen. Ik dacht eraan hoe geruststellend het is dat er mensen zijn die weten hoe ze iets wat kapot is moeten repareren.'

'Dat is onze specialiteit. Goede keus met die blonde, Cal,' voegde Brian er knipogend aan toe, terwijl hij Cal met één arm omhelsde. 'Het zou eens tijd worden,' zei hij tegen Gage, terwijl hij hem op zijn beurt omhelsde. 'Hebben jullie zin in ontbijt?'

'We hebben weinig tijd,' zei Fox. 'Sorry.'

'Geen probleem. Ik breng de melk naar binnen, Jo.'

'Ik pak de eieren. Zet jij vast theewater op, Bri. Het is koud vanmorgen.' Ze draaide zich weer om naar Fox. 'Laat ons weten als je iets nodig hebt, of als we kunnen helpen.'

'Dank je wel.' Fox wenkte de groep naar zich toe terwijl zijn moeder in een mand de eieren begon te verzamelen. 'Waar willen jullie beginnen? Binnen?'

'Weten we zeker dat het huis hier toen nog niet stond?' Quinn keek naar Fox voor bevestiging.

'Het is van ongeveer honderd jaar later, maar misschien is het op een andere fundering gebouwd. Ik weet het gewoon niet. Zie je die schuur? Nou ja, wat ervan over is, helemaal overwoekerd met klimplanten? Die stond er al.'

'Maar hij is te klein.' Layla bestudeerde de resten van de muren. 'Zelfs in die tijd was dat te klein voor een huis. Als we het hebben over een klein gezin dat een vrouw met drie baby's in huis nam, kan dat nooit groot genoeg zijn geweest.'

'Misschien was het een rookhok,' zei Cybil peinzend. 'Of een schuur voor de dieren. Maar het is interessant dat het meeste er nog staat. Dat zou een reden kunnen hebben.'

'Laat me eerst het huis proberen.' Quinn keek aandachtig naar de schuur, het land en het grote stenen huis. 'Misschien vang ik iets op als ik om het huis heen loop. Zo niet, dan gaan we naar binnen, dat vinden Fox' ouders niet erg. Als dat niets oplevert, dan... is er nog het land, dat groepje bomen, de weilanden, en zeer zeker die kleine ruïne daar. Duimen maar, oké?'

Ze stak haar hand uit naar Cal. 'De open plek in het bos, dat is heilige grond, een magische plek. En de steen zorgde ervoor dat die flitsen uit het verleden onmiddellijk doorkwamen. Op de zolder van de bibliotheek werkte het ook meteen. Ik hoefde er niets voor te doen. Ik weet niet wat ik nu moet doen.'

'Denk aan Ann,' zei Cal tegen haar. 'Je hebt haar gezien, je hebt haar gehoord. Denk aan haar.'

Quinn stelde zich Ann voor zoals ze haar de eerste keer had gezien, met losse haren, emmers met water uit de rivier in haar handen, een dikke buik van haar zoons en een gezicht dat straalde van liefde voor de man die op haar wachtte. Ze stelde zich haar voor zoals ze haar de tweede keer had gezien, toen ze weer slank was, en zedig gekleed. Ouder, droeviger.

Ze liep over het harde wintergras, de dikke grindlaag, de stapstenen. De lucht voelde koel op haar wangen en droeg de geur van dieren en aarde met zich mee. Ze hield Cals hand stevig vast en wist – voelde – dat hij haar alles gaf wat hij in zich had om hun talenten te verbinden, net zoals hun vingers hen met elkaar verbonden.

'Ik kom er gewoon niet. Ik vang beelden op van jou,' zei ze met een lachje tegen Cal. 'Als kleine jongen, toen je nog een bril droeg. Schattig. Ik zie jullie drieën rondrennen, en ik zie een jongere jongen, en een meisje. Een peuter – ook een meisje. Ze is zo lief.'

'Je moet dieper gaan.' Cal kneep in haar hand. 'Ik ben bij je.'

'Misschien is dat juist het probleem. Ik denk dat ik dingen oppik die jij je herinnert, beelden die jij hebt gezien.' Ze kneep hem op haar beurt in zijn hand en trok zich los. 'Ik denk dat ik het alleen moet proberen. Geef me een beetje ruimte. Oké, jongens? Iets meer ruimte.'

Ze draaide zich om, liep naar de hoek van het huis en eromheen. Het was zo stoer, dacht ze, en zoals Cybil had gezegd, zo mooi. Het steen, het hout, het glas. Er lagen bloembedden waar nog niets was opgekomen, en andere waar de eerste uitlopers hoopvol de grond uit kwamen – waarschijnlijk narcissen en tulpen, hyacinten en de zomerlelies die na het voorjaar zouden bloeien.

Sterke, oude bomen boden schaduw, en ze stelde zich voor – ze zag – dat daar de bloemen bloeiden die niet tegen het felle zonlicht konden.

Er hing een rooklucht, besefte ze. Blijkbaar was er binnen een open haard met houtvuur. Natuurlijk was die er. Welke prachtige boerderij had geen open haard? Een plek om je op een koude avond lekker bij op te krullen. Vlammen die dansende schaduwen, licht en een welkome warmte verspreidden.

Ze zat in een kamer die werd verlicht door het haardvuur en de gloed van een enkele talgkaars. Ze huilde niet, hoewel haar hart overliep van tranen. Met een ganzenveer en inkt schreef Ann in haar keurige handschrift in haar dagboek.

Onze zoons zijn acht maanden oud. Ze zijn mooi en gezond. Ik zie jou in hen, mijn liefste. Ik zie je in hun ogen, en dat troost me en doet me tegelijkertijd verdriet. Mij gaat het goed. De vriendelijkheid van mijn nicht en haar man zijn onbeschrijfelijk. Wij zijn ongetwijfeld een last voor hen, maar zo worden we nooit bejegend. In de weken voor en enkele weken na de geboorte van onze zoons kon ik weinig doen om mijn nicht te helpen. Toch klaagde ze nooit. Zelfs nu, nu ik de jongens heb om voor te zorgen, kan ik niet zo veel doen als ik zou willen in ruil voor haar en neef Fletchers gastvrijheid.

Ik doe wel verstelwerk. Honor en ik hebben zeep en kaarsen gemaakt, waar Fletcher ruilhandel mee kan drijven.

Dit is niet wat ik wil schrijven, maar ik vind het zo moeilijk om deze woorden op papier te zetten. Mijn nicht heeft me verteld dat de jonge Hester Deale zich heeft verdronken in de poel van Hawkins Wood en haar pasgeboren dochter als wees heeft achtergelaten. Ze heeft je die nacht beschuldigd, zoals je al had voorzien. Ze heeft mij beschuldigd. We weten dat ze dat niet uit vrije wil deed, net zoals ze het moederloze kind niet uit vrije wil heeft laten verwekken.

Het beest zit in het kind, Giles. Je hebt me keer op keer verteld dat wat jij zou doen de orde der dingen zou veranderen, het bloed zou zuiveren. Het offer dat jij, ik en onze kinderen met jou hebben gebracht, was noodzakelijk. Op avonden zoals deze, wanneer ik zo eenzaam ben en mijn hart is vervuld van verdriet om een meisje van wie ik weet dat ze verloren is, vrees ik dat wat is gedaan en wat zo lang hierna nog zal worden gedaan, niet genoeg zal zijn. Ik rouw omdat je jezelf voor niets hebt opgeofferd en omdat onze kinderen nooit het gezicht van hun vader zullen zien of zijn kus zullen voelen.

Ik zal bidden om de kracht en de moed waarvan jij geloofde dat ze in me scholen. Ik zal bidden dat ik ze terug zal vinden wanneer de zon opkomt. Vannacht, nu de duisternis zo dichtbij is, kan ik alleen maar een vrouw zijn die verlangt naar haar geliefde.

Ze sloot het boek toen een van de baby's begon te huilen en zijn broertjes wakker werden en begonnen mee te huilen. Ze stond op en liep naar de strozak die naast de hare lag om te sussen, te zingen en haar borst aan te bieden.

Jullie zijn mijn hoop, fluisterde ze, terwijl ze een van de drie als troost een in suiker gedoopte speen gaf, terwijl zijn broertjes dronken aan haar borst.

Toen Quinns ogen wegdraaiden, tilde Cal haar van de grond. 'We moeten haar naar binnen brengen.' Hij droeg haar met grote, snelle stappen het trapje op naar de veranda aan de zijkant van het huis. Fox rende voor hem uit, duwde de deur voor hem open en liep meteen door, de muziekkamer van de familie in.

'Ik ga water halen.'

'Ze heeft meer nodig.' Cybil haastte zich achter hem aan. 'Waar is de keuken?'

Hij wees hem aan en liep zelf in tegenovergestelde richting.

Omdat Quinn rilde, rukte Layla een plaid van de leuning van een kleine bank, terwijl Cal haar neerlegde.

'Mijn hoofd,' wist Quinn uit te brengen. 'God, mijn hoofd. Het dreunt met een kracht van tien op de schaal van Richter. Straks moet ik overgeven. Ik moet...' Ze zwaaide haar voeten op de grond en liet haar hoofd tussen haar knieën hangen. 'Oké.' Ze ademde in en uit, terwijl Cybil haar schouders masseerde. 'Oké.'

'Hier, drink wat water. Fox heeft water voor je gehaald.' Layla pakte het glas van hem aan en ging op haar knieën zitten om Quinn te helpen met drinken.

'Rustig aan,' adviseerde Cal. 'Ga pas rechtop zitten als je eraan toe bent. Langzaam ademhalen.'

'Geloof me.' Ze wierp een blik op de koperen emmer die Gage naast haar neerzette en keek naar de vonkjes die uit de open haard omhoogschoten. 'Goed idee, maar ik weet vrij zeker dat ik die niet nodig heb.'

Ze kwam voorzichtig overeind, tot ze haar bonzende hoofd op Cals schouder kon leggen. 'Intens.'

'Ik weet het.' Hij drukte zijn lippen zachtjes op de zijkant van haar hoofd.

'Heb ik iets gezegd? Het was Ann. Ze zat in haar dagboek te schrijven.'

'Je zei een heleboel,' vertelde Cal haar.

'Waarom heb ik er niet aan gedacht om mijn recorder aan te zetten?'

'Is voor gezorgd.' Gage hield haar minirecorder omhoog. 'Ik heb hem uit je tas gehaald toen de voorstelling begon.'

Ze nam langzaam een slok water en keek Fox aan. Haar ogen stonden nog steeds wazig in haar lijkbleke gezicht. 'Je ouders hebben zeker geen morfine in huis?'

'Nee, sorry.'

'Het gaat wel over.' Cal kuste haar opnieuw en wreef zachtjes over de achterkant van haar nek. 'Echt waar.'

'Hoe lang was ik weg?'

'Bijna twintig minuten.' Cal keek op toen Cybil binnenkwam met een hoge aardewerk mok.

'Hier.' Cybil streelde Quinn over de wang. 'Dit helpt.'

'Wat is het?'

'Thee. Meer hoef je niet te weten. Kom, flinke meid zijn.' Ze bracht de mok naar Quinns lippen. 'Je moeder heeft een verbazingwekkende voorraad zelfgemaakte theesoorten, Fox.'

'Kan best, maar dit smaakt naar...' Quinn brak haar zin af toen Joanne binnenkwam. 'Mevrouw Barry.'

'Die melange smaakt behoorlijk smerig, maar het helpt. Laat mij maar even, Cal.' Joanne schoof Cal opzij, nam zijn plaats in en drukte al wrijvend op twee punten onder aan Quinns nek. 'Probeer je te ontspannen. Dat is beter. Adem erdoorheen. Adem de zuurstof in, adem de spanning en het ongemak uit. Dat is goed. Ben je zwanger?'

'Wat? Nee. Eh, nee.'

'Er zit hier een punt.' Ze pakte Quinns linkerhand en drukte op het dunne vlies tussen haar duim en wijsvinger. 'Het is effectief, maar volgens de traditie verboden voor zwangere vrouwen.'

'De Verbinding van de Valleien,' zei Cybil.

'Weet je iets van acupressuur?'

'Zij weet alles,' mompelde Quinn, en ze haalde voor het eerst ontspannen adem. 'Het is beter. Veel beter. Gezakt van verblindend naar hinderlijk. Dank je wel.'

'Je moet een poosje uitrusten. Cal kan je naar boven brengen, als je wilt.'

'Dank u wel, maar...'

'Cal, je moet haar naar huis brengen.' Layla stapte naar voren en legde haar hand op Cals arm. 'Ik kan met Fox meerijden naar kantoor. Cybil, jij kunt Gage toch naar Cals huis brengen?'

'Dat zou ik wel kunnen doen.'

'We zijn nog niet klaar,' protesteerde Quinn. 'We moeten verder met deel twee en uitzoeken waar ze het dagboek heeft gelaten.'

'Niet vandaag.'

'Ze heeft gelijk, Blondie. Je hebt geen tweede ronde in je.' Om het pleit te beslechten, tilde Cal haar van de bank.

'Nou ja, hier valt weinig tegen in te brengen. Ik geloof dat ik ga. Dank u wel, mevrouw Barry.'

'Jo.'

'Dank je wel, Jo, dat je ons je ochtend hebt laten verpesten.'

'Graag gedaan. Fox, help Cal even met de deur. Gage, breng jij Cybil naar huis en laat Brian weten of alles oké is. Layla.' Jo legde haar hand op Layla's arm en hield haar even tegen terwijl de anderen de kamer uit liepen. 'Dat heb je handig gedaan.'

'Hoe bedoelt u?'

'Je hebt het zo geregeld dat Quinn en Cal samen kunnen zijn, wat precies is wat ze allebei nodig hebben. Ik wil je om een gunst vragen.'

'Natuurlijk.'

'Als er iets is wat we kunnen of moeten doen, wil jij dat dan tegen me zeggen? Fox doet dat misschien niet. Hij is nogal beschermend tegenover de mensen van wie hij houdt. Soms té beschermend.'

'Ik zal doen wat ik kan.'

'Meer kan ik niet vragen.'

Fox stond buiten op haar te wachten. 'Je hoeft niet mee te gaan naar kantoor.'

'Cal en Quinn hebben ruimte nodig en ik ben graag bezig.'

'Leen Quinns auto, of die van Cybil. Ga winkelen. Doe iets normaals.'

'Werken is normaal. Probeer je van me af te komen?'

'Ik probeer je wat rust te geven.'

'Ik heb geen behoefte aan rust. Quinn wel. Ik ga vandaag naar kantoor, tenzij jij me thuis nodig hebt.'

'Ik heb alles onder controle,' zei Cybil tegen haar. 'Afgezien van het in kaart brengen van de pret van vanochtend, kunnen we tot we het dagboek vinden niet veel doen.'

'We hechten wel erg veel belang aan een dagboek,' merkte Gage op.

'Het is de volgende stap.' Cybil haalde haar schouders op.

'Ik kan het niet vinden.' Fox spreidde zijn handen uit. 'Misschien heeft ze ze geschreven, misschien heeft ze ze hier geschreven; het lijkt erop dat dat zo is. Maar ik heb in dit huis gewoond en ik heb er nooit iets van gezien. Ik heb me gisteren volledig opengesteld en overal rondgelopen: binnen, buiten, bij de oude schuur, het bos. Niks.'

'Misschien heb je mij erbij nodig.'

Zijn ogen hechtten zich vast aan Layla en lieten haar niet meer los.

'Misschien is het iets wat we samen moeten doen. We zouden het kunnen proberen. We hebben nog wat tijd over. We zouden...'

'Niet nu. Niet nu mijn ouders hier zijn. Voor het geval er... iets gebeurt. Morgen zijn ze allebei de hele ochtend weg.' Dan liepen ze geen gevaar, als er al gevaar aan te pas kwam. 'Bij de pottenbakkerskraam. Morgen komen we terug.'

'Ik vind het prima. Nou, cowboy.' Cybil gebaarde naar Quinns auto. 'Laten we gaan.' Ze zei verder niets, tot Gage en zij in de auto zaten en gevolgd door Fox de weg op reden. 'Wat zou het zijn waar hij zijn ouders niet aan wil blootstellen?'

'Er is hier of bij Cals ouders nooit iets gebeurd. Maar voor zover we weten waren ze hier eerder nooit mee verbonden. Dus wie zal het verdomme zeggen?'

Terwijl ze de auto bestuurde dacht ze daarover na. 'Het zijn aardige mensen.'

'De aardigste mensen die je je kunt voorstellen.'

'Je hebt hier als jongen veel tijd doorgebracht.'

'Ja.'

'Mijn god, houd jij ooit wel eens je kop?' vroeg ze na een stilte. 'Je kletst me de oren van het hoofd.'

'Ik hoor mezelf graag praten.'

Ze liet de stilte tien seconden voortduren. 'Laten we het anders proberen. Hoe ging het pokeren?'

'Oké. Poker jij?'

'Ik heb het wel gedaan.'

'Kun je het een beetje?'

'Mijn beleid is om in alles wat ik doe goed te zijn of te worden. Sterker nog...'

Toen ze de bocht nam zag ze een paar meter voor zich de enorme zwarte hond ineengedoken midden op de weg staan. Toen ze zijn ogen zag, bedwong ze de instinctieve neiging om de rem in te trappen. 'Hou je vast,' zei ze koel en ze drukte in plaats daarvan het gaspedaal in.

Hij sprong. Een zwarte massa, glinsterende tanden en klauwen. De auto trilde van de klap en ze worstelde om hem onder controle te houden, terwijl haar hart in haar keel bonsde. De voorruit explodeerde, de motorkap vloog in brand. Weer bedwong ze de neiging om de rem in te trappen en in plaats daarvan liet ze de auto bliksemsnel om zijn as draaien. Ze bereidde zich erop voor om nog eens op de hond in te rijden, maar hij was weg.

De voorruit was intact, de motorkap onbeschadigd.

'Vuile schoft, vuile schoft,' herhaalde ze keer op keer.

'Draai om en rijd door, Cybil.' Gage sloot zijn hand om de hand die het stuurwiel omklemde. Hij voelde koud aan, maar hij trilde niet, viel hem op. 'Keer de auto en rijd door.'

'Ja, oké.' Er trok één hevige rilling door haar heen, maar toen draaide ze om. 'Goed... Wat zei ik voor we werden onderbroken?'

Vol bewondering voor haar lef schoot hij in de lach. 'Jij hebt ballen, dame. Jij hebt stalen zenuwen.'

'Ik weet het niet. Ik wilde hem vermoorden. Ik wilde hem gewoon vermoorden. En, nou ja, het is mijn auto niet, dus als ik hem bij een aanrijding met een duivelse hond aan gort heb gereden, dan is dat Q's probleem.' Op dat moment was haar maag één trillende bonk zenuwen. 'Waarschijnlijk was het stom. Ik zag even helemaal niets, met de voorruit... Ik had tegen een boom kunnen knallen, of de rivier in kunnen rijden.'

'Mensen die bang zijn om iets stoms te doen, komen nergens.'

'Ik wilde hem betaald zetten wat hij Layla gisteren heeft aangedaan. En zoiets werkt niet.'

'Het kon veel slechter,' zei Gage na een stilte.

Ze lachte even. Toen wierp ze een blik opzij en lachte nog wat meer. 'Ja, nu je het zegt, het kon inderdaad veel slechter.'

7

Fox' agenda gaf hem vrijdag weinig tijd om na te denken of te tobben. Hij had eerst een afspraak, toen een vergadering, daarna weer een nieuwe afspraak, gevolgd door een telefonisch overleg. Toen hij halverwege de middag een uurtje niets te doen had, besloot hij die tijd te benutten om een wandeling door het dorp te maken en zijn hersens wat rust te geven.

Of beter nog, hij zou naar de Bowl-a-Rama lopen om even met Cal te kletsen. Dan zou hij ook snel te weten komen hoe Quinn en de anderen eraan toe waren.

Toen hij de ontvangstruimte in liep om zijn plannen aan Layla door te geven, was die net in gesprek met Cals overgrootmoeder Estelle Hawkins.

'Ik dacht dat we elkaar weer zouden treffen op onze gebruikelijke geheime plek.' Hij liep naar haar toe en gaf haar een kus op de dunne, zachte huid van haar wang. 'Hoe moeten we zo nou onze affaire geheimhouden?'

'Het hele dorp weet er al van.' Estelles ogen twinkelden achter haar dikke brillenglazen. 'We kunnen net zo goed openlijk in zonde gaan leven.'

'Ik ga vast naar boven, mijn spullen pakken.'

Ze lachte en gaf hem een speelse tik. 'Voor je dat doet, hoop ik dat je een paar minuutjes voor me hebt. Zakelijk.'

'Ik heb altijd tijd voor jou, zakelijk of niet. Kom maar mee naar achteren. Layla neemt mijn telefoontjes wel aan.' Hij gaf haar een knipoog terwijl hij Essie bij de arm pakte. 'Voor het geval we door hartstocht worden overmand.'

'Het is een wonder dat je je hoofd bij je werk kunt houden, met zo'n knap meisje in de buurt,' zei Essie tegen hem, terwijl ze zijn kantoor in liepen.

'Ik heb een ongekende wilskracht. Heb je zin in een coke?'

'Ik denk dat ik dat wel lust.'

'Een ogenblikje.'

Hij pakte een glas, deed er ijs in en schonk het vol. Essie was een van Fox' favoriete personen, en hij zorgde er eerst voor dat ze comfortabel zat voor hij zich in de zithoek van zijn kantoor bij haar voegde. 'Waar is Ginger?' vroeg hij. Ginger was Cals nicht, die bij Essie inwoonde.

'Zij is doorgereden naar de bank, voor hij dichtgaat. Ze komt me zo ophalen. Dit duurt niet lang.'

'Wat kan ik voor je doen? Wil je iemand voor de rechter slepen?'

Ze glimlachte naar hem. 'Ik kan me niets ergers voorstellen. Ik vraag me af waarom mensen dat steeds doen.'

'Dat is de schuld van de advocaten. Toch is het altijd nog beter dan dat je elkaar het ziekenhuis in slaat. Meestal tenminste.'

'Dat doen mensen ook. Maar ik ben hier voor geen van beide. Het gaat over mijn testament, Fox.'

Dat bezorgde hem een pijnscheutje. Ze was drieënnegentig en hij wist hoe goed het was om lang voor je Essies leeftijd bereikte je zaakjes goed te regelen. Maar het deed hem toch een beetje pijn om te denken aan een wereld zonder haar.

'Ik heb een paar jaar geleden je testament en je trust bijgewerkt. Wil je iets veranderen?'

'Niets groots. Ik heb een paar sieraden die ik aan Quinn wil nalaten. Op dit moment gaan mijn parels en mijn oorbellen met aquamarijn naar Frannie. Zij begrijpt dat ik ze aan haar toekomstige schoondochter wil geven. Ik heb er met haar over gesproken. En ik weet wel dat ik het zo kan laten, dat ik erop kan vertrouwen dat zij ze aan Quinn geeft. Maar ik herinner me dat jij me hebt verteld dat het voor de nabestaanden gemakkelijker is als alles duidelijk is vastgelegd.'

'Over het algemeen is dat zo. Ik kan dat voor je regelen.' Hoewel hij in Essies zaken op zijn geheugen kon vertrouwen, stond Fox op om een officieel formulier te pakken en alles op te schrijven. 'Het zal weinig tijd in beslag nemen om de verandering door te voeren. Als je wilt kan ik de documenten maandag bij je langsbrengen, dan kun je ze tekenen.'

'Dat is prima, maar ik vind het ook niet erg om langs te komen.'

Hij wist dat ze nog steeds bijna elke dag naar de bibliotheek ging, maar als hij haar een rit kon besparen, deed hij dat liever. 'Anders bel ik je als het klaar is. Dan zien we wel wat het handigste is. Is er nog iets anders wat je wilt veranderen, toevoegen of weghalen?'

'Nee, alleen die twee stukken. Je hebt alles zo duidelijk opgeschreven. Dat geeft me gemoedsrust, Fox.'

'En als ik kleinkinderen krijg die advocaat worden, kunnen zij het voor je regelen.'

Haar mondhoeken gingen omhoog, maar haar ogen bleven ernstig terwijl ze hem op de hand klopte. 'Ik zou graag lang genoeg leven om Cal de komende herfst te zien trouwen. Ik zou graag de volgende Zeven overleven en met mijn jongen dansen op zijn bruiloft.'

'Essie...'

'Ik zou het ook niet erg vinden om met jou te dansen op jouw bruiloft. En ik kan hebberig zijn en zeggen dat ik graag Cals eerstgeborene in mijn armen zou willen houden. Maar ik weet dat het daar misschien niet van zal komen. Wat er deze keer aankomt, is erger dan al het voorgaande.'

'We laten jou niets overkomen.'

Ze slaakte een zucht boordevol liefde. 'Jullie hebben sinds jullie tiende voor dit dorp gezorgd. Cal, Gage en jij. Ik zou graag de dag meemaken dat jullie dat niet meer hoefden te doen. Daarvoor hou ik het vol.' Ze gaf hem nog een klopje op zijn hand. 'Ik verwacht dat Ginger zo wel hier zal zijn om me op te halen.'

Hij stond op om haar overeind te helpen. 'Ik loop met je mee, dan wachten we samen op haar.'

'Doe jij nou maar wat je moet doen. Ik hoop dat je iets leuks op het programma hebt staan voor het weekend.'

'Wel als jij met me mee uit zou gaan.'

Ze lachte en leunde op zijn arm terwijl hij met haar meeliep naar buiten. 'Die tijd is geweest.'

Hij stond bij het raam en keek toe terwijl Ginger Essie voorzichtig in de auto hielp.

'Ze is een opmerkelijke vrouw,' merkte Layla op.

'Ja, dat is ze zeker. Ik wil graag dat je haar nalatenschapsdossier voor me ophaalt. Ze wil een paar dingen veranderen.'

'Oké.'

'Denk je er ooit wel eens aan dat we dit misschien zullen verliezen? Dat we het dorp, onszelf, de hele zooi misschien kwijtraken?'

Ze aarzelde. 'Jij niet dan?'

'Nee.' Hij draaide zich om en keek haar aan. 'Nee, ik weet dat we het zullen winnen. Maar we zullen het niet allemaal overleven. Niet iedereen die vandaag gewoon zijn dagelijkse dingen doet, zal het er levend van afbrengen.'

In plaats van aan zijn wandeling te beginnen, liep Fox terug zijn kantoor in. En hij pakte zijn eigen testament uit de bureaula om dat te herzien.

Even na vijven begeleidde hij zijn laatste klant naar de deur en wendde zich vervolgens tot Layla. 'We gaan. Pak je spullen. We gaan bowlen.'

'Ik denk niet dat ik dat ga doen, maar het is een leuk idee. Ik wil kijken hoe het met Quinn is.'

‘We ontmoeten haar daar. De hele club komt naar de Bowl-a-Rama. Pizza, bier en pins.’

Ze dacht aan de rustige soepmaaltijd die ze had gepland, met een glas wijn en een boek erbij. ‘Jij vindt bowlen leuk.’

‘Ik vind het afschuwelijk, wat een probleem is, aangezien een van mijn beste vrienden een bowlingcentrum heeft.’ Hij pakte intussen haar jas. ‘Maar de pizza is goed, en er zijn flipperkasten. Ik ben dol op flipperen. Hoe dan ook, we hebben afleiding verdiend. Even niets.’

‘Dat denk ik ook wel.’

Hij hield haar jas voor haar op. ‘Vrijdagavond moet je in de Bowl-a-Rama zijn.’

Ze glimlachte. ‘Dan moeten we dat maar doen. Kunnen we lopen?’

‘Je hebt mijn gedachten gelezen. Figuurlijk dan. Ik ben al de hele dag ongedurig.’ Hij zweeg even toen ze naar buiten stapten. ‘Kijk, viooltjes in de plantenbak voor de Flower Pot. En zie je die man daar? Dat is Eric Morre, fris geschoren. Hij scheert in maart altijd zijn winterbaard eraf. Het voorjaar komt eraan.’

Hij pakte haar hand toen ze de stoep op liepen. ‘Weet je wat ik net zo fijn vind als flipperen en pizza?’

‘Nee, wat dan?’

‘Een wandeling maken met een mooi meisje.’

Ze keek hem van opzij aan. ‘Je bent opgevrolijkt.’

‘Dat komt door het vooruitzicht van pizza.’

‘Nee, ik meen het.’

Hij stak zijn hand op naar iemand aan de overkant. ‘Ik heb me even lekker rondgewenteld in mijn sombere gedachten. Soms is dat nodig, en daarna leg ik het weer naast me neer.’

‘Hoe doe je dat?’

‘Door mezelf eraan te herinneren dat we allemaal doen wat we doen. En dat op de lange duur het goede meestal wint van het kwaad. Soms duurt het erg lang voor het zover is, maar het goede wint meestal wel.’

‘Daar word ik nou vrolijk van.’

‘Mooi. Dat was de bedoeling.’

‘Ik was me niet echt aan het rondwentelen in sombere gedachten. Maar ik maak me wel zorgen. Viooltjes in de plantenbak zijn een goed teken, maar ik vind het afschuwelijk dat er dit soort dingen tegenover staan.’ Ze wees naar de cadeauwinkel. ‘Ik wil ook graag geloven dat het goede meestal wint, maar het is erg om te weten dat het zo veel kost en dat sommige mensen moeten verliezen.’

‘Misschien is het geen verlies. Misschien verhuizen ze naar Iowa en winnen ze daar de loterij, of beginnen ze er een dubbel zo groot bedrijf als hier. Of misschien worden ze daar om wat voor reden dan ook gelukkiger. Het wiel moet draaien om ergens te komen.’

‘Zegt de man die een advocatenpraktijk heeft in het dorp waar hij is geboren.’

‘Het wiel heeft voor mij gedraaid.’ Ze staken over bij het plein. ‘Het heeft me hier teruggebracht. En het heeft jou hier gebracht.’

Hij trok de deur open en voerde haar het rumoer van de Bowl-a-Rama binnen.

‘Op pizza en plezier.’

‘En op plantenbakken, om de alliteratie voort te zetten. En niet te vergeten op bowlen en bonhomie.’

‘Bonhomie. Dubbele woordwaarde.’

‘Je moet je kaarten goed uitspelen.’ Hij draaide haar om en voor ze wist wat hij deed, drukte hij zijn lippen op de hare. ‘Er zouden seks en satisfactie kunnen zijn.’

‘Ik speel mijn kaarten nog even niet uit.’

‘Dus we houden het op vriendschap en frivoliteit. Mijn god, wat heb ik daar genoeg van.’ Hij voerde haar mee naar baan zes, waar Cal, Quinn en Cybil hun bowlingschoenen aantrokken. ‘Waar is Turner?’

‘Die heeft ons verlaten voor de speelhal,’ antwoordde Cybil.

‘En de flipperkastrivaliteit zet zich voort. Tot straks.’

‘Geen probleem. Dan heb ik drie beeldschone vrouwen voor mij alleen.' Cal hield een paar bowlingschoenen omhoog. 'Maat negenendertig?'

'Die pas ik wel.' Layla ging zitten, terwijl Fox Cal naar zich toe wenkte.

'Hoe heb je Gage zover gekregen dat hij meeging?'

'Zijn vader heeft vanavond vrij. En als Bill er niet is...'

'Oké, ik snap het. Ik ga hem inmaken met Tomcat. Hij betaalt het bier.'

'Tomcat?' Cybils wenkbrauwen schoten omhoog. 'Is dat geen oorlogsspelletje?'

'Misschien wel.' Fox nam haar met samengeknepen ogen op. 'Hoezo, ben je mijn moeder of zo? Als je haar toevallig tegen het lijf loopt, moet je haar maar niet vertellen dat ik Gage heb ingemaakt met een oorlogsspelletje.'

Na een uur met de lampjes, de belletjes en het geratel van afweergeschut was zelfs het laatste beetje van Fox' droefgeestige stemming verdwenen. Het hielp ook mee dat hij kon kijken naar het buigen en strekken van drie aantrekkelijke vrouwen, terwijl hij zijn overwinningsbiertje opdronk. Gage had hem nog nooit kunnen verslaan met Tomcat.

'Beste uitzicht ooit,' merkte Gage op, terwijl ze van een afstandje het achterwerk bestudeerden van Quinn, die de werplijn naderde.

'Ja, beter zijn ze moeilijk te vinden. De vrijdagavondcompetitie komt eraan.' Fox keek naar de ontvangstbalie, waar mannen en vrouwen in bowlingshirts binnen kwamen lopen. 'Cal heeft vanavond volle bak.'

'Daar heb je Napper.' Gage nam een slokje van zijn bier terwijl hij de man in het crème-met-kastanjebruine teamshirt bestudeerde. 'Is hij nog steeds...'

'Ja. Ik sprak hem toevallig een paar dagen geleden. Hij is nog steeds een hufter, alleen wat ouder, met een politiepenning.'

'Achtenvijftig.' Layla liet zich op de bank vallen om na haar laatste worp haar schoenen om te wisselen. 'Ik geloof niet dat ik mijn nieuwste passie heb ontdekt.'

'Ik vind het leuk,' zei Cybil, terwijl ze naast haar ging zitten. 'Ik ben een voorstander van aantrekkelijker schoeisel, maar het spelletje vind ik leuk. Het telkens weer afbreken en opbouwen.'

'Hoe bedoel je?'

'Je gooit de bal om de pins om te gooien. Als je ze goed raakt, kun je ervoor zorgen dat ze elkaar omgooien. Maar even later staan ze weer overeind, als soldaten. Na al die oorlogsspelletjes,' zei ze, met een plagerig lachje in Fox' richting, 'verga ik van de honger.' Ze keek op naar Gage. 'Hoe is jouw veldslag afgelopen?'

'Ik heb meer succes met kaarten en vrouwen.'

'Ik heb hem ingemaakt, zoals ik al had beloofd. Gage betaalt het bier.'

Terwijl ze om een tafel zaten met pizza en bier, spraken ze niet over de ochtend. Ze spraken niet over hun plannen voor de volgende dag. Even waren ze gewoon vrienden die genoten van elkaars gezelschap en van het vermaak dat een klein plattelandsdorp hun bood.

'Volgende keer doen we mijn spel,' kondigde Gage aan. 'Een vriendschappelijk potje poker.' Hij keek Fox spottend aan. 'Eens kijken wie er dan het bier moet betalen.'

'Kom maar op.' Fox pakte grijnzend een stuk pizza. 'Ik heb geoefend.'

'Strippoker telt niet.'

'Wel als je wint,' zei hij met volle mond.

'Kijk eens wie er terug is!' Shelley Kholer waggelde naar hun tafel in een spijkerbroek die nauwelijks ruimte bood voor inwendige organen en een T-shirt dat net groot genoeg was voor een onderontwikkelde twaalfjarige. Ze pakte Gage' gezicht met beide handen vast en gaf hem een lange, gulzige en enigszins dronken zoen op de mond.

'Hé, Shell,' zei hij, toen hij zijn tong terug had.

'Ik hoorde dat je terug was, maar ik had je nog niet gezien. Wat ben je toch een lekker ding. Laten we...'

'Is er nog nieuws?' onderbrak hij haar, en hij pakte zijn bier om zijn mond tegen een nieuwe aanval te beschermen.

'Ik ga scheiden.'

'O, wat naar.'

'Nee, hoor. Block is een vuile bedrieger, met een pik als een augurk. Zo'n kleintje, weet je wel?'

'Nee, dat wist ik niet.'

'Ik had er met jou vandoor moeten gaan,' zei ze, en ze schonk iedereen aan tafel een wazige glimlach. 'Hi, iedereen. Hé, Fox! Ik wil met je praten over mijn echtscheiding.'

Ze wilde zo ongeveer twintig uur per dag praten over haar echtscheiding, dacht Fox. De andere vier gebruikte ze om te praten over haar zus, die iets te vriendschappelijke banden had aangeknoopt met haar man. 'Kom anders volgende week even naar kantoor.'

'Hier kan het ook. Ik heb geen geheimen. Ik heb voor dit hele verdomde dorp geen geheimen. Elke klootzak weet dat mijn man aan de tieten van mijn zus heeft gezeten. Ik wil dat ene dingetje erin hebben, dat van derving van huwelijkse geneugten. Je weet wel, dat we niet meer neuken.'

'Dat zullen we bespreken. Wacht, ik haal een kop koffie voor je, dan kunnen we...'

'Ik wil geen koffie. Ik ben me lekker aan het bezatten om de echtscheiding alvast te vieren. Ik wil nog een biertje, en ik wil seksen met Gage. Net als in de goeie ouwe tijd.'

'Zullen we toch even een kop koffie nemen?'

'Ik kan ook seksen met jou,' zei ze tegen Fox, toen hij opstond om haar mee te nemen. 'Hebben wij het wel eens gedaan?'

'In die goeie ouwe tijd was ik vijftien,' deelde Gage mee, toen Fox Shelley meevoerde naar de bar. 'Dat wil ik wel even gezegd hebben.'

'Ze is zo ongelukkig. Sorry,' mompelde Layla. 'Dit is een van die dingen die ik wel móét oppikken. Ze voelt zich zo ellendig.'

'Fox sleept haar er wel doorheen. Zo is hij.' Cal knikte naar de bar, waar Shelley met haar hoofd op Fox' schouder naar hem zat te luisteren. 'Hij is het soort advocaat dat de term "raadsman" eer aandoet.'

'Als mijn zus zich door mijn man in haar tieten liet knijpen, zou ik hem in een echtscheiding ook het vel over de oren halen.' Cybil brak een piepklein stukje nacho af. 'Als ik ooit zou trouwen, natuurlijk. En eerst zou ik ze allebei verrot slaan. Heet haar man echt Block?'

'Helaas wel,' bevestigde Cal.

Shelley, die nog steeds aan de bar zat, negeerde de koffie, maar ze bleef luisteren.

'Het zou beter zijn als je Block niet in het openbaar zwartmaakt. Tegen mij mag je alles over hem zeggen wat je wilt, oké? Maar het doet je zaak geen goed als je van alles over hem zegt waar andere mensen bij zijn. Vooral over de grootte van zijn pik.'

'Eigenlijk heeft hij helemaal niet zo'n klein pikkie,' mompelde Shelley. 'Maar het zou goed zijn als hij dat wel had. Eigenlijk zou hij helemaal geen pik moeten hebben.'

'Ja, ach. Ben je alleen hier?'

'Nee.' Ze zuchtte nu. 'Ik ben hier met mijn vriendinnen. We zitten in de speelhal. We hebben een Fuck de Mannen-avond. Niet te zuinig.'

'Dat is mooi. Je bent toch niet met de auto, hè, Shelley?'

'Nee, we zijn bij Arlene vandaan komen lopen. Straks gaan we naar haar huis terug. Zij is pissig op haar vriendje.'

'Als ik hier nog ben als je weggaat, en je wilt dat iemand je naar huis brengt, kom je me maar halen.'

'Je bent het liefste schatje van de wereld.'

'Wil je terug naar de speelhal?'

'Ja. We gaan toch zo naar huis om appel-martini's te maken en *Thelma and Louise* te kijken.'

'Klinkt goed.' Hij pakte haar bij de arm, stuurde haar met een ruime boog om Gage en de tafel heen en bracht haar naar de speelhal.

Hij besloot dat hij nog wel een biertje had verdiend, liep langs de bar en bestelde er nog een op Gage' rekening.

'Zo, dus je naait Shelley op meer dan één manier.'

Fox draaide zich niet eens om toen hij Nappers stem hoorde. 'Lekker aan het relaxen, hulpsheriff Napper? Hoef je vanavond geen boeven te vangen?'

'Mensen met een echte baan hebben 's avonds vrij. Wat is jouw excuus?'

'Ik vind het leuk om mensen zonder ballen een bal te zien gooien.'

'Ik vraag me af wat er met jouw ballen gebeurt als Block erachter komt dat je zijn vrouw neukt.'

'Alsjeblieft, Fox.' Holly zette Fox' biertje voor hem neer en wierp hem een begrijpende blik toe. Ze had lang genoeg achter de bar gewerkt om te weten dat er iets broeide. 'Kan ik voor u ook iets halen, hulpsheriff?'

'Doe mij maar een grote Bud. Ik wed dat Block je volgende week wel op je nichterige bek komt slaan.'

'Het lijkt me beter als jij je erbuiten houdt.' Fox draaide zich nu om en keek Napper recht in zijn gezicht. 'Block en Shelley hebben al genoeg problemen.'

'Ga jij me vertellen wat ik moet doen?' Hij prikte met zijn vinger in Fox' borst en ontblootte zijn tanden in een uitdagende grijns.

'Ik zeg je dat Block en Shelley een moeilijke tijd doormaken en dat ze er niet op zitten te wachten dat jij het nog erger maakt, alleen omdat je mij een hak wilt zetten.' Fox pakte zijn bier op. 'Je moest maar eens opstappen.'

'Ik moet helemaal niks. Het is mijn vrije avond.'

'O ja? De mijne ook.' Fox, die nooit kon weglopen als iemand hem uitdaagde, keerde zijn bierglas leeg boven Nappers overhemd. 'Oeps. Wat doe ik nou?'

'Jij stomme klootzak.' Napper haalde uit, en het was dat Fox er al op had gerekend, anders was hij tegen de grond gegaan. Nu danste hij behendig opzij, zodat de hulpsheriff zichzelf tegen een van de barkrukken lanceerde. Toen hij zich oprichtte en zich met een ruk omdraaide om alsnog toe te slaan, vond hij niet alleen Fox, maar ook Gage en Cal tegenover zich.

'Goh, dat is nou jammer,' zei Gage lijzig. 'Zonde van het bier. Maar het staat je goed, Napper.'

'Jouw soort jagen we tegenwoordig het dorp uit, Turner.'

Gage spreidde uitnodigend zijn armen. 'Ga je gang.'

'Wij zijn niet op moeilijkheden uit, Derreck.' Cal deed een stap naar voren en keek Napper met een harde blik aan. 'Dit is een familiegelegenheid. Er lopen hier veel kinderen rond. Veel getuigen. Ik neem je mee naar onze cadeauwinkel om een nieuw shirt uit te zoeken. Gratis.'

'Ik wil helemaal niks van jou.' Hij keek met een vuile blik naar Fox. 'Je vrienden zijn niet altijd in de buurt om je te beschermen, O'Dell.'

'Je vergeet steeds weer de regels.' Nu deed Gage een stap naar voren, waarmee hij Fox handig de weg versperde, voor die op de uitdaging in kon gaan. 'Als je een van ons lastigvalt, val je ons allemaal lastig. Maar Cal en ik zullen met alle plezier Fox' jas vasthouden terwijl hij jou in elkaar slaat. Zou niet de eerste keer zijn.'

'Tijden veranderen.' Napper wrong zich langs hen heen.

'Niet echt,' mompelde Gage. 'Hij is nog net zo'n grote lul als vroeger.'

'Zei ik toch.' Schijnbaar ontspannen liep Fox terug naar de bar. 'Ik wil wel graag een nieuw biertje, Holly.'

Toen hij terugliep naar de tafel, wierp Quinn hem een zonnige glimlach toe. 'Lekker eten en een gratis voorstelling. Deze tent heeft het allemaal.'

'Deze voorstelling draait al een jaar of vijfentwintig.'

'Hij haat je,' zei Layla zacht. 'En hij weet zelf niet eens waarom.'

'Sommige mensen hebben geen reden nodig.' Fox legde zijn hand over de hare. 'Laat hem. Wat dacht je van een potje flipperen? Jij mag de automaat kiezen. En je krijgt een handicap van duizend punten.'

'Dat is volgens mij best beledigend, maar... Niet doen! Niet drinken. Mijn god. Kijk.'

Het bierglas in Fox' hand zat vol schuimend bloed. Hij zette het langzaam neer. 'Twee verspilde biertjes op één avond. Ik denk dat het feestje voorbij is.'

Toen Quinn besloot tot sluitingstijd bij Cal in het bowlingcentrum te blijven, bracht Fox Layla en Cybil naar huis. Het was maar een klein stukje lopen, en hij wist dat ze verre van weerloos waren. Maar hij vond het geen prettig idee dat ze 's avonds in hun eentje buiten waren.

'Wat is het achtergrondverhaal van de eikel die op dit moment met jouw bier rondloopt?' vroeg Cybil hem.

'O, het is gewoon een pestkop die me al loopt te jennen sinds we kinderen waren. Hulpsheriff-pestkop tegenwoordig.'

'Geen speciale reden?'

'Ik was mager, kleiner dan hij – slimmer ook – en ik kwam uit een familie van bomenfluisteraars.'

'Meer dan genoeg redenen dus. Nou...' Ze kneep even onderzoekend in zijn biceps. 'Je bent nu niet mager meer. En je bent nog steeds slimmer dan hij.' Ze keek Fox met een goedkeurende grijns aan. 'En sneller.'

'Hij wil je pijn doen. Het staat op zijn toptienlijst van dingen die hij wil bereiken.' Layla keek Fox van opzij aan toen ze de straat overstaken. 'Hij houdt niet op. Types zoals hij houden nooit op.'

'Nappers toptienlijst is niet mijn grootste zorg. Hij moet achter aansluiten.'

'Ah, we zijn weer thuis.' Cybil ging op de eerste traptree staan, draaide zich om en keek de rustige straat af. 'We hebben gebowld, gegeten, een knokpartij gezien en een memo van het kwaad gekregen, en het is nog niet eens elf uur. De lol houdt niet op in Hawkins Hollow.' Ze legde haar handen op Fox' schouders. 'Dank je wel voor het naar huis brengen, schatje.' Ze gaf hem een lichte kus. 'Tot morgenochtend. Layla, neem jij met Fox de logistiek door – tijd, vervoer – dan hoor ik het wel. Ik ben boven.'

'Om een uur of acht zijn mijn ouders de deur uit,' zei Fox tegen Layla, toen Cybil wegliep. 'Als je wilt, kan ik jullie komen ophalen.'

'Dat is goed. Ik denk dat we Quinns auto nemen. Wie brengt jou nu naar huis, Fox?'

'Ik weet de weg.'

'Je weet wat ik bedoel. Je moet mee naar binnen komen en hier blijven.'

Hij glimlachte en stapte wat dichter naar haar toe. 'Waar, hier?'

'Op de bank, voorlopig.' Ze zette haar vinger tegen zijn borst en duwde hem rustig terug.

'Jullie bank is bobbelig en jullie hebben geen fatsoenlijk kabelnetwerk. Je moet aan je strategie werken. Als je me had gevraagd te blijven omdat je het griezelig vond om alleen met Cybil in huis te zijn, had ik op jullie bank proberen te slapen en naar een herhaling van *Law and Order* gekeken, terwijl ik dacht aan jou, boven in bed. Geef me een nachtzoen, Layla.'

'Misschien vind ik het wel griezelig om alleen met Cybil in huis te zijn.'

'Nee, dat is niet zo. Geef me een nachtzoen.'

Ze zuchtte. Ze moest echt aan haar strategie werken. Behoedzaam hief ze haar gezicht naar hem op en gaf hem net zo'n lichte, vriendschappelijke kus als hij van Cybil had gekregen. 'Welterusten. Wees voorzichtig.'

'Met voorzichtigheid kom je er niet altijd. Heel toepasselijk, trouwens.'

Hij nam haar gezicht tussen zijn handen en bracht zijn lippen naar de hare. Hoewel de kus zacht was, en langzaam, voelde ze het effect ervan van haar kruin tot haar voetzolen. Zijn tong die naar binnen gleed, zijn duimen die langs haar slapen streken, de strakke lijn van zijn lichaam, het deed haar botten smelten.

Hij bleef haar gezicht vasthouden terwijl hij zijn hoofd ophief en haar in de ogen keek. 'Dat was een nachtzoen.'

'Dat was het zeker. Geen twijfel mogelijk.'

Hij kuste haar weer met hetzelfde zijdezachte zelfvertrouwen, tot ze zijn bovenarmen moest vastgrijpen om niet haar evenwicht te verliezen.

'Nu zullen we geen van beiden een oog dichtdoen.' Hij deed een stap terug. 'Dus mijn werk hier zit erop. Helaas. Tot morgen.'

'Oké.' Ze liep naar de deur, draaide zich om en keek van een voor haar gevoel veilige afstand naar hem om. 'Ik ben voorzichtig van aard, vooral als het om belangrijke dingen gaat. Ik vind seks belangrijk, of in elk geval vind ik dat het dat zou moeten zijn.'

'Het staat in mijn toptienlijst van persoonlijke prioriteiten.'

Ze lachte en opende de deur. 'Welterusten, Fox.'

Binnen liep Layla regelrecht naar boven, waar Cybil met opgetrokken wenkbrauwen het kantoortje uit kwam. 'Alleen?'

'Ja.'

'Mag ik vragen waarom je niet een lekker hapje van die verrukkelijke advocaat neemt?'

'Ik denk dat hij misschien te belangrijk is.'

'Ah.' Cybil leunde tegen de deurlijst en knikte veelbetekenend. 'Dat maakt de zaken altijd ingewikkeld. Heb je zin om wat seksuele frustratie af te reageren met onderzoek doen en verslagen bijwerken?'

'Ik weet niet zeker of grafieken en tabellen over die macht beschikken, maar ik zal het proberen.' Ze werkte zich uit haar jack terwijl ze het kantoortje in liep. 'Wat doe jij als ze misschien te belangrijk zijn?'

'Meestal ga ik dan heel snel tot actie over: ofwel ik stort me er helemaal in, of ik ga ervandoor. Met wisselende resultaten.' Cybil liep naar de plattegrond van het dorp die Layla had gemaakt en op de muur had geprikt en bekeek hem aandachtig.

'Ik ben geneigd in kringetjes rond te draaien, alles eindeloos af te wegen en veel te veel na te denken. Ik vraag me nu af of het was omdat ik op hem afstemde.' Ze tikte tegen haar hoofd. 'Zonder te beseffen dat ik dat deed.'

'Dat kan.' Cybil pakte een rode punaise, als symbool voor bloed, en prikte hem in het bowlingcentrum op de kaart, ten teken dat daar een nieuw voorval had plaatsgevonden. 'Maar Fox zou je onder normale omstandigheden ook veel te denken geven. Voeg daar de abnormale situatie aan toe, en het is heel veel om te overwegen. Neem je tijd, als je dat nodig hebt.'

'Onder normale omstandigheden zou dat redelijk zijn.' Layla pakte een rode systeemkaart van het bureau, en schreef er *Bloederig bier, Fox, Bowl-a-Rama* op, met de datum en het tijdstip. 'Maar tijd is juist een van de dingen waar het om gaat, hè? En hoeveel we er eigenlijk van hebben.'

'Je praat net als Gage. Het is maar goed dat jullie niets met elkaar hebben gekregen, anders zouden jullie alles alleen maar van de zwarte kant bekijken.'

'Dat kan zijn, maar...' Layla bestudeerde met gefronste wenkbrauwen de plattegrond. 'Daar zit nog een punaise. Op de weg tussen Fox' en Cals huis. Een zwarte.'

'Die staat voor de grote, valse hond. Had ik je dat niet verteld? Nee, dat klopt, jij bent rechtstreeks van je werk naar het bowlingcentrum gegaan. Sorry.'

'Vertel het me dan nu.'

Toen ze dat had gedaan, pakte Layla een donkerblauwe kaart, de kleur die ze had gekozen voor waarnemingen van een demon in diergedaante, en vulde hem in.

‘Ik vind het vervelend om te zeggen, maar hoewel mijn geest en mijn handen druk bezig zijn, ben ik nog steeds seksueel gefrustreerd.’

‘Ach jee.’ Cybil klopte Layla op de schouder. ‘Ik ga theezetten. En dan snoepen we er wat chocola bij. Dat helpt altijd.’

Layla betwijfelde of snoep haar honger naar een verrukkelijke advocaat kon stillen, maar ze besloot het er maar mee te doen.

8

De ochtend was kil en vochtig en er viel een miezerige regen. Het soort regen, wist Fox, dat geneigd was als een misselijkmakende hoofdpijn de hele dag te blijven hangen. Je kon alleen maar wachten tot het overging.

Hij trok een capuchontrui uit een wasmand met kleren die hij wel had gewassen, maar nog niet had opgeruimd. Hij wist tenminste voor negentig procent zeker dat hij de trui had gewassen. Vijfenzeventig misschien. Hij rook eraan en schroefde dat op tot honderd.

Hij zocht een spijkerbroek, ondergoed en sokken bij elkaar – hoewel de sokken meer tijd kostten, omdat hij een bijpassend paar wilde. Terwijl hij zich aankleedde keek hij zijn slaapkamer rond en beloofde zichzelf plechtig dat hij de tijd en de wilskracht zou vinden om het stomme wasgoed op te ruimen, ook al zou het uiteindelijk weer gewassen en opgeruimd moeten worden. Ergens in de komende tien jaar zou hij zijn bed opmaken en de rest van de troep wegwerken.

Als hij zover was, kon hij misschien een schoonmaakster vinden die het bij hem uithield. Of misschien moest hij een schoonmaker nemen, peinsde hij bij zijn eerste cola van de dag. Een vent zou het waarschijnlijk beter doen.

Hij zou zich er wel eens in verdiepen.

Hij trok zijn oude werkschoenen aan, en omdat hij met zijn hoofd bij huishoudelijke zaken was, smeet hij meteen zijn rondslingerende schoenen in de kast en gooide er, hierdoor geïnspireerd, de wasmand achteraan.

Hij greep zijn sleutels en pakte nog een cola en een Devil Dog, die onderweg als ontbijt moesten dienen. Hij was al bijna beneden toen hij opeens Layla onder aan de trap zag staan.

'Hé.'

'Ik wilde net naar boven komen. We zagen je auto nog staan, dus ik heb Quinn gevraagd om me hier af te zetten. Ik dacht: ik rijd met jou mee.'

'Super.' Hij hield het cakeje omhoog. 'Devil Dog?'

'Nou, eerlijk gezegd heb ik daar genoeg van gezien. Van duivelse honden, bedoel ik. Op vier poten.'

'O, ja.' Hij trok de wikkel los terwijl hij met haar meeliep. 'Vreemd genoeg heeft dat mijn plezier in Devil Dogs nooit kunnen bederven.'

'Dat is toch niet je ontbijt?' vroeg ze, terwijl hij een hap nam. Hij glimlachte alleen maar en liep door.

'Mijn smaak is vanaf mijn twaalfde gestopt met zich verder te ontwikkelen.' Hij opende zijn truck aan de passagierskant. 'Hoe heb je geslapen?'

Ze wierp hem over haar schouder een blik toe terwijl ze instapte. 'Aardig goed.' Ze wachtte tot hij om de motorkap heen was gelopen en achter het stuur gleed. 'Zelfs nadat Cybil me had verteld dat Gage en zij bijna op een duivelse hond waren ingereden. Dat was toen ze van jouw huis naar Cal reden.'

'Ja, Gage heeft het me verteld terwijl ik hem inmaakte met flipperen.' Hij zette zijn cola in de houder en nam nog een hap cake. Hij controleerde snel of er geen verkeer aan kwam en reed de weg op.

'Ik wilde met jou meerijden omdat ik een paar ideeën heb over hoe we het vandaag zouden kunnen aanpakken.'

'En ik dacht nog wel dat het was omdat je niet bij me vandaan kunt blijven.'

'Ik probeer me niet door mijn hormonen te laten regeren.'

'Dat is verdomd jammer.'

'Kan zijn, maar... Het heeft Quinn gisteren zo aangegrepen. Ik hoopte dat wij, jij en ik dus, het van haar konden overnemen. Waar het om gaat is dat we de dagboeken vinden, als die er zijn. Als ze er zijn, zijn ze er in het hier en nu. Zo niet, dan moeten we terugvallen op Quinn. Maar...'

'Je wilt haar de migraine besparen. We kunnen het proberen. Ik neem aan dat je dit idee niet aan haar hebt voorgelegd.'

'Ik dacht dat als jij het ermee eens was, we het zouden kunnen voorstellen als iets wat we onderweg hebben bedacht.' Ze keek hem glimlachend aan. 'Zie je, ik werk aan mijn strategie. Heb jij vannacht gedroomd?'

'Alleen over jou. We waren in mijn kantoor, en jij had dat piepkleine rode jurkje aan en die schoenen met hoge hakken en bandjes om de enkels. Die vind ik echt te gek. Je zat tegenover me, op mijn bureau. Ik zat in de stoel. Je liet je tong over je lippen glijden en zei: "Dicteert u maar, meneer O'Dell."'

Ze luisterde, met schuin gebogen hoofd. 'Dat verzin je maar.'

Hij wierp haar een snelle, betoverende glimlach toe. 'Misschien wel, maar ik garandeer je dat ik dat vannacht ga dromen. Misschien moeten we samen uitgaan. Er is een bar aan de andere kant van de rivier. Een leuke bar. Ze hebben daar zaterdagavond livemuziek. Er treden best goede artiesten op.'

'Het klinkt zo normaal. Ik probeer steeds met mijn ene hand aan het normale leven vast te houden, terwijl ik met mijn andere hand bezig ben in het onmogelijke te graven. Het is...'

'Surrealistisch. Ik vergeet het. Tussen de Zevens in kan ik het weken, soms zelfs maandenlang vergeten. Dan is er weer iets wat me eraan herinnert. Dat is ook surrealistisch. Gewoon doorgaan met werken, plezier maken, wat dan ook, en dan floep, is het weer terug in mijn hoofd. Hoe meer het nadert, hoe meer het in mijn hoofd zit.' Zijn vingers tikten op de maat van Snow Patrol tegen het stuurwiel. 'Dus een leuke bar met goede muziek is een prima manier om voor ogen te houden dat het veel is, maar niet alles.'

'Het is slim om het zo te bekijken. Ik weet niet zeker of ik zover kom, maar ik heb wel zin om aan de andere kant van de rivier naar muziek te gaan luisteren. Hoe laat?'

'Eh... negen uur? Komt dat jou uit?'

'Ja, is goed.' Ze haalde diep adem toen hij de smalle weg naar de boerderij op reed. Ze had een afspraakje met een man met wie ze straks een paranormale verbinding aan zou gaan. 'Surrealistisch' was veel te zwak uitgedrukt.

Het voelde ook onbeleefd, merkte ze, om onuitgenodigd het huis binnen te gaan. Het was het huis waar Fox zijn jeugd had doorgebracht, dat was waar, maar hij woonde er nu niet meer. Ze dacht erover na hoe het zou zijn om het appartement van haar ouders in te gaan als die niet thuis waren, om doelbewust een moment uit te kiezen dat ze weg waren, maar ze kon het zich gewoon niet voorstellen.

'Dit voelt niet goed,' zei ze, toen ze in de woonkamer stonden. 'Het voelt verkeerd en opdringerig. Ik begrijp waarom we dit willen doen als ze er niet zijn, maar het voelt...' Ze wist niet hoe ze het moest omschrijven, en koos voor het woord dat het dichtst in de buurt kwam. 'Onbeleefd.'

'Mijn ouders vinden het niet erg als er mensen het huis binnenkomen. Anders zouden ze de deuren wel op slot doen.'

'Maar toch...'

'We moeten prioriteiten stellen, Layla.' Quinn spreidde haar handen. 'De reden dat we hier zijn is belangrijker dan de gebruikelijke omgangsvormen. Ik heb gisteren buiten zo veel opgevangen. Ik weet zeker dat ik binnen nog meer te weten kom.'

'Nu je het daar toch over hebt. Ik had een idee, en ik heb het onderweg met Layla overlegd. Als je het niet erg vindt, Quinn, zou ik graag eerst iets met Layla willen uitproberen. Wij krijgen misschien een beeld van waar de dagboeken liggen, áls ze hier liggen. Of in elk geval kunnen we een gevoel krijgen óf ze hier zijn.'

'Dat is een goed idee. En niet alleen omdat ik liever niet wil dat je nog eens hetzelfde doormaakt,' voegde Cal eraan toe, toen Quinn hem met samengeknepen ogen aankeek. 'Het kan zijn dat het werkt, en wat nog beter is, als Fox en Layla gekoppeld zijn, zijn de bijwerkingen minder hevig.'

'En als het niet werkt,' voegde Fox eraan toe, 'ga jij weer verder.'

'Oké, dat klinkt logisch. Geloof me, ik kijk er echt niet naar uit om mijn hoofd weer te laten exploderen.'

'Oké, dan gaan we beginnen. Dit is het oudste stuk van het huis. Sterker nog, deze kamer en de kamers hier recht boven wáren het huis, voor zover we weten. Dus als hier een hut of een huis heeft gestaan voordat dit huis werd gebouwd, is het logisch dat het op dezelfde plek stond. Vooral na Quinns ervaring van gisteren is het heel goed mogelijk dat ze voor een deel dezelfde materialen hebben gebruikt.'

'Bijvoorbeeld voor de open haard.' Quinn liep ernaartoe, stapte over Lump heen, die zich al voor het vuur had uitgestrekt en liet haar hand over de stenen glijden. 'Ik heb sterk het gevoel dat spullen vaak worden verborgen achter bakstenen en metselwerk.'

'En als we in dat metselwerk gaan hakken en er stenen uit gaan trekken zonder dat we honderd procent zeker zijn van onze zaak, vermoordt mijn vader me. Klaar?' vroeg Fox aan Layla.

'Ik denk het wel.'

'Kijk me aan.' Hij pakte haar handen. 'Kijk me alleen maar aan. Niet nadenken. Stel het je voor. Een klein boek, vanbinnen beschreven. De inkt is verbleekt. Stel je haar handschrift voor. Je hebt haar andere dagboeken gezien.'

Zijn ogen waren zo warm. Die diepe, gouden kleur was zo fascinerend. Zijn handen waren niet glad, zoals je van een advocaat zou verwachten. Niet zoals de handen van een man die een aktetas droeg, die aan een bureau werkt. Het waren de handen van een man die zwaar werk had verricht, ze waren krachtig en vaardig. Hij rook naar de regen, een heel klein beetje regen.

Hij zou smaken naar cake.

Hij verlangde naar haar. Hij stelde zich voor dat hij haar zou aanraken, zijn handen over haar naakte huid zou laten glijden, over haar borsten, haar buik. Dat hij zijn lippen, zijn tong ernaartoe zou brengen, de hitte zou proeven, het vlees...

In bed, als er niemand anders is dan wij.

Ze hapte naar adem en rukte zich los. Zijn stem had duidelijk geklonken in haar hoofd.

'Wat zag je?' vroeg Cal. 'Zag je het?'

Met zijn ogen nog steeds strak op Layla gevestigd, schudde Fox zijn hoofd. 'We moesten eerst iets anders afhandelen. Nog één keer?' vroeg hij aan Layla. 'Gebruik onze vakjes.'

Haar huid voelde heet aan, vanbinnen en vanbuiten, maar ze knikte. En ze deed haar best om haar eigen verlangens, en die van hem, opzij te zetten.

Alles trok in één punt samen. In dat punt hoorde ze door elkaar warrelende gedachten van de mensen om haar heen, als geroezemoes op een feestje. Er waren bezorgdheid, twijfel, hoop, een mengeling van gevoelens. Ook die zette ze opzij.

Het boek was in haar hoofd. Een bruinleren omslag, droog van ouderdom. Vergeelde bladzijden en verbleekte inkt.

Met de duisternis buiten zo dichtbij, verlang ik naar mijn geliefde.

'Het is niet hier.' Fox sprak als eerste, terwijl hij de verbinding tussen Layla en hem voorzichtig verbrak. 'Het is niet in deze kamer.'

'Nee.'

'Dan moet ik het nog eens proberen.' Quinn rechtte haar schouders. 'Ik kan proberen in te zoomen op haar, op het dagboek. Kijken wanneer ze het opborg, misschien om het mee terug te nemen naar het huis van haar vader, in het dorp. De oude bibliotheek.'

'Nee, ze zijn niet in de oude bibliotheek,' zei Layla langzaam. 'En ze zijn niet in deze kamer.'

'Maar ze zijn hier,' besloot Fox. 'Het signaal was te helder. Ze moeten hier zijn.'

Gage tikte met zijn voet op de grond. 'Ze zouden hieronder kunnen liggen. Misschien heeft ze ze verstopt onder de vloerplanken, als die er waren.'

'Of misschien heeft ze ze begraven,' vervolgde Cybil.'

'Als ze onder het huis liggen, hebben we mooi pech,' merkte Gage op. 'Als Brian het al vervelend vindt als we een paar stenen uit de open haard halen, zal hij helemaal door het lint gaan als we voorstellen om het hele verdomde huis af te breken om te kijken of er een paar dagboeken onder de vloer liggen.'

'Jij hebt niet genoeg respect voor dagboeken,' merkte Cybil op. 'Maar verder heb je gelijk.'

'We moeten het nog eens proberen. We kunnen van kamer naar kamer gaan,' stelde Layla voor. 'De kelder? Is er een kelder? Als ze ze inderdaad heeft begraven, krijgen we daar misschien een duidelijker signaal. Want ik kan niet geloven dat ze onbereikbaar zijn. Giles heeft haar verteld wat er zou gebeuren. Hij heeft haar verteld over ons, over jullie.'

'Misschien heeft ze ze verstopt, om te voorkomen dat ze verloren zouden gaan, of vernietigd zouden worden.' Cal liep peinzend heen en weer. 'Ze moest voorkomen dat ze te snel of door de verkeerde mensen gevonden zouden worden. Maar ze wilde vast dat wij ze zouden vinden. Al was het maar om sentimentele redenen.'

'Dat ben ik met je eens. Ik weet wat voor gevoel ze op me overbracht. Ze hield van Giles. Ze hield van haar zoons. En al haar hoop was gevestigd op wat degenen die na haar kwamen zouden doen. Wij zijn haar kans om weer bij Giles te zijn, om hem te bevrijden.'

'Laten we naar buiten gaan. Ja, er is inderdaad een kelder,' zei Fox tegen Layla. 'Maar van buitenaf kunnen we ons op het hele huis richten. En op de schuur. De schuur stond er waarschijnlijk al toen Ann hier was. We moeten de schuur proberen.'

Zoals Fox al had verwacht miezerde het nog steeds. Hij riep de honden van zijn ouders naar binnen en liet ze achter bij Lump, zodat ze hun niet voor de voeten zouden lopen. Samen met de anderen stapte hij de hardnekkige motregen in.

'Voor we beginnen... Ik had net een idee. Over het Bat-signaal.'

'Het wat?' vroeg Quinn.

'Een alarmsysteem,' legde Fox uit. 'Ik kan het ontvangen, net zoals ik al het geestelijke gebabbel opvang. Het is net alsof je een radio afstemt. Als jullie het naar mij uitzenden, vang ik het op. Als ik het naar een van jullie uitzend, idem dito. We moeten het een paar keer uitproberen, maar het zou sneller moeten werken dan een telefonische sneeuwbal.'

'Paranormaal teamalarm.' Cybil verschoof het zwarte hoedje op haar hoofd. 'Constant verbinding en geen technische storingen. Ik vind het wel wat.'

'En als jij in moeilijkheden zit?' Onder haar lichte jack droeg Layla een lichtpaarse capuchontrui. Ze trok de capuchon over haar hoofd terwijl ze de tuin door liepen.

'Dan zend ik een signaal uit naar Cal of Gage. Dat hebben we tijdens de Zeven wel vaker gedaan. Of naar jou,' voegde hij eraan toe, 'als je het wat beter in de hand hebt. Vroeger speelden we daarbinnen, weten jullie nog wel?' riep hij naar Cal en Gage. 'We hebben het een poosje als fort gebruikt, alleen noemden we het geen fort – veel te oorlogszuchtig voor de familie Barry-O'Dell. We zeiden gewoon dat het ons clubhuis was.'

'We hebben er daar duizenden vermoord.' Gage bleef met zijn handen in zijn zakken staan. 'Miljoenen doden gestorven.'

'Daarbinnen hebben we onze plannen gesmeed voor de wandeling naar de Heidense Steen.' Cal zweeg even. 'Weten jullie dat nog? Ik was het vergeten. Een paar weken voor onze verjaardag kregen we dat idee.'

'Het was Gage' idee.'

'Ja, geef mij maar weer de schuld.'

'We waren... Wacht, even denken. School was afgelopen. Nog maar net. Het was de eerste dag van volledige vrijheid, en mijn moeder liet me hiernaartoe gaan en ik mocht de hele dag blijven.'

'Geen klusjes,' vervolgde Fox. 'Ik herinner het me weer. Ik hoefde een hele dag geen klusjes te doen. De eerste dag dat we vrij waren van school. We waren daarbinnen aan het spelen.'

'De narcoticabrigade tegen de drugsbaronnen,' vulde Gage aan.

'Weer eens iets anders dan de cowboys tegen de indianen,' merkte Cybil op.

'Het hippiejochie wilde niet de inhalige indringers tegen de inheemse bevolking spelen. En als je ooit een van Joanne Barry's preken over dat onderwerp had gehoord, zou je dat ook niet willen.' Bij de herinnering verscheen er een vage glimlach om Gage' mond. 'We waren zo opgewonden, september lag een mensenleven van ons af. Alles was warm en vrolijk, groen en blauw. Ik wilde niet dat dat zou stoppen, dat herinner ik me ook. Ja, het was mijn idee. Groot avontuur, absolute vrijheid.'

'We waren het er allemaal meteen mee eens,' bracht Cal hem in herinnering. 'We dachten het daarbinnen helemaal uit.' Hij gebaarde naar de met klimplanten bedekte stenen. 'Ik mag doodvallen als dat toeval is.'

Ze bleven daar even staan, zij aan zij. Verzonken in hun herinneringen, veronderstelde Layla. Drie mannen, allemaal even oud, uit hetzelfde dorp. Gage in zijn zwartleren jack, Cal in zijn flanellen overhemd met een honkbalpet op, Fox in zijn capuchontrui. Vreemd, dacht ze, hoe zoiets elementairs als hun kledingkeuze hun eigenheid weerspiegelde, terwijl uit hun houding juist hun absolute eenheid sprak.

'Layla.' Fox strekte zijn handen naar haar uit. Haar handen waren nat en koel. Regendruppels glinsterden op haar wimpers. Zelfs zonder de paranormale link stroomden haar nervositeit en gretigheid naar hem toe.

'Laat het maar komen,' zei hij tegen haar. 'Dwing het niet, probeer het niet te grijpen. Ontspan je, kijk me aan.'

'Ik vind het moeilijk om die twee dingen tegelijk te doen.'

Hij grijnsde van puur mannelijk plezier. 'We zullen straks zien wat we daaraan kunnen doen. Denk nu aan het boek. Alleen aan het boek. Daar gaan we.'

Hij was tegelijkertijd brug en anker. Later zou ze beseffen dat hij de vaardigheid en het begrip had om haar beide te bieden. Terwijl ze de brug overstak, was hij bij haar. Ze voelde de regen op haar gezicht, de grond onder haar voeten. Ze rook de aarde, het natte gras, zelfs het natte steen. Er was een zacht, gelijkmatig gezoem. Er ging een steek van ontzag door haar heen toen ze begreep dat dat het groeien was. Gras, bladeren, bloemen. Allemaal groeiden ze zoemend naar het voorjaar en het zonlicht. Naar het groen.

Ze hoorde het zachte ruisen van een vogel die voorbijvloog, en het gekrabbel van een eekhoorn die over een tak klauterde.

Verbazingwekkend, dacht ze, om te weten dat ze hier deel van uitmaakte en dat altijd had gedaan. Dat ze dat altijd zou doen. Dat ze altijd deel zou uitmaken van wat groeide, ademde en sliep. Van wat leefde en doodging.

Er was de geur van aarde, rook, vocht, huid. Ze hoorde de zucht van regen die zich losmaakte uit een wolk en het gefluister van de wolken die langs de hemel gleden.

En zo gleed zij de brug over.

De pijn was onverwacht en schokkend, alsof ze vanbinnen werd verscheurd. Hoofd, buik, hart. Ze schreeuwde het uit en op hetzelfde moment zag ze, in een flits, het boek. Toen was het beeld weer weg, net als de pijn, en ze bleef zwak en duizelig achter.

'Sorry. Ik ben het kwijt.'

Gage schoof zijn handen onder haar oksels toen ze wankelde. 'Rustig aan, meisje. Voorzichtig. Cybil.'

'Ja, ik heb haar. Leun maar op mij. Je hebt het flink voor je kiezen gehad.'

'Ik hoorde de wolken bewegen, en de tuin groeien. Hij zoemt. De bloemen zoemen onder de grond. God, ik voel me...'

'Stoned?' opperde Quinn. 'Je ziet eruit alsof je stoned bent.'

'Ja, zoiets is het wel. Wauw. Fox, had jij...' Ze brak haar zin af toen het haar lukte haar blik scherp te stellen. Hij zat op zijn knieën op het natte grind, en zijn vrienden hurkten aan weerskanten naast hem. Er zat bloed op zijn shirt.

'O, mijn god, wat is er gebeurd?' Ze probeerde instinctief met haar geest tot hem door te dringen, maar ze stuitte op een muur. Ze struikelde naar voren en ging op haar handen en knieën voor hem zitten. 'Je bent gewond. Je hebt een bloedneus.'

'Dat zal niet de eerste keer zijn. Verdomme, ik heb die stomme trui net gewassen. Kom, geef me wat ruimte. Geef me ruimte.' Hij haalde een bonte zakdoek uit zijn zak en drukte hem tegen zijn neus terwijl hij op zijn hurken ging zitten.

'Laten we hem naar binnen brengen,' begon Quinn, maar Fox schudde afwerend zijn hoofd. Toen drukte hij zijn vrije hand tegen zijn hoofd, alsof hij bang was dat het door de beweging van zijn schouders zou vallen. 'Ik moet even rustig blijven zitten.'

'Cal, haal wat water voor hem. Laten we het trucje van je moeder proberen, Fox.' Cybil ging achter hem staan. 'Haal rustig adem.' Ze vond de punten en drukte. 'Moet ik je nog vragen of je zwanger bent?'

'Geen goed moment om me aan het lachen te maken. Ik ben een beetje misselijk.'

'Waarom is het voor hem erger dan het voor Quinn was?' vroeg Layla heftig. 'Het zou minder moeten zijn, omdat wij verbonden waren. Maar het is juist erger. Jij weet het.' Ze keek Gage fel aan. 'Waarom?'

'O'Dell kennende wilde hij jou beschermen en heeft hij zelf de volle laag gekregen. Dat vermoed ik. En omdat jullie verbonden waren, is er nogal wat op hem afgekomen.'

'Is dat zo?' Layla draaide zich woedend om naar Fox. 'Ik luister naar de wolken en jij krijgt een trap in je gezicht?'

'Jij hebt een knapper gezicht dan ik. Ietsje. Even rustig, oké? Heb medelijden met de gewonden.'

'Doe dit nooit weer. Kijk me aan, luister naar me. Doe dit nooit weer. Dat moet je me beloven, anders kap ik ermee.'

'Ik hou niet van ultimatums.' Door het waas van pijn schitterde de woede. 'Sterker nog, ik heb er een pesthekel aan.'

'Weet je waar ik een pesthekel aan heb? Dat je er niet op vertrouwde dat ik mijn deel zou kunnen dragen.'

'Het had niets te maken met vertrouwen of delen dragen. Dank je wel, Cybil, het gaat al beter.' Hij kwam voorzichtig overeind, pakte het glas water dat Cal hem aanbood en dronk het achter elkaar leeg. 'Ze zitten in oliedoek gewikkeld achter de zuidmuur. Ik kon niet zien hoeveel het er waren. Twee, misschien drie. Je weet waar het gereedschap ligt, Cal. Ik kom zo helpen.'

Hij liep het huis in en wist net op tijd de badkamer naast de keuken te bereiken. Hij gaf over als een man die twee dagen dronken is geweest, waarna hij met een pijnlijke maag en een hoofd dat tolde van ellende zijn gezicht vochtig maakte en zijn mond spoelde. Toen leunde hij op de rand van de wastafel, tot hij weer wat op adem was gekomen.

Toen hij naar buiten kwam, stond Layla in de keuken. 'We zijn nog niet klaar.'

'Wil je ruziemaken? Dat doen we straks wel. Nu hebben we werk te doen.'

'Ik doe niets tot je me belooft dat je me niet meer zult afschermen.'

'Dat kan ik niet. Ik beloof alleen iets als ik zeker weet dat ik me eraan kan houden.' Hij draaide zich om en begon de keukenkastjes te doorzoeken. 'Niks dan holistische troep in dit huis. Waarom is er verdomme geen Excedrin?'

'Je had het recht niet...'

'Oké, sleep me maar voor de rechter. Ik ken een paar goede advocaten. We doen wat we doen, Layla. Het is niet anders. Zo ben ik. Ik heb het geprobeerd omdat ik wist dat ik een goede kans zou maken. Ik kwam daar via jou, via ons. Ik was niet van plan jou gewond te laten raken als ik dat kon voorkomen, en ik beloof niet dat ik er in de toekomst niet alles aan zal doen om te voorkomen dat je gewond raakt.'

'Als je denkt dat ik als vrouw zwakker of minder capabel of minder...'

Zijn gezicht was zo wit als een doek toen hij zich met een ruk naar haar omdraaide. Zelfs de woede kon de kleur niet op zijn wangen terugbrengen. 'Jezus nog aan toe, nou ga je toch niet op de feministische toer, hè? Heb je mijn moeder ontmoet? Je sekse heeft er niks mee te maken, afgezien van het feit dat ik smoorverliefd op je ben, wat ik niet zou zijn als je een man was, want ik ben hetero. Ik heb het overleefd. Ik heb hoofdpijn, een bloedneus en ik heb mijn ontbijt eruit gegooid – en mijn avondeten, en waarschijnlijk ook nog een paar inwendige organen. Maar behalve dat ik verdomme zou willen dat ik in dit huis een doos aspirine en een blik cola zou kunnen vinden, gaat het prima met me. Als je kwaad wilt zijn, ga je je gang maar. Maar dan wel met de juiste argumenten.'

Terwijl hij zijn vingers tegen zijn voorhoofd drukte, opende zij haar handtas, die ze op de keukentafel had laten liggen. Ze haalde er een doosje uit met een maansikkeltje op de deksel.

'Hier.' Ze gaf hem twee pillen. 'Het is Advil.'

'Godzijdank. Wees niet zo gierig. Geef me er nog een paar.'

'Ik ben nog steeds kwaad, al dan niet met de juiste argumenten.' Ze gaf hem nog twee pillen en huiverde inwendig toen hij ze droog doorslikte. 'Toch ga ik mee om te doen wat er gebeuren moet, want ik hoor bij dit team. Maar laat me dit eerst zeggen, als je zo verliefd op me bent. Denk je eens in hoe ik me voelde toen ik je bloedend op de grond zag liggen. Er zijn heel veel manieren om gewond te raken. Denk daar maar eens over na.'

Ze liep met grote stappen naar buiten en hij bleef waar hij was. Ze had misschien een punt, maar hij was te uitgeput om erover na te denken. In plaats daarvan haalde hij de kan met koude thee van zijn moeder uit de koelkast en sloeg een glas achterover om de laatste restjes ergernis en kotssmaak weg te spoelen.

Omdat hij nog steeds beverig was, liet hij het uitbikken aan Gage en Cal over. Uiteindelijk zou hij het zijn ouders moeten vertellen, dacht hij. Vooral als ze de steen niet zo terug konden zetten dat je er niets van zou zien.

Nee, dacht hij. Hij zou het ze hoe dan ook moeten vertellen, anders zou hij zich schuldig voelen.

Ze zouden begrijpen – beter dan een zekere brunette – waarom hij dit had willen doen terwijl zij niet thuis waren. Ze zouden het misschien niet leuk vinden, maar ze zouden niet met de je-vertrouwt-me-niet-shit komen aanzetten. Niet hun stijl.

'Probeer hem wel heel te houden.'

'Jezus, O'Dell, het is maar een steen, hoor.' Gage ramde met de hamer op de kop van de beitel. 'Geen diamant, verdomme.'

'Zeg dat maar tegen mijn ouders,' mopperde hij en hij duwde zijn handen diep in zijn zakken.

'Ik hoop dat je zeker weet dat dit hem is.' Cal sloeg erop van de andere kant. 'Anders gaat er meer kapot dan die ene steen.'

'Dat is hem. De muur is vier stenen dik, een van de redenen waarom hij nog overeind staat. Die steen zat waarschijnlijk los, of ze heeft hem los gewurmd. De shit uit het verleden is jouw pakkie-an.'

'Mijn pakkie-an, me reet.' Nat van de regen en met geschaafde knokkels gaf Cal weer een klap. Bij de volgende klap waren zijn knokkels al weer genezen, maar hij was nog steeds doorweekt. 'Hij komt los.'

Gage en hij wurmden de steen met de hand los, terwijl Fox het beeld verdrong van de muur die als een Jenga-toren in elkaar stortte.

'Dat klereding weegt een ton,' klaagde Gage. 'Het lijkt verdomme wel een zwerfkei. Pas op je handen.' Hij vloekte toen zijn vingers klem kwamen te zitten onder de schuivende steen en liet hem met zijn volle gewicht op de grond vallen. Hij ging op zijn hurken zitten en zoog op zijn bloedende vingers terwijl Cal zijn hand in de opening stak.

'Verdomd, ik heb het.' Cal haalde een in oliedoek verpakt pakketje tevoorschijn. 'Eén-nul voor O'Dell.' Hij boog voorover om de inhoud van het pakje tegen de regen te beschermen en begon het doek open te vouwen.

'Niet openmaken,' waarschuwde Quinn achter hen. 'Het is hier te nat. Straks loopt de inkt door. Ann Hawkins' dagboeken. We hebben ze gevonden.'

'We nemen ze mee naar mijn huis. Eerst deze natte kleren uittrekken, en dan...'

De dreun deed de grond trillen. Fox werd omvergeworpen en sloeg met zijn heup en zijn schouder tegen de stenen muur. Toen hij zich suizebollend omdraaide, zag hij dat het huis in brand stond. Vlammen schoten uit het dak omhoog en klauwden door de gebroken ramen naar buiten, waarna er vette, zwarte rookwolken naar buiten kolkten. Hij rende door een verzengende muur van hitte naar het huis.

Toen Gage hem liet struikelen, sloeg hij hard tegen de grond en haalde hij woedend uit met zijn vuist. 'De honden zijn nog binnen, verdomme.'

'Beheers je.' Gage schreeuwde over het bulderende vuur heen. 'Is het echt? Kalmeer, Fox. Is het echt?'

Hij voelde de hitte van het vuur. Hij durfde te zweren dat hij het voelde, net zoals hij de rook voelde prikken in zijn ogen, en de schroeiende pijn voelde in zijn keel als hij inademde. Hij moest het beeld verdringen van zijn huis dat in vlammen opging en van de drie hulpeloze honden die in de val zaten en in paniek raakten.

Hij greep Gage' schouder als een reddingsboei vast. Toen pakte hij

Cal bij zijn bovenarm en zijn vrienden trokken hem overeind. Even bleven ze staan, met elkaar verbonden, en even was dat alles wat hij nodig had.

'Het is een leugen. Verdomme. Het is gewoon weer een leugen.' Hij hoorde Cal trillend uitademen. 'Lump is oké. De honden zijn oké. Het is weer bedrog.'

Het vuur doofde en ging uit, en het oude huis stond ongeschonden in de gestaag vallende motregen.

Fox liet zelf ook zijn adem ontsnappen. 'Sorry voor de stomp,' zei hij tegen Gage.

'Je sloeg als een meid.'

'Je mond bloedt.'

Gage veegde erlangs met zijn hand en grijnsde. 'Niet lang.'

Cal liep naar het huis en gooide de deur open om de honden naar buiten te laten. Toen ging hij met zijn armen vol Lump simpelweg op de houten vloer van de veranda zitten.

'Hij hoort hier niet te kunnen komen.' Fox liep ook naar voren en legde zijn hand op de reling van de veranda, die hij zelf had helpen bevestigen. 'Hij heeft hier nooit kunnen komen. Niet bij onze families.'

'Het is nu anders.' Cybil hurkte op de grond en aaide de andere twee honden, die kwispelend bij haar kwamen staan. 'Deze honden zijn niet bang. Voor hen is het niet gebeurd. Alleen voor ons.'

'En als mijn ouders daarbinnen hadden gezeten?'

'Dan was het voor hen ook niet gebeurd.' Quinn liet zich naast Cal op de grond zakken. 'Hoe vaak hebben jullie drieën dingen gezien die niemand anders zag?'

'Soms zijn ze echt,' merkte Fox op.

'Dit niet. Hij wilde ons alleen laten schrikken, bang maken. Hij... O god, de dagboeken.'

'Ik heb ze.'

Fox draaide zich om en zag Layla in de regen staan, met het dichtgeslagen pakketje tegen haar borst geklemd. 'Hij wilde je pijn doen. Voelde je dat niet? Omdat jij ze vond. Kon je de haat niet voelen?'

Hij had alleen paniek gevoeld, besefte Fox, en dat was fout. 'Dus hij heeft ook gescoord.' Hij liep naar Layla en trok haar capuchon, die was afgezakt, omhoog. 'Maar we staan nog steeds voor.'

9

Er was koffie voor degenen die dat wilden en er brandde een vuur in Cals huiskamer om de verkilde botten te warmen. Er waren voor iedereen genoeg droge kleren, hoewel Layla zich afvroeg wat voor modestatement ze maakte in een korte joggingbroek van Cal die over haar knieën slobberde en een shirt dat haar vele maten te groot was. Maar Cybil had de spijkerbroek ingepikt die Quinn als reserve bij Cal had achtergelaten, dus ze had weinig keus.

Terwijl de wasautomaat en de droger op volle toeren draaiden, schonk ze haar koffiemok vol. Haar voeten schuifelden in een paar enorme wollen sokken over de keukenvloer.

'Leuke outfit,' zei Fox vanuit de deuropening.

'Kan zomaar een trend worden.' Ze draaide zich naar hem om. Cals kleren pasten hem een stuk beter dan haar. 'Voel je je weer goed?'

'Ja.' Hij pakte een cola uit de koelkast. 'Als je nog kwaad bent, wil ik je vragen om dat voorlopig even opzij te zetten. Als het nodig is, kunnen we daar later over praten.'

'Dat is het probleem, hè? Persoonlijke gevoelens, reacties, relaties. Die gaan in de weg zitten en verwarren de boel.'

'Misschien wel. Er is weinig aan te doen, want het woord zegt het al. Persoonlijk gaat om personen. We kunnen niet stoppen met mens-zijn, anders wint hij.'

'Wat was er gebeurd als Gage je niet had tegengehouden? Als je het huis in was gegaan?'

'Dat weet ik niet.'

'Dat weet je wel, of je kunt erover nadenken. Dit is wat ik denk. Op dat moment was het vuur echt voor jou. Jij geloofde dat het er was, dus was het er. Je voelde de hitte, de rook. En als je naar binnen was gegaan, had dat je dood kunnen zijn, hoe snel je ook geneest. Omdat je het geloofde.'

'Ik heb me door de schoft laten belazeren. Mijn fout.'

'Dus moeten we slimmer zijn.' Hij haalde zijn schouders op, maar ze kon aan de snelle beweging zien dat de ergernis nog steeds hoog zat. 'Hij was me vandaag te slim af omdat er nog nooit iets is gebeurd op de boerderij, of in het huis van Cals ouders. Zij waren altijd veilig. Dus ik dacht niet na, ik reageerde alleen maar. Dat is nooit slim.'

'Als het echt was geweest, was je naar binnen gegaan. Dan had je je leven gewaagd om drie honden te redden. Ik weet niet wat ik van jou moet denken,' zei ze na een korte stilte. 'Ik weet niet wat ik moet voelen. Dus ik denk dat ik dat net als mijn boosheid opzij moet zetten om er later over na te denken.'

'Sorry.' Quinn stond in de deuropening van de aangrenzende eetkamer. 'Wij zijn klaar hier.'

'We komen eraan.' Layla liep de kamer uit. Fox volgde een paar seconden later.

'Ik denk dat we maar gewoon moeten beginnen.' Quinn ging naast Cal aan de tafel zitten. Ze keek naar Cybil, die met een notitieboekje klaarzat om gedachten en indrukken op te schrijven. 'Dus aan wie de eer?'

Zes mensen keken aandachtig naar het ingepakte pakketje op de tafel. Zes mensen zeiden niets.

'Ach, kom op, dit is onzin.' Quinn greep de boeken en pakte ze voorzichtig uit. 'Zelfs als je bedenkt dat ze zijn beschermd, zijn ze enorm goed bewaard gebleven.'

'We kunnen gezien de omstandigheden aannemen dat ze over enige toverkracht, enige kennis van magie beschikte,' merkte Cybil op.

‘Kies er maar een uit en lees hardop voor.’

‘Oké, daar gaan we.’ Er waren drie boeken, dus Quinn pakte het bovenste en opende het op de eerste bladzijde. De inkt was verbleekt maar leesbaar en het inmiddels vertrouwde handschrift was netjes en duidelijk.

‘“Er moet een verslag zijn, denk ik, van wat was, wat is, en wat nog komen gaat. Ik ben Ann. Mijn vader, Jonathan Hawkins, heeft mijn moeder, mijn zus, mijn broer en mij naar deze plek gebracht, die we The Hollow noemen. Het is een nieuwe wereld, waarvan hij geloofde dat we er gelukkig zouden zijn. Dat waren we ook. Het is een groene plek, ruig en rustig. Mijn oom en hij hebben land ontgonnen om voor onderdak te zorgen en gewassen te verbouwen. Het water is in het voorjaar koud en helder. Er kwamen meer mensen wonen, en The Hollow werd Hawkins Hollow. Mijn vader heeft een mooi stenen huisje gebouwd, waar we prettig hebben gewoond.

Er is werk, zoals het hoort, om geest en handen bezig te houden, om in het onderhoud te voorzien en te bouwen. Degenen die zich hier hebben gevestigd, hebben een stenen kapel gebouwd om God te eren. Ik heb de diensten bijgewoond, zoals wordt verwacht. Maar ik vind God daar niet. Ik heb hem gevonden in het bos. Daar voel ik harmonie. Daar heb ik Giles voor het eerst ontmoet.

Misschien komt liefde niet van het ene op het andere moment, maar zijn er meerdere levens voor nodig. Is dat waarom ik op dat moment al wist dat het zo’n grote liefde was? Kwam het daardoor dat ik voelde, zelfs voor me zag, hoe ik vele levens had gedeeld met deze man, die in zijn eentje in een stenen huisje woonde in het schaduwrijke groene bos met de altaarsteen?

Hij had op me gewacht. Dat wist ik ook. Hij had gewacht tot ik naar hem toe zou komen, hem zou zien, hem zou kennen. Toen we elkaar ontmoetten, spraken we over eenvoudige dingen, zoals het hoort. We spraken over de zon en de wilde bessen die ik plukte, over mijn vader, over de huiden die Giles looide.

We spraken niet over goden of demonen, over magie of het lot. Toen niet. Dat zou nog komen.

Ik liep door het bos, greep elke gelegenheid aan om naar het stenen huisje en het altaar te gaan. Hij wachtte altijd op me. Dus de liefde van vele levens bloeide weer op, in het groene bos, in het geheim. Ik was weer de zijne, zoals ik dat altijd was geweest, zoals ik altijd zal zijn."'

Quinn stopte en zuchtte. 'Dit is het eerste stuk. Het is prachtig.'

'Mooie woorden stellen als wapen weinig voor,' merkte Gage op. 'Ze geven geen antwoorden.'

'Daar ben ik het niet mee eens,' zei Cybil. 'En ik vind dat ze het verdient dat die woorden worden gelezen zoals zij ze heeft opgeschreven. "Vele levens",' vervolgde ze, terwijl ze op haar aantekeningen tikte. 'Dat wijst erop dat ze wist dat Dent en zij reïncarnaties waren van de wachter en zijn levenspartner. Telkens weer. En hij wachtte tot zij het zou aanvaarden. Hij ging er niet meteen op af, zo van: "Hé, moet je horen, jij en ik krijgen wat samen. Jij raakt zwanger van een drieling, we krijgen mot met een Grote Kwaadaardige Schoft en over een paar honderd jaar gaan onze afstammelingen de grote strijd voeren."'

'Wauw, als een gozer met zo'n verhaal bij me aan komt zetten, heeft hij me zo uit de kleren.' Quinn liet haar vinger over de pagina glijden. 'Ik ben het met Cyb eens. Elk woord heeft waarde, omdat zij het heeft geschreven. Ook al is het moeilijk om niet ongeduldig te worden en snel door de tekst heen te vliegen, op zoek naar een toverformule voor het vernietigen van demonen.'

Layla schudde haar hoofd. 'Zo gaat het toch niet.'

'Nee, dat denk ik ook niet. Zal ik verder lezen?'

'Ik denk dat we vanuit haar oogpunt moeten zien hoe het zich heeft ontwikkeld.' Fox keek naar Gage en Cal. 'Lees maar door, Quinn.'

Ze las over liefde, over de veranderende seizoenen, over werkzaamheden en rustige momenten. Ann schreef over dood en leven, over nieuwe gezichten. Ze schreef over de mensen die naar het stenen huisje kwamen voor genezing. Ze schreef over haar eerste kus naast een riviertje, waar het water glinsterde in de zon. Ze beschreef hoe ze met Giles in het stenen huisje voor een vuur zat dat rood en goudgeel opvlamde terwijl hij haar vertelde wat er eerder was gebeurd.

'"Hij zei tegen me dat de wereld oud is, ouder dan een mens kan weten. Het is niet zoals we hebben geleerd, niet zoals we moeten geloven volgens het geloof van mijn vader en moeder. Dat is tenminste niet alles. Want, zei hij, in die heel vroege tijd, voor er mensen waren, waren er anderen. Onder die anderen waren er de donkeren en de lichten. Dat was hun keus, want er is altijd de vrijheid om te kiezen. Degenen die het licht kozen, werden goden genoemd, en de donkeren demonen.

Er waren dood en bloed, oorlog en strijd. Velen van beide kanten werden vernietigd toen de mens ontstond. De mens zou zich over de wereld verspreiden. Hij zou de wereld regeren en door de wereld geregeerd worden. Het tijdperk van de mens was gekomen, zei hij, en dat was goed. De demonen haatten de mensen nog meer dan ze de goden haatten. Ze verachtten hun geest en hun hart, hun kwetsbare lichaam, hun behoeften en zwakheden, en tegelijkertijd benijdden ze hen erom. De mensen werden prooi van de demonen die het overleefden. Uiteindelijk werden de goden die het overleefden wachters. De ene veldslag na de andere woedde, tot er nog maar twee over waren, een lichte en een donkere. Eén demon, één wachter. Het licht achtervolgde de duisternis over de wereld, maar de demon was slim en doortrapt. In deze laatste strijd raakte de wachter dodelijk gewond en werd hij voor dood achtergelaten. Maar de stervende god werd gevonden door een jonge jongen, onschuldig en zuiver van hart. Met zijn laatste krachten droeg de god zijn kracht en zijn last over op de jongen. En zo werd de jongen, een sterfelijk wezen met goddelijke kracht, een wachter. De jongen werd een man, die jacht maakte op de duisternis. De jongen werd een man die hield van een vrouw met magische krachten, en zij kregen een zoon. Op zijn sterfbed droeg de wachter zijn kracht en zijn last over aan zijn zoon, en zo is het al die jaren doorgegaan. Leven na leven, tot op dit moment, op deze plaats. Nu, zei hij, is het aan ons.

Ik wist dat hij de waarheid sprak, want ik zag het in het vuur terwijl hij sprak. Ik begreep de dromen die ik mijn hele leven had gehad en die ik nooit aan een levende ziel had durven vertellen. Daar, in het licht van het vuur, beloofde ik hem plechtig mijn trouw. Daar, in het licht van het vuur, gaf ik mezelf aan hem. Ik zou niet teruggaan naar het huis van mijn vader, maar ik zou met mijn geliefde in het bos wonen, in het stenen huisje, dicht bij het altaar dat Giles de Heidense Steen noemde."'

Quinn leunde achterover. 'Sorry, ik zie alles wazig.'

'Voorlopig is het genoeg zo.' Cal gaf haar het glas water dat hij had ingeschonken. 'Het is veel voor nu.'

'Het komt overeen met sommige versies van de overlevering zoals die bij stukjes en beetjes is doorgegeven.' Cybil verschoof op haar stoel en bestudeerde haar aantekeningen. 'De veldslagen, het doorgeven van krachten. Ik maak eruit op dat alleen deze ene demon is overgebleven. Ik weet niet of ik dat kan aannemen, ik ben een beetje te bijgelovig. Maar je zou het zo kunnen uitleggen dat dit de enige demon is van wie we weten dat hij vrij over de wereld rondloopt, in elk geval elke zeven jaar. Waarom heeft hij vóór Hester Deale niemand anders zwanger gemaakt? Dat is vreemd, vinden jullie ook niet?'

'Misschien kon hij hem niet omhoog krijgen.' Gage glimlachte flauwtjes.

'Ik denk dat je er niet ver naast zit. Hoe sarcastisch ook, ik denk dat het een aannemelijke theorie is.' Cybil stak haar vinger omhoog. 'Misschien konden ze geen seks hebben met mensen. Maar net zoals Giles kennelijk een manier had gevonden om het wezen in elk geval tijdelijk op te sluiten, zo ontdekte het wezen een manier om zich voort te planten. Beide kanten ontwikkelden zich, zogezegd. Elk levend wezen ontwikkelt zich.'

'Goed gedacht,' zei Fox instemmend. 'Of misschien was hij tot Hester onvruchtbaar. Of de vrouwen die hij verkrachtte bereikten om de een of andere reden nooit het eind van hun zwangerschap. We kunnen beter even pauzeren. Quinn is nu al een paar uur bezig, en ik weet niet hoe het met jullie is, maar ik kan wel wat brandstof gebruiken.'

'Mij hoef je niet aan te kijken,' zei Cybil vastbesloten. 'Ik heb de laatste keer gekookt.'

'Ik doe het wel.' Layla kwam overeind. 'Mag ik je keuken overhoophalen om te zien of ik iets eetbaars kan maken, Cal?'

'Ga je gang.'

Ze stond voorovergebogen met haar hoofd in de koelkast toen Fox binnenkwam. Als een man vond dat een vrouw in een half afgezakte, slobberige korte broek een prachtige kont had, had hij het flink te pakken, besloot hij.

'Ik dacht dat ik je misschien kon helpen.'

Ze kwam overeind met een pak gesneden kaas, een pond bacon en een paar kastomaten in haar handen. 'Ik dacht aan tosti's met kaas, bacon en tomaat. Misschien een eenvoudige pastasalade erbij, als hij iets in huis heeft wat ik daarin kan gooien. Het lukt wel.'

'Want je wilt me weg hebben.'

'Nee.' Ze dumpte de spullen op het aanrecht. 'Ik ben niet boos. Het kost me te veel moeite om boos te blijven. Misschien kun je kijken of de kleren droog zijn, dan kan ik deze korte broek uittrekken en mijn eigen kleren aandoen.'

'Is goed. Maar je ziet er best leuk uit.'

'Nee, hoor.'

'Jij kunt jezelf niet zien.' Hij peilde haar stemming en deed een stap naar voren. 'Ik kan tomaten snijden. Het is zelfs een van mijn verbazingwekkendste vaardigheden. Plus.' Hij kwam steeds dichterbij, tot ze met haar rug tegen het aanrecht stond, met zijn handen aan weerskanten naast haar. 'Ik weet waar Cal de pasta bewaart.'

'Wat jou onmisbaar maakt in de keuken?'

'Ik hoop het niet. Layla.' Zijn ogen dwaalden over haar gezicht. 'Ik ga je niet vertellen wat je moet denken of hoe je je moet voelen, en wanneer je die gedachten en gevoelens uit het vakje moet halen waar je ze graag in bewaart. Maar ik denk aan je. Ik heb gevoelens voor je. In tegenstelling tot het snijden van tomaten is het wegstoppen van gedachten en gevoelens niet een van mijn best ontwikkelde vaardigheden.'

'Ik ben bang voor je.'

Een uitdrukking van totale verbijstering verscheen op zijn gezicht. 'Wat? Voor mij? Niemand is bang voor mij.'

'Dat is absoluut niet waar. Hulpsheriff Napper is bang voor je. Dat is deels de reden waarom hij je blijft lastigvallen. Maar dat is iets anders. Ik ben bang voor je omdat je me dingen laat voelen waarvan ik niet zeker weet of ik eraan toe ben om ze te voelen. Je laat me dingen willen waarvan ik niet zeker weet of ik eraan toe ben om ze te willen. Waarschijnlijk zou het gemakkelijker zijn als je me zou overdonderen, als je een tactiek zou gebruiken waardoor ik me hier halsoverkop in zou storten, want dan zou ik me niet verantwoordelijk hoeven voelen voor mijn eigen keuzes.'

'Ik zou het kunnen proberen.'

'Nee.' Ze schudde haar hoofd. 'Dat doe je niet. Zo zit je niet in elkaar. In een relatie ben je partners, seks is iets wat je samen doet en waar je samen toe besluit. Zo ben je opgevoed, zo ben jij. En dat trekt me aan de ene kant aan en maakt het tegelijkertijd extra moeilijk.'

Ze legde een hand op zijn borst en gaf hem een zetje. Toen hij een stap achteruit deed, glimlachte ze, omdat deze simpele actie en reactie haar woorden bevestigden.

'Ik ben bang voor je,' vervolgde ze, 'omdat je een brandend gebouw in zou rennen om een paar honden te rennen. Omdat je mijn deel van de pijn van een trauma op je neemt. Je had gelijk met wat je zei. Het is je aard. Het was niet alleen omdat ik het was. Je had hetzelfde gedaan als het Cal was geweest, of Gage, of Quinn, of Cybil. Of een volslagen onbekende. Ik ben bang voor wie je bent, omdat ik nog nooit iemand zoals jij heb gekend. En ik ben bang dat als ik het risico neem, als ik mijn hand naar je uitsteek en je vastpak, ik je zal verliezen omdat… nou ja, precies om wie je bent.'

'Ik heb nooit geweten dat ik zo'n beangstigende kerel was.'

Ze wendde zich af, pakte een mes uit het blok en legde het op de snijplank. 'Snijd de tomaten.'

Ze opende een kastje en vond zelf de pasta. Terwijl zij op zoek ging naar een pan en een koekenpan, ging zijn telefoon. Ze keek op toen hij op de display keek. 'Hoi, mam en/of pap. Ja. Echt?' Hij legde het mes weer neer en leunde op het aanrecht. 'Wanneer? Serieus? Ja, tuurlijk.' Hij dekte de telefoon af en fluisterde tegen Layla: 'Mijn zus en haar partner komen hierheen, met het vliegtuig. Wat?' zei hij in de telefoon. 'Nee, geen probleem. O, wacht, nu ik je toch spreek… We zijn vandaag op de boerderij geweest. Vanmorgen vroeg. Het is zo dat…' Zijn stem stierf weg terwijl hij de aangrenzende waskamer in liep.

Layla glimlachte toen ze zijn gedempte stem hoorde. Ja, het was zijn aard, dacht ze, terwijl ze water voor de pasta opzette. Om honden te redden en eerlijk te zijn. En om mam en/of pap uit te leggen waarom hij een steen uit hun oude schuur had losgebikt.

Het was geen wonder dat ze half verliefd op hem was.

Het bleef regenen en het werd een vochtige, sombere middag. Na het eten verhuisden ze met algemene instemming naar de woonkamer, waar Quinn bij het vuur verderging met voorlezen.

Er hing bijna een dromerige sfeer, dacht Layla. Het getik van de regen, het geknetter van het hout en de vlammen, het geluid van Quinns stem die Anns woorden sprak. Ze krulde zich op in haar stoel, knus in haar eigen warme kleren gehuld en dronk thee, terwijl

Fox en Lump zich naast haar voeten uitstrekten op de vloer.

Als ze een foto zou maken, zou het eruitzien als een groep vrienden die bij elkaar zaten op een regenachtige dag, in de kille overgang van winter naar voorjaar. Quinn met haar boek, Cal naast haar op de bank. Cybil als een luie kat opgekruld op het andere eind van de bank, en Gage languit in een stoel, met de zoveelste kop koffie in zijn hand.

Maar ze hoefde alleen maar naar de woorden te luisteren om het plaatje te laten veranderen. Ze hoefde alleen maar te luisteren om een jonge vrouw een ander vuur te zien bouwen in de haard, terwijl haar lichte haar langs haar rug naar beneden hing. Om de pijn te voelen in het hart, dat zo lang geleden gestopt was met kloppen.

Ik ben zwanger. Er is zo veel vreugde in mij, en zo veel verdriet.

Vreugde om de levens in haar, dacht Layla. Verdriet omdat die levens het begin van het einde van Anns tijd met Giles inluidden. Ze stelde zich Ann voor terwijl ze maaltijden bereidde, water uit de rivier haalde, in het eerste dagboek schreef, het boek met het omslag dat Giles had gemaakt van het leer dat hij zelf had gelooid. Ze schreef over gewone dingen, gewone dagen. Pagina's vol over eenvoudige, menselijke dingen.

'Ik ben kapot,' zei Quinn ten slotte. 'Iemand anders mag het overnemen, maar mijn hersens zijn gewoon doodmoe. Ik denk niet dat ik op dit moment nog iets kan opnemen, zelfs als iemand anders voorleest.'

Cal draaide haar om om haar schouders te masseren en Quinn rekte zich zichtbaar opgelucht uit. 'Als we te veel informatie tegelijk proberen op te nemen, missen we waarschijnlijk toch iets.'

'Veel dagelijkse kleinigheden in dat gedeelte.' Cybil boog en strekte haar schrijfhand. 'Hij geeft haar les, leert haar simpele magie. Kruiden, kaarsen, de gaven die ze al had haalt hij eruit. Ze staat er helemaal voor open. Het is duidelijk dat hij haar niet zonder wapens, gereedschappen en verdedigingsmiddelen wilde achterlaten.'

'De tijd van de pioniers,' merkte Fox op. 'Een hard leven.'

'Ik denk dat het deels juist ging om het leven,' voegde Layla eraan toe. 'Het gewone leven. We hebben dat allemaal gevoeld en het in de loop der tijd ook allemaal wel gezegd. Het gewone doet ertoe, het is in belangrijke mate waar we voor vechten. Ik denk dat ze er vaak over schreef omdat ze dat begreep. Of misschien omdat ze zichzelf eraan moest herinneren, om onder ogen te kunnen zien wat er ging komen.'

'We hebben het eerste dagboek voor meer dan de helft gelezen.' Quinn markeerde de bladzijde en legde het boek weg. 'Ze heeft nog niets specifieks geschreven over wat er gaat gebeuren. Of hij heeft het haar nog niet verteld, of ze heeft er niet over willen schrijven.' Ze gaapte. 'Ik stel voor dat we naar buiten gaan of even gaan tukken.'

'Zij kunnen allemaal naar buiten gaan.' Cal boog zijn hoofd en beet even zachtjes in haar nek. 'Dan gaan wij tukken.'

'Dat is een ongeloofwaardig eufemisme voor seks op een regenachtige dag, en jullie hebben al genoeg seks.' Cybil trok haar been onder zich vandaan om Cal een zet te geven met haar voet. 'Optie twee, een andere vorm van vermaak. Geen poker,' voegde ze eraan toe, voordat Gage iets kon zeggen.

'Seks en poker staan boven aan de lijst van vormen van vermaak,' zei hij tegen haar.

'Ik heb op geen van beide iets tegen, maar er moet iets zijn wat een groep jonge, aantrekkelijke mensen hier kan doen. Geen kwaad woord over de Bowl-a-Rama, Cal, maar er moet een plek zijn waar we alcoholische dranken, lawaai, misschien wat muziek en slecht barvoedsel kunnen krijgen.'

'Toevallig... Au!' Layla keek nijdig naar Fox, toen hij in haar voet kneep. 'Toevallig,' begon ze weer, 'had Fox het over een tent die aan al die eisen lijkt te voldoen. Een bar aan de andere kant van de rivier, waar zaterdagavond livemuziek wordt gemaakt.'

'O, daar gaan we naartoe.' Cybil kwam overeind. 'Wie rijdt? Ik draag van onze kant Quinn voor.'

'Mee eens,' riep Layla.

'Argh.'

'Jij gaat seks hebben,' bracht Cybil haar in herinnering. 'Klachten worden niet-ontvankelijk verklaard.'

'Gage.' Fox deed met zijn duim en wijsvinger alsof hij de trekker van een wapen overhaalde.

'Het zal weer niet zo zijn,' zei Gage.

Ondanks de snelle overeenstemming waren er dertig minuten nodig voor belangrijke zaken als nieuwe make-up aanbrengen en haar in orde maken. Toen was er de discussie over wie er met wie in de auto mee zou rijden, bemoeilijkt door het feit dat Cal erop stond Lump niet alleen te laten.

'Die schoft heeft één keer mijn hond aangevallen, dat zou hij weer kunnen doen. Waar ik ga, gaat Lump. En ik rijd met mijn vrouw.'

Zodat er voor Fox niets anders op zat dan zich in Cals truck te wringen, met Gage achter het stuur en Lump aan de andere kant, naast het portier.

'Waarom kan hij niet in het midden zitten?' protesteerde Fox.

'Omdat hij me dan aflebbert en ik straks onder de haren zit en naar hond stink.'

'Daar zit ik nu mee.'

'Jouw probleem, jongen.' Gage keek hem van opzij aan. 'En dat zou inderdaad wel eens een probleem kunnen worden, aangezien de knappe brunette er misschien bezwaar tegen heeft dat je naar eau de Lump ruikt als je haar aflebbert.'

'Ze heeft nog niet geklaagd.' Fox draaide het raampje een stukje open voor Lumps snuffelende neus.

'Ik kan je geen ongelijk geven dat je het probeert. Ze is precies de stijlvolle, slimme meid met lef waar jij op valt.'

'Val ik daarvoor?' Fox leunde geamuseerd tegen Lumps logge lichaam om Gage van opzij aandachtig op te nemen.

'Ze is helemaal jouw type, met een onverwacht laagje stadse chic.

Zorg alleen wel dat het je niet naar de kloten helpt.'

'Waarom zou het?'

Toen Gage geen antwoord gaf, draaide Fox ongemakkelijk in zijn stoel. 'Dat was zeven jaar geleden, en Carly heeft me niet naar de kloten geholpen. Wat er is gebeurd heeft dat wel een poosje gedaan. Layla is hierbij betrokken, Carly destijds niet. In elk geval had ze er niet bij betrokken moeten raken.'

'Maak je je er helemaal geen zorgen over dat ze hierbij betrokken is? Jullie tweeën hebben een link, net als Cal en Quinn. Nu is Cal patroontjes aan het uitzoeken voor het serviesgoed.'

'O ja?'

'Figuurlijk dan. En jij zit achter Layla aan en krijgt die cockerspaniëlblik in je ogen als ze binnen reukafstand komt.'

'Als ik een hond moet zijn, dan een Duitse dog. Die hebben waardigheid. En nee, ik maak me er geen zorgen over. Ik voel wat ik voel.' Hij ving een glinstering op. Hij kon er niets aan doen. Het was er gewoon. En hij moest erom glimlachen, zoals alleen broers naar elkaar glimlachen. 'Maar jij maakt je er zorgen over. Cal en Quinn, Layla en ik. Dus blijven alleen Cybil en jij over. Ben je bang dat het lot zal ingrijpen? Dat het noodlot op het punt staat toe te slaan? Zal ik de handdoeken met monogram maar vast bestellen?'

'Ik maak me geen zorgen. Als ik speel calculeer ik de kansen in, en de spelers.'

'De derde vrouwelijke speler is buitengewoon sexy.'

'Ik heb ze wel sexyer gehad.'

Fox snoof spottend en draaide zich om naar Lump. 'Hij heeft ze wel sexyer gehad.'

'Bovendien is ze mijn type niet.'

'Ik wist niet dat dat kon.'

'Gecompliceerde vrouwen zijn mijn type niet. Als je het bed in duikt met een gecompliceerde vrouw, betaal je daar de volgende ochtend de prijs voor. Ik heb ze liever simpel.' Hij grijnsde naar Fox. 'En veel.'

‘Een gecompliceerde vrouw geeft je beter tegenspel. En je houdt van spel.’

‘Niet van dat soort spel. Simpel brengt je verder. En heel veel simpel brengt je heel veel verder. Ik ga voor kwantiteit, gezien het feit dat we onze volgende verjaardag misschien niet overleven.’

Fox gaf Gage een vriendschappelijke stomp tegen zijn arm. ‘Je vrolijkt me altijd op met die zonnige, optimistische natuur van je.’

‘Wat klaag je nou? Jij gaat lekker eten, drinken en misschien seksen met Layla, terwijl ik het moet doen met een glaasje fris en slechte muziek in een volle bar in West-Virginia.’

‘Misschien heb je mazzel. Ik wed dat er minstens één simpele vrouw binnen zit.’

Gage dacht daarover na terwijl hij de truck dicht bij de bar parkeerde. ‘Daar heb je een punt.’

Het was niet wat hij had gepland, dacht Fox. Hij had gedacht met Layla aan het hoektafeltje te gaan zitten, helemaal achterin, waar de muziek niet zo hard was dat die het gesprek zou verstoren. Eerst even de tijd nemen om elkaar wat beter te leren kennen als gewone mensen, en dan misschien een paar voorzichtige kusjes. Als hij dat goed aanpakte misschien een vrijpartij in zijn truck, die zou eindigen in zijn bed.

Het had hem een verdomd goed plan geleken, met ruimte voor alternatieven.

Nu zat hij met vijf andere mensen om een tafel voor vier bier te drinken en nacho’s te eten, vlak naast de jukebox, die nasale countrymuziek uitbraakte.

En er werd veel gelachen.

De livemuziek die uiteindelijk begon was niet slecht. De vijf muzikanten die opeengepakt op het podium in de hoek stonden deden het best goed. Hij kende ze en omdat hij in een gulle bui was, gaf hij ze in de pauze een rondje.

‘Van wie was dit idee?’ vroeg Quinn. ‘Dit was een fantástisch idee. En ik drink niet eens.’

‘Technisch gezien was het mijn idee.’ Fox stootte zijn bierglas tegen haar glaasje light. ‘Ik heb altijd geweldige ideeën.’

‘Het was jouw globale concept,’ verbeterde Layla hem. ‘Mijn uitvoering. Maar je hebt gelijk. Het is een leuke bar.’

‘Ik vind vooral die klok van Bettie Page daar leuk.’ Cybil wees.

‘Ken jij Bettie Page?’ wilde Gage weten.

‘Ik weet wie ze is, zeker. De pin-upsensatie van de jaren vijftig die een icoon werd, deels omdat ze doelwit werd van een onderzoek door de Senaat naar porno, wat als je het mij vraagt een heksenjacht was.’

‘Cybil heeft haar ontmoet.’ Quinn nam een slokje van haar frisdrank.

Gage keek met toegeknepen ogen over de rand van zijn glas. ‘Dat meen je niet.’

‘Ik heb meegewerkt aan het onderzoek voor het script van de biopic die een paar jaar geleden van haar is uitgekomen. Ze was een prachtig mens, vanbinnen en vanbuiten. Bent u een fan, meneer Turner?’

‘Ja, toevallig wel.’ Hij nam een slok fris terwijl hij Cybil aandachtig aankeek. ‘Je bewandelt nogal wat onverwachte paden.’

Ze schonk hem haar trage, katachtige glimlach. ‘Ik hou van reizen.’

Toen de band terugkwam, bleven twee leden bij hun tafeltje staan. ‘Zin om een potje te jammen, O’Dell?’

‘Jullie doen het prima zonder mij.’

‘Speel jij?’ Cybil gaf hem een por tegen zijn schouder.

‘Verplichte kost in onze familie.’

‘Ga dan jammen, O’Dell.’ Nu gaf ze hem een zet. ‘We staan erop.’

‘Ik zit even iets te drinken.’

‘Dwing ons niet om een scène te schoppen. We zijn ertoe in staat. Q?’

'O, zeker. Fox,' zei ze. 'Fox. Fox. Fox.' Met elke herhaling werd haar stem luider.

'Oké, oké.'

Toen hij opstond, stak Quinn haar vingers tussen haar lippen en floot.

'Houd je meisje in bedwang.'

'Kan ik niet.' Cal grijnsde alleen maar. 'Ik hou van wilde meiden.'

Hoofdschuddend pakte Fox een gitaar uit de standaard. Hij overlegde kort met de band terwijl hij de band over zijn schouder hing.

Cybil boog zich naar Layla toe. 'Waarom zijn gitaristen toch zo sexy?'

'Het zit 'm denk ik in de handen.'

Die van hem leken beslist te weten wat ze deden toen hij zich omdraaide, het ritme tikte en inzette met een ingewikkeld rif.

'Opschepper,' mompelde Gage, en Cybil schoot in de lach.

Hij ging verder met 'Lay down Sally', een duidelijke publiekslieveling. Layla moest toegeven dat ze iets in zich voelde tintelen toen hij zich naar de microfoon boog om de tekst mee te zingen.

Hij had er het uiterlijk voor, dacht ze. Verbleekte spijkerbroek om zijn smalle heupen, zijn voeten in een paar haveloze werklaarzen, rommelig haar om een knap gezicht. En toen die tijgerogen die straalden van plezier haar strak aankeken, schoot de tinteling in één keer door het plafond.

Cybil schoof dichter naar Layla toe, tot haar lippen een centimeter van haar oor verwijderd waren. 'Hij is hartstikke goed.'

'Ja, verdomme. Ik denk dat ik in de problemen zit.'

'Hier, nu? Ik wou dat ik dat kon zeggen.' Cybil leunde lachend achterover terwijl het nummer werd afgesloten en er in de bar een daverend applaus losbarstte.

Fox schoof hoofdschuddend de band van zijn schouder.

'Kom op,' riep Cybil. 'Bis, bis.'

Hij bleef zijn hoofd schudden terwijl hij terugliep naar de tafel. 'Ik doe er niet meer dan één, anders moeten ze straks de gitaar uit mijn hebberige handen rukken.'

'Waarom ben jij geen rockster in plaats van advocaat?' vroeg Layla.

'Rockster zijn is te veel werk.' De muziek barstte weer los terwijl hij dicht naar haar toe boog. 'Clapton had meer voor de hand gelegen, maar ik heb de verleiding weten te weerstaan. Hoeveel kerels hebben je de afgelopen jaren met "Layla" proberen te versieren?'

'Zo ongeveer allemaal.'

'Dat dacht ik al. Ik ben meer een individualist. Ik kies nooit wat voor de hand ligt.'

O, ja, dacht ze, toen hij haar grijnzend aankeek. Ze was beslist in moeilijkheden.

10

De regenwolken bleven irritant hangen en dat resulteerde in zo'n sombere, winderige ochtend waarop uitslapen de enige optie was. Dat zou het tenminste zijn geweest, als er geen demonenonderzoek op het zondagochtendprogramma stond, dacht Fox, terwijl hij de deur van zijn appartement achter zich dichttrok.

Ondanks de nattigheid besloot hij de paar huizenblokken naar Layla's huis te lopen. Net als jongleren vergemakkelijkte lopen het nadenken. Kennelijk hadden de andere inwoners van The Hollow hier andere ideeën over, of ze hadden niet veel om over na te denken. Auto's stonden met zwiepende ruitenwissers achter elkaar geparkeerd voor de deur van Ma's Pantry en Coffee Talk. En binnen, peinsde hij, zaten de mensen waarschijnlijk aan hun ontbijt, dronken hun koffie en klaagden over de regen.

Hij monsterde vanaf de overkant de nieuwe deur in de boekwinkel en dacht: mooi werk, pa. Net als Layla bestudeerde hij het bord met OPHEFFINGSUITVERKOOP op de cadeauwinkel. Niks aan te doen. Er zou weer een nieuw bedrijf in komen. Jim Hawkins zou een nieuwe huurder vinden die de muren een kwastje zou geven en de zaak zou vullen met wat dan ook. Er zou een bord met FEESTELIJKE OPENING verschijnen, klanten zouden naar binnen lopen om de zaak te bekijken. En in de tussentijd zouden de mensen nog steeds hun ontbijt eten, op een regenachtige zondagmorgen uitslapen en hun kinderen aansporen zich aan te kleden om naar de kerk te gaan.

Maar de dingen zouden veranderen. Dit keer zouden ze meer dan klaar zijn als de Zeven begon en de Grote Kwaadaardige Schoft zich meldde. Ze zouden meer doen dan het bloed opdweilen, de branden blussen en de gestoorden opsluiten tot de waanzin voorbij was.

Ze móésten meer doen.

Intussen zouden ze het werk doen, naar antwoorden zoeken. Ze hadden plezier gehad, de vorige avond, peinsde hij. Ze hadden bij elkaar gezeten en de muziek en het gesprek hadden de lange, zware dag naar de achtergrond verdreven. Er was die dag vooruitgang geboekt. Hij voelde dat ze een stap dichterbij waren gekomen.

Dus hoewel hij niet uitsliep en niet bij Ma's ging ontbijten, zou hij de dag doorbrengen met zijn vrienden en met de vrouw die hij tot zijn geliefde wilde maken. Ze zouden er samen aan werken dat anderen in The Hollow gewoon hun dagelijks leven konden leiden, zelfs tijdens de week van 7 juli, eens in de zeven jaar.

Hij liep het plein op met zijn handen in de zakken van zijn capuchontrui en zijn hoofd gebogen tegen de regen.

Hij keek op toen hij slippende banden hoorde op het natte wegdek. Fox herkende de truck van Block Kholer en nog voor Block zijn portier opengooide en op hem af stormde, dacht hij: o, shit.

'Jij smerige klootzak.'

Block kwam met zijn enorme handen tot vuisten gebald op zijn schuiten van werklaarzen aanstampen en Fox dacht weer: shit.

'Doe even een stapje achteruit, Block, en kalmeer een beetje.' Ze kenden elkaar al vanaf de middelbare school, dus Fox had weinig hoop dat Block zou doen wat hij vroeg. Block werd niet snel kwaad, maar als hij zich tot het kookpunt had opgewerkt, vielen er klappen.

Fox, die niet van plan was om die klappen in ontvangst te nemen, stemde zijn geest af op Blocks gedachten en wist de eerste klap te ontwijken.

'Kap daarmee, Block. Ik ben Shelleys advocaat, zo is het nou eenmaal. Als ik het niet was, was het een ander.'

'Ik heb gehoord dat dat niet het enige is wat je bent.' Hij haalde weer uit, maar Fox dook weer op tijd weg. 'Hoe lang doe je het al met mijn vrouw, vuile schoft?'

'Ik heb nooit iets met Shelley gehad. Als je dat van Napper hebt gehoord, moet je er eens goed over nadenken wie het zegt.'

'Ik ben verdomme mijn eigen huis uit getrapt.' Blocks blauwe ogen glinsterden van woede en zijn brede gezicht zat vol rode vlekken. 'Door jou moet ik naar Ma's om een behoorlijk ontbijt te krijgen.'

'Ik ben niet degene die met zijn hand in het shirtje van zijn schoonzus heeft gezeten.' Praten was zijn vak, hield Fox zich voor. Praat hem plat. Dus bleef hij rustig op Block inpraten, terwijl hij een nieuwe uithaal ontweek. 'Je kunt mij hier niet de schuld van geven, Block. En doe nu niet iets waar je later voor moet boeten.'

'Jíj gaat verdomme boeten.'

Fox was snel, maar Block was zijn kunstjes van het footballveld van lang geleden nog niet helemaal verleerd. Hij gaf Fox geen gewone stomp, maar maaide hem omver. Fox smakte pijnlijk tegen een met klimop bedekt tuinmuurtje en gleed op de stoep, met de woedende voormalige *defensive tackle* boven op zich.

Block was ruim twintig kilo zwaarder dan hij, en het grootste deel van dat gewicht bestond uit spieren. Fox zat volledig klem en kon de stompen in zijn gezicht en de porren in zijn nieren niet ontwijken. Ondanks de hevige pijn en het vertroebelde zicht zag hij een soort waanzin in Blocks ogen die maakte dat hij paniek voelde opkomen.

En de gedachten die als vonken op hem af schoten, waren al even krankzinnig en moorddadig.

Fox deed het enige wat hij nog kon doen. Hij vocht gemeen. Hij klauwde met zijn nagels naar die waanzinnige ogen. Toen Block een jammerkreet slaakte, beukte hij zijn vuist tegen zijn onbeschermde keel. Block kokhalsde en begon benauwd te hoesten, waarop Fox wat bewegingsvrijheid kreeg en zijn knie tussen Blocks benen omhoog kon rammen. Hij deelde een paar vuistslagen uit, gericht op het gezicht en de keel.

Rennen. Die gedachte bloeide als bloed op in Fox' gedachten. Maar toen hij probeerde weg te rollen om zich los te vechten en overeind te komen, beukte Block zijn hoofd tegen de stoep. Hij voelde iets in zijn lichaam kapotgaan toen Blocks laars met de stalen neus gemeen in zijn zij trapte. Hij hapte naar adem toen vlezige handen zich om zijn keel sloten.

Sterf hier.

Hij wist niet of het Blocks gedachten waren die door zijn gillende hoofd cirkelden, of dat hij het zelf dacht. Maar hij wist dat hij weggleed. Zijn brandende longen kregen geen lucht en hij zag alles vaag en dubbel. Hij deed zijn best alles wat hij in zich had te richten op deze man die hij kende, een man die gek was op de Reskins en NASCAR, die altijd wel een goede vieze mop wist te vertellen en die geniaal was met machines. Een man die zo stom was geweest om zijn vrouw te bedriegen met haar zus.

Maar hij kon niets vinden. Hij kon zichzelf niet vinden, noch de man die hem op een regenachtige zondagmorgen zou vermoorden op de stoep, op een paar passen afstand van het plein.

Toen zag hij alleen nog rood, rood als een grote plas bloed. Hij zag niets anders dan zijn eigen dood.

Plotseling nam de druk op zijn keel af en werd het verschrikkelijke gewicht op zijn borst weggenomen. Terwijl hij kokhalzend wegrolde, dacht hij dat hij hoorde schreeuwen. Maar zijn oren tuitten en hij spuwde bloed.

'Fox! Fox! O'Dell!'

Er zweefde een gezicht zijn blikveld binnen. Fox lag op de stoep en de regen voelde heerlijk koel op zijn gehavende gezicht. Hij zag een vaag, driedubbel beeld van sheriff Wayne Hawbaker.

'Blijf stil liggen,' zei Wayne tegen hem. 'Ik bel een ambulance.'

Niet dood, dacht Fox, hoewel het rood nog steeds langs de randen van zijn blikveld zweefde. 'Nee, wacht.' Zijn stem was schor, maar het lukte hem rechtop te gaan zitten. 'Geen ambulance.'

'Je bent ernstig gewond.'

Hij wist dat zijn ene oog dichtzat, maar met het andere keek hij Wayne aan. 'Het komt goed. Waar is Block, verdomme?'

'Die zit geboeid achter in mijn auto. Mijn god, Fox, ik moest hem bijna buiten westen slaan om hem van je af te krijgen. Wat was er in godsnaam aan de hand?'

Fox veegde bloed van zijn mond. 'Vraag dat maar aan Napper.'

'Wat heeft hij hiermee te maken?'

'Hij heeft Block opgefokt door hem wijs te maken dat ik het doe met Shelley.' Fox hapte piepend naar adem en hij had het gevoel dat er glasscherven in zijn keel zaten. 'Laat maar zitten, doet er niet toe. Het is niet verboden om te liegen tegen een idioot, toch?'

Wayne zei even niets. 'Ik bel de dokterscentrale, dan kunnen ze een paar mensen sturen om naar je te kijken.'

'Ik heb ze niet nodig.' Fox, die vanbinnen kolkte van hulpeloze woede en pijn, zette zich met zijn bloedende hand schrap tegen de stoep. 'Ik wil ze niet.'

'Ik neem Block mee naar het bureau. Als je zover bent kun je daar een officiële aanklacht wegens mishandeling tegen hem indienen.'

Fox knikte. Poging tot moord zat meer in de richting, maar mishandeling was oké.

'Wacht, dan zet ik je voor in de auto. Zeg maar waar je naartoe wilt.'

'Rij maar door. Ik kom zelf wel waar ik zijn moet.'

Wayne streek met zijn hand door zijn natte, grijzende haar. 'Jezus, Fox, wil je dat ik je hier bloedend op de stoep achterlaat?'

Opnieuw keek Fox hem met zijn goede oog aan. 'Je kent me, sheriff. Ik genees snel.'

Er verscheen een begrijpende maar bezorgde blik in Waynes ogen. 'Laat me eerst zien of je overeind kunt komen. Ik rijd niet weg voor ik weet dat je kunt staan en lopen.'

Het lukte hem, hoewel elke centimeter van zijn lichaam het uitschreeuwde van pijn. Drie gebroken ribben, dacht Fox. Hij voelde al dat ze hun best deden om te genezen en de pijn was afschuwelijk. 'Sluit hem maar op. Ik kom zodra ik kan.'

Hij hinkte weg en bleef pas staan toen hij Hawbaker hoorde wegrijden. Toen draaide hij zich om en staarde naar de jongen die aan de overkant van de straat naar hem stond te grijnzen.

'Ik genees weer, rotzak, en als de tijd komt, zal ik jou nog veel erger te grazen nemen.'

De demon in kindergedaante lachte. Toen sperde hij zijn mond wijd als een grot open en slokte zichzelf op.

Toen Fox bij het huurhuis aankwam, was een van zijn ribben genezen en de tweede was halverwege. Zijn losgeslagen tanden zaten weer vast en de oppervlakkige schaaf- en snijwonden waren dichtgetrokken.

Ik had naar huis moeten gaan om helemaal te genezen, besefte hij. Maar het pak slaag en de pijn van het genezingsproces hadden hem doodmoe en duizelig gemaakt. De vrouwen moesten het maar nemen zoals het was, zei hij bij zichzelf. Voor het voorbij was, zouden ze waarschijnlijk nog wel ergere dingen meemaken.

'We zijn boven!' riep Quinn, toen ze de deur hoorde dichtslaan. 'We komen zo naar beneden. Er staat koffie op het fornuis, en cola in de koelkast, afhankelijk van wie je bent.'

Zijn gekneusde luchtpijp was nog te pijnlijk om terug te roepen, en hij liep moeizaam naar de keuken.

Hij stak zijn hand uit naar de koelkast en keek fronsend naar zijn gebroken pols. 'Kom op, lul, schiet op.' Terwijl zijn botten zich aan elkaar hechtten, gebruikte hij zijn linkerhand om een cola te pakken en voerde vervolgens een bittere strijd om het blikje te openen.

'We zijn een beetje laat. Ik denk dat we... O, mijn god.' Layla schoot naar voren. 'Fox! God. Quinn, Cybil, Cal! Kom naar beneden. Fox is gewond!'

Ze probeerde haar arm om hem heen te slaan, om hem te ondersteunen.

'Maak alleen dit even open, oké? Maak alleen even dat stomme blik open.'

'Ga zitten. Je moet zitten. Je gezicht. Je arme gezicht. Hier, ga zitten.'

'Maak dat verdomde blik nou maar open.' Hij snauwde luid, maar ze trok alleen maar een stoel bij. Het feit dat ze hem er zonder veel moeite in kon laten zakken, maakte hem duidelijk dat hij er nog steeds beroerd aan toe was.

Ze trok het blikje open en wilde zijn handen eromheen vouwen. Haar stem was zacht, maar trilde niet toen ze sprak. 'Je pols is gebroken.'

'Dat duurt niet lang meer.'

Hij nam net zijn eerste grote, wanhopige slok toen Cal binnen kwam rennen. Die vloekte toen hij hem zag. 'Layla, pak jij even water en handdoeken om hem een beetje schoon te maken.' Hij ging op zijn hurken zitten en legde een hand op Fox' dijbeen. 'Hoe erg is het?'

'Erger dan het in lange tijd is geweest.'

'Napper?'

'Indirect wel.'

'Quinn,' zei Cal, met zijn ogen nog steeds op Fox gericht. 'Bel Gage. Vraag hem hiernaartoe te komen, als hij tenminste niet al onderweg is.'

'Ik ben ijs aan het pakken.' Ze haalde een zak met ijs uit de vriezer. 'Cybil.'

'Ik bel wel.' Maar eerst boog ze voorover en drukte haar lippen zachtjes op Fox' bebloede wang. 'We zorgen voor je, lieverd.'

Layla kwam binnen met een wasbak en een doek. 'Het doet pijn. Kunnen we hem iets geven tegen de pijn?'

'Je moet erdoorheen, je moet het zelfs gebruiken. Het helpt als we met z'n drieën bij elkaar zijn.' Cal hield zijn ogen onophoudelijk op Fox' gezicht gericht. 'Vertel.'

'Ribben, links. Drie, een genezen, een bezig.'

'Oké.'

'Ze moeten weg,' siste hij, toen er een nieuwe golf van pijn over hem heen spoelde. 'Zeg ze dat ze weg moeten gaan.'

'Wij gaan nergens naartoe.' Zacht en efficiënt begon Layla met de koude, vochtige doek Fox' gezicht te deppen.

'Hier, liefje.' Quinn hield de zak met ijs tegen Fox' gezwollen oog.

'Ik heb hem gebeld op zijn mobiel.' Cybil kwam weer binnen rennen. 'Hij was al in het dorp. Hij is zo hier.' Ze zweeg en ondanks haar ontzetting over Fox' toestand, keek ze gefascineerd toe hoe de pijnlijke blauwe plekken op zijn keel begonnen te vervagen.

'Hij heeft iets beschadigd vanbinnen,' wist Fox uit te brengen. 'Ik kan niet focussen, ik kan het niet vinden, maar er bloedt iets. Hersenschudding. Ik kan niet helder denken.'

Cal bleef Fox onafgebroken aankijken. 'Focus daar eerst op, op de hersenschudding. De rest moet je wegduwen.'

'Probeer ik.'

'Laat mij eens.' Layla duwde de bebloede kleren in Cybils handen en ging op haar knieën voor Fox zitten. 'Ik kan het zien als je me binnenlaat. Maar dan moet je me laten begaan. Laat me de pijn zien, Fox, dan kan ik je helpen met focussen en genezen. Wij zijn verbonden. Ik kan helpen.'

'Je kunt niet helpen als je flipt. Onthoud dat.' Hij sloot zijn ogen en stelde zich voor haar open. 'Alleen het hoofd. Als dat helder is, kan ik de rest aan.'

Hij voelde haar schrik en ontzetting en toen haar medeleven. Dat was warm en zacht. Ze leidde hem naar waar hij moest zijn, net zoals ze hem naar de stoel had geleid.

En daar was de pijn fel en allesomvattend, een monster met puntige tanden en klauwen als dolken. Ze beten, rukten en scheurden. Even schrok hij ervoor terug en worstelde hij om weg te komen. Maar zij spoorde hem aan om door te gaan.

Een hand greep zijn zweterige vuist, en hij wist dat het Gage was.

Hij stelde zich open voor zichzelf en voor hen en liet zich meevoeren op de hete, bokkende rug van de pijn, zoals hij wist dat het moest. Toen de pijn zo ver was geweken dat hij weer kon praten, was hij nat van het zweet.

'Trek je nu iets terug,' zei hij tegen Layla. 'Heel voorzichtig. Het is een beetje te veel, het gaat iets te snel.'

Hij bleef meerijden op de pijn. Botten, spieren, organen. En klampte zich zonder schaamte vast aan de handen van Gage en Cal. Toen het ergste voorbij was en hij voor het eerst gemakkelijk adem kon halen, stopte hij. Zijn eigen natuur zou de rest doen.

'Oké. Het is oké.'

'Zo zie je er anders niet uit.'

Hij keek naar Cybil en zag dat er tranen over haar wangen rolden. 'De rest is alleen buitenkant. Dat regelt zichzelf.'

Toen ze knikte en haar hoofd afwendde, keek hij neer op Layla. Haar ogen waren vochtig, maar tot zijn opluchting waren er geen tranen. 'Dank je wel.'

'Wie heeft je dit aangedaan?'

'Dat is de vraag,' antwoordde Gage met rauwe stem. Hij richtte zich op en liep naar het fornuis om koffie te pakken. 'En de tweede vraag is: wanneer gaan we hem verrot slaan?'

'Daar wil ik graag bij helpen.' Cybil pakte een mok voor Gage, waarna ze haar hand over de zijne legde en er hard in kneep.

'Het was Block,' vertelde Fox hun, terwijl Quinn vers water kwam brengen om de genezende snij- en schaafwonden op zijn gezicht schoon te maken.

'Block Kholer?' Gage rukte zijn blik los van zijn hand, die nog steeds warm was van die van Cybil, hoewel zij intussen al weer een meter bij hem vandaan stond. 'Waarom in godsnaam?'

'Napper had hem ervan overtuigd dat ik zijn vrouw had geneukt.'

Cal schudde zijn hoofd. 'Block is misschien stom genoeg om die eikel te geloven, hoewel hij dan inderdaad wel ongelofelijk stom moet zijn. Als hij het geloofde, kan ik me wel voorstellen dat hij iemand zocht om zijn woede op te koelen, en zelfs dat hij jou een lel zou verkopen. Maar, jezus, man, hij heeft je bijna vermoord. Dat is gewoon niet...'

Fox nam heel langzaam een klein slokje cola en zag dat Cal het begreep. 'Hij was daar. Die kleine rotzak. Aan de overkant van de straat. Ik was met mijn aandacht bij Block, omdat ik aanvoelde dat hij me tot moes wilde slaan, dus ik had hem niet gezien. Maar ik zag het aan Blocks gezicht, aan zijn ogen. De besmetting. Als Wayne Hawbaker niet langs was gekomen, had hij me niet alleen halfdood geslagen. Dan was ik dood geweest.'

'Hij is sterker.' Quinn greep Cal bij de schouder. 'Hij is sterker geworden.'

'Dat is de enige conclusie. Alles gaat deze keer sneller. Je zei dat Wayne langskwam. Wat deed hij?'

'Ik was eerst buiten westen. Toen ik bijkwam, had hij Block geboeid en in de auto gezet. Hij zei dat hij hem zowat buiten westen had moeten slaan om hem daar te krijgen. Wayne was oké. Hij zelf was oké. Bezorgd, een beetje pissig, erg uit zijn doen. Hij was niet besmet.'

'Misschien kon het wezen geen vat op hem krijgen.' Layla stond op. Ze pakte het bloedrode water op om het in de gootsteen te gooien, omdat daar niemand kon zien dat haar handen trilden. 'Ik denk dat als hij dat wel had gekund, hij dat had gedaan. Je zei dat Block je wilde vermoorden. Het wezen zou niet willen dat de politie of wie dan ook hem daarvan weerhield.'

'Een tegelijk.' Cybil, die zich weer in de hand had, tuitte haar lippen. 'Geen goed nieuws, maar ook niet helemaal slecht.' Ze streek over Fox' natte, verwarde haar. 'Je oog is aan het genezen. Je bent alweer bijna net zo knap als je was.'

'Wat ga je met Block doen?' vroeg Quinn.

'Ik ga met hem praten, en later met Wayne. Op dit moment zou ik graag even douchen, als de dames het niet erg vinden.'

'Ik breng je wel naar boven.' Layla stak haar hand uit.

'Je moet slapen,' zei Cal.

'Ik heb waarschijnlijk genoeg aan een douche.'

'Een genezingsproces zoals dit put je uit. Dat weet je.'

'Ik begin met de douche.' Hij liep met Layla de deur uit. De pijn probeerde nog steeds vat op hem te krijgen, maar zijn tanden waren bot en zijn klauwen waren verschrompeld.

'Ik zal je kleren wassen terwijl je onder de douche staat,' zei Layla tegen hem. 'Er liggen hier wat spullen van Cal die je kunt gebruiken. Die spijkerbroek is rijp voor de vuilnisbak.'

Hij keek neer op zijn gescheurde, bebloede Levi's. 'Rijp voor de vuilnisbak? De nieuwigheid is er net een beetje vanaf.'

Ze probeerde te glimlachen terwijl ze de trap op klommen, maar het lukte niet helemaal. 'Doet het nog pijn?'

'Nog wel wat, maar niet meer zo erg.'

'Dan...' Ze draaide zich boven aan de trap om, sloeg haar armen om hem heen en trok hem dicht tegen zich aan.

'Het is nu oké.'

'Natuurlijk is het niet oké. Niets van dit alles is oké. Dus ik blijf je gewoon vasthouden tot ik het weer aankan.'

'Je hebt het heel goed gedaan.' Hij streek met zijn hand over haar haar. 'Van begin tot eind.'

Layla, die sterk wilde zijn voor hem, deed een stapje achteruit en nam voorzichtig zijn gezicht tussen haar handen. Zijn linkeroog zag er rood en pijnlijk uit, maar de zwelling was bijna verdwenen. Ze gaf er een kus op, en toen op zijn wangen en zijn slapen. 'Ik was doodsbang.'

'Dat weet ik. Dat is heldendom, denk je ook niet? Doen wat er gedaan moet worden als je doodsbang bent.'

'Fox.' Ze kuste hem nu zachtjes op de lippen. 'Trek je kleren uit.'

'Ik heb er weken naar uitgekeken dat je dat zou zeggen.'

Nu lukte het haar wel om te glimlachen. 'En ga onder de douche.'

'Het wordt steeds beter.'

'Als je iemand nodig hebt om je rug te wassen... zal ik Cal sturen.'

'En mijn dromen storten in.'

Uiteindelijk maakte ze zijn schoenen los terwijl hij op de rand van het bad zat. Ze hielp hem met ontmoedigend zusterlijke liefde uit zijn shirt en zijn spijkerbroek. Toen hij in zijn boxershort stond, zei ze: 'O, Fox...' Hij hoorde aan haar stem dat dat niet voortkwam uit bewondering voor zijn mannelijke fysiek, maar uit ontzetting over de blauwe plekken die zijn lichaam bedekten.

'Als er inwendig zo veel mis is, duurt het gewoon iets langer voor de buitenkant zich herstelt.'

Ze knikte alleen maar, nam zijn kleren mee en liet hem alleen achter om te douchen.

Het voelde verrukkelijk – het warme water, de zachte druppels op zijn huid. Het voelde verrukkelijk om nog te leven. Hij bleef onder de straal staan, met zijn handen steunend tegen de douchewand, tot het water afkoelde en de pijn net als het water naar het afvoerputje kolkte en wegspoelde. Toen hij naar buiten stapte, lagen een spijkerbroek en een trui netjes opgevouwen op de plank bij de wastafel. Het lukte hem om ze aan te trekken, al werd hij af en toe gedwongen te stoppen om uit te rusten en te wachten tot er weer een venijnige aanval van duizeligheid voorbij was. Toen hij de stoom van de spiegel boven de wastafel had geveegd en een kritische blik had geworpen op zijn gezicht, de langzaam vervagende blauwe plekken, zijn oog dat er nog steeds slecht uitzag en de wonden die nog niet helemaal waren genezen, moest hij toegeven dat Cal zoals altijd gelijk had.

Hij moest slapen.

Dus liep hij – het voelde alsof hij zweefde – Layla's kamer binnen. Hij kroop in haar bed en viel, omhuld door haar troostende geur, in slaap.

Toen hij wakker werd, was er een sprei om hem heen ingestopt, de gordijnen waren dichtgetrokken en de deur was dicht. Hij ging voorzichtig overeind zitten om opnieuw de balans op te maken. Geen pijn, dacht hij, geen steken. Zelfs niet toen hij met zijn vingers rond zijn linkeroog drukte. De slopende vermoeidheid drukte niet meer op hem. En hij had een razende honger. Allemaal goede tekens.

Hij liep de kamer uit en zag Layla samen met Quinn in het kantoor zitten. 'Ik ben even van de wereld geweest.'

'Vijf uur.' Layla liep meteen naar hem toe en bekeek onderzoekend zijn gezicht. 'Je ziet er prima uit. De slaap heeft je goedgedaan.'

'Víjf uur?'

'En nog wat,' voegde Quinn eraan toe. 'Het is fijn dat je er weer bent.'

'Iemand had me moeten wekken. We hadden op zijn minst de rest van het eerste dagboek kunnen doorwerken.'

'Dat hebben we gedaan. En we zijn de aantekeningen aan het verzamelen.' Layla gebaarde naar Quinns laptop. 'Je krijgt de samenvatting later van ons. Dat is voorlopig genoeg, Fox.'

'Het zal wel moeten, denk ik.'

'Wees een beetje lief voor jezelf. Zeg je dat niet altijd tegen mij? Cybil heeft een heerlijke aardappelpreisoep gemaakt.'

'Zeg alsjeblieft dat er nog wat van over is.'

'Meer dan genoeg, zelfs voor jou. Kom, ik ga een bord voor je halen.'

Beneden stond Gage voor het raam in de huiskamer. Hij keek op toen Fox binnenkwam. 'Het is opgehouden met regenen. Ik zie dat je weer net zo lelijk bent als altijd.'

'Altijd nog knapper dan jij. Waar is Cal?'

'Hij is een paar minuten geleden vertrokken naar het bowlingcentrum. We moesten het aan hem doorgeven als je weer in het land der levenden was.'

'Ik ga soep eten.'

Gage wachtte tot hij met Fox alleen was. 'Tank maar even bij, dan bellen we Cal. Hij wacht op ons bij het politiebureau. Quinn is de hoofdpunten van de leessessie van vandaag voor je aan het uitwerken.'

'Zat er iets belangrijks bij?'

'Ik heb er geen antwoorden uit kunnen halen, maar je moet het zelf lezen.'

Hij werkte twee borden soep en een groot stuk olijfbrood naar binnen. Toen hij genoeg had gegeten, kwam Quinn naar beneden met een map en het dagboek. 'Ik denk dat je de essentie wel uit de samenvatting kunt halen, maar wij hebben dit dagboek nu allemaal gelezen, dus jij kunt het vanavond bij je houden. Voor het geval je iets door wilt lezen.'

'Dank je wel, voor de aantekeningen, de soep, de liefdevolle aandacht.' Hij legde zijn hand om Layla's kin en drukte stevig zijn lippen op de hare. 'Dank je wel voor het bed. Tot morgen.'

Toen de mannen vertrokken, boog Cybil haar hoofd opzij. 'Hij heeft erg mooie lippen.'

'Zeker,' bevestigde Layla.

'En wat ik in de keuken heb gezien, toen hij zo'n pijn had en vocht om te genezen... dat was het moedigste wat ik ooit heb gezien. Je bent een geluksvogel. En...' Ze haalde een stuk papier uit haar zak. 'Je bent ook de gelukkige winnares van de loterij wie er vandaag boodschappen mag gaan doen.'

Layla pakte het lijstje aan en zuchtte. 'Heel fijn.'

Sheriff Hawbaker staarde naar Fox' ongeschonden gezicht toen ze met z'n drieën het politiebureau binnenliepen. Wayne had dit soort dingen al eerder gezien, dacht Fox. Maar het was waarschijnlijk niet iets waar de meeste mensen snel aan zouden wennen.

Feit was dat in The Hollow de meeste mensen het gewoon niet opmerkten, of deden alsof.

‘Het gaat dus goed met je. Ik ging even langs het huis dat mevrouw Black huurt, omdat je in die richting weg strompelde. Een zekere mevrouw Kinski deed open. Ze maakte heel goed duidelijk wat ze van de situatie vond. Maar ze zei dat er voor je werd gezorgd.’

‘Dat klopt. Hoe is het met Block?’

‘De verplegers hebben hem wat opgeknapt.’ Wayne krabde aan zijn kin. ‘Maar evengoed ziet hij er een stuk slechter uit dan jij. Sterker nog, als ik niet had gezien wat er gebeurde, had ik gedacht dat jij hem had aangevallen in plaats van andersom. Hij heeft zeker zijn hoofd gestoten.’ Hawbaker keek hem recht aan en sprak precies nonchalant genoeg om duidelijk te maken dat hij Fox liet beslissen hoe het verder moest worden aangepakt. ‘Hij herinnert het zich allemaal niet zo goed. Hij gaf wel toe dat hij je te grazen had genomen, en hard ook, maar hij weet niet precies meer waarom.’

‘Ik wil graag met hem praten.’

‘Dat kan ik regelen. Moet ik met Derrick praten?’

‘Hij is je hulpsheriff. Maar ik raad je aan hem bij mij uit de buurt te houden. Heel ver uit de buurt.’

Wayne zei niets. Hij pakte alleen de sleutels en leidde Fox door de kantoorruimten naar het arrestantenblok. ‘Hij heeft niet om een advocaat gevraagd en hij wilde ook niemand bellen. Block? Fox wil je spreken.’

Block zat op de brits in een van de drie cellen en ondersteunde zijn hoofd met zijn grote handen, waarvan de knokkels ontveld waren. Hij schoot overeind en ging snel staan. Toen Block naar de tralies liep, zag Fox de akelige schrammen op de plek waar hij zijn nagels over zijn gezicht had gehaald. Hij nam het zichzelf niet kwalijk dat het hem voldoening gaf te zien dat Block twee blauwe ogen en een gescheurde lip had.

‘Jezus, Fox.’ Block had zijn bont en blauw geslagen ogen opengesperd en keek hem treurig aan, als een kind dat straf heeft. ‘Ik bedoel, jezus nog aan toe.’

'Kan ik even met hem praten, sheriff?'

'Is dat oké wat jou betreft, Block?'

'Ja, ja, zeker. Jezus nog aan toe, Fox, ik dacht dat ik je halfdood had geslagen. Je mankeert niks.'

'Je hebt me goed bezeerd, Block. Je had me bijna vermoord, en dat was ook je bedoeling.'

'Maar...'

'Herinner je je nog dat ik in de derde klas *second base* was en dat de bal een rare afzwaaier maakte? Hij kwam recht in mijn gezicht. Eind van de derde inning, twee uit, runner op het eerste honk. Ze dachten dat ik mijn jukbeen had gebroken. Weet je nog dat ik bij de vierde inning weer gewoon in het veld stond?'

Block likte over zijn opgezwollen lip en er gleed een angstige en zeer verwarde uitdrukking over zijn gehavende gezicht. 'Ik geloof het wel. Ik dacht even dat dat misschien een droom was. Dat het niet echt was gebeurd. Maar blijkbaar is het wel zo. Ik zweer het je, Fox, ik weet niet wat me overkwam. Ik heb nog nooit eerder iemand zo aangevlogen.'

'Had Napper je verteld dat ik iets met Shelley had?'

'Ja.' Met zichtbare weerzin op zijn gezicht schopte Block zachtjes tegen de onderkant van de tralies. 'Eikel. Ik geloofde hem niet. Hij heeft een godsgruwelijke hekel aan je, altijd al gehad. Bovendien wist ik dat Shelley niet vreemdging. Maar...'

'Het idee knaagde aan je.'

'Ja. Ik bedoel, shit, Fox, ze heeft me het huis uit getrapt, ze heeft me allerlei paperassen toegestuurd, en ze wil niet met me praten.' Hij klemde zijn vingers om de tralies en liet zijn hoofd hangen. 'Ik begon te denken dat... nou ja, dat het misschien was omdat ze stiekem iets met jou had. Heel misschien.'

'En niet omdat ze jou had betrapt met Sami's tiet in je hand?'

'Ik heb het verkloot. Ik heb het verschrikkelijk verkloot. Shelley en ik hadden de laatste tijd vaak ruzie, en Sami...' Hij onderbrak zijn zin en haalde zijn schouders op. 'Ze flirtte al een poosje met me, en die dag zei ze dat ik even naar achteren moest komen om haar ergens mee te helpen. Toen begon ze tegen me aan te wrijven, en ze heeft nogal wat in huis om tegen een man aan te wrijven. Ze maakte haar bloesje open. Fox, jongen, haar tiet wás daar gewoon. Ik heb het verschrikkelijk verkloot.'

'Ja, dat heb je zeker.'

'Ik wil niet scheiden. Ik wil naar huis, Fox, begrijp je dat?' Het was een smeekbede van man tot man en het verdriet was er duidelijk in te horen. 'Shelley wil niet eens met me praten. Ik wil het alleen maar goedmaken, en zij bazuint overal in het dorp rond dat jij me het vel over de oren zult halen in de rechtszaal, en meer van dat soort shit.'

'Daar was je pissig over,' drong Fox aan, terwijl Block fronsend op zijn schoenen neerkeek.

'Ja, Fox, ik was daar pisnijdig over, en toen kwam die bagger van Napper er nog bij. Maar ik heb nog nooit iemand zo te grazen genomen. Ik ben nooit zo in blijven beuken op iemand die al op de grond lag.' Blocks hoofd ging omhoog en de verwarring verscheen weer op zijn gezicht. 'Het was alsof ik gek werd of zo. Ik kon niet ophouden. Ik dacht dat ik je had vermoord. Ik weet niet hoe ik daarmee had moeten leven.'

'Gelukkig voor ons allebei hoef je dat niet.'

'Verdomme, Fox. Verdomme nog aan toe. Je bent een vriend van me. We kennen elkaar al zo lang. Ik weet niet wat... Ik denk dat ik gek werd of zo.'

Fox dacht aan de lachende jongen die zichzelf opslokte. 'Ik ga je niet aanklagen, Block. Wij tweeën hebben nooit problemen met elkaar gehad.'

'We kunnen het prima vinden.'

'Wat mij betreft hebben we nu ook geen problemen. Wat Shelley aangaat, ik ben haar advocaat, meer niet. Ik kan je niet vertellen wat je met je huwelijk moet doen. Als je tegen me zou zeggen dat je relatietherapie wilt proberen, dan zou ik dat aan mijn cliënt kunnen doorgeven. Als haar advocaat en vriend kan ik haar in overweging geven het langs die weg te proberen voor ze verdergaat met de echtscheidingsprocedure.'

'Ik doe alles wat ze wil.' Blocks adamsappel wipte op en neer terwijl hij moeizaam slikte. 'Ik ben je dank verschuldigd, Fox.'

'Nee, dat ben je niet. Ik ben Shelleys advocaat, niet de jouwe. Als sheriff Hawbaker je laat gaan, wil ik dat je me belooft dat je naar huis gaat. Naar het autoracen kijken. Er is vandaag vast wel een wedstrijd op tv.'

'Ik logeer bij mijn ma. Ja, ik ga naar huis. Je hebt mijn woord.'

Fox liep terug naar Wayne. 'Ik dien geen aanklacht in.' Hij negeerde Gage' onderdrukte vloek. 'Het is overduidelijk dat ik niks mankeer. We hadden een meningsverschil dat er ernstiger uitzag dan het was, en dat nu naar tevredenheid van beide partijen is opgelost.'

'Als jij het zo wilt, Fox.'

'Ja, zo wil ik het. Maar ik ben blij dat jij langskwam.' Fox stak zijn hand uit.

Buiten vloekte Gage weer. 'Voor een advocaat ben je wel erg weekhartig.'

'Jij had hetzelfde gedaan. Precies hetzelfde,' zei hij, voor Gage kon protesteren. 'Hij was niet verantwoordelijk.'

'Wij hadden hetzelfde gedaan,' bevestigde Cal. 'En dat hébben we ook. Waarom kom je niet naar het bowlingcentrum, Fox, naar de wedstrijd kijken?'

'Verleidelijk, maar ik doe het niet. Ik heb nog veel te lezen.'

'Ik rijd je naar huis,' bood Gage aan.

Maar eerst stonden ze enkele ogenblikken met z'n drieën bij elkaar voor het politiebureau en keken uit over het dorp, waar al een wolk overheen hing.

11

Fox bracht lange tijd door met lezen, aantekeningen maken en het teruglezen van specifieke passages die Quinn in het dagboek had gemarkeerd.

Hij jongleerde, dacht na en las nog meer.

Geen wachter was er ooit in geslaagd de Duisternis te vernietigen. Sommigen hadden hun leven gegeven in een poging daartoe. Giles bereidde zich voor om zijn leven te geven zoals niemand anders vóór hem dat had gedaan.

Geen precedent voor de hocuspocus die Dent die nacht in het bos had uitgehaald, peinsde Fox. Wat betekende dat hij er niet zeker van kon zijn dat het zou werken. Maar hij was bereid geweest zijn leven, zijn bestaan te riskeren. Een verschrikkelijke gok, zelfs als je in aanmerking nam dat hij Ann met de levens in haar buik eerst naar een veilige plek had gestuurd.

Hij is verder gegaan dan zijn voorgangers, verder dan voor mogelijk werd gehouden. Het bloed van de onschuldigen is vergoten, en mijn geliefde gelooft dat het dat zal zijn: duisternis tegen duisternis. En het zal mijn liefde zijn die de prijs moet betalen voor deze zonde. Het zal bloed en vuur zijn, offer en verlies. Dood op dood voor er leven is, en hoop.

Rituele magie, stelde Fox vast. Hij deed de was en andere huishoudelijke klusjes en gebruikte die bezigheden zoals hij het jongleren had gebruikt. Bloedmagie. Hij wierp een blik op het litteken op zijn pols. Toen, en driehonderd jaar later. Bloed en vuur bij de Heidense

Steen in Dents tijd en bloed bij een jongensritueel in hun tijd. Een kampvuur en de woorden die Cal, Gage en hij hadden opgeschreven om samen uit te spreken op het moment dat Cal een snee maakte in hun polsen.

Jonge jongens – het bloed van de onschuldigen.

Hij speelde met uiteenlopende ideeën en strategieën die in hem opkwamen. Hij kroop laat in zijn bed met de keurige schone lakens, en gunde zich de tijd om er een nachtje over te slapen.

Het viel hem in toen hij zich 's morgens stond te scheren. Hij had een hekel aan scheren en zoals zo vele ochtenden overwoog hij zijn baard te laten staan. Maar elke keer dat hij het probeerde, jeukte het en zag het er idioot uit. Over heidense rituelen gesproken, peinsde hij, terwijl hij het mesje door het schuim over zijn huid trok. Als je als vent geen harig gezicht wilde, moest je verdomme elke ochtend een scherp voorwerp langs je keel halen, tot... shit.

Hij sneed zich, zoals bijna altijd, en drukte een vinger tegen de wond, die al weer bijna dicht zou zitten voor hij goed en wel bloedde. De stekende pijn kwam en ging, maar toch keek hij nijdig naar het bloed op zijn vingertop.

Toen staarde hij voor zich uit.

Leven en dood, dacht hij. Bloed was leven, bloed was dood.

Doffe ontzetting zette zich vast in zijn hoofd, in zijn hart. Het kon niet waar zijn, hield hij zich voor. Toch was het verschrikkelijk logisch. Het was een weergaloze strategie, als je bereid was onschuldig bloed te vergieten.

Wat betekende het? vroeg hij zich af. Wat had het van Dent gemaakt, als dit zijn offer was geweest?

Wat maakte het van hen allemaal?

Het maalde door zijn hoofd terwijl hij zichzelf dwong om het scheren af te ronden en zich daarna aankleedde en klaarmaakte voor de werkdag. Hij had een ontbijtvergadering met de gemeenteraad, daar kon hij als dorpsadvocaat niet onderuit. Misschien ook maar beter, besloot hij, terwijl hij zijn jasje en zijn aktetas greep. Waarschijnlijk kon hij dit maar beter even laten bezinken. Beter even wachten en nadenken voor hij het idee aan de anderen voorlegde. Zelfs aan Cal en Gage.

Hij beval zichzelf om zijn hoofd bij de vergadering te houden, en hoewel een verfbeurt van het gemeentehuis en nieuwe beplanting op het plein niet hoog op zijn prioriteitenlijstje stonden, meende hij dat hij het er goed van af had gebracht.

Maar zodra ze bij Ma's naar buiten liepen, kwam Cal hem achterna. 'Wat is er aan de hand?'

'Ik vind dat het gemeentehuis hard aan een nieuw verfje toe is, en de kosten kunnen me geen moer schelen.'

'Schei uit. Je hebt je halve ontbijt laten staan. Als jij niet eet, is er iets aan de hand.'

'Ik ben ergens mee bezig, maar ik moet de details nog wat beter overdenken voor ik er iets over zeg. Bovendien is Sage in het dorp. Ik ga samen met haar en de rest van de familie lunchen bij Sparrow. Met andere woorden, mijn eetlust is al bedorven.'

'Loop met me mee naar het bowlingcentrum, dan kun je me er wat over vertellen.'

'Niet nu. Ik heb trouwens andere dingen te doen. Ik moet dit op me laten inwerken, wat een minder zware opgave zal zijn dan het verteren van de linzen die ik waarschijnlijk voor de lunch krijg voorgeschoteld. We hebben het er vanavond wel over.'

'Oké. Als je er eerder over wilt praten, weet je me te vinden.'

Ze gingen uit elkaar. Fox haalde zijn mobiel tevoorschijn om Shelley te bellen. Wat haar betrof had hij zijn strategie in elk geval wel uitgewerkt. Terwijl hij haar uitnodigde om naar zijn kantoor te komen en haar laatste ideeën aanhoorde om wraak te nemen op Block, kwam Derrick Napper in zijn surveillancewagen voorbijrijden. Napper minderde vaart, grijnsde en stak van achter het stuur zijn middelvinger naar hem op.

Fox dacht: eikel. Hij liep door en sloot zijn gesprek met Shelley af toen hij zijn kantoor bereikte.

'Goedemorgen, mevrouw H.'

'Goedemorgen. Hoe was de vergadering?'

'Ik heb voorgesteld om een naakte Jessica Simpson in het nieuwe gemeentewapen op te nemen. Ze nemen het in overweging.'

'Daar zal The Hollow wel de nodige aandacht mee trekken. Ik ben hier vanmorgen maar een uurtje. Ik heb Layla gebeld, en zij vond het niet erg om eerder te komen.'

'O.'

'Ik heb een afspraak met onze makelaar. We hebben het huis verkocht.'

'Jullie... Wanneer?'

'Zaterdag. Er is veel te doen,' zei ze op zakelijke toon. 'Jij handelt de akte van overdracht voor ons af, toch?'

'Ja, natuurlijk.' Te snel, dacht hij. Dit ging veel te snel.

'Fox, na vandaag kom ik niet meer. Layla kan alles nu alleen af.'

'Maar...' Maar wat eigenlijk, dacht hij. Hij had geweten dat dit ging gebeuren.

'We hebben besloten naar Minneapolis te rijden en lekker de tijd te nemen. We hebben bijna alles ingepakt, en de spullen staan klaar voor vertrek. Onze dochter heeft een appartement gevonden dat we volgens haar mooi zullen vinden. Het ligt maar een paar kilometer bij haar huis vandaan. Ik heb een beperkte machtiging voor je opgesteld, dus jij kunt de akte van overdracht afhandelen. Tegen die tijd zijn wij weg.'

'Ik zal het bekijken. Ik moet even naar boven. Zo terug.'

'Je eerste afspraak is over vijftien minuten,' riep ze hem na.

'Ik ben met een minuut terug.'

Hij hield zich aan zijn woord en liep regelrecht naar haar bureau. Hij zette een mooi ingepakt doosje voor haar neer. 'Het is geen afscheidscadeau. Ik ben veel te pissig dat je me in de steek laat om je daar een cadeau voor te geven. Het is voor al het andere.'

'Nou ja.' Ze snoof even toen ze het doosje uitpakte en hij moest lachen toen hij zag hoe ze heel voorzichtig het papier losmaakte en netjes opvouwde voor ze het dekseltje van het doosje haalde.

Het was een parelsnoer, net zo waardig en stijlvol als zijzelf. De sluiting had de vorm van een boeket rozen en was met juwelen versierd. 'Ik weet hoe dol u bent op bloemen,' begon hij, toen ze niets zei. 'Dus hier viel mijn oog op.'

'Het is beeldschoon. Werkelijk...' Haar stem brak. 'Maar veel te duur.'

'Ik ben hier nog steeds de baas.' Hij pakte het snoer uit het doosje en deed het zelf bij haar om. 'En mede dankzij u kan ik het me veroorloven.' Zijn creditcard had even een gil gegeven toen hij hem door de lezer haalde, maar de uitdrukking op haar gezicht maakte alles goed. 'Het staat u prachtig, mevrouw H.'

Ze liet haar vingers zachtjes over het snoer glijden. 'Ik ben zo trots op je.' Ze stond op en sloeg haar armen om hem heen. 'Je bent zo'n goeie jongen. Ik zal aan je denken. Ik zal voor je bidden.' Ze zuchtte en deed een stap achteruit. 'En ik zal je missen. Dank je wel, Fox.'

'U moet gaan. U weet dat dit is wat u wilt.'

Ze toverde een waterig lachje tevoorschijn en haastte zich naar de elegante spiegel aan de muur. 'O, mijn hemel! Ik voel me net een koningin.' In de spiegel ontmoetten haar ogen de zijne. 'Dank je wel, Fox, voor alles.'

Toen de deur openging, haastte ze zich terug naar haar bureau om zijn eerste cliënt van die middag te ontvangen. Tegen de tijd dat hij die weer naar buiten begeleidde, was ze vertrokken.

'Alice zei dat jullie al afscheid hadden genomen.' Er lag een begrijpende blik in Layla's ogen. 'En ze heeft me haar parels laten zien. Dat heb je goed gedaan. Het had niet beter gekund.'

'Als je een paar jaar blijft, sleep je misschien ook zoiets in de wacht.' Hij rolde met zijn schouders. 'Ik moet het van me af zetten, ik weet het. Luister, Shelley komt zo langs voor een afspraak tussendoor.'

'Ga je haar vertellen wat er is gebeurd met Block?'

'Waarom zou ik?'

'Ja, waarom zou je?' mompelde Layla. 'Ik zal haar dossier halen.'

'Nee, ik hoop dat we dat niet nodig hebben. Ik wil je iets vragen. Als jij genoeg van iemand zou houden om met hem te trouwen, en hij zou het vreselijk verkloten, zou het dan gewoon afgelopen zijn? Laten we zeggen dat je nog steeds van hem houdt. Een van de redenen waarom je ooit voor hem bent gevallen is dat hij misschien niet bijzonder snugger is, maar wel heel erg aardig, en hij houdt ook van jou. Zou je hem nog een kans geven?'

'Jij wilt dat Shelley hem nog een kans geeft.'

'Ik ben Shelleys advocaat, dus ik wil wat zij wil, binnen redelijke grenzen. Misschien wil zij relatietherapie.'

'Je hebt haar gevraagd hiernaartoe te komen om haar voor te stellen relatietherapie te proberen.' Layla nam hem aandachtig op en knikte langzaam. 'Nadat hij je halfdood heeft geslagen?'

'Daar waren verzachtende omstandigheden voor. Ze wil niet scheiden, Layla. Ze wil alleen maar dat hij zich net zo rot voelt als zij, liefst nog een graadje erger. Ik ga haar alleen een andere mogelijkheid aanbieden. De rest is aan haar. Maar goed, zou jij hem nog een kans geven?'

'Ik geloof in tweede kansen, maar het zou ervan afhangen hoeveel ik van hem hield en hoe erg ik het hem betaald had gezet voordat ik hem die tweede kans gaf. Het zou allebei veel moeten zijn.'

'Dat dacht ik ook. Stuur haar maar door als ze komt.'

Layla bleef zitten waar ze zat. Ze dacht aan Alice' vochtige ogen en aan de prachtige parels. Ze dacht aan Fox die bloedend in de keuken had gezeten, en aan de pijn die alle kleur uit zijn gezicht had weggezogen. Ze dacht aan hoe hij gitaar had gespeeld in een lawaaierige bar, en hoe hij naar een brandend huis was gerend om de honden te redden.

Toen Shelley met ogen die glinsterden van woede en verdriet binnenkwam, stuurde Layla haar door naar achteren. Ze dacht nog veel meer terwijl ze de telefoon aannam en het werk van de maandagochtend afmaakte waaraan Alice was begonnen.

Toen Shelley weer naar buiten kwam, huilde ze een beetje, maar er was iets in haar ogen wat daar niet was geweest toen ze binnenkwam. En dat was hoop.

'Ik wil je iets vragen.'

Daar gaan we weer, dacht Layla. 'En dat is?'

'Zou ik een complete idioot zijn als ik dit nummer zou bellen?' Ze stak een visitekaartje naar voren. 'Als ik een afspraak zou maken met deze relatietherapeut, die volgens Fox supergoed is? Als ik die sukkel van een Block een kans zou geven en zou kijken of we het misschien weer goed kunnen krijgen tussen ons?'

'Ik denk dat je een complete idioot zou zijn als je niet alles zou doen wat nodig is om te krijgen wat je het liefste wilt.'

'Ik weet niet waarom ik die man wil.' Shelley keek neer op het kaartje in haar hand. 'Maar dit kan me misschien helpen om daarachter te komen. Dank je wel, Layla.'

'Succes, Shelley.'

Wat had het voor nut om een complete idioot te zijn, vroeg Layla zich af. Voor ze verstrikt kon raken in 'stel je voor dit' en 'misschien dat', duwde ze haar stoel naar achteren en marcheerde ze Fox' kantoor binnen.

Hij zat met gefronste wenkbrauwen op zijn toetsenbord te rammen en bromde nauwelijks hoorbaar toen ze naar zijn bureau stapte.

'Oké,' zei ze. 'Ik ga met je naar bed.'

Zijn vingers bleven in de lucht hangen. Zijn hoofd ging omhoog en hij keek haar aan. 'Dat is uitstekend nieuws.' Hij draaide zich een stukje om om haar recht in de ogen te kijken. 'Nu meteen?'

'Dit is zo gemakkelijk voor jou, hè?'

'Nou, om eerlijk te zijn...'

'Alleen maar: "Oké, doen we."'

'Ik denk dat ik gezien de omstandigheden niet hoef uit te leggen dat ik inderdaad een vent ben.'

'Dat is het niet alleen.' Ze wierp haar armen opzij en draaide in het rond. 'Ik wed dat jij bent opgevoed met het idee dat seks een natuurlijke daad is, een elementaire vorm van menselijke expressie, misschien zelfs een lichamelijke viering tussen twee volwassenen die daar allebei mee instemmen.'

Hij zweeg even. 'Is dat dan niet zo?'

Ze bleef voor hem staan en maakte een hulpeloos gebaar met haar handen. 'Ik ben opgevoed met het idee dat het een enorme, weloverwogen stap is. Een stap die verantwoordelijkheid met zich meebrengt en onaangename gevolgen kan hebben. Dat seks en intimiteit synoniem zijn, en dat je daarom niet zomaar met iemand het bed in duikt.'

'Maar toch heb je besloten dat te doen.'

'Dat zei ik toch?'

'Waarom?'

'Omdat Shelley naar een relatietherapeut gaat.' Layla zuchtte nu. 'Omdat je gitaar speelt, verdomme, en omdat ik zonder te tellen weet dat er weer een extra dollar in die stomme pot zit, ook al is Alice weg, omdat je "fuck" hebt gezegd. Omdat Cal aan Quinn heeft verteld dat je Block niet gaat aanklagen.'

'Dat lijken me allemaal goede redenen om vrienden te zijn,' stelde Fox vast. 'Niet om seks te hebben.'

'Ik kan elke reden aanvoeren die ik wil om seks met jou te hebben,' zei ze, zo nuffig dat hij een grijns moest onderdrukken. 'Inclusief het feit dat je een fantastische kont hebt, en dat je zo naar me kunt kijken dat ik het gevoel heb dat je me aanraakt. En gewoon omdat ik het wil. Dus ik ga seks met jou hebben.'

'Zoals ik al zei, dat is uitstekend nieuws. Hé, Sage, hoe is het met jou?'

‘Heel goed. Sorry dat ik stoor.’

Met een gevoel alsof haar maag naar haar knieën zakte draaide Layla zich om. De vrouw in de deuropening had een brede O’Dell-grijns op haar gezicht. Ze had kort, vuurrood haar en een knap gezicht met een paar betoverende, glinsterende goudbruine ogen.

‘Layla, dit is mijn zus Sage. Sage, Layla.’

‘Leuk om je te ontmoeten.’ Sage, die was gekleed in een strakke spijkerbroek met een paar modieuze laarsjes eronder, stapte naar voren en gaf haar een hand.

‘Ja. Oké. Ik loop nu even naar de receptie om een paar minuten met mijn hoofd tegen de muur te bonken. Als jullie me willen excuseren.’

Sage keek haar na terwijl ze de deur uit liep en wendde zich toen weer tot haar broer. ‘Lekker ding.’

‘Kappen nou. Je gaat niet naar dezelfde vrouw gluren als ik, dat is te raar. Bovendien ben je getrouwd.’

‘Het huwelijk maakt niet blind. Hé.’ Ze spreidde haar armen.

Hij stond op, sloeg zijn armen om haar heen, tilde haar van de grond en draaide haar snel in het rond. ‘Ik dacht dat ik je bij Sparrow zou zien.’

‘Dat is ook zo, maar ik had zin om langs te komen.’

‘Waar is Paula?’

‘Zij heeft nu de vergadering die wij als excuus hebben gebruikt om naar het oosten te komen. In Washington. Ze komt straks. Laat me eens goed naar je kijken, Foxy Loxy.’

‘En ik naar jou, Parsley Sage.’

‘Nog steeds lekker dorpsadvocaat?’

‘Nog steeds lekker lesbisch?’

Ze lachte. ‘Oké, genoeg daarover. Ik denk dat ik beter later terug kan komen, als je geen seks hebt met je officemanager.’

‘Ik denk dat dat wegens vergaande gêne is uitgesteld.’

‘Ik hoop dat ik het niet heb verpest.’

'Ik maak het wel weer in orde. Mam zei dat je nog niet wist hoe lang jullie bleven.'

'Dat is zo. Het hangt er een beetje van af.' Ze zuchtte. 'Het hangt een beetje van jou af.'

'Paula en jij hebben plannen om een lesbische dorpspraktijk te beginnen en willen een partnerschap met mij aangaan in The Hollow.' Hij pakte voor hen allebei een blikje cola.

'Nee. Maar er is misschien wel sprake van een partnerschap, afhankelijk van je definitie van het woord.'

Hij gaf haar de cola. 'Waar gaat het over, Sage?'

'Als je het druk hebt, kunnen we het er vanavond over hebben. Misschien samen wat drinken.'

Ze was zenuwachtig, merkte Fox, en Sage was zelden zenuwachtig. 'Ik heb de tijd.'

'Nou, het gaat hierom, Fox.' Ze trommelde met haar vingers op het blikje terwijl ze door de kamer slenterde. 'Paula en ik hebben besloten dat we een kind willen.'

'Dat is geweldig. Fantastisch. Hoe gaan jullie dat doen? Bel je de Penisverhuur? De Spermamarkt?'

'Doe niet zo lullig.'

'Sorry, je kunt hier zó veel grappen over maken.'

'Ha, ha. We hebben er veel over nagedacht en over gepraat. Eigenlijk denken we dat we een paar kinderen willen. En we hebben besloten dat Paula de zwangerschap van de eerste op zich zal nemen. Ik doe dan zeg maar de tweede ronde.'

'Jullie worden vast geweldige ouders.' Hij trok even aan haar haar. 'Die kinderen hebben geluk met jullie.'

'We willen ook goede ouders zijn. Daar gaan we in elk geval onze stinkende best voor doen. Maar om de eerste stap te zetten, hebben we een donor nodig.' Ze draaide zich om en keek hem aan. 'We willen jou daarvoor vragen.'

'Sorry, wat? Wat?' Het blikje cola, dat gelukkig nog dichtzat, gleed uit zijn hand.

'Ik weet dat het geen kleinigheid is. En het is vreemd.' Ze bukte soepel, pakte het colablikje op en duwde het in zijn hand, terwijl hij haar met grote ogen aanstaarde. 'En we nemen het je niet kwalijk als je nee zegt.'

'Waarom? Ik bedoel, ik wil hier geen flauwe grappen over maken, maar er zijn toch banken voor dit soort dingen. Daar kun je het gewoon ophalen.'

'En daar zijn ook erg goede bij, waar donoren heel zorgvuldig worden gescreend en je bepaalde eigenschappen kunt selecteren. Dat kan, maar het is zeker niet onze eerste optie. Door onze aderen stroomt hetzelfde bloed, Fox, we zijn van dezelfde genenpoel. Daardoor zou de baby meer van ons zijn.'

'En Ridge? Hij heeft zich op dit gebied al bewezen.'

'Dat is een van de redenen waarom het voor mij niet goed voelt om het hem te vragen. En hoewel ik stapelgek op hem ben, geven Paula en ik allebei de voorkeur aan jou. Onze Ridge is een dromer, een kunstenaar, een prachtige ziel. Jij bent een doener, Fox. Je probeert altijd het juiste te doen, en je krijgt ook dingen voor elkaar. En jij en ik lijken niet alleen qua persoonlijkheid maar ook uiterlijk meer op elkaar. Dezelfde kleuring.' Ze trok nu zelf aan haar haar. 'Ik ben nu rood, maar hieronder heeft mijn haar dezelfde kleur als dat van jou.'

Hij merkte dat hij nog steeds zat met de term 'donor'. 'Dit voelt voor mij heel vreemd, Sage.'

'Dat begrijp ik. Ik wil je vragen om erover na te denken. Zeg nog geen ja of nee, want het is een hele beslissing. Als je hebt nagedacht, en het is nee, dan begrijpen we dat. Ik heb nog tegen niemand anders in de familie iets gezegd, dus er zit geen druk achter.'

'Dat is fijn. Luister, ik voel me op een vreemde manier gevleid dat Paula en jij mij kiezen om eh… voor jou in te vallen. Ik zal erover nadenken.'

'Dank je wel.' Ze drukte haar wang tegen de zijne. 'Ik zie je bij de lunch.'

Toen ze wegliep, staarde hij naar het blikje cola in zijn hand en stond op om het terug te zetten in het koelkastje. Hij had niet de indruk dat hij meer prikkels nodig had. Eén ding tegelijk, besloot hij, en hij liep naar Layla.

'Oké,' zei hij.

'Je zus was erg vriendelijk en opgewekt. Ze deed net alsof ze me niet had horen aankondigen dat ik seks ging hebben met haar broer.'

'Waarschijnlijk heeft dat ermee te maken dat het iets natuurlijks is en een viering van de menselijke expressie en zo. Bovendien had ze andere dingen aan haar hoofd.'

'Ik ben een volwassen vrouw. Ik ben een gezonde volwassen vrouw en ik ben single.' Ze schudde met een bijna uitdagend gebaar haar haar naar achteren. 'Dus ik hou mezelf voor dat er absoluut geen reden is om me te generen, omdat… Is er iets mis?'

'Nee. Ik weet het niet. Het is een erg vreemde ochtend. Het blijkt dat…' Hoe moest hij dit vertellen? 'Ik heb je verteld dat mijn zus lesbisch is, toch?'

'Dat is een keer voorbijgekomen.'

'Paula en zij zijn nu een aantal jaren bij elkaar. Ze zijn een prima stel, echt prima. En…' Hij liep naar het raam en weer terug. 'Ze willen een baby.'

'Dat is leuk.'

'Ze willen dat ik het Y-chromosoom lever.'

'O. Ooo…' Layla tuitte haar lippen. 'Jij hebt zeker een vreemde ochtend gehad. Wat heb je gezegd?'

'Dat weet ik niet meer precies, ik was half van de wereld. Ik zou er in elk geval over nadenken. Wat natuurlijk veel gemakkelijker is dan er niet over nadenken.'

'Ze hebben je dus allebei behoorlijk hoog zitten. En aangezien je niet meteen nee hebt gezegd, heb jij hen waarschijnlijk ook hoog zitten.'

'Op dit moment weet ik niet wat ik ervan moet denken. Kunnen we het kantoor niet dichtgooien en seks hebben?'

'Nee.'

'Daar was ik al bang voor.'

'Je laatste afspraak is om half vijf. Daarna kunnen we seks hebben.'

Hij staarde haar aan. 'Het blijft een erg vreemde dag.'

'Volgens je agenda van deze vreemde dag moet ik een telefonische vergadering voor je regelen betreffende de zaak-Benedict. Hier is het dossier.'

'Doe dat dan maar. Heb je zin om met mij mee te gaan lunchen? Bij Sparrow, met de rest van de familie?'

'Voor geen miljoen.'

Gezien de gebeurtenissen van die ochtend kon hij haar dat niet kwalijk nemen. Maar voor hem was het een ontspannen uurtje, met zijn broer Ridge, diens vrouw en zoontje, zijn zussen en zijn ouders, die Sparrows restaurantje met z'n allen aardig opvulden.

Layla nam lunchpauze toen hij terugkwam, en dat gaf hem ruimte om na te denken. Hij probeerde tijdens het werk niet op de klok te kijken, maar hij had nog nooit van zijn leven zo hartstochtelijk gewenst dat de tijd voorbij zou vliegen.

Zijn laatste klant van de dag was natuurlijk erg praatlustig en leek zich absoluut geen zorgen te maken over declarabele uren of over het feit dat het inmiddels al tien over vijf was. De prijs van een dorpspraktijk, dacht Fox, terwijl hij weer de aanvechting bedwong om op zijn horloge te kijken. Mensen vonden het fijn om voor, tijdens en na het zakendoen een kletspraatje te houden. Op elk ander moment had hij met alle plezier meegepraat over het voorseizoen van het honkbal, de kansen van de o's dit jaar en de jonge, veelbelovende binnenvelder.

Maar er wachtte een vrouw op hem, en zijn machine begon al op te warmen.

Het was niet zo dat hij zijn klant naar de deur sleepte en de straat op schopte, maar hij deed er niet langer over dan nodig was.

'Ik dacht dat hij nooit zijn kop zou houden,' zei Fox, terwijl hij de deur achter zich op slot deed. 'We zijn dicht. Berg je computer op, laat de telefoon gaan. En kom met me mee.'

'Eigenlijk dacht ik dat we er misschien nog eens over moesten nadenken.'

'Nee, nee, niet nadenken. Laat me je niet smeken.' Hij loste het op door haar hand te grijpen en haar mee te trekken naar de trap. 'Relatietherapie, brandende gebouwen, lekkere kont – in willekeurige volgorde – alleen maar even om je geheugen op te frissen.'

'Ik ben het niet vergeten, ik dacht alleen... Wanneer heb je schoongemaakt?' vroeg ze, toen hij haar het appartement in trok.

'Gisteren. Het was een akelig karwei, maar het heeft zijn vruchten afgeworpen.'

'In dat geval heb ik de naam van een schoonmaakster voor je. Marcia Biggons.'

'Ik heb bij haar zus in de klas gezeten.'

'Dat heb ik gehoord. Zij wil je wel een kans geven. Bel haar.'

'Morgen is dat het eerste wat ik doe. Nu...' hij boog zich voorover en kuste haar op de mond, terwijl hij zijn handen zachtjes van haar schouders naar haar polsen liet glijden, '... gaan we een glaasje wijn drinken.'

Haar ogen gingen knipperend open. 'Wijn?'

'Ik ga muziek opzetten en we gaan wijn drinken. We gaan in mijn redelijk schone woonkamer zitten en we gaan relaxen.'

Ze schoot wat zenuwachtig in de lach. 'Je hebt nog een punt toegevoegd aan mijn lijstje waarom ik hier ben. Ik wil heel graag een glaasje wijn, dank je.'

Hij opende de fles met shiraz die een cliënt hem met kerst had gegeven, zette Clapton op – dat voelde gewoon goed – en schonk twee glazen in.

'Je kunst komt beter tot zijn recht zonder de bergen rommel. Mmm, dit is heerlijk,' zei ze na het eerste slokje, toen hij bij haar op de bank kwam zitten. 'Ik wist niet zeker wat ik zou krijgen, aangezien jij meer een bierliefhebber bent.'

'Ik heb diepe gronden.'

'Die heb je zeker.' En heerlijk dik bruin haar, en prachtige tijgerogen. 'Ik heb je nog niet gevraagd of je onze aantekeningen al hebt gelezen, of de gemark...' De rest van de woorden slikte ze in toen zijn mond de hare weer ontmoette.

'Dit zijn dus de dingen waar we niet over gaan praten. Kantoorwerk en missies van de goden. Vertel me eens wat je in New York deed ter ontspanning.'

Oké, dacht ze, praten over koetjes en kalfjes, dat was prima. Ze was daar erg goed in. 'Clubs, want ik hou van muziek. Galerieën, want ik hou van kunst. Maar mijn baan was ook leuk. Ik denk dat het altijd leuk is om te doen waar je goed in bent.'

'Je ouders hadden een modezaak.'

'Daar werkte ik ook graag. Nou ja, toen ik nog een kind was, speelde ik daar. Al die kleuren en stoffen. Ik vond het leuk om dingen te combineren. Dat jasje bij die rok, die jas bij die tas. Het idee was dat ik het op een dag over zou nemen, maar het werd ze gewoon te veel.'

'Dus toen ging je naar New York en liet Philly achter je.'

'Ik wilde ergens naartoe waar de mode regeert, in elk geval aan deze kant van de oceaan.' De wijn was heerlijk, hij gleed over haar tong. 'Ik wilde mijn kennis verfijnen, ervaring opdoen in een meer gespecialiseerde omgeving. En daarna zou ik mijn eigen winkel openen.'

'In New York?'

'Met dat idee heb ik ongeveer vijf minuten gespeeld. Ik zou me nooit de huur in de stad kunnen veroorloven en dacht misschien op een dag in een van de buitenwijken. "Op een dag" werd "volgend jaar", enzovoort. Bovendien vond ik het leuk om de boetiek te runnen, en daar zat geen risico aan vast. Ik stopte met risico's nemen.'

'Tot voor kort.'

Ze keek hem aan. 'Dat blijkt.'

Hij glimlachte en schonk hun glazen bij. 'The Hollow heeft geen modezaak of boetiek, of hoe je zoiets ook maar noemt.'

'Op dit moment heb ik een betaalde baan en denk ik er niet meer over om een boetiek te openen. Mijn risicolimiet is bereikt.'

'Naar wat voor soort muziek luister je graag?' vroeg hij.

'O, wat dat aangaat sta ik voor veel open.'

Hij pakte zachtjes haar voeten, trok haar schoenen uit en legde haar voeten op zijn schoot. 'En kunst?'

'Wat dat betreft ook. Ik denk...' Haar hele lichaam zuchtte toen hij haar voeten begon te masseren. 'Alle kunst of muziek waar je vrolijk van wordt, of die je aan het denken zet, of beter nog, die maakt dat je je dingen gaat afvragen. Dat is... dat is wat ons menselijk maakt. De behoefte om kunst te maken, kunst te bezitten.'

'Ik ben in mijn jeugd doordrenkt met verschillende vormen van kunst. Niets ging te ver.' Zijn duim, die een heel klein beetje ruw was, bezorgde haar een rilling van opwinding toen hij over haar wreef heen en weer gleed. 'Zijn er dingen die jou te ver gaan?'

Hij had het niet meer over muziek of kunst. Haar maag sidderde van verlangen, spanning, verwachting. 'Ik weet het niet.'

'Zeg het maar als ik te ver ga.' Zijn hand begon haar kuitspieren te bewerken. 'En zeg maar wat je fijn vindt.'

Ze staarde hem verward aan.

'Geeft niet, ik kom er wel achter. Ik hou van je vormen. De hoge wreef van je voeten, de spieren in je kuiten. Daar worden mijn ogen naartoe getrokken, vooral als je hoge hakken draagt.'

'Dat is het punt van hoge hakken.' Haar keel was droog. Haar hart sloeg af en toe een slag over.

'Ik hou van de lijn van je nek en je schouders. Ik ben van plan om daar later nog wat tijd aan te besteden. Ik hou van je knieën, je dijen.' Zijn hand gleed langzaam omhoog, bijna zonder haar aan te raken, toen een heel klein beetje verder, tot hij de kanten bovenkant van haar kous ontdekte. 'Dit vind ik leuk,' mompelde hij, 'zo'n kleine verrassing onder een zwarte rok.' Hij haakte een vinger om de rand van de kous en trok hem voorzichtig naar beneden.

'O, god.'

'Ik wil het langzaam doen.' Hij keek haar aandachtig aan, terwijl hij de kous langs haar been naar beneden liet glijden. 'Maar als je wilt dat ik stop – ik hoop het niet – dan moet je het zeggen.'

Zijn vingers gleden zachtjes langs de achterkant van haar knie, haar kuit en haar enkel, tot haar been onbedekt was en haar huid zinderde. 'Ik wil niet dat je stopt.'

'Neem nog wat wijn,' stelde hij voor. 'Dit gaat een poosje duren.'

12

Ze was al een beetje dronken, en hoewel Layla zichzelf redelijk bedreven achtte, dacht ze niet dat ze bedreven genoeg was om nonchalant van haar wijn te nippen terwijl hij haar uitkleedde. Tegen de tijd dat hij de tweede kous uittrok, lukte het haar alleen nog maar met moeite om zonder te morsen het glas opzij te zetten.

Hij glimlachte en drukte zijn lippen op de wreef van haar voet. Opwinding schoot naar haar buik en klopte daar wild, als een tweede hart. Hij nam zijn tijd om haar te prikkelen en te verleiden, ontstak kleine onderhuidse vuurtjes en verkende vreemde en wonderbaarlijke plekjes die haar genot schonken. Toen hij haar enkels vastpakte en ze in een vloeiende beweging naar zich toe trok, ontsnapte er een kreet van verrassing en dankbaarheid aan haar lippen.

Nu waren hun gezichten dicht bij elkaar, zo dicht dat het warme goudbruin van zijn irissen haar betoverde. Zijn hand met de eeltige vingertoppen gleed langs haar benen omhoog, onder haar opgestroopte rok. Langzaam, langzaam. En weer naar beneden, terwijl zijn mond met de hare speelde. Een lichte aanraking, een nauwelijks voelbare kus, een kwellend zachte fluistering van contact, ook al sloeg ze haar armen om zijn hals en drukte ze smachtend haar lichaam tegen het zijne. Weer lieten de zachte aanraking en de smaak van zijn lippen haar leeg en verward achter.

Zijn handen omvatten haar heupen en tilden haar op. De onverwachte schok deed haar naar adem happen en ze sloeg instinctief haar benen om hem heen terwijl hij met haar opstond. Deze keer was zijn kus diep en onderzoekend, terwijl zij zich gretig tegen hem aan drukte.

'Mijn hoofd tolt helemaal,' wist ze uit te brengen, toen hij begon te lopen.

'Ik ben van plan om dat een poosje zo te houden.' In de slaapkamer ging hij op de rand van het bed zitten, met haar schrijlings boven op zich. 'Ik had me voorgesteld dat we er de eerste keer kaarslicht bij zouden hebben, maar dat houden we dan maar tegoed.'

Hij gleed met zijn vingers over haar schouders, over de zachte wol en de piepkleine parelknoopjes van haar blauwe vestje. 'Je ziet er altijd precies goed uit.' Hij gleed met zijn handen over haar armen naar haar ellebogen en liet ze daar liggen. 'Je hebt er een gave voor.'

Met haar armen gevangen in kasjmier drukte hij zijn lippen tegen de zijkant van haar hals en terwijl zijn tanden net voelbaar waren op haar huid, liet hij zijn mond naar de rand van haar topje glijden.

Hij genoot van de lichte trilling die door haar lichaam trok en van het geluid van haar snelle ademhaling. En hij genoot van hoe ze eruitzag, blozend en een heel klein beetje zenuwachtig. Hij gleed met zijn handen over haar armen naar beneden, tot zijn vingers samen met het kasjmier haar polsen omvatten. Toen nam hij bezit van haar mond, viel erop aan, verzadigde zich met haar smaak, verzwolg de snelle, hulpeloze geluidjes die ze maakte terwijl haar polsen heftig klopten onder zijn handen.

Hij trok zich voorzichtig terug, een heel klein beetje maar, en keek glimlachend in haar verdwaasde ogen. 'Dit bewaren we ook voor later,' zei hij, en hij liet haar handen los.

Hij keek naar haar gezicht terwijl ze haar topje omhooghaalde en uittrok. Hij keek naar haar gezicht terwijl hij met zijn vingertoppen over haar warme, naakte huid speelde. Toen gaf hij toe aan zijn eigen verlangen en keek naar haar borsten, gehuld in een beeldschone beha van blauwe kant. 'Ja, jij ziet er altijd precies goed uit.'

Hij reikte achter haar langs en trok langzaam de rits van haar rok naar beneden.

Ze had het gevoel dat ze door water bewoog, warm, heerlijk geurend water. Haar hart bonsde langzaam en zwaar terwijl ze zijn overhemd losknoopte en de harde spieren van zijn schouders, zijn borst en zijn rug voelde. Toen hij haar weer kuste en haar op haar rug liet zakken, was zij het water. Warm, zacht en vloeibaar. Zijn handen, zijn lippen speelden onvermoeibaar, meedogenloos over haar lichaam. Ze had er geen verweer tegen, net zomin als tegen haar eigen verlangen, en dat wilde ze ook niet. Toen hij haar borsten bevrijdde, kromde ze vol verlangen haar lichaam naar hem toe en genoot trillend van de niet-aflatende begeerte van zijn lippen, zijn tong.

Hij werkte zich langzaam naar beneden en omhulde haar met genot, tot hij het bijpassende stukje kant wegtrok en ze helemaal naakt was.

Toen kwam de draaikolk. Ze werd gevangen in een waanzinnige maalstroom die haar meetrok naar een punt waar het warme water bliksemsnel rondtolde. Ze schreeuwde het uit en greep zich vast aan de lakens terwijl het orgasme door haar lichaam scheurde. Zelfs toen ze snikkend zijn naam riep, hield hij niet op. Toen ze weer kwam, was het alsof ze gek werd.

Haar lichaam trilde en kronkelde onder hem en zijn laatste restje zelfbeheersing brokkelde af. Ze strekte zich in absolute overgave uit op de verwarde lakens terwijl het schemerige licht van de stervende avond over haar heen viel en haar met een gouden glans omhulde. Weer legde hij zijn handen om haar heupen en tilde ze op. Weer ontmoetten zijn ogen de hare en hielden ze vast terwijl hij haar vulde. Terwijl hij zich in haar gevangenzette. Hij keek naar haar ogen terwijl hij diep bij haar naar binnen stootte. Terwijl hij haar nam en zij hem ontving en zich om hem heen sloot.

Hij keek naar haar ogen tot ze op het hoogtepunt van haar genot dichtvielen en zijn eigen behoeften hem volledig opslokten.

Ze wist niet zeker of ze nog kon bewegen, en of de botten in haar lichaam ooit weer stevig genoeg zouden zijn om haar overeind te houden.

Ze wist niet zeker of het haar iets kon schelen.

Hij lag als een dood gewicht boven op haar, en ook dat leek haar niet te kunnen schelen. Ze genoot van zijn gewicht, van zijn warmte, van het gevoel van zijn donderende hartslag, dat kenbaar maakte dat zij niet de enige was die had gevlogen.

Ze had geweten dat hij teder zou zijn, en lief, en fijn. Maar ze had niet geweten dat hij… verbazingwekkend zou zijn.

'Wil je dat ik van je af ga?' Zijn stem was schor en een heel klein beetje slaperig.

'Niet echt.'

'Mooi, want het bevalt me hier. Ik ga zo de wijn pakken. En misschien dat ik straks iets te eten bestel.'

'Geen haast.'

'Ik heb een vraag.' Hij streek met zijn lippen langs haar wang terwijl hij zijn hoofd optilde. 'Draag je altijd bijpassend ondergoed bij je kleren?'

'Niet altijd. Maar vaak wel. Ik ben een beetje een perfectionist.'

'Ik krijg daar echt een kick van.' Hij speelde met het glinsterende kettinkje om haar hals. 'Net als van dit hier, en van het feit dat dit en je oorbellen het enige zijn wat je aanhebt.' Hij liet zijn hoofd weer zakken om haar te kussen, en terwijl hij daar de tijd voor nam, liet hij het kettinkje los om met zijn duimen over haar tepels te wrijven. Zijn lippen bewogen mee met de hare toen ze zachtjes kreunde.

'Ik hoopte al dat je dat zou zeggen,' mompelde hij, terwijl hij zich hard als staal opnieuw in haar liet glijden.

Haar ogen werden groot. 'Hoe kun je... hoef je niet… O god. O god.'

'Je bent nu helemaal zacht. Nat en zacht en nog gevoeliger dan de eerste keer.' Hij bewoog in haar met lange, trage stoten, en ze trilde bij iedere stoot. 'Ik zal je dit keer dieper nemen. Doe je ogen dicht, Layla. Laat je gaan. Neem wat ik je geef.'

Ze had geen keus, haar wilskracht was verdwenen. Haar lichaam was zo zwaar en er vonden vanbinnen duizenden kleine erupties plaats. Hij raakte haar aan en zijn handen maakten behoeften los waarvan ze dacht dat ze waren gestild.

Dus ging ze dieper, in een genot dat intens en onbekend tegelijk was.

'Niet stoppen. Niet doen.'

'Pas als je komt.'

Toen ze kwam was het alsof ze uit de lucht naar beneden stortte, een tuimelende vrije val die haar de adem benam.

Ze was nog steeds krachteloos toen hij haar een glas wijn bracht. 'Ik heb pizza besteld. Is dat oké?'

Het lukte haar om te knikken. 'Hoe kun je... Herstel je altijd zo snel?'

'Een van de pluspunten.' Hij zat in kleermakerszit op het bed met zijn glas wijn in zijn hand en hield zijn hoofd schuin. 'Heeft Quinn je dat niet verteld? Kom op, ik weet dat jullie vrouwen over seks praten.'

'Verteld... Nou ja, ze zei dat ze nog nooit van haar leven zulke goede seks had gehad, als je dat bedoelt. En dat hij...' Ze vond het erg vreemd om zo over hun vrienden te praten. 'Nou ja, dat hij een ongelofelijk uithoudingsvermogen heeft.'

'Je weet toch hoe snel we sinds die nacht genezen? Dit is net zoiets.'

'Ooo.' Ze rekte het woord uit en leste haar dorst met wijn. 'Dat is een heel prettig pluspunt.'

'Het is een van mijn favorieten.' Hij stond op en liep de kamer rond om kaarsen aan te steken.

Ja, dacht ze, dat was een érg lekkere kont. Zijn haar viel in slordige plukken om zijn gezicht. Zijn goudbruine ogen keken tevreden en een heel klein beetje slaperig.

Ze wilde hem oplikken als gesmolten chocola.

'Wat is je record?'

Hij keek achterom en grijnsde. 'In hoeveel tijd? Een avond, een hele nacht, een verloren weekend?'

Over de rand van haar glas keken haar ogen hem uitdagend aan. 'We beginnen met een avond, en ik wed dat we het record kunnen breken.'

Ze aten pizza in bed. Hij was koud tegen de tijd dat ze eraan toe kwamen, maar ze hadden allebei zo'n honger dat het ze niet kon schelen. De muziek ging over op B.B. King en de kaarsen verspreidden een liefelijk licht en een verrukkelijke geur.

'Mijn moeder maakt ze,' vertelde hij haar, toen ze er een opmerking over maakte.

'Je moeder maakt kaarsen – prachtige, heerlijk geurende kaarsen –, is pottenbakster en maakt aquarellen.'

'En ze weeft. En als ze zin heeft doet ze ook nog ander naaldwerk.' Hij likte saus van zijn duim. 'Als ze ook nog echt eten zou koken, zou ze volmaakt zijn.'

'Ben jij de enige vleeseter in de familie?'

'Mijn vader eet af en toe stiekem een Big Mac en Sage is ook vegetariër-af.' Hij overwoog of hij nog een stuk pizza zou nemen. 'Ik heb besloten om het te doen.'

'Om wat te doen?'

'Om eh... Sage het magische elixer te geven. Of eigenlijk Paula.'

'Het... O.' Ze hield haar hoofd schuin. 'Wat heeft de doorslag gegeven?'

'Ik dacht eraan dat ik er op het ogenblik niets mee doe. En ze zijn familie. Als ik kan helpen om ze gelukkig te maken, om een gezin te stichten, waarom zou ik dat dan niet doen?'

'Ja, waarom zou je dat niet doen?' herhaalde ze zacht. Toen nam ze zijn gezicht tussen haar handen en kuste hem. 'Jij bent een man uit duizenden.'

'Laten we hopen dat er tussen die duizenden van mij een of twee zitten die de klus voor ze klaren. Ik weet dat het een vreemd onderwerp is om onder deze omstandigheden ter sprake te brengen, maar ik vond dat je het moest weten. Sommige vrouwen zouden het misschien een beetje vreemd vinden, of niet oké. Volgens mij zie jij dat niet zo.'

'Ik vind het lief, en liefdevol.' Ze kuste hem weer, en meteen daarna ging de telefoon.

'Houd die gedachte vast.' Hij schoof naar de rand van het bed om de telefoon op het nachtkastje op te nemen. 'Hé. O, ja.' Hij tikte tegen de hoorn en zei tegen Layla: 'Het is Cal. Nee, dat doen we morgen. Het kan wachten tot morgen. Omdat ik bij Layla ben.' Hij hing op en keek haar aan. 'Ik ben bij Layla.'

Ze was niet van plan geweest te blijven slapen en ze werd min of meer verrast door de zon die door de ramen naar binnen stroomde. 'O, mijn god. Hoe laat is het?'

Ze wilde naar de rand van het bed rollen, maar ze werd meteen teruggerold en belandde onder Fox. 'Het is ochtend, het is nog vroeg. Vanwaar de haast?'

'Ik moet naar huis, me omkleden. Fox!' Genot, opwinding en pure verbijstering streden om de voorrang terwijl zijn handen onder de dekens hun weg zochten. 'Stop.'

'Gisteravond zei je iets heel anders. Hoeveel keer was dat?' Hij lachte terwijl hij haar mond met de zijne bedekte. 'Ontspan. Dan ben je maar een beetje laat. Ik kan je garanderen dat je baas het niet erg zal vinden.'

Later, lange tijd later, bood hij haar een blikje cola aan terwijl zij haar tweede kous opzocht. 'Sorry, het is de enige cafeïne in het pand.'

Ze keek er huiverend naar en haalde toen haar schouders op. 'Het moet maar. Het is maar goed dat je eerste afspraak pas om half elf is, want ik kan nauwelijks voor tienen op kantoor zijn.'

Hij keek toe terwijl ze haar voet in de kous stak. 'Misschien moet ik je daarmee helpen.'

'Blijf bij me uit de buurt.' Ze lachte, maar wees hem terug met haar vinger. 'Ik meen het.' Ze trok de kous op en wipte haar schoenen aan haar voeten. 'Ik kom zo snel mogelijk naar kantoor.'

'Ik breng je wel met de auto naar huis.'

'Nee, dank je, ik ga lopen. Ik denk dat ik wel wat frisse lucht kan gebruiken.' Ze stond op en wees weer naar hem met haar vinger. 'Handen omhoog.' Toen hij grijnzend zijn handen in de lucht stak, boog ze naar hem toe om hem een kus te geven.

Toen glipte ze weg, voor hij haar op andere gedachten kon brengen.

Haar hoop om als ze thuis was meteen naar boven door te kunnen rennen werd de kop ingedrukt toen ze Cybil tegen de balustrade van de trap geleund zag staan. 'Och, kijk eens wie daar schuldbewust binnen komt glippen. Hé, Q, kleine zus is thuis.'

'Ik moet me omkleden en naar mijn werk. We praten straks wel.'

Ze schoot weg, maar Cybil volgde haar op de voet. 'O, nee, dat gaat niet door. Praat maar terwijl je je omkleedt.'

Toen Quinn uit het kantoortje kwam stappen en haar samen met Cybil volgde naar haar kamer, gaf ze het op.

'Nou, ik heb dus overduidelijk de nacht bij Fox doorgebracht.'

'Met schaken?' Quinn grijnsde terwijl Layla zich onderweg naar de douche uitkleedde. 'Dat doet hij toch graag?'

'Daar zijn we niet aan toegekomen. Misschien een volgende keer.'

'Aan de grijns op je gezicht te zien zijn er nog andere spelletjes die hij leuk vindt,' merkte Cybil op.

'Ik voel me...' Ze stapte onder de douche. 'Uitgewoond en vol energie, stomverbaasd en verbijsterd.' Ze schoof het douchegordijn een centimeter open. 'Waarom heb je me niks gezegd over het pluspunt? Dat ze seksueel net zo snel herstellen als dat ze genezen?'

'Heb ik dat niet verteld?'

'Nee.' Het was Cybil die antwoordde, en ze gaf Quinn een harde por.

'Over energie gesproken, dat konijntje van de batterijenreclame is daarbij vergeleken een suffe, slaperige hangoor.' Quinn gaf Cybil een knuffel. 'Ik wilde je niet verdrietig maken omdat jij niemand hebt.'

Cybil kneep alleen maar haar ogen half dicht. 'Hoe vaak? En probeer me niet wijs te maken dat je niet hebt geteld,' voegde ze eraan toe, terwijl ze het douchegordijn opentrok.

Layla trok het weer dicht en stak toen haar hand naar buiten, met vijf gespreide vingers.

'Vijf keer?'

Toen hield ze de toppen van haar pink en haar duim tegen elkaar om er nog drie aan toe te voegen.

'Ácht keer? Allejezus.'

Layla zette de douche uit en greep een handdoek. 'En dan heb ik de twee keer van vanmorgen niet meegerekend. Ik moet toegeven dat ik een beetje moe ben, en ik val om van de honger. En ik doe een moord voor een kop koffie.'

'Weet je wat?' zei Cybil na een korte stilte. 'Ik ga naar beneden om een paar eieren voor je in de pan te gooien en een enorme kop koffie voor je in te schenken. Want op dit moment ben jij mijn held.'

Quinn bleef achter terwijl Layla, in de handdoek gewikkeld, lotion op haar armen en benen smeerde. 'Hij is een schatje.'

'Dat weet ik.'

'Denk je dat het jullie zal lukken om samen te werken, samen te slapen en ook nog samen de krachten van het kwaad te bestrijden?'

'Jij slaagt daar met Cal toch ook in.'

'Daarom vraag ik het, want er zijn momenten waarop de combinatie lastig is. Ik wilde denk ik zeggen dat je dan altijd met mij kunt komen praten.'

'Ik heb van het begin af aan met jou kunnen praten. Ik denk dat dat een van ónze pluspunten is.' Want dat was zo, bedacht Layla terwijl ze zich aankleedde. 'Mijn gevoelens voor hem en voor zo ongeveer alles op dit moment zijn een grote warboel. En voor het eerst in mijn leven is verwarring niet zo erg.'

'Klinkt redelijk. Nou, probeer vandaag niet te hard te werken, want vanavond hebben we een topoverleg. Cal wil weten wat Fox heeft bedacht.'

'Waarover?'

'Weet ik niet.' Quinn tuitte haar lippen. 'Heeft hij er tegen jou niks over gezegd? Een theorie of zo?'

'Nee. Nee, hij heeft niets gezegd.'

'Misschien is hij nog bezig het uit te werken. Hoe dan ook, vanavond gaan we het erover hebben. Wat het ook is.'

Toen Layla op kantoor kwam was Fox al binnen en zat aan de telefoon. Omdat zijn volgende cliënt kort daarna binnen zou komen, leek het haar niet het geschikte moment om hem het vuur aan de schenen te leggen over hun samenwerking en zijn theorieën.

Ze zocht een gaatje in zijn agenda waarin ze het ter sprake kon brengen en zat vervolgens te piekeren waarom hij er tegen haar niets over had gezegd.

Toen Sage binnenkwam, net op het moment dat Layla wilde profiteren van een rustig moment, besloot ze dat ze het deze werkdag beter uit haar hoofd kon zetten.

'Fox belde me of ik langs wilde komen. Is hij nu vrij?'

'Vrij als een vogel.'

'Dan loop ik maar door.'

Er gingen dertig minuten voorbij voor Sage weer naar buiten kwam. Het was duidelijk te zien dat ze had gehuild, maar ze schonk Layla een stralende glimlach. 'Voor het geval je je er niet van bewust bent, je werkt voor de meest fantastische, mooiste, ongelofelijkste man in het hele universum. Het is maar dat je het weet,' voegde ze eraan toe, en ze rende naar buiten.

Met een zucht probeerde Layla haar eigen vragen – en de ergernis die ze hadden opgeroepen – in te slikken en liep naar achteren om te zien hoe Fox het afgelopen half uur, dat waarschijnlijk behoorlijk emotioneel was geweest, had doorstaan.

Hij zat aan zijn bureau met de blik van een man die aan het eind van zijn Latijn is. 'Ze huilde,' zei hij onmiddellijk. 'Sage huilt niet gauw, maar nu ging ze helemaal los. Toen belde ze Paula, en die huilde ook. Ik voel me wat overweldigd, dus als je van plan bent te gaan huilen, kunnen we het dan verzetten?'

Layla liep zonder iets te zeggen naar zijn koelkast en pakte een cola voor hem.

'Dank je wel. Ik heb een afspraak om... Ik ben net een paar maanden geleden medisch gekeurd, dus ze sturen mijn gegevens naar de instelling waar ze het laten doen. Sage heeft een vriendin in Hagerstown als arts. Dus ik heb... We hebben overmorgen en de dag daarna een afspraak, omdat Paula dan...'

'Haar eisprong heeft?'

Hij kromp een beetje ineen. 'Zelfs met mijn achtergrond voel ik me niet helemaal op mijn gemak bij dit alles. Overmorgen dus. Acht uur. Ik moet naar de rechtbank, dus ik ga na afloop meteen door.' Hij stond op en stopte een dollar in de pot. 'Dit is zo allejezus bizar. Zo, dat is beter. Wat staat er nu op het programma?'

'Ik. Ik hoorde van Quinn dat je gisteravond had afgesproken met Cal en Gage, en dat je een theorie met ze wilde bespreken.'

'Ja, maar daarna kreeg ik een beter aanbod, dus...' Zijn stem stierf weg. Hij kende die blik in haar ogen. 'Ben je daar kwaad om?'

'Weet ik niet. Het hangt ervan af. Maar het verbaast me wel dat je een idee hebt dat je de moeite waard vindt om te bespreken met je vrienden, maar niet met mij.'

'Ik had het graag met je besproken, maar ik was aan het genieten van meerdere wederzijdse orgasmes.'

Ze moest toegeven dat dat waar was. Maar het was niet helemaal waar het om ging. 'Ik heb de hele dag hier met je op kantoor gezeten, en ik heb de hele nacht bij je in bed gelegen. Ik denk dat er in die tijd wel een moment is geweest om het ter sprake te brengen.'

'Vast wel. Maar dat wilde ik niet.'

'Omdat je het eerst met Cal en Gage wilde bespreken.'

'Deels wel ja, omdat ik altijd alles eerst met Cal en Gage heb besproken. Een gewoonte van dertig jaar verandert niet van de ene dag op de andere.' De eerste tekenen van ergernis waren hoorbaar in zijn stem. 'En vooral omdat ik aan niets anders dacht dan aan jou. Ik wílde aan niets anders denken dan aan jou. En ik heb verdomme het volste recht om daar de tijd voor te nemen. Ik beschouwde mijn idee over Giles Dent niet als een prettig voorspel, en mensenoffers lijken me al helemaal geen geschikte gespreksstof voor na het vrijen. Vreet me maar op.'

'Je had... Mensenoffers? Waar heb je het over? Hoe bedoel je?'

De telefoon ging en Layla leunde vloekend over zijn bureau om op te nemen. 'Goedemiddag, met het kantoor van Fox O'Dell. Het spijt me, meneer O'Dell is in gesprek met een cliënt. Kan ik de boodschap aannemen?' Ze krabbelde een naam en een telefoonnummer op Fox' memoblok. 'Ja, natuurlijk, ik zal het doorgeven. Dank u wel.'

Ze hing op. 'Je kunt ze terugbellen als wij hier klaar zijn. Ik moet weten waar je het over hebt.'

'Een mogelijkheid. Ann schreef dat Dent iets wilde gaan doen wat geen enkele wachter ooit had gedaan, en dat er een prijs moest worden betaald. De wachters zijn de goeden, toch? Zo hebben we hen en ook Dent altijd gezien. Als mensen die het goede willen. Maar zelfs goedwillende mensen kunnen zich op een grijs gebied begeven. Of daar voorbij. Ik zie het voortdurend in mijn werk. Wat mensen doen als ze wanhopig genoeg zijn, als ze het gevoel hebben dat ze in hun recht staan, als ze denken dat ze geen andere keus hebben. Bloedoffers. Dat is het terrein van de slechteriken. Meestal tenminste.'

'Het hert dat Quinn afgelopen winter in haar droom zag, met opengesneden keel op een pad in het bos. Het bloed van de onschuldigen. Het staat in de aantekeningen. We gingen ervan uit dat Dent dat had gedaan, dat hij het hert had geofferd. Maar jij had het over een mensenoffer.'

'Denk jij dat het offeren van Bambi Dent de macht had kunnen geven die hij nodig had om Twisse driehonderd jaar vast te houden? De macht om toen het moment daar was aan Cal, Gage en mij over te dragen wat hij aan ons heeft overgedragen? Dat heb ik me afgevraagd, Layla. En ik denk niet dat het genoeg kon zijn.'

Hij zweeg even, want zelfs nu voelde hij zich een beetje misselijk bij het idee alleen al. 'Hij zei tegen Hester dat ze moest vluchten. In de nacht van 7 juli 1652, nadat zij hem van hekserij had beschuldigd, zei hij tegen haar dat ze moest vluchten. Dat hebben we van jou gehoord.'

'Ja, dat zei hij tegen haar.'

'Hij wist wat er ging gebeuren. Niet alleen dat hij Twisse een paar honderd jaar lang in een andere dimensie gevangen zou houden, maar ook wat het zou kosten om dat te doen.'

Ze bracht haar vuist naar haar hart en wreef hem daar rond terwijl ze Fox aanstaarde. 'De mensen die bij de Heidense Steen stonden.'

'Een stuk of tien, voor zover wij weten. Dat is veel bloed. Dat is een groot offer.'

'Jij denkt dat hij ze heeft gebruikt.' Langzaam, heel voorzichtig, liet ze zich op een stoel zakken. 'Je denkt dat hij ze heeft vermoord. Niet Twisse, maar Dent.'

'Ik denk dat hij ze dood heeft laten gaan. Als advocaat zou ik kunnen aanvoeren dat dat volgens de wet niet hetzelfde is. We zouden het dood door schuld kunnen noemen, maar dan zien we even over het hoofd dat er sprake is van opzet. Hij heeft hun dood gebruikt.' Fox sprak de woorden ernstig en nadrukkelijk uit. 'Ik denk dat hij het vuur van de toortsen die ze droegen en het vuur dat hij zelf had gemaakt heeft gebruikt om hen te overspoelen, om de grond te verschroeien, om aan die daad, die geen enkele wachter ooit had begaan, de macht te onttrekken om te doen wat volgens hem gedaan moest worden.'

De kleur trok weg uit haar gezicht en haar ogen kregen een angstaanjagend groene glans. ‘Als dat waar is, wat maakt dat hem dan? Wat maakt dat ons?’

‘Ik weet het niet. Verdoemd, misschien, als je ervan uitgaat dat er zoiets als verdoemenis bestaat. Ik doe dat al eenentwintig jaar.’

‘We dachten, we gingen ervan uit, dat Twisse degene was die die nacht de dood van al die mensen had veroorzaakt.’

‘Misschien was dat ook zo. Ten dele was het zo, of mijn idee nu klopt of niet. Hoeveel van hen zouden naar de Heidense Steen zijn gegaan om Giles Dent en Ann Hawkins te vermoorden, als ze niet onder Twisses invloed hadden gestaan? Maar als we dat even opzijzetten en naar het grijze gebied kijken, is het dan niet mogelijk dat Dent Twisse heeft gebruikt? Volgens de dagboeken wist hij wat er ging gebeuren. Hij stuurde Ann weg om haar en zijn zoons te beschermen. Hij gaf zijn leven, precies zoals iemand die het goede wil zou doen, maar hij nam ook het leven van de anderen, en dat maakt het goede een stuk minder goed.’

‘Het is op een gruwelijke manier ontzettend logisch. Om misselijk van te worden.’

‘We moeten ons er verder in verdiepen, dan komen we er misschien achter wat we het beste kunnen doen.’ Hij bestudeerde haar ontzette gezicht. ‘Stop ermee voor vandaag, ga naar huis.’

‘Het is net twee uur. Ik heb werk te doen.’

‘Ik kan de komende paar uur de telefoon wel aannemen. Ga een eind lopen, wat frisse lucht opsnuiven. Ga even lekker slapen, neem een bubbelbad, wat dan ook.’

Ze zette haar hand op de stoelleuning en duwde zich langzaam omhoog. ‘Is dat wat je van me denkt? Dat ik bij de eerste de beste dreun die ik krijg in elkaar stort? Dat ik er niet tegen opgewassen ben? Het heeft even geduurd voor ik hier in The Hollow mijn evenwicht had gevonden – vreet míj maar op – maar dat is me nu gelukt. Ik heb verdomme geen bubbelbad nodig om mijn gevoelige zenuwen te kalmeren.’

'Mijn fout.'

'Onderschat me niet, Fox. Het mag dan verdund zijn, maar het bloed van die schoft stroomt door mijn aderen. Misschien kan ik het kwaad uiteindelijk beter aan dan jij.'

'Misschien wel. Maar verwacht niet van mij dat ik dat voor jou wil, want dan overschat je mij. Misschien begrijp je nu beter waarom ik hier gisteren niet over ben begonnen. Of blijf je er liever kwaad om?'

Ze sloot haar ogen en dwong zichzelf tot kalmte. 'Nee, ik blijf er niet liever kwaad om, en ja, ik begrijp het beter.' Ze begreep ook veel beter wat Quinn had bedoeld met haar waarschuwing. Samen werken, samen slapen, samen vechten. Het vroeg nogal wat van je.

'Het is moeilijk om onze verschillende rollen van elkaar zijn te scheiden,' zei ze voorzichtig. 'En als de grenzen vervagen, is het nog moeilijker. Toen ik binnenkwam, zei je dat je je overweldigd voelde. Jij overweldigt mij, Fox, op heel veel niveaus en ik raak regelmatig uit mijn evenwicht.'

'Ik ben sinds ik jou heb ontmoet niet meer in evenwicht geweest. Ik zal proberen je op te vangen als je valt, als jij dat ook bij mij wilt doen.'

Daarmee was eigenlijk alles gezegd. Ze keek op haar horloge. 'Och, kijk nou. Had ik bijna mijn middagpauze gemist. Ik heb nog maar een paar minuten over. Nou, die moet ik dan goed gebruiken.'

Ze liep om het bureau heen en boog zich over hem heen. 'Jij hebt trouwens ook pauze, dus dit kantoor is de komende dertig seconden gesloten.' Ze drukte haar lippen op de zijne en streek met haar vingertoppen over zijn gezicht en door zijn haar.

En hoe vreemd het ook was, ze merkte dat ze daardoor haar evenwicht weer vond.

Ze kwam overeind en nam nog een paar laatste seconden zijn hand tussen de hare. Toen liet ze los en deed een stap achteruit. 'Mevrouw Mullendore wil je spreken. Haar nummer ligt op je bureau.'

'Layla,' zei hij, toen ze bijna bij de deur was. 'Ik zal je langere pauzes moeten geven.'

Ze keek glimlachend over haar schouder terwijl ze de kamer uit liep. Eenmaal alleen bleef Fox nog even rustig achter zijn bureau zitten en dacht erover na wat een man, zelfs de beste man ter wereld, zou doen als alles wat hij liefhad zou worden bedreigd.

Toen ze die avond met z'n zessen in de schaars gemeubileerde woonkamer van het huurhuis zaten, las Fox de passages uit Anns dagboek voor die hem de ogen hadden geopend. Hij zette zijn theorie uiteen, net zoals hij dat bij Layla had gedaan.

'Jezus, Fox. Een wachter.' Cals weerstand tegen het idee was voelbaar. 'Met andere woorden: hij beschermde. Hij had zijn hele leven aan dat doel gewijd, en alle levens die hij zich van voor dat laatste leven herinnerde. Ik heb iets gevoeld van wat hij voelde en gezien van wat hij zag.'

'Maar niet alles.' Gage liep heen en weer voor het raam, zoals hij tijdens discussies vaak deed. 'Stukjes en beetjes, Cal, meer niet. Als het zo is gegaan, denk ik dat Dent deze stukjes en beetjes zo lang mogelijk verborgen heeft willen houden.'

'Maar waarom liet hij Hester dan gaan?' bracht Cal ertegen in. 'Zij was het onschuldigst, maar voor hem ook het gevaarlijkst.'

'Omdat wij moesten komen.' Cybil keek naar Quinn en Layla. 'Wij drieën moesten komen, en om dat mogelijk te maken, moest Hesters kind het overleven. Het is een kwestie van macht. De wachter heeft voor zover wij weten het ene leven na het andere keurig volgens de regels geleefd, en kon nooit winnen. Hij kon zijn vijand nooit definitief verslaan.'

'En hij werd steeds menselijker,' voegde Layla eraan toe. 'Daar dacht ik vandaag over na. Dat hij elke generatie een beetje menselijker werd, met alle zwakheden van dien. Maar Twisse bleef hetzelfde. Hoeveel langer had Dent nog kunnen vechten? Hoeveel levens had hij nog over?'

‘Dus hij maakte een keus.’ Fox knikte. ‘Hij besloot hetzelfde soort wapen te gebruiken dat Twisse altijd had gebruikt.’

‘Dus hij vermoordde onschuldige mensen, om tijd te winnen? Om op ons te kunnen wachten?’

‘Het is verschrikkelijk.’ Quinn pakte Cals hand. ‘Het is verschrikkelijk om erover na te denken, om het zelfs maar in overweging te nemen. Maar ik denk dat we wel zullen moeten.’

‘Dus als we ervan uitgaan dat dit klopt, stammen jullie af van een demon en wij van een massamoordenaar.’ Cal schudde zijn hoofd. ‘Dat is een lekker zootje, verdomme.’

‘We zijn wat we van onszelf maken.’ Er klonk vuur in Cybils woorden. ‘We gebruiken wat we hebben en we beslissen zelf wat we zijn. Was het juist wat hij deed? Was het gerechtvaardigd? Ik weet het niet. Ik vel geen oordeel over hem.’

Gage wendde zich af van het raam. ‘En wat hebben we dan?’

‘We hebben woorden op papier, een steen die in drie gelijke stukken is gebroken en een machtige plek in het bos. We hebben hersens en moed,’ vervolgde Cybil. ‘En we hebben volgens mij een berg werk te verzetten voor we een compleet beeld hebben en die schoft kunnen vermoorden.’

13

Er waren momenten, vond Fox, dat een man gewoon andere mannen om zich heen moest hebben. Sinds Block hem op de stoep in elkaar had geslagen was het rustig gebleven, en dat had hem tijd gegeven om na te denken. Een van de dingen die hij had bedacht was natuurlijk dat Giles Dent tien mensen in een verwoestende vuurzee had vermoord, en dat idee was bij niemand lekker gevallen.

Ze waren nu bezig met het lezen van het tweede dagboek. Hoewel er tot nog toe geen grote onthullingen waren gedaan, hield hij zijn eigen aantekeningen bij. Hij wist dat het er niet altijd om ging wat iemand zei of schreef, maar om wat ze dachten terwijl ze het zeiden of schreven.

Het was in zijn ogen veelbetekenend dat Ann Hawkins wel schreef over de vriendelijkheid van haar nicht, de bewegingen die ze voelde in haar buik en zelfs over het weer en de dagelijkse bezigheden, maar dat ze in de weken na de gebeurtenissen bij de Heidense Steen met geen woord repte over Giles of wat er die nacht was voorgevallen.

Hij nam de tijd om na te denken over wat ze niet had geschreven.

Hij zat met zijn voeten op Cals koffietafel, met cola in zijn hand en chips binnen handbereik. Er was een basketbalwedstrijd op tv, maar hij kon zijn hoofd er niet bij houden. Morgen zou een belangrijke dag zijn, peinsde hij, en had hij veel aan zijn hoofd. Het bezoekje aan de dokter zou al met al niet lang duren. Hij hoefde eigenlijk niet veel te doen. En het was niet iets wat hij nooit eerder had gedaan. Een man van dertig wist wel hoe hij zoiets moest aanpakken.

Hij was klaar voor de rechtszaal. Er stonden twee dagen voor hem op de rol, maar hij dacht dat hij aan één wel genoeg zou hebben. Daarna zouden ze met z'n allen bij elkaar komen. Ze zouden lezen, discussiëren. En ze zouden wachten.

Eigenlijk zou hij naar huis moeten gaan, zijn eigen en Cybils aantekeningen lezen, Quinns transcripties doornemen, Layla's tabellen en grafieken nog eens goed bekijken. Ergens zat nog een stukje van het geheel verstopt. Het moest eruit worden gehaald en bestudeerd.

In plaats daarvan bleef hij zitten waar hij zat en nam nog een slok cola. En vertelde wat hem bezighield.

'Ik ga morgen met Sage en Paula naar de dokter om sperma te doneren, zodat zij een kind kunnen krijgen.'

Er viel een lange stilte, die uiteindelijk door Cal werd verbroken. 'Huh.'

'Sage vroeg het me, en ik heb erover nagedacht en ik dacht: ja, waarom niet? Sage en Paula zijn prima samen. Het is alleen vreemd om te weten dat ik morgen iemand indirect zwanger ga maken.'

'Je geeft je zus de kans om een gezin te stichten,' merkte Cal op. 'Niet zo vreemd.'

Juist die ene opmerking maakte dat Fox zich een heel stuk beter voelde. 'Ik blijf vannacht hier slapen. Als ik naar huis ga, kom ik in de verleiding om naar Layla toe te gaan. En als ik dat doe, wil ik haar naakt zien.'

'En je wilt morgen niet al je kruit hebben verschoten,' concludeerde Gage.

'Ja. Stom en bijgelovig, misschien, maar ja.'

'Je mag op de bank slapen,' zei Cal tegen hem. 'Vooral omdat ik weet je dat je je er niet op gaat afrukken.'

Ja, dacht Fox, er waren momenten dat een man alleen andere mannen om zich heen moest hebben.

De late maartse storm was irritant. Het was minder vervelend geweest als hij de moeite had genomen om naar het weerbericht te luisteren voor hij die ochtend van huis ging. Dan had hij zijn winterjas aangetrokken, want de winter had besloten nog even terug te komen. Een dun, ijskoud wit laagje bedekte het vroege gele waas van de forsythia. Die zou er geen last van hebben, dacht Fox, terwijl hij terugreed naar The Hollow. Die vroege voorjaarsbloeiers waren wintervast en gewend aan de grilligheid en uitgesproken wreedheid van de natuur.

Hij had schoon genoeg van de winter. Hoewel het voorjaar de deur opende naar de zomer en deze zomer de toegangspoort vormde naar de Zeven, hoopte hij dat de winter met een grote boog en een flinke trap na de deur uit zou vliegen. Het probleem was dat het vóór deze storm een paar dagen heerlijk weer was geweest. De natuur had die warme, zonnige dagen als een sappige wortel op een bevroren stok plagend naar hen uitgestoken.

De sneeuw zou weer smelten, hield hij zichzelf voor. En hij had vandaag best een goede dag gehad. Hij had zijn plicht gedaan voor zijn zus, en voor zijn cliënt. Nu ging hij naar huis, zijn pak uittrekken, een lekker koud biertje pakken. Hij zou Layla zien. En na de bijeenkomst van vanavond zou hij zijn best doen om haar zijn bed of zichzelf haar bed in te praten.

Toen hij Main Street in draaide, zag hij Jim Hawkins voor de cadeauwinkel staan. Hij stond met zijn handen op zijn heupen het pand te bestuderen. Fox zette zijn truck langs de stoep en liet zijn raampje naar beneden zakken. 'Hé!'

Jim draaide zich om. Hij was een lange man met oplettende ogen en een vaste hand. Hij liep naar de truck en leunde op het open raampje. 'Hoe gaat-ie, Fox?'

'Prima. Het is koud buiten. Wilt u een lift?'

'Nee, ik maak even een wandelingetje.' Hij keek om naar de winkel. 'Ik vind het jammer dat Lorrie en John hun zaak sluiten en het dorp uit gaan.' Toen hij Fox weer aankeek, stonden zijn ogen somber en er klonk bezorgdheid in zijn stem. 'Ik vind het erg dat het dorp mensen kwijtraakt.'

'Ik weet het. Ze hebben het zwaar te verduren gehad.'

'Jij ook, hoorde ik. Ik heb gehoord wat er met Block is gebeurd.'

'Met mij gaat het best.'

'Op dit soort momenten, Fox, dat ik de tekens zien, alle tekens, zou ik willen dat ik meer kon doen dan je vader bellen om te vragen of hij de ramen wil repareren.'

'Deze keer gaan we niet alleen zorgen dat we het overleven, meneer Hawkins. Deze keer gaan we er een eind aan maken.'

'Dat denkt Cal ook. En ik doe mijn best om het te geloven. Nou ja.' Hij slaakte een zucht. 'Binnenkort zal ik je vader bellen om dit pand voor me op te nemen. Hij kan de boel repareren en hier en daar opknappen. En dan ga ik op zoek naar iemand die een zaak wil beginnen in Main Street.'

Fox keek fronsend naar het pand. 'Misschien heb ik daar wel een idee voor.'

'O?'

'Ik moet erover nadenken, zien of... Zien. Misschien kunt u het me laten weten voor u op zoek gaat, of voor u een beslissing neemt over een nieuwe huurder.'

'Met alle plezier. The Hollow heeft ideeën nodig. Het heeft winkels nodig in Main Street.'

'En mensen die bereid zijn te repareren wat er kapot is,' zei Fox, denkend aan Layla's woorden. 'Ik kom erop terug.'

Fox reed verder. Hij had nu iets nieuws om over na te denken, iets interessants. En iets wat voor hem gelijkstond aan hoop.

Hij parkeerde voor zijn kantoor, stapte de koude, natte sneeuw in en zag zijn kantoorlampen glinsteren achter de ramen. Toen hij binnenkwam, keek Layla op van haar toetsenbord.

'Ik had toch gezegd dat je vandaag niet hoefde te komen?'

‘Ik had klusjes te doen.’ Ze stopte met typen en draaide haar stoel naar hem toe. ‘Ik heb de voorraadkast opnieuw ingericht, zodat ik er beter mee uit de voeten kan. Toen de keuken en een deel van de dossierkast. Toen… Sneeuwt het nog steeds?’

‘Ja.’ Hij liet zijn dunne jasje van zijn schouders glijden. ‘Het is over vijven, Layla.’ Hij vond het niet prettig als ze urenlang alleen in het kantoor zat.

‘Ik was de tijd vergeten. We hebben ons zo geconcentreerd op de dagboekaantekeningen dat we sommige andere zaken uit het oog zijn verloren. Cybil heeft van alles verzameld: alle krantenberichten die betrekking hadden op de Zeven, de anekdotische bewijzen, specifieke informatie die we van jullie hebben gekregen, belangrijke passages uit sommige boeken die over The Hollow zijn geschreven. Ik heb ze in verschillende categorieën ondergebracht. Chronologisch, geografisch, type voorval, enzovoort.’

‘Twintig jaar aan informatie. Dat zal wel wat tijd in beslag nemen.’

‘Voor mij werkt het beter als ik een systeem heb, er orde in aanbreng. Bovendien weten we allemaal dat er gezien de hoeveelheid tijd en de geleden schade eigenlijk maar erg weinig echte verslagen zijn.’ Ze streek haar haar naar achteren en hield haar hoofd schuin. ‘Hoe ging het in de rechtbank?’

‘Goed.’

‘Zal ik vragen hoe het vóór de rechtbank ging of niet?’

‘Ik heb mijn aandeel geleverd. Ze zeiden dat ik de… tweede ronde in de ochtend aan Sage kon meegeven. En daarna moeten we gewoon afwachten of er een soldaat goed is geland, denk ik.’

‘Daar hoef je tegenwoordig niet lang op te wachten.’

Hij haalde zijn schouders op en duwde zijn handen in zijn zakken. ‘Ik dacht niet aan jou.’

‘Pardon?’

‘Ik bedoel, je weet wel, toen ik… doneerde. Ik dacht niet aan jou, omdat me dat bot leek.’

Layla's mondhoeken trilden. 'Juist. Aan wie dacht je dan?'

'Ze bieden visuele stimulatie aan in de vorm van pornobladen. Ik heb haar naam niet gezien.'

'Mannen.'

'Ik denk nu aan je.'

Haar wenkbrauwen gingen omhoog toen hij terugliep en de deur op slot draaide. 'O ja?'

'En ik denk dat ik je moet vragen mee te komen naar mijn kantoor.' Hij liep naar haar toe en pakte haar hand. 'Om wat overwerk te doen.'

'Nee maar, meneer O'Dell. Had ik nou maar een bril op en mijn haar in een knot.'

Hij grijnsde terwijl hij haar de kamer door trok. 'Ja, had je dat maar. Maar goed...' Hij liet haar handen los om haar hagelwitte bloesje los te knopen. 'Laten we eens kijken wat hier vandaag onder zit.'

'Ik dacht dat u me een brief wilde dicteren.'

'L.S., witkanten beha's met – o, yes – voorsluiting met haakjes behoren met ingang van vandaag tot de standaardkantoorkleding.'

'Ik denk niet dat deze jou past,' zei ze en ze verraste hem door vervolgens zijn das los te trekken. 'Laten we eens zien wat hieronder zit. Ik heb aan u gedacht, meneer O'Dell.' Ze gooide de das opzij. 'Aan uw handen en uw mond, en de vele manieren waarop u die bij me hebt gebruikt.' Ze trok zijn riem los terwijl ze hem achterwaarts zijn kantoor in duwde. 'Aan de vele manieren waarop u ze weer bij me zou kunnen gebruiken.'

Ze rukte de riem uit de lusjes en liet hem net als de das op de grond vallen. Ze duwde zijn jasje over zijn schouders en trok het weg. 'Nu.'

'Je bent erg bazig voor een secretaresse.'

'Officemanager.'

'Hoe dan ook.' Hij beet in haar onderlip. 'Ik vind het leuk.'

'Dan ga je dit héél leuk vinden.' Ze duwde hem in zijn bureaustoel en maakte hem met een gebaar duidelijk dat hij moest blijven zitten. Toen, terwijl ze hem strak bleef aankijken, trok ze heupwiegend haar broekje uit.

'O. Wauw.'

Nadat ze het broekje opzij had gegooid, ging ze schrijlings op hem zitten.

Hij had gedacht het op de bank te doen, of misschien op de grond, maar nu, met haar mond koortsachtig op de zijne, leek de stoel hem perfect. Hij sjorde aan haar bloes en sloot zijn mond om haar met kant bedekte borst. Dit was geen vrouw die uit was op langzame verleiding, maar op vuur en snelheid. Dus hij gebruikte zijn handen en zijn mond, en liet haar het tempo bepalen.

'Zodra je binnenkwam, wilde ik dit.' Ze frutselde tussen hun lichamen, trok de rits van zijn broek naar beneden. 'Zodra je binnenkwam, Fox.'

Zodra hij in haar kwam, sloot ze zich om hem heen. Ze verstrakte, liet haar hoofd achterovervallen en hapte naar adem. Toen waren haar lippen op zijn keel en zijn gezicht, en duwden wanhopig tegen de zijne terwijl haar heupen pompend op en neer gingen.

Ze nam zijn lichaam over met haar haast, haar plotselinge, felle gulzigheid. Hij liet zich nemen, liet zich door haar regeren. Hij was niet in staat weerstand te bieden en liet zich vullen, liet zich leegmaken. Toen hij kwam en zijn geest nog naduizelde van de woeste maalstroom waarop zijn lichaam was meegevoerd, nam ze zijn gezicht tussen haar handen en bereed hem genadeloos, tot ze zelf klaarkwam.

Toen ze weer wat op adem waren gekomen, bleef hij verdwaasd zitten, zelfs nadat ze was opgestaan en wegliep om haar slipje weer aan te trekken.

'Wacht. Volgens mij is dat nu van mij.'

Toen ze lachte, loste hij de zaak op door op te staan en het uit haar hand te grissen.

'Geef hier. Ik kan niet rondlopen zonder...'

'Jij en ik zijn de enigen die het weten. Ik word nu al gek bij het idee. Ik moet naar boven, iets anders aantrekken. Kom mee, dan breng ik je straks naar huis.'

'Ik wacht hier wel, want als ik mee naar boven ga, lok je me je bed in. Fox, ik moet dat slipje hebben. Het hoort bij de beha.'

Hij glimlachte alleen maar terwijl hij de kamer uit liep. Hij was van plan de beha later ook in te pikken. En hij overwoog ze samen met de bureaustoel in perspex te laten gieten.

Aan alle goede dingen komt een eind, dacht Fox, toen ze de volgende paar uur het tweede dagboek doorspitten en Anns alledaagse teksten van alle kanten bekeken, op zoek naar verborgen betekenissen. Weer werd Gage' oproep om er verdomme eens wat sneller doorheen te gaan weggestemd.

'De redenen om dat niet te doen gelden nog steeds,' betoogde Cybil, die van de korte pauze gebruikmaakte door de spanning uit haar nek en schouders weg te rollen. 'We moeten er rekening mee houden dat ze de man van wie ze hield is kwijtgeraakt, een traumatische gebeurtenis. En dat ze binnenkort gaat bevallen van een drieling. Als dat geen traumatische gebeurtenis is, weet ik het niet meer. Dit is haar stilte voor de storm. Ze moet rust vinden en tegelijkertijd haar krachten verzamelen. Ik vind dat we dat moeten respecteren.'

'Ik denk dat het meer is.' Layla stak haar hand uit om het boek aan te raken dat Quinn opzij had gelegd. 'Ik denk dat ze schrijft over naaien, koken en het warme weer omdat ze wat afstand nodig heeft. Ze schrijft niet over Giles, of over de doden, of over wat er is gebeurd. Ze schrijft niet over wat ze denkt, of wat ze vreest dat er zal gebeuren. Het is allemaal hier en nu.'

Ze keek naar Fox en hij knikte.

'Ik denk ook in die richting. Het gaat om waar ze niet over schrijft. Alle dagen die ze doormaakt zijn een krachtsinspanning. Ze vult ze in met routineklusjes. Maar ik kan niet geloven dat ze niet denkt aan wat er daarvoor is gebeurd, en aan later, dat ze dat allemaal niet voelt. Het is niet zozeer een stilte voor de storm, maar meer... Ze wilde dat wij de dagboeken zouden vinden, zelfs dit, dat zo vol lijkt te staan met dagelijkse onbenulligheden. Voor mij maakt dat duidelijk – maakt zij duidelijk – dat na groot verlies, persoonlijke opoffering, afgrijzen, geef het maar een naam, dat er daarna, voor en na een nieuw begin, de geboorte van de kinderen, nog steeds leven is. Dat het dan nog steeds belangrijk is om te leven, om door te gaan met je dagelijkse bezigheden. Doen wij dat ook niet, zeven jaar achter elkaar? We leven, en dat is belangrijk.'

'En wat moeten we daar verdomme uit opmaken?' vroeg Gage heftig.

'Dat een deel van het proces gewoon is dat we blijven leven. Daarmee steken we elke dag onze middelvinger op naar Twisse. Weet hij dat? Weet hij dat, in de hel waar Dent hem mee naartoe heeft genomen? Weet hij dat? Ik denk het wel, en ik denk dat hij zich er kapot aan ergert dat we elke ochtend opstaan en onze gang gaan.'

'Ik vind het wel wat.' Quinn tikte met haar vinger tegen haar lippen. 'Misschien tast het zelfs zijn kracht aan. Hij gedijt op heftige emoties en geweld. Als het even kan, voedt hij zich daarmee. Hij creeert ze en voedt zich ermee. Zou het omgekeerde ook waar zijn? Dat gewone en liefdevolle emoties en daden hem uithongeren?'

'Het valentijnsbal.' Layla ging rechtop zitten in haar stoel. 'Gewoon plezier en geluk. Hij kwam daarnaartoe om het te verpesten.'

'En daarvoor, in de eetzaal van het hotel. Hij wilde ons natuurlijk afschrikken,' zei Quinn tegen Layla. 'Maar het moment en de plek die hij kiest spelen misschien ook een rol. Een stelletje had iets te vieren en flirtte met elkaar bij kaarslicht en een glas wijn.'

'Wat doe je als je gestoken wordt door een bij?' vroeg Cybil. 'Je mept ernaar. Misschien hebben wij hem een paar keer gestoken. We moeten de bekende incidenten en de situaties waarin we hem hebben gezien nog eens goed bestuderen. En dat brengt me op een ander idee. Als je dingen, vooral namen, opschrijft, geef je ze macht. Het is mogelijk dat ze wilde wachten, of móést wachten, tot er enige tijd voorbij was gegaan. Tot ze zeker was van haar zaak.'

'Wij hadden de woorden opgeschreven,' mompelde Cal. 'Wij hadden de woorden opgeschreven die we die nacht uitspraken bij de steen, tijdens het bloedbroederritueel.'

'En daarmee droegen jullie bij aan hun macht,' beaamde Quinn. 'Schrijven, dat is ook een antwoord. Wij schrijven alles op. Hoewel we hem daarmee misschien meer macht geven, waardoor hij eerder komt, steekt het hem ook.'

'Als we weten wat we moeten doen, als we denken te weten wat nodig is,' vervolgde Fox, 'dan moeten we het opschrijven. Net zoals Ann, en net zoals wij die nacht hebben gedaan.'

'Getekend in bloed, bij het licht van de maan.'

Geamuseerd keek Cybil Gage aan. 'Dat zou ik niet onderschatten.'

Gage stond op en liep naar de keuken. Hij wilde nog wat koffie. Meer nog dan koffie wilde hij een paar minuten af zijn van het gekwebbel. Op dit moment was het een en al gepraat en geen actie. En het zag er niet naar uit dat daar snel verandering in zou komen. Hij was een geduldig mens, dat moest hij wel zijn, maar hij popelde zo langzamerhand om iets te doen.

Toen Cybil binnenkwam, negeerde hij haar. Dat kostte nogal wat moeite. Ze was geen vrouw die zich makkelijk liet negeren, maar hij had geoefend.

'Chagrijnig en negatief doen helpt niet echt.'

Hij leunde met zijn koffie tegen het aanrecht. 'Daarom ging ik weg.'

Ze dacht even na en koos ten slotte voor wijn in plaats van thee. 'Jij verveelt je ook een beetje. Maar jullie manier heeft niets opgeleverd. Nieuwe tijden, nieuwe methoden.' Ze ging in dezelfde houding als hij met haar wijn tegen het andere aanrechtblad staan. 'Het is moeilijker voor mensen zoals jij en ik.'

'Jij en ik?'

'Wij worden gekweld door beelden van wat misschien gaat gebeuren en soms ook inderdaad gebeurt. Hoe moeten we weten wat we moeten doen, en óf we wel iets moeten doen om het tegen te houden, of het te veranderen? Zal het erger worden als we iets doen?'

'Aan alles zit risico vast. Daar maak ik me geen zorgen over.'

'Maar het ergert je wel.' Ze nam een slokje van haar wijn. 'Het ergert je nu, op dit moment, hoe de zaken zich ontwikkelen.'

'En hoe ontwikkelen die zich dan?'

'Ons groepje valt in tweetallen uiteen. Q en Cal, Layla en Fox. Alleen jij en ik blijven nog over, grote vent. Je bent dus geërgerd, en ik kan het je niet kwalijk nemen. Maar ik ben er net zomin blij mee dat het lot ons als een paar schaakstukken naar elkaar toe schuift.'

'Schaken is Fox zijn spelletje.'

Ze haalde diep adem. 'Dat het ons dezelfde kaarten toespeelt dan.'

Zijn wenkbrauwen gingen omhoog. 'Daarom is er een aflegstapel. Sorry, niet beledigend bedoeld.'

'Zo vat ik het ook niet op.'

'Je bent gewoon mijn type niet.'

Als ze zo glimlachte, hoorde een man sirenes zingen. 'Geloof me, als ik voor jou zou gaan, zou jij geen ander type meer willen. Maar daar gaat het niet om. Ik ben hier om je een voorstel te doen. Een afspraak, een deal. Hoe je het ook maar wilt noemen.'

'Wat is de deal?'

'Dat jij en ik als het erop aankomt samen zullen werken en samen zullen vechten. Wanneer en indien dat nodig is, zullen we onze persoonlijke talenten verenigen. En ik zal jou niet verleiden en niet doen alsof ik me door jou laat verleiden.'

'Jij zou niet hoeven doen alsof.'

'Oké, we hebben allebei een punt gescoord. We staan quitte. Jij bent hier omdat je van je vrienden houdt. Wat je verder ook maar vindt van dit dorp en van sommige mensen die er wonen, je houdt van je vrienden en je bent honderd procent loyaal aan hen. Ik respecteer dat, Gage, en ik begrijp het. Ik hou van mijn vrienden en ik ben loyaal aan hen. Daarom ben ik hier.'

Ze wierp een blik in de richting van de deur en nam langzaam een slok wijn. 'Dit is niet mijn dorp, maar die mensen in de andere kamer zijn wel mijn mensen. Voor hen doe ik alles wat nodig is. En jij ook. Dus, hebben we een deal?'

Hij zette zich af van het aanrecht en liep naar haar toe. Hij stond dicht bij haar en keek haar in de ogen. Ze rook naar raadselen, dacht hij. Exclusief vrouwelijke raadselen. 'Vertel me eens. Denk jij dat we dit te boven komen? Dat we uiteindelijk confetti strooiend en met champagnekurken knallend rond zullen springen?'

'Zij wel. Dat is voor mij bijna genoeg. De rest behoort tot de mogelijkheden.'

'Ik hou meer van waarschijnlijkheden. Maar...' Hij stak zijn hand uit en toen zij haar hand erin legde, sloot hij zijn vingers eromheen. 'Deal.'

'Mooi. Dan...' Ze wilde weglopen, maar hij hield haar hand stevig vast.

'Wat als ik nee had gezegd?'

'Dan was ik waarschijnlijk gedwongen geweest om je te verleiden, zodat je als een schoothondje achter me aan was gekomen. Alles om je in de pas te laten lopen.'

Er gleed een waarderende glimlach over zijn gezicht. 'Schoothondje. Geloof je het zelf?'

'Je zou nog versteld staan. Als we geen deal hadden dan.' Ze zette haar wijn weg om hem op zijn hand te kloppen en trok zich los. Ze pakte haar glas weer op en begon de keuken uit te lopen, maar halverwege bleef ze staan en draaide zich om. De geamuseerde uitdrukking was van haar gezicht verdwenen. 'Hij is verliefd op haar.'

Fox, besefte Gage. Cal was al een vaststaand feit. 'Ja, ik weet het.'

'Ik weet niet of hij het weet, Layla in elk geval niet. Nog niet. Het maakt hen sterker, en het maakt het voor hen tegelijkertijd nog moeilijker.'

'Vooral voor Fox. Dat is zijn verhaal,' zei Gage kortaf, toen ze hem vragend aankeek.

'Oké. Ze zullen binnenkort meer van ons en onze gave nodig hebben. Je zult niet lang meer last hebben van de luxe van verveling.'

'Heb je iets gezien?'

'Ik droomde dat ze allemaal dood waren. Ze lagen als een offer opgestapeld op de Heidense Steen. En mijn handen waren rood van hun bloed. Vuur kroop langs de steen omhoog en verteerde hen terwijl ik toekeek. Terwijl ik niets deed. Toen ik uit het donker naar voren kwam, glimlachte hij naar me. Hij noemde me zijn dochter en omhelsde me. Toen sprong jij uit het donker naar voren en vermoordde ons allebei.'

'Dat is een nachtmerrie, geen visioen.'

'Ik hoop van harte dat je gelijk hebt. Hoe dan ook, ik leid eruit af dat jij en ik snel moeten gaan samenwerken. Ik wil hun bloed niet aan mijn handen.' Haar vingers klemden zich om de steel van haar glas. 'Wat er ook moet gebeuren, dat laat ik niet toe.'

Toen ze wegliep bleef hij achter en hij vroeg zich af hoeveel ze bereid zou zijn te doen om de mensen die ze allebei liefhadden te redden.

Toen Fox de volgende ochtend zijn kantoor uit liep, was er geen spoortje sneeuw meer te bekennen. De zon stond stralend aan een helderblauwe hemel die alleen al bij het idee van winter leek te lachen. Aan de bomen zwollen de knoppen verwachtingsvol op. Viooltjes bloeiden in de bloembak voor de bloemenwinkel.

Hij trok zijn jas uit – hij moest echt eens naar het weerbericht gaan luisteren – en slenterde over de brede stoep. Hij rook de frisheid van het voorjaar, voelde het in de zachtheid van de lucht op zijn gezicht. Het was een te mooie dag om duf in een kantoor te zitten. Het was een dag om naar het park te gaan of op de veranda te zitten.

Hij moest Layla meenemen naar het park, hand in hand met haar over de brug lopen en haar overhalen om op een van de schommels te gaan zitten, zodat hij haar kon duwen. Haar heel hoog kon laten gaan, haar kon horen lachen.

Hij moest bloemen voor haar kopen. Iets eenvoudigs en voorjaarsachtigs. Hij keerde op zijn schreden terug, keek of er geen verkeer aankwam en stak snel de straat over. Narcissen, dacht hij, terwijl hij de winkeldeur opentrok.

'Hoi, Fox.' Amy zwaaide vrolijk naar hem terwijl ze van achteren kwam aanlopen. Ze runde de Flower Pot nu al jaren en kon volgens Fox nooit genoeg krijgen van bloemen. 'Prachtige dag, hè?'

'Zeker. Ik wil graag wat van die daar.' Hij wees naar de narcissen, die fris in de gekoelde glazen vitrine stonden.

'Beeldschoon.' Ze draaide zich om, en in het glas zag hij haar gezicht weerspiegeld als een tronie die droop van het bloed en met witte, puntige tanden naar hem grijnsde. Hij deinsde achteruit, maar op hetzelfde moment draaide ze zich met haar vertrouwde, vriendelijke glimlach naar hem om. 'Wie houdt er nu niet van narcissen?' zei ze opgewekt, terwijl ze de bloemen inpakte. 'Zijn ze voor je meisje?'

'Ja.' Ik ben gespannen, besefte hij. Gewoon gespannen. Te veel aan mijn hoofd. Toen hij zijn portemonnee pakte om te betalen, ving hij door de zoete geur van de bloemen heen een andere lucht op. Een moerasachtige stank, alsof de bloemen in het water hadden staan rotten.

'Alsjeblieft! Ze zal ze prachtig vinden.'

'Dank je wel, Amy.' Hij betaalde en pakte de bloemen aan.

'Tot kijk. Doe Carly de groeten van me.'

Hij bleef abrupt staan en keerde zich met een ruk om. 'Wat? Wat zei je daar?'

'Ik zei: doe Layla de groeten van me.' Ze keek hem met een bezorgde, verwarde blik aan. 'Gaat het, Fox?'

'Ja. Ja.' Hij liep snel de deur uit, blij om weer buiten te zijn.

Omdat er weinig verkeer was, stak hij halverwege het huizenblok de weg over. Het licht veranderde toen er een wolk voor de zon schoof en hij voelde een koude prikkeling op zijn huid, de adem van de winter uit een lentehemel. Zijn hand klemde zich om de stelen van de bloemen en hij draaide zich met een ruk om, in de verwachting het wezen te zien, in welke gedaante het ook maar wenste te verschijnen. Maar er was niets, geen jongen, geen hond, geen man of donkere schaduw.

Toen hoorde hij haar zijn naam roepen. Er klonk angst in haar stem door en deze keer spoelde de kou over hem heen en door zijn botten zijn lichaam binnen. Ze riep weer en hij volgde haar angst, rende naar de oude bibliotheek. Hij vloog de open deur door, die met een dodelijke klap achter hem dichtviel.

Waar een lege ruimte had moeten zijn, met wat tafels en klapstoelen voor wat nu als wijkcentrum diende, was alles weer zoals het jaren geleden was geweest, met boeken in rekken, de geur van boeken, de tafels en de boekenkarretjes.

Hij beval zichzelf tot rust te komen. Het was niet echt. Het wezen liet hem dingen zien die er niet waren. Maar zij schreeuwde en Fox rende naar de trap en vloog met drie treden tegelijk naar boven. Zijn benen trilden, herinnerden zich dat ze deze weg eerder hadden afgelegd. De trappen op naar de zolder, en de deur door die naar het dak leidde. Toen hij zich struikelend naar buiten stortte, was de vroege lentedag overgegaan in een hete zomernacht.

Zweet stroomde als water over zijn huid en de angst draaide zijn verscheurende klauwen rond in zijn buik.

Ze stond op de rand van het torentje boven zijn hoofd. Zelfs in het donker kon hij het bloed zien op haar handen en op de stenen waaraan ze zich had verwond toen ze naar boven klom.

Carly. Haar naam bonsde in zijn hoofd. Carly, niet doen. Niet bewegen. Ik kom je halen.

Maar het was Layla die op hem neerkeek. Het waren Layla's tranen die over haar bleke wangen stroomden. Het was Layla die één keer wanhopig zijn naam zei. Die hem in de ogen keek en zei: 'Help me. Help me, alsjeblieft.'

En het was Layla die van de rand sprong, om beneden op straat te sterven.

14

Hij werd badend in het zweet wakker van Layla, die keer op keer zijn naam zei. De dringende klank in haar stem en de stevige greep van haar handen op zijn schouders trokken hem weg uit de droom en terug in het hier en nu.

Maar de angst en de ontzetting kwamen mee, gedragen door het rauwe, hartverscheurende verdriet. Hij klemde zich om haar heen, om haar vorm, haar geur, haar snel kloppende hart. Ze leefde. Hij was niet te laat geweest, niet voor haar. Ze leefde. Ze was hier.

'Hou me vast.' Een hevige rilling trok door hem heen, een echo van die verbijsterende angst. 'Hou me alleen maar vast.'

'Dat doe ik. Ik laat je niet los. Je had een nachtmerrie.' Terwijl ze zachtjes tegen hem sprak, streelden haar handen kalmerend over de verkrampte spieren in zijn rug. 'Nu ben je wakker. Alles is goed.'

Was dat zo, vroeg hij zich af. Zou ooit alles goed zijn?

'Je bent zo koud. Fox, je bent ijskoud. Laat me de deken pakken. Ik blijf hier, laat me alleen de deken pakken. Je trilt helemaal.'

Ze maakte zich van hem los, trok de deken omhoog en ging zo zitten dat ze de warmte in zijn armen terug kon wrijven. In het schemerige licht lieten haar ogen zijn gezicht geen ogenblik los. 'Beter? Is dat beter? Ik ga wat water voor je halen.'

'Ja, goed. Ja, dank je wel.'

Ze stapte uit bed en vloog de kamer uit. Fox hield zijn hoofd in zijn handen. Hij had even tijd nodig om zichzelf onder controle te krijgen, om de rest naar de achtergrond te dringen. De droom had hem totaal uit balans gebracht, zijn herinneringen die met zijn angsten, zijn verlies te maken hadden, volledig door de war gegooid.

Die afschuwelijke zomernacht was hij te laat geweest, te druk bezig geweest de held uit te hangen. Hij had het verkloot en Carly stierf. Hij had haar moeten beschermen. Hij had zich ervan moeten verzekeren dat ze veilig was, dat boven alles. Ze was zijn meisje en hij had haar niet geholpen.

Layla kwam terugrennen, knielde op het bed en drukte het glas water in zijn hand. 'Ben je nu warm genoeg? Wil je nog een deken?'

'Nee. Nee, het gaat wel weer. Sorry hiervoor.'

'Je was ijskoud, en je schreeuwde.' Zachtjes veegde ze het haar uit zijn gezicht. 'Ik kon je eerst niet wakker krijgen. Wat was het, Fox? Waar droomde je van?'

'Ik kan me niet...' Hij wilde zeggen dat hij het zich niet kon herinneren, maar de leugen bleef in zijn keel steken. Hij had tegen Carly gelogen, en Carly was dood. 'Ik kan er niet over praten.' Dat was ook niet helemaal waar. 'Ik wil er nu niet over praten.'

Hij voelde haar aarzeling, haar behoefte om aan te dringen. En negeerde die.

Zonder iets te zeggen nam ze het lege glas uit zijn hand en zette het op het nachtkastje. Toen trok ze hem naar achteren en liet zijn hoofd op haar borst rusten. 'Alles is goed nu.' Haar stem was net zo zacht als de hand die zijn haar streelde. 'Alles is goed. Slaap nog maar een beetje.'

En haar troost verjoeg zijn demonen, zodat hij inderdaad in slaap viel.

De volgende ochtend liet ze zich behoedzaam als een dief uit bed glijden. Hij zag er doodmoe uit, dacht ze, en hij was nog steeds erg bleek. Ze kon alleen maar hopen dat het verdriet dat ze in de nacht bij hem had gevoeld in zijn slaap wat was verzacht. Ze kon de bron ervan vinden; hij kon zich nu niet voor haar afsluiten. Als ze wist waar het vandaan kwam, kon ze hem misschien helpen om het boven water te krijgen. En dan kon ze datgene wat hem zo veel hartzeer bezorgde misschien helpen genezen.

Hoewel dat allemaal waar was, was dat slechts ten dele de reden waarom ze in verleiding werd gebracht. De rest was egoïstisch, kleinzielig zelfs. In de greep van de nachtmerrie had hij vol wanhoop en angst een naam geroepen. Maar niet haar naam, herinnerde Layla zich. Een andere naam.

Carly.

Nee, of haar motieven nu egoïstisch of onbaatzuchtig waren, het was een inbreuk om terwijl hij sliep in zijn geest en in zijn hart te kijken. Een inbreuk van de ergste soort. Een schending van vertrouwen en intimiteit.

Ze zou hem laten slapen, en als ze dan toch ongevraagd ergens binnen moest dringen, zou ze dat in zijn keuken doen en kijken of ze daar iets redelijk gezonds kon vinden waarmee ze een ontbijt voor hem kon maken.

Ze pakte zijn overhemd van de grond, trok het aan en glipte de kamer uit.

In de keuken ging er een schok door haar heen, die dit keer niet werd veroorzaakt door stapels vuile vaat en her en der verspreide kranten. De ruimte zag er voor een man redelijk netjes uit, vond ze. Een paar vuile borden op het aanrecht, wat ongeopende post op de tafel, aanrechtbladen die om de keukenapparatuur heen haastig waren schoongeveegd.

De schok kwam van een blinkend nieuw koffiezetapparaat dat op het aanrecht stond.

Alles in haar werd zacht, bijna vloeibaar. Hij dronk nooit koffie, maar hij was een koffiezetapparaat voor haar gaan kopen, een apparaat waarin de bonen vers werden gemalen. En toen ze het kastje erboven opendeed, vond ze de zak met bonen.

Kon het nog liever?

Ze stond met de bruine zak in haar handen glimlachend naar het apparaat te kijken toen Fox binnenkwam. 'Je hebt een koffiezetapparaat gekocht.'

'Ja. Ik vond dat je 's morgens je lievelingsdrankje moet kunnen drinken.'

Toen ze zich omdraaide, stond hij al met zijn hoofd in de koelkast. 'Dank je wel. En alleen al om die reden zal ik vanmorgen ontbijt voor je klaarmaken. Je moet hier iets hebben waar ik iets eetbaars van kan maken.'

Ze liep om de koelkastdeur heen en stak net als hij haar hoofd naar binnen. Toen hij overeind kwam en achteruitstapte, zag ze zijn gezicht.

'O, Fox.' Instinctief bracht ze haar hand naar zijn wang. 'Je ziet er niet goed uit. Je kunt beter maar weer naar bed gaan. Je hebt vandaag toch niet veel afspraken staan. Als ik die voor je afzeg...'

'Het gaat prima. Ik word nooit ziek, weet je nog wel?'

Lichamelijk niet, dacht ze, maar hart en geest waren iets anders. 'Je wordt wel moe. Je bent nu moe, en je hebt een dag vrij nodig.'

'Wat ik nodig heb is een douche. Luister, ik vind dat ontbijt aardig aangeboden, maar ik heb vanmorgen niet veel trek. Maak jij maar koffie voor jezelf, als je erachter kunt komen hoe dat apparaat werkt.'

Van wie was die stem, vroeg Layla zich af, terwijl ze wegliep. Die koele, afstandelijke stem? Met voorzichtige bewegingen zette ze de bonen terug in het kastje en sloot zachtjes het deurtje. Daarna liep ze terug naar de slaapkamer en kleedde zich aan, met het geroffel van het water op de badkamertegels in haar oren.

Een vrouw wist wanneer een man haar weg wilde hebben, en een vrouw met een beetje trots vertrok dan. Ze zou thuis douchen, zich aankleden voor haar werk en koffiedrinken. Hij wilde ruimte? Nou, die zou ze hem dan verdomme geven.

Toen de telefoon ging, negeerde ze het. Maar uiteindelijk gaf ze zich vloekend gewonnen. Het kon belangrijk zijn, dacht ze, een noodgeval. Ze kromp ineen toen Fox' moeder haar opgewekt groette en goedemorgen wenste.

In de douche liet Fox het warme water over zich heen stromen terwijl hij zijn koude cafeïne naar binnen klokte. De combinatie sleep de scherpe randjes er een beetje van af, maar er bleven er genoeg over. Het was alsof hij een kater had. Hij had hoofdpijn en was misselijk. Het zou wel overgaan. Het ging altijd over. Een nachtmerrie bezorgde hem de volgende ochtend soms meer narigheid dan als hij een hele avond had gedronken.

Waarschijnlijk had hij Layla met zijn onvriendelijke reactie weggejaagd. Wat ook de bedoeling was, moest hij toegeven. Hij wilde niet dat ze om hem heen hing om hem te troosten, gerust te stellen en hem met die bezorgde blik in haar ogen aan te kijken. Hij wilde alleen zijn, zodat hij zich kon wentelen in zijn narigheid en kon tobben.

Zoals verdomme zijn goed recht was.

Hij zette de douche uit en sloeg een handdoek om zijn heupen. Toen hij druipend de slaapkamer in liep, stond ze daar.

'Ik wilde net weggaan,' zei ze op de ijzige toon die hem duidelijk maakte dat hij zijn werk goed had gedaan. 'Maar je moeder belde.'

'O. Oké, ik bel haar wel terug.'

'Ik moest je doorgeven dat omdat Sage en Paula maandag in Washington moeten zijn en van daaruit waarschijnlijk meteen terugreizen naar Seattle, je moeder iedereen uitnodigt om morgen bij haar te komen eten.'

Hij drukte zijn vingers tegen zijn ogen. Daar kwam hij waarschijnlijk niet onderuit. 'Oké.'

'Ik word ook verwacht. Wij allemaal. We moeten het aan de anderen doorgeven. Waarschijnlijk weet je wel dat je tegen je moeder onmogelijk nee kunt zeggen, maar je kunt morgen een smoes voor mij verzinnen.'

'Waarom zou ik dat doen? Waarom zou je niet gaan? Waarom zou jij onder de gevulde artisjokken uit moeten komen?' Omdat ze niet glimlachte, streek hij door zijn druipende haar. 'Luister, ik ben vanmorgen niet op mijn best. Misschien kun je me een heel klein beetje ruimte geven.'

'Geloof me, dat heb ik al gedaan. Ik probeer je zelfs nog meer ruimte te geven door mezelf ervan te overtuigen dat je chagrijnig en afwijzend bent omdat je een stomme sukkel bent, niet omdat je me niet vertrouwt. Maar dat is lastig, want hoewel je misschien een stomme sukkel bent, is het niet uit pure stommigheid dat je de details van een ernstig trauma voor me hebt achtergehouden. Dus dan kom ik weer terug bij de vertrouwenskwestie. Ik heb jou bij me binnengelaten, daar in dat bed, maar jij laat mij niet bij jou binnen. Je wilt me niet vertellen wat je heeft gekwetst en bang gemaakt.'

'Je moet ophouden, Layla. Dit is niet het juiste moment.'

'O, mag jij het moment bepalen? Prima. Laat me maar weten wanneer het jou uitkomt, dan zet ik het in je agenda.'

Ze liep naar de deur en hij deed niets om haar tegen te houden. Toen bleef ze staan en keek hem strak aan. 'Wie is Carly?'

Toen hij niets zei en zijn ogen alle uitdrukking verloren, liep ze weg en liet hem alleen achter.

Hij verwachtte niet dat ze naar kantoor zou komen, en hoopte ook eigenlijk dat ze dat niet zou doen. Maar terwijl hij in zijn bibliotheek zat en zich op zijn werk probeerde te concentreren, hoorde hij haar binnenkomen. Het kon niemand anders zijn. Fox wist precies hoe ze zich bewoog en hoe haar ochtendroutine eruitzag.

De garderobekast in de hal openmaken, jas ophangen, deur sluiten. Naar het bureau lopen, la rechtsonder opentrekken, handtas opbergen. Computer opstarten.

Hij hoorde de bedrijvige geluiden. Ze bezorgden hem een schuldgevoel en dat irriteerde hem. Ze zouden elkaar gewoon een paar uur negeren, besloot hij. Tot zij was gekalmeerd en hij zijn evenwicht had hervonden.

Daarna zouden ze gewoon doen alsof er niets was gebeurd.

Negeren en vermijden werkte het grootste deel van de ochtend prima. Elke keer dat de telefoon ging, zette hij zich schrap, in de verwachting dat haar stem door de intercom zou snijden. Maar ze riep hem geen enkele keer op.

Hij maakte zichzelf wijs dat hij niet van de bibliotheek naar zijn kantoor sloop. Hij liep gewoon heel zachtjes.

Toen hij haar weg hoorde gaan voor de lunchpauze, liep hij naar de receptie en wierp een terloopse blik op haar bureau. Hij zag het stapeltje memo's dat voor hem klaarlag. Ze gaf de telefoontjes dus niet door, peinsde hij. Geen probleem, dat kon prima. Hij zou later terugbellen, besloot hij. Want als hij de berichtjes meenam naar zijn kantoor, zou ze weten dat hij op haar bureau had rondgesnuffeld.

Nu voelde hij zich stom. Stom, moe, gemangeld en een beetje nijdig. Hij stak zijn handen in zijn zakken en liep terug naar zijn kantoor. Hij schrok toen de deur openging en was opgelucht toen hij niet Layla maar Shelley binnen zag komen.

'Hoi. Ik hoopte dat ik je even kon spreken. Ik zag Layla net buiten en ze zei dat je hier was en het waarschijnlijk niet al te druk had.'

'Natuurlijk. Wil je terugkomen op je besluit?'

'Nee.' Ze liep naar hem toe en sloeg haar armen om hem heen. 'Dank je wel. Ik wilde je alleen bedanken.'

'Fijn. Waarvoor?'

'Block en ik hebben gisteravond onze eerste therapiebijeenkomst gehad.' Ze slaakte een zucht en deed een stap achteruit. 'Het was nogal heftig en het werd behoorlijk emotioneel, zeg maar. Ik weet niet hoe het allemaal afloopt, maar ik denk dat het heeft geholpen. Ik denk dat het beter is om het te proberen en met elkaar te praten, zelfs als het op schreeuwen uitdraait. Beter dan alleen maar te zeggen: krijg de pest maar, rotzak. Als ik dat uiteindelijk toch zeg, weet ik in elk geval dat ik het heb geprobeerd. Ik weet niet of ik dat had gedaan als jij niet een beetje op me had gepast.'

'Ik wil dat je krijgt wat je wilt, wat dat ook maar is. En ik wil dat je gelukkig bent als je het krijgt.'

Ze knikte en depte haar ogen met een tissue. 'Ik weet dat Block je heeft aangevallen en dat je hem niet hebt aangeklaagd. Hij heeft het gevoel dat hij flink is bestraft. Daar wil ik je ook voor bedanken. Dat je hem niet hebt aangeklaagd.'

'Het was niet helemaal zijn schuld.'

'O, dat was het wel.' Maar ze lachte er even bij. 'Hij heeft iets goed te maken, maar dat weet hij. Hij heeft een blauw oog. Het kan me geen donder schelen of dat kinderachtig van me is, maar dat vind ik ook fijn.'

'Graag gedaan.'

Ze lachte even. 'Maar goed. We gaan gewoon door, zien wat ervan komt. Volgende keer mag ik alleen komen, en ga ik alles eruit gooien.' Nu grijnsde ze. 'Het voelt nu al goed. Ik moet weer aan het werk.'

Hij liep terug naar zijn kantoor, werkte en piekerde. Hij hoorde Layla terugkomen. Kast, jas, bureau, la, tas. Hij liep via de keuken naar buiten en maakte daarbij precies zo veel geluid dat ze kon horen dat hij wegging.

De zon stond te stralen aan een diepblauwe hemel. Hoewel het warm genoeg was om het behaaglijk te hebben in zijn lichte jack, schoot de kou langs zijn ruggengraat omhoog.

De middag weerspiegelde zijn droom.

Hij dwong zichzelf om het gebouw heen te lopen, Main Street in. Viooltjes bloeiden uitbundig in de bloembak voor de bloemenwinkel. Mensen slenterden over straat, sommigen in hemdsmouwen, alsof ze na de laatste slok winter dit druppeltje voorjaar wilden opzuigen. Hij balde zijn handen tot vuisten en liep verder over de stoep.

Hij wachtte op een gaatje in het verkeer en stak de straat over.

Amy kwam van achter uit de bloemenwinkel aanlopen. 'Hé, Fox. Hoe is het met jou? Prachtige dag, hè? Het werd ook wel eens tijd.'

Het leek er aardig op, dacht hij, terwijl hij haar bleef aankijken. 'Zeker. Hoe is het met jou?'

'Ik mag niet klagen. Zoek je iets voor kantoor? Mevrouw Hawbaker kwam meestal op maandag een boeket uitzoeken. Op vrijdag kun je beter geen bloemen voor kantoor kopen, Fox.'

'Nee.' Sommige knopen in zijn buik begonnen los te komen, maar trokken weer strak toen hij de narcissen zag staan. 'Het is persoonlijk. Die zoek ik.'

'Zijn ze niet lief? Zo vrolijk en hoopvol.' Ze draaide zich om en hij staarde naar de vage weerspiegeling van haar gezicht in het glas. Ze glimlachte, maar het was Amy's glimlach, net zo vrolijk als de bloemen.

Ze kwebbelde terwijl ze ze afsneed en inpakte, maar de woorden gingen langs hem heen terwijl hij de lucht opsnoof, op zoek naar de stank van rotting. Maar hij rook alleen een frisse bloemengeur.

'Zijn ze voor je meisje?'

Hij wierp haar een scherpe blik toe. 'Ja. Ja, ze zijn voor mijn meisje.'

Haar glimlach werd alleen maar stralender terwijl ze geld en bloemen uitwisselden. 'Ze zal ze prachtig vinden. Als je iets voor kantoor wilt, maak ik maandag een mooi boeket voor je.'

'Oké, dank je wel.' Hij draaide zich om om weg te gaan.

'Doe Layla de groeten van me.'

Hij sloot zijn ogen en opluchting, schuldgevoel en dankbaarheid stroomden door hem heen. 'Zal ik doen. Tot kijk.'

Misschien was hij wat duizelig toen hij naar buiten stapte en trilden zijn knieën een beetje, maar toen hij zich dwong om naar de oude bibliotheek te kijken, was de deur gesloten. Zijn blik gleed naar boven, steeds hoger, maar niemand die hij liefhad stond op de smalle richel van het torentje om haar dood tegemoet te springen.

Hij stak de straat weer over. Toen hij door de voordeur zijn kantoor binnenstapte, zat ze aan haar bureau. Ze wierp hem een blik toe en keek toen doelbewust de andere kant op.

'Er liggen berichten op je bureau. Je afspraak van twee uur is verzet naar volgende week.'

Hij liep naar haar toe en stak haar de bloemen toe. 'Het spijt me.'

'Ze zijn erg mooi. Ik zal ze in het water zetten.'

'Het spijt me,' herhaalde hij, toen ze opstond om langs hem heen te lopen.

Ze bleef precies twee tellen staan. 'Oké.' En ze liep weg, met de bloemen in haar hand.

Hij wilde het laten zitten. Wat had het voor zin om alles weer overhoop te halen? Wat bereikte je daarmee? Het ging niet om vertrouwen, het ging om pijn. Had hij niet recht op zijn eigen pijn? Hij liep naar de keuken waar zij een vaas vulde met water.

'Luister, moeten we onszelf binnenstebuiten keren, onze ingewanden blootleggen? Is dat wat je wilt?'

'Nee.'

'We hoeven verdomme toch niet elk detail over elkaar te weten.'

'Nee, dat is zo.' Ze zette de tere groene stelen een voor een in het water.

'Ik had een nachtmerrie. Die heb ik al bijna zo lang ik me kan herinneren. Die hebben we allemaal wel eens.'

'Dat weet ik.'

'Is dit jouw manier om het uit me te trekken? Door met alles wat ik zeg in te stemmen?'

'Het is mijn manier om mezelf in bedwang te houden, zodat ik je niet een schop voor je kont geef en over je heen stap terwijl ik naar buiten loop.'

'Ik wil geen ruzie met je.'

'Ja, dat wil je wel. Dat is precies wat je wilt, en ik ga je niet geven wat je wilt. Dat verdien je niet.'

'Jezus christus.' Hij stormde de kleine keuken door en schopte in een zeldzaam vertoon van geweld woest tegen de kastjes. 'Ze is dood. Carly is dood. Ik heb haar niet gered en ze is doodgegaan.'

Layla wendde zich af van de zonnestraaltjes in de helderblauwe vaas. 'Dat vind ik heel erg, Fox.'

'Niet doen.' Hij drukte zijn vingers tegen zijn ogen. 'Hou op. Niet doen.'

'Mag ik het niet erg vinden dat je iemand hebt verloren die heel veel voor je moet hebben betekend? Mag ik het niet erg vinden dat je daaronder lijdt? Wat verwacht je van me?'

'Op dit moment heb ik geen flauw idee.' Hij liet zijn handen naar beneden vallen. 'We leerden elkaar kennen in het voorjaar voor mijn drieëntwintigste verjaardag, toen ik in New York de advocatenopleiding volgde. Zij studeerde geneeskunde. Ze wilde eerstehulparts worden. We ontmoetten elkaar bij een feestje. We spraken met elkaar af. Niet vaak. In het begin maar zo af en toe. We studeerden allebei en hadden het krankzinnig druk. Zij bleef tijdens de zomervakantie in New York, ik ging naar huis. Maar ik ging een paar keer tussendoor naar haar toe, omdat het serieuzer begon te worden.'

Toen hij aan de keukentafel zat, trok Layla de koelkast open. In plaats van zijn gebruikelijke cola bracht ze hem een flesje water en pakte er ook een voor zichzelf.

'Dat najaar gingen we samenwonen. Een aftands hok, precies wat je verwacht dat een stel studenten zich in New York kan veroorloven. We vonden het geweldig. Zij vond het geweldig,' verbeterde hij zichzelf. 'Ik voelde me in New York nooit helemaal op mijn gemak, ik was er altijd een beetje gespannen. Maar zij was er dol op, dus ik vond het er leuk omdat ik dol was op haar. Ik hield van haar, Layla.'

'Dat weet ik. Ik hoor het aan je stem.'

'We maakten plannen. Fantastische plannen voor de verre toekomst, zoals dat gaat. Ik vertelde haar nooit over The Hollow, niet over wat eronder schuilging. Ik hield mezelf voor dat we er tijdens de laatste Zeven een eind aan hadden gemaakt. Het was afgelopen, dus ik hoefde het haar niet te vertellen. Ik wist dat het een leugen was. Ik wist het zeker toen de dromen terugkwamen. Cal belde. Het duurde nog weken voor het semester was afgelopen, ik liep stage op een advocatenkantoor. Ik had Carly. Maar ik moest terug. Dus ik loog tegen haar, verzon uitvluchten, leugens. Familieomstandigheden.'

Niet echt een leugen, zei hij nu tegen zichzelf, net zoals hij toen had gedaan. The Hollow was zijn familie.

'Ik reisde in die weken heen en weer tussen New York en The Hollow. En ik stapelde de ene leugen op de andere. En ik gebruikte mijn gave om haar gedachten te lezen, zodat ik wist welke leugen het beste zou werken.'

'Waarom vertelde je het haar niet, Fox?'

'Ze zou me nooit hebben geloofd. Ze had geen vezeltje fantasie in haar lichaam. Carly was een en al wetenschap. Misschien was dat onderdeel van de aantrekkingskracht. Niets van dit alles kon voor haar ooit echt zijn, hield ik mezelf voor. Maar dat was slechts een deel van de reden, misschien was het gewoon ook weer een leugen.'

Hij zweeg even en kneep in de rug van zijn neus om de spanning te verlichten. 'Ik wilde iets wat geen deel uitmaakte van dit hier. Ik wilde de werkelijkheid die bij haar hoorde, bij wat we samen hadden als we hier niet waren. Dus toen de zomer kwam en ik wist dat ik hier moest zijn, verzon ik nog meer uitvluchten, vertelde ik nog meer leugens. Ik zocht ruzie met haar. Het was beter dat ze kwaad op me was dan dat iets van dit alles haar zou raken. Ik vertelde haar dat we elkaar beter een poosje niet konden zien, dat ik een paar weken naar huis ging. Dat ik ruimte nodig had. Ik kwetste haar en rechtvaardigde dat door te zeggen dat ik haar wilde beschermen.'

Hij nam langzaam een grote slok water. 'Al voor de zevende dag van de zevende maand verslechterde de toestand. Gevechten, branden, vandalisme. Cal, Gage en ik hadden het druk. Ik belde haar. Ik had dat niet moeten doen, maar ik deed het om haar te vertellen dat ik haar miste, dat ik over een paar weken terug zou komen. Als ik haar stem niet had willen horen...'

'Ze kwam,' zei Layla. 'Ze kwam naar Hawkins Hollow.'

'De dag voor onze verjaardag kwam ze van New York hiernaartoe rijden. Ze vroeg de weg naar de boerderij en stond onverwachts voor de deur. Ik was niet thuis. Cal had destijds een appartement in het dorp en daar zaten we. Carly belde me vanuit de keuken van de boerderij. Ik dacht toch niet dat ze mijn verjaardag zou vergeten?

Ik schrok me een ongeluk. Ze hoorde hier niet, ze had niet moeten komen. Toen ik naar de boerderij kwam, kon niets wat ik zei haar op andere gedachten brengen. We moesten dit uitpraten, vond ze. Wat er ook mis was, we moesten het uitpraten. Wat kon ik haar zeggen?'

'Wat zei je tegen haar?'

'Te veel, niet genoeg. Ze geloofde me niet. Waarom zou ze ook? Ze dacht dat ik overspannen was. Ze wilde dat ik met haar mee terugging naar New York om me te laten onderzoeken. Ik liep naar het fornuis, stak de brander aan en hield mijn hand in de vlam.'

Hij deed hetzelfde nu, in de kleine kantoorkeuken, maar stopte abrupt toen hij zijn hand al bijna in de vlam had. Wat had het nu voor zin? 'Ze reageerde zoals je zou verwachten, zowel vanuit menselijk als medisch oogpunt,' voegde hij eraan toe, terwijl hij de brander uitdraaide. 'Toen zag ze mijn hand genezen. Ze zat vol vragen en vond nu helemaal dat ik me moest laten onderzoeken. Ik stemde met alles in, wat het ook maar was, op voorwaarde dat ze terug zou gaan naar New York. Dat wilde ze niet, tenzij ik met haar meeging, dus we sloten een compromis. Ze beloofde dat ze dag en nacht op de boerderij zou blijven, tot ik met haar mee kon gaan.

Ze bleef die nacht, de dag erna, de nacht daarna. Maar de daaropvolgende nacht...'

Hij liep naar het aanrecht en leunde ertegenaan terwijl hij door het raam naar de huizen van de buren en de grasperken eromheen keek. 'In het dorp was het een gekkenhuis, en te midden van die chaos belde mijn moeder. Ze was wakker geworden van het starten van een auto, en ze was naar buiten gerend. Carly was weg. Ze was vertrokken in een auto die ze van een vriendin had geleend om van New

York hiernaartoe te rijden. Ik was de wanhoop nabij, en dat werd nog erger toen ma me vertelde dat ze al twintig minuten of misschien nog langer weg was. Ze had me niet kunnen bereiken. Elke keer dat ze het probeerde had ze ruis op de lijn gekregen.'

Toen hij zweeg en weer ging zitten, pakte Layla alleen maar zijn hand.

'Er stond een huis in brand op de Mill. Cal liep ernstige brandwonden op toen we de kinderen uit het huis haalden. Drie kinderen. Jack Proctor, die de ijzerwinkel dreef, had een geweer. Hij liep over straat en schoot op alles wat bewoog. Het ene magazijn na het andere schoot hij leeg. Een paar tieners verkrachtten een vrouw midden op Main Street, pal voor de deur van de Methodistenkerk. Er was nog meer, maar het heeft geen zin om alles te vertellen. Ik kon haar niet vinden. Ik probeerde haar gedachten te vinden, maar er was te veel ruis. Net als op de telefoonlijn. Toen hoorde ik haar mijn naam roepen.'

Hij zag nu geen huizen en grasperken meer. Hij zag het vuur en het bloed. 'Ik rende, en Napper was daar en versperde me de weg. Hij had zijn auto dwars over de stoep gezet en kwam zwaaiend met een honkbalknuppel op me af. Als Gage hem niet tegen de grond had geslagen en als Cal er ondanks zijn brandwonden die nog moesten genezen niet pal achter had gezeten, was ik nooit langs hem heen gekomen. Ik klom over de auto en bleef rennen, want ik hoorde haar mijn naam roepen. De deur naar de bibliotheek, de oude bibliotheek, stond open. Ik voelde nu hoe bang ze was. Ik rende de trappen op en schreeuwde naar haar, zodat ze zou weten dat ik eraan kwam. Boekenkarretjes knalden tegen me aan, boeken vlogen in het rond.'

Omdat het zo echt was alsof het gisteren was gebeurd, kneep hij zijn ogen dicht en wreef woest met zijn handen over zijn gezicht. 'Ik ging een keer of twee tegen de grond, misschien vaker. Ik weet het niet meer, het is een waas. Ik kwam uit op het dak. Het was daar alsof er een orkaan woedde. Carly stond boven me op dat kleine stenen randje. Haar handen bloedden, er zaten bloedvlekken op de stenen.

Ik zei tegen haar dat ze niet moest bewegen. Niet bewegen. O, god, niet bewegen. Ik kom naar boven, ik kom je halen. Ze was daar en ze keek me aan. Heel even liet hij haar helemaal naar buiten komen, zodat ze me met al die angst kon aankijken. Ze zei: "Help me. Alsjeblieft, god, help me." En toen sprong ze naar beneden.'

Layla schoof haar stoel naast de zijne en net als de nacht ervoor trok ze zijn hoofd tegen haar borst.

'Ik was er niet op tijd.'

'Niet jouw schuld.'

'Elke keus die ik met haar heb gemaakt was verkeerd. Al die verkeerde keuzes hebben haar vermoord.'

'Nee. Hij heeft haar vermoord.'

'Zij had hier part noch deel aan. Zonder mij had ze hier nooit mee te maken gekregen.' Hij maakte zich van haar los en schoof wat bij haar vandaan, zodat hij zijn verhaal kon afmaken. 'Gisternacht droomde ik,' begon hij, en hij vertelde het haar.

'Ik weet niet goed wat ik tegen je moet zeggen,' zei Layla. 'Maar...' Ze pakte zijn hand en drukte hem tussen haar borsten. 'Mijn hart doet pijn. Ik heb geen idee wat jij voelt als mijn hart pijn doet. Anderen die weten wat er is gebeurd, hebben je verteld dat het niet jouw schuld was. Dat kun je accepteren of niet. Als Carly van je hield, zou ze willen dat je het accepteert. Ik weet niet of je er verkeerd aan hebt gedaan door tegen haar te liegen. En ik weet niet of ik alles wat ik nu weet als waarheid zou kunnen accepteren als ik het niet zelf had gezien en ervaren. Jij wilde haar hierbuiten houden, om wat je had, wie je was en wie zij was gescheiden te houden van wat je hier hebt en bent. Ik weet hoe het is om alles keurig op zijn plek te willen houden. Maar je werelden kwamen met elkaar in botsing, Fox, en je had er geen controle over.'

'Wel als ik andere keuzes had gemaakt.'

'Dan had je misschien iets kunnen veranderen,' gaf ze toe. 'Of het had via een andere route tot dezelfde uitkomst geleid. Hoe kun je dat weten? Ik ben Carly niet, Fox. En of je het leuk vindt of niet, wij delen wat er in The Hollow gebeurt. Het zijn niet alleen jouw keuzes meer.'

'Ik heb te veel dood gezien, Layla. Te veel bloed en pijn. Ik weet dat er nog meer aankomt, en ik weet dat we allemaal alles zullen doen wat we kunnen, wat we moeten doen. Maar ik weet niet of ik het overleef als ik jou kwijtraak.'

Zijn verdriet drukte nu op haar hart. Het ondraaglijke gewicht van zijn verdriet. 'We vinden wel een manier. Daar heb je altijd in geloofd. Je hebt mij erin laten geloven. Kom. Jij gaat naar boven, even liggen. Niet tegenspreken.'

Ze vleide, baasde en overreedde hem naar boven. Toen hij eindelijk op bed lag, was hij te moe om te protesteren of grapjes te maken toen ze hem uitkleedde en instopte. Toen ze zeker wist dat hij sliep, rende ze naar beneden om het kantoor te sluiten, en meteen daarna weer naar boven om Cal te bellen dat hij moest komen.

Layla legde haar vinger tegen haar lippen toen hij via de achterdeur binnenkwam. 'Hij slaapt. Hij heeft een zware nacht gehad, en een zware dag. Een nachtmerrie,' voegde ze eraan toe, terwijl ze hem gebaarde door te lopen naar de keuken. 'Waarin Carly en ik in elkaar overgingen.'

'O shit.'

Zonder hem iets te vragen schonk ze koffie in. 'Hij heeft me over haar verteld, maar dat heeft hem behoorlijk wat pijn en moeite gekost. Hij is nu uitgeput.'

'Toch is het beter dat je het weet. Fox is niet goed in dingen achterhouden.' Hij begon te drinken, liet de mok zakken en fronste zijn wenkbrauwen. 'Hoe is die koffie hier gekomen?'

'Hij heeft een koffiezetapparaat voor me gekocht.'

Cal lachte even. 'Het komt wel goed met hem, Layla. Soms overvalt het hem. Niet vaak, maar als het gebeurt, hakt het er flink in.'

'Hij geeft zichzelf de schuld en dat is stom,' zei ze zo kortaf dat Cal zijn wenkbrauwen optrok. 'Maar hij hield van haar, dus kan hij niet anders. Hij vertelde me dat zodra hij wist dat ze bij de boerderij was weggegaan, hij haar is gaan zoeken. Jij had brandwonden opgelopen terwijl je mensen – kinderen – uit een brandend huis haalde, een of andere kerel liep schietend door het dorp en die hufter van een Napper viel hem aan met een honkbalknuppel, en hij maakt zich verwijten dat hij haar niet heeft tegengehouden toen ze wilde springen.'

'Dit is iets wat hij je waarschijnlijk niet heeft verteld. Zeg het maar als ik het mis heb. Hij was ook verbrand, niet zo erg als ik, maar erg genoeg. Toen het telefoontje kwam, rende hij voor Gage en mij uit. Onderweg trapte hij Proctor – dat was die vent met het geweer – keihard in de ballen, wierp Gage het wapen toe en rende door. Hij sloeg een jongen tegen de grond die samen met een ander een vrouw aanrandde op de stoep. Ik nam de andere jongen voor mijn rekening, maar ik werd daardoor opgehouden. En toen was Napper daar. Hij haalde flink uit met die knuppel. Brak Fox' arm.'

'Mijn god.'

'Gage beukte er als een stormram op in en Fox rende verder. We hadden er allebei onze handen aan vol om Napper uit te schakelen. Fox rende al de trappen op toen wij de oude bibliotheek in kwamen. En het was een hel daarbinnen. Wij waren ook te laat. Ze sprong, nee, ze dóók verdomme van die rand af op het moment dat wij het dak op renden. Ik dacht dat hij achter haar aan zou springen. Hij zat onder het bloed van de gevechten, van de boeken die als projectielen tegen hem aan waren gevlogen en god weet wat nog meer. Hij kon er niets aan doen. Dat weet hij. Maar zo af en toe grijpt het hem bij de keel en heeft hij het er erg moeilijk mee.'

'Als zij hem had geloofd, als ze in hem had geloofd en had gedaan wat hij haar vroeg – wat ze hem had beloofd – zou ze nu nog leven.'

Cal keek haar met zijn rustige, grijze ogen recht aan. 'Dat is zo. Je hebt helemaal gelijk.'

'Maar hij geeft haar niet de schuld.'

'Het is moeilijk om de doden de schuld te geven.'

'Voor mij niet, niet op dit moment. Als ze genoeg van hem had gehouden, als ze genoeg in hem had geloofd om zich aan haar belofte te houden – alleen dat, zich aan haar belofte houden – had hij zijn leven niet op het spel hoeven zetten in een poging haar te redden. Ik heb dat niet tegen hem gezegd, en ik zal heel hard mijn best doen om dat nooit te doen. Maar ik voel me beter nu ik het hardop heb gezegd.'

'Ik heb het hardop gezegd, in zijn gezicht. Ik voelde me toen ook beter, maar op hem leek het niet diezelfde uitwerking te hebben.'

Layla knikte. 'Er is nog iets anders. Waarom Carly? Ze hoorde niet in het dorp, maar ze was blijkbaar binnen enkele minuten besmet. Zo ernstig dat ze zelfmoord pleegde.'

'Dat is vaker gebeurd. Meestal zijn het mensen die in The Hollow wonen, maar soms raken buitenstaanders er ook bij betrokken.'

'Ik wed dat de meeste buitenstaanders erbij betrokken raken als slachtoffer van iemand die is besmet. Maar zij, de vrouw van wie een van jullie houdt, komt hier en raakt er onmiddellijk bij betrokken. Ik vind dat vreemd, Cal. En ik vraag me ook af hoe hij haar kon horen roepen, en hoe zij hem kon roepen en kon wachten tot hij het dak op rende, zodat hij moest toekijken terwijl zij naar beneden sprong.'

'Waar wil je naartoe?'

'Ik weet het niet precies. Maar het is misschien de moeite waard om Cybil Carly's familiegeschiedenis te laten uitpluizen. Stel dat er een connectie is? Stel dat Carly in een van onze gecompliceerde stambomen voorkomt?'

'En dat Fox toevallig verliefd op haar werd?'

'Daar gaat het juist om. Ik geloof niet dat ook maar iets wat hier gebeurt toeval is. Cal, ben jij vóór Quinn ooit echt op iemand verliefd geweest?'

'Nee.' Hij antwoordde zonder te aarzelen en nam nadenkend nog een slok koffie. 'En hetzelfde geldt voor Gage.'

'Het wezen gebruikt emoties,' betoogde ze. 'Wat is een betere manier om pijn te veroorzaken dan door de liefde tegen een van jullie te gebruiken? Haar als een mes in het hart rond te draaien? Ik denk niet dat ze gewoon besmet was, Cal. Ik denk dat ze was uitgekozen.'

15

Die avond las Quinn voor, en voor het eerst sinds vele bladzijden, sinds de vele maanden die er voor Ann voorbij waren gegaan, schreef ze over Giles en Twisse.

Het is een nieuw jaar. Wat was is overgegaan in wat is en wat misschien gaat komen. Giles vroeg me tot het nieuwe jaar te wachten voor ik zou vastleggen wat er in het dan inmiddels oude jaar was gebeurd. Vormen dergelijke keerpunten in de tijd werkelijk een schild om de duisternis tegen te houden?

Hij stuurde me weg voor ik ook maar één wee had gevoeld. Hij kon niet doen wat hij had besloten te doen met mij aan zijn zij. Ik schaam me dat ik huilde en zelfs smeekte, dat ik hem met mijn tranen en smeekbeden pijn heb gedaan. Hij liet zich niet op andere gedachten brengen, maar hij stuurde me ook niet huilend weg. Hij veegde mijn tranen weg met zijn vingers en beloofde plechtig dat als de goden het wilden, we elkaar weer terug zouden vinden.

Wat gaf ik op dat moment om de goden, met hun eisen, hun wispelturige karakter en hun koude hart? Maar mijn geliefde had hun nog vóór mij trouw beloofd, en ik was dus geen partij voor de goden. Hij had zijn werk, zijn oorlog, vertelde hij me, en ik – hij legde zijn handen op mijn buik en de levens die erin groeiden – had de mijne. Zonder mij zou zijn werk niets waard zijn, en zou zijn oorlog verloren zijn.

Ik huilde niet toen ik hem verliet, maar kuste hem terwijl onze zoons tussen ons bewogen. Ik ging met de echtgenoot van mijn nicht weg van mijn geliefde, het huisje, de steen. Ik vertrok op een zachte juninacht, en terwijl ik wegliep, riep hij me deze woorden na.

Het is niet dood.

Er was vriendelijkheid in het huis van mijn nicht, de vriendelijkheid die ik op andere bladzijden heb beschreven. Ze namen me in huis en bewaarden mijn geheim, zelfs toen hij kwam. Bestia, *de Duisternis. Twisse. Ik lag in angst en pijn in het smalle bed op de kleine zolder van hun huisje. Hij kwam in de valse gedaante van een man, terwijl mijn zoons aan hun moeizame reis naar het leven begonnen.*

Ik voelde zijn gewicht op mijn hart drukken. Ik voelde zijn vingers door de lucht glijden. Ze zochten mij, zoals de havik het konijn zoekt. Maar hij vond me niet. Toen de echtgenoot van mijn nicht niet met hem mee wilde gaan, hem niet met toorts en haat wilde vergezellen op de reis naar mijn geliefde, naar het huisje, naar de steen, voelde ik zijn woede. Ik denk dat ik zijn verwarring voelde. Hij had daar geen macht.

En Fletcher, die lieve Fletcher, bleef bespaard wat er bij de Heidense Steen zou gebeuren.

Vannacht zou het zijn. Ik wist het bij de eerste wee. Een einde dat geen einde was, en dit begin. Deze twee waren verbonden zoals Giles het wenste, zoals hij het had afgedwongen. Laat de demon maar geloven dat het zijn werk, zijn wil was, maar het was Giles die de sleutel omdraaide. Het was Giles die zou betalen voor het opendraaien van het slot.

Mijn lieve nicht waste mijn gezicht. We konden niet de vroedvrouw waarschuwen, of mijn moeder, naar wie ik verlangde. Het was niet mijn geliefde die beneden in de kamer rusteloos heen en weer liep, maar de trouwe, standvastige Fletcher. Terwijl de pijn heviger werd, zo hevig dat ik mijn kreten niet meer in kon houden, zag ik mijn geliefde bij de steen staan. Ik zag de toortsen die de duisternis verlichtten. Ik zag alles wat daar gebeurde.

Was dit het delirium van de bevalling, of mijn kleine macht? Ik denk dat het beide was, en dat het ene het andere versterkte. Hij wist dat ik daar was. Ik bid dat dit niet slechts de wens is van een hunkerend hart, maar de waarheid. Hij wist dat ik bij hem was, want ik hoorde hoe zijn gedachten de mijne probeerden te bereiken en hoe ze elkaar één gezegend moment ontmoetten.

Liefste, zorg dat je veilig bent, wees sterk.

Hij droeg de amulet van bloedsteen, en die rode druppels glansden in zijn vuur en in de toortsen die ze naar hem toe droegen.

Ik herinner me de woorden die hij tot me sprak toen hij de steen betoverde.

Ons bloed, zijn bloed, hun bloed. Eén voor drie. Drie in één.

Nu perste ik. Ik perste, door de pijn, door het bloed heen en streed mijn strijd voor leven. Ik zag de gezichten van degenen die voor hem waren gekomen. En ik had verdriet om wat hun was aangedaan, wat hun nog zou worden aangedaan. Ik hoorde hoe de jonge Hester Deale hem en mij veroordeelde. En nog steeds perste en perste ik. Zweet en bloed en halfgek van dit alles. Ik zag haar wegrennen toen Giles haar bevrijdde.

Ik zag de duivel in de ogen van een man en de haat in de mannen en vrouwen die zijn vloek droegen als een epidemie.

Het kwam in het vuur, de macht van mijn geliefde. Zijn offer kwam in vuur en in licht, en in het bloed dat rond de steen kookte. Onze eerste zoon werd geboren terwijl dat licht me verblindde. Terwijl mijn kreten met de kreten van de verdoemden opstegen.

Terwijl het vuur raasde en de aarde verschroeide, slaakte mijn zoon zijn eerste kreet. Daarin en in de kreten van zijn broers toen zij mijn baarmoeder verlieten, hoorde ik hoop. En liefde.

'Het bevestigt veel van wat we al wisten,' zei Cal, toen Quinn het boek dichtsloeg. 'En het roept meer vragen op. Het kan geen toeval zijn dat Ann beviel van haar baby's terwijl Dent de confrontatie met Twisse aanging.'

'De macht van het leven. Onschuldig leven.' Cybil telde de punten af op haar vingers. 'Symbolisch leven. Pijn en bloed – van Ann, van Dent, van de demon, van de mensen die Twisse meebracht. Ook interessant is dat Twisse naar het huis kwam waar Ann zich schuilhield en daar niets bereikte. Zelfs toen kon hij de mensen in dat huis en op die grond niet bereiken.'

'Daar zal Dent ook wel voor hebben gezorgd, denk je niet?' veronderstelde Layla. 'Hij zou Ann niet hebben weggestuurd als hij niet zeker wist dat ze veilig was. Ann en haar zoons.' Ze wierp een blik op Fox. 'En degenen die na hen kwamen.'

'Ze wist wat er ging gebeuren.' Fox, die geen trek had in wijn of bier en zelfs niet in cola, dronk water. 'Ze wist dat iedereen die daar was op het moment dat Dent zijn zet deed, dood zou gaan. Zou worden opgeofferd.'

'Wiens schuld is dat?' vroeg Gage fel. 'Ze waren daar niet geweest als Twisse ze niet had meegenomen. En als Dent zijn zet niet had gedaan, hadden ze hem levend verbrand.'

'Het waren toch mensen, onschuldige mensen. Maar,' vervolgde Cybil, voor hij er iets tegen in kon brengen, 'ik ben het grotendeels met je eens. We kunnen er aan toevoegen dat als Giles geen actie had ondernomen, of als wat hij deed niet had gewerkt, de besmetting steeds verder was gegaan, net zo lang tot ze elkaar allemaal afslachtten en het beest voedden. Ann accepteerde dat. En ik ook, denk ik.'

'Ze noemde de bloedsteen.' Quinn pakte haar vergeten wijnglas op. 'Drie in een, een in drie, dat is allemaal gemakkelijk te begrijpen. Drie stukken van de steen, voor ieder van jullie een stuk. De kunst is om van die drie weer één te maken.'

'Bloed.' Cybil keek de drie mannen onderzoekend aan. 'Hij had het tegen haar over bloed. Hebben jullie geprobeerd jullie bloed te gebruiken? Jullie gemengde bloed?'

'We zijn niet stom.' Gage zakte onderuit in zijn stoel. 'Dat hebben we meer dan eens geprobeerd.'

'Wij niet.' Layla trok haar schouders op. 'Zijn bloed, ons bloed, hun bloed. Wij – Quinn, Cybil en ik – dragen zijn bloed. Fox, Cal en Gage staan voor "ons bloed". Als je alles bij elkaar stopt, lijkt me dat je "hun bloed" krijgt.'

'Logisch, slim en nogal weerzinwekkend,' stelde Quinn vast. 'Laten we het proberen.'

'Niet vanavond.' Cybil wuifde Quinn terug naar haar stoel. 'Bloedvergieten doe je niet overhaast. Zelfs op hun tiende wisten deze drie al dat er bij dat soort dingen een ritueel komt kijken. Laat mij wat onderzoek doen. Als ik dan toch bloed moet geven, wil ik het niet verspillen – of erger nog, er de verkeerde kant mee oproepen.'

'Goed punt.' Quinn ging wat makkelijker zitten. 'Best een goed punt. Maar, mijn god, het is moeilijk om niet gewoon iets te dóén. Het is al weer vijf dagen geleden dat de Grote Kwaadaardige Schoft zijn spelletjes is komen doen.'

'Dat is niet eens zo lang,' zei Gage droog, 'als je al een paar keer zeven jaar hebt gewacht.'

'Hij heeft aardig wat energie verbruikt: de brand op de boerderij, Block besmetten.' Cal keek naar het raam aan de voorkant van het huis en de duisternis daarachter. 'Dus hij is zich weer aan het opladen. Hoe langer het duurt, hoe erger hij ons te grazen zal nemen.'

'Na deze opwekkende woorden ga ik ervandoor.' Gage stond op. 'Laat me maar weten als ik mijn pols weer open moet snijden.'

'Ik stuur je wel een memo.' Cybil stond ook op. 'Tijd voor onderzoek. Mannen, ik zie jullie knappe gezichten morgen weer bij de familie O'Dell. Ik kijk ernaar uit,' voegde ze eraan toe, en ze streek Fox in het voorbijgaan over zijn schouder.

'Cal, ik wil graag dat jij even naar het broodrooster kijkt.'

Cal keek Quinn met samengetrokken wenkbrauwen aan. 'Het broodrooster? Hoezo?'

'Er is iets mee.' Ze vroeg zich af hoe een intelligente man zo traag van begrip kon zijn. Zag hij dan niet dat het tijd was om de kamer uit te gaan, zodat Layla en Fox even alleen konden zijn? Ze trok hem aan zijn hand en rolde met haar ogen. 'Kom nou gewoon even naar dat ding kijken.'

'Ik denk dat ik ook maar ga,' zei Fox, toen ze alleen waren.

'Waarom blijf je niet? We hoeven niet... We kunnen ook gewoon slapen.'

'Zie ik er zo beroerd uit?'

'Je ziet er een beetje moe uit.'

'Van te veel slaap word je ook moe.'

En verdrietig, dacht ze. Zelfs toen hij glimlachte, zag ze de schaduw in zijn ogen. 'We zouden uit kunnen gaan. Ik weet een aardig kroegje aan de andere kant van de rivier.'

Hij nam haar gezicht tussen zijn handen en kuste haar zachtjes op de lippen. 'Ik ben slecht gezelschap vanavond, Layla, zelfs voor mezelf. Ik ga naar huis, wat onderzoek doen. Het soort onderzoek waar ik de rekeningen van kan betalen. Maar ik waardeer het aanbod. Ik kom morgen langs om je op te halen.'

'Bel me maar als je van gedachten verandert.'

Maar hij belde niet en ze had een rusteloze nacht waarin ze zich zorgen om hem maakte en betwijfelde of ze het wel goed had gedaan. Wat als hij weer een nachtmerrie kreeg en zij er niet was om hem erdoorheen te helpen?

Maar hij was zichzelf niet. Ze rolde zich om in bed en staarde naar het plafond. Hij was Fox niet. De droom, de herinneringen, wat hij haar over Carly had verteld, dat alles had het licht in hem gedoofd. Troost, woede, begrip, rust: niets had het terug kunnen brengen. Als het terugkwam, en ze moest erop vertrouwen dat dat zou gebeuren, zou het dan weer doven als ze hem haar ideeën vertelde over Carly's verbondenheid? Als haar vermoedens juist bleken te zijn, zou dat het voor hem dan nog erger maken?

Omdat de gedachten en zorgen door haar hoofd bleven spoken, stapte ze uit bed. Beneden zette ze een kop van Cybils thee en nam hem mee naar het kantoortje. Terwijl de rest van het huis sliep, koos ze de juiste kleur systeemkaart uit om de sleutelwoorden en zinnen op te schrijven die ze zich van het voorlezen herinnerde. Ze bestudeerde de tabellen, de grafieken en de kaart en wenste vurig dat haar iets nieuws en verhelderends zou invallen.

Ze tuurde fronsend naar Cybils aantekeningen, maar zelfs na weken samenwerken kon ze het merkwaardige gekrabbel niet ontcijferen dat Quinn Cybilsteno noemde. Hoewel ze haar vriendinnen de details al had verteld, ging ze zitten en typte een verslag uit van Fox' droom. Daarna maakte ze een tweede, uitgebreider verslag van Carly's dood.

Een poos keek ze alleen maar uit het raam, maar de nacht was leeg. Toen ze terugging naar bed, toen ze eindelijk sliep, waren ook haar dromen leeg.

Fox wist hoe hij het ene kon voelen en tegelijkertijd in gedachten met het andere bezig kon zijn. Zijn beroep verschilde tenslotte niet zo heel veel van dat van Gage. De advocatuur en de gokwereld hadden veel met elkaar gemeen. Vaak moest hij tegenover een rechter, een jury, een cliënt of de advocaat van de tegenpartij een gezicht opzetten waaruit niet viel af te leiden wat er in zijn hart, zijn hoofd en zijn diepste innerlijk omging.

Toen hij samen met Layla aankwam, was zijn broer Ridge er al met zijn gezin, en ook Sparrow en haar vriend waren al gearriveerd. Met zo veel mensen in huis was het gemakkelijk de aandacht af te leiden.

Hij stelde Layla aan iedereen voor en kietelde zijn neefje. Hij plaagde Sparrow en ging op zijn hurken bij haar vriend zitten, die veganist was, concertina speelde en stapelgek was op honkbal.

Omdat Layla een verstrooide indruk maakte en hij voelde dat ze zijn stemming probeerde te peilen, glipte hij weg naar de keuken. 'Mmm, ruik die tofu toch eens.' Hij kwam achter zijn moeder staan, die bij het fornuis stond, en gaf haar een knuffel. 'Wat staat er nog meer op het menu?'

'Al je lievelingshapjes.'

'Niet zo bijdehand, hè?'

'Als ik niet bijdehand was, had ik die eigenschap ook niet aan jou door kunnen geven.' Ze draaide zich om en wilde al beginnen aan haar kusritueel, toen ze hem fronsend aankeek. 'Wat is er mis?'

'Niks. Tot laat gewerkt, dat is alles.'

Iemand had Sparrow overgehaald om de viool uit de muziekkamer te halen, dus Fox gebruikte de muziek als excuus om met zijn moeder de keuken door te dansen. Hij kon haar geen zand in de ogen strooien, dat wist hij, maar ze zou er niet op doorgaan. 'Waar is papa?'

'In de wijnkelder.' Het was een groot woord voor het gedeelte van de kelder waar ze hun huisgemaakte wijn bewaarden. 'Ik heb gevulde eieren gemaakt.'

'Er is nog hoop.'

Hij liet zijn moeder net als een ballroomdanseres diep achterover-zakken, toen Layla binnenkwam. 'Ik wilde vragen of ik ergens mee kon helpen.'

'Zeker wel.' Jo kwam overeind en gaf Fox een liefkozend tikje op zijn wang. 'Wat weet je van artisjokken?' vroeg ze aan Layla.

'Het is een groente.'

Jo glimlachte sluw en wenkte haar met haar vinger naar zich toe. 'Kom mee, dan zal ik je wat vertellen.'

Layla had het beter naar haar zin nu ze iets te doen had, en ze voelde zich erg thuis toen Brian O'Dell haar een glas appelwijn kwam brengen en een kus op haar wang gaf.

Mensen liepen de kamer in en uit. Cybil arriveerde met een miniatuurklaverplant en Cal met een sixpack van Brians favoriete bier. In de keuken werd druk gepraat en daarbuiten werd volop muziek gemaakt. Ze zag dat Sparrow, die er met haar lieve, zorgeloze verschijning inderdaad uitzag als een vrolijk musje, haar neefje mee naar buiten nam, zodat hij achter de kippen aan kon rennen. En daar was Ridge, met zijn dromerige blauwe ogen en zijn grote handen, die het jongetje in de lucht gooide.

Het is een vrolijk huishouden, dacht Layla, terwijl ze de jongen door het raam heen hoorde schreeuwen en schateren. Zelfs Ann had hier een beetje geluk gevonden.

'Weet jij wat er met Fox aan de hand is?' Jo sprak zachtjes terwijl Layla en zij naast elkaar aan het werk waren.

'Ja.'

'Kun je het me vertellen?'

Layla keek om zich heen. Fox was weer naar buiten gelopen. Hij kon geen rust vinden, dacht ze. Hij kon gewoon nog even geen rust vinden. 'Hij heeft me over Carly verteld. Er gebeurde iets waardoor hij eraan werd herinnerd en van streek raakte, dus toen vertelde hij het me.'

Jo knikte zwijgend en ging verder met het bereiden van de groenten. 'Hij hield erg veel van haar.'

'Ja. Dat weet ik.'

'Het is goed dat je dat weet, dat je het begrijpt. Het is goed dat hij het je heeft verteld, dat hij het je kón vertellen. Ze maakte hem gelukkig, maar uiteindelijk brak ze zijn hart. Als ze was blijven leven, had ze zijn hart op een andere manier gebroken.'

'Ik weet niet wat je bedoelt.'

Jo keek haar aan. 'Zij zou hem nooit hebben gezien, niet helemaal, met alles wat hij is. Zij had hem nooit volledig kunnen accepteren. Kun jij dat wel?'

Voor Layla antwoord kon geven, kwam Fox de keuken binnen, met zijn neefje als een aapje op zijn rug. 'Er zit iets op mijn rug. Haal het eraf!'

Meer mensen dromden de keuken binnen, meer drankjes werden

ingeschonken. Handen grepen naar de hapjes die op de stoere keukentafel stonden uitgestald. Te midden van het lawaai kwam Sage binnenlopen, hand in hand met een knappe brunette met heldere, groenbruine ogen, die alleen Paula kon zijn.

'Daar lust ik er wel een van.' Sage pakte de wijnfles en schonk een groot glas in. 'Paula niet.' Ze lachte uitgelaten en dolgelukkig. 'We krijgen een baby.'

Ze lachte nog steeds toen ze zich omdraaide naar Paula en Paula haar gezicht aanraakte. Ze kusten elkaar in de keuken van de oude boerderij, terwijl om hen heen felicitaties werden geroepen.

'We krijgen een baby,' zei Sage weer, en ze wendde zich tot Fox. 'Goed gedaan.' Ze wierp zich in zijn armen. 'Mam.' Ze draaide zich van Fox naar haar moeder, haar vader en haar andere broer en zus, terwijl Fox met een verdwaasde uitdrukking op zijn gezicht bleef staan.

Toen zag Layla hoe Paula te midden van de opwinding naar Fox liep, en net zoals ze bij Sage had gedaan, zijn gezicht aanraakte. 'Dank je wel.' Ze drukte haar wang tegen de zijne. 'Dank je wel, Fox.'

Op dat moment zag Layla het licht in zijn ogen terugkeren. Ze zag dat het verdriet wegviel en dat er blijdschap voor in de plaats kwam. Haar ogen werden vochtig toen ze zag hoe hij Paula een kus gaf en zijn arm om zijn zus sloeg, zodat ze met z'n drieën even als een eenheid bij elkaar stonden.

Toen verscheen Jo in haar blikveld en bleef voor haar staan. Ze gaf Layla een kus op haar voorhoofd, op haar wang, op haar andere wang, en toen een licht kusje op de lippen. 'Je hebt net mijn vraag beantwoord.'

Het weekend ging over in de werkweek en nog steeds bleef het rustig in The Hollow. Regenbuien volgden elkaar in een onafgebroken reeks op en de temperaturen bleven lager dan de meesten voor april hadden ingeschat. Maar boeren bewerkten hun velden en bloemknoppen barstten open. De tulpenbomen achter Fox' kantoor zaten vol roze bloemen, en de rechte stengels waar botergele en paarse tulpen uit zouden komen, wuifden heen en weer in de zachte bries. Langs Main Street glansden de knoppen en de bloesems aan de takken van de perenbomen. Ook de ramen glansden nadat winkeliers en bewoners er het winterstof af hadden gepoetst. Toen de regenbuien waren weggetrokken, lag het dorp waar Fox van hield als een juweel te glinsteren aan de voet van de bergen.

Hij had er een zonnige dag voor afgewacht. Nu profiteerde hij ervan en trok Layla achter haar bureau vandaan. 'We gaan naar buiten.'

'Ik wilde net...'

'Dat kun je doen als we terug zijn. Ik heb in de agenda gekeken en er staat niets in. Zie je dat vreemde, onbekende licht daarbuiten? Dat is nou de zon. Laten we wat zon pakken.'

Hij voorkwam verdere discussie door haar mee naar buiten te trekken en zelf de deur af te sluiten.

'Wat heb jij nou opeens?'

'Kort gezegd: seks en honkbal. Het enige waar een jonge man in het voorjaar aan kan denken.'

Haar haar danste in de wind terwijl ze hem met samengeknepen ogen aankeek. 'We gaan niet midden op een woensdagmiddag seks hebben of honkbal spelen.'

'Dan moet ik het maar doen met een wandeling. Over een paar weken kunnen we met de planten aan de slag.'

'Tuinier jij?'

'Ik kom tenslotte van een boerderij. Voorgaande jaren had ik meestal wat plantenbakken voor kantoor staan. Ik schafte planten aan en mevrouw H zei hoe ik ze in de grond moest zetten.'

'Zeggen hoe het moet lukt mij vast ook wel.'

'Daar ga ik van uit. Jij en de andere meiden zouden achter jullie huis een leuk kruidentuintje kunnen aanleggen, en aan de voorkant wat bloembedden.'

'O, is dat zo?'

Hij pakte haar hand en zwaaide hem onder het lopen zachtjes heen en weer. 'Of wil je je handen liever niet vuilmaken?'

'Misschien vind ik het wel leuk. Ik heb geen echte ervaring met tuinieren. Mijn moeder rommelde wat met plantjes, en ik had een paar kamerplanten in mijn appartement.'

'Je zou er goed in zijn. Kleur, vormen, texturen. Dingen waar je goed in bent, doe je graag.' Hij stak de stoep over naar het pand waar de cadeauwinkel in had gezeten. De etalage was nu deprimerend leeg.

'Het ziet er verloren uit,' stelde Layla vast.

'Ja, zeker. Maar het hoeft niet zo te blijven.'

Haar ogen werden groot toen hij sleutels tevoorschijn haalde en de deur van het slot draaide. 'Wat doe je nou?'

'Ik ga je mogelijkheden laten zien.' Hij stapte naar binnen en knipte de lichten aan.

Net als veel andere winkelpanden in Main Street was het een voormalig woonhuis. De ingang was breed, de oude houten vloeren waren schoon en kaal. Aan de zijkant voerde een wenteltrap naar de volgende verdieping, en de stoere trapleuning was glad van de vele generaties handen die erlangs waren gegleden. Achterin bood een open deur toegang tot nog drie kamers, die op een rijtje naast elkaar lagen. In de middelste kamer bevond zich de achterdeur, die uitkwam op een nette, overdekte veranda en een smalle tuin, waar een sering op het punt stond uit te komen.

'Je kunt bijna niet meer zien dat de cadeauwinkel hier ooit heeft gezeten.' Layla streek zacht met haar vingertoppen over de trapleuning. 'Er is niks meer van over, behalve een paar planken en een paar plekken op de muur waar dingen hebben gehangen.'

'Ik hou van lege gebouwen, vanwege hun mogelijkheden. Dit pand heeft zo veel pluspunten. Stevige fundering, goed sanitair, moderne elektrische installatie, prima locatie, veel licht, goede huisbaas. En ruim. De cadeauwinkel gebruikte de tweede verdieping als opslag- en kantoorruimte. Waarschijnlijk een goed idee. Als je klanten hebt die de trappen op en af lopen, kun je erop wachten dat er een valt en je voor de rechter daagt.'

'Sprak de advocaat.'

'De spijkergaten moeten worden dichtgestopt en het moet opnieuw worden geschilderd. Het houtwerk ziet er goed uit.' Hij liet zijn hand over een sierlijst glijden. 'Origineel. Iemand heeft dit een paar honderd jaar geleden gemaakt. Geeft extra karakter, met respect voor de geschiedenis. Wat vind je ervan?'

'Van het houtwerk? Het is prachtig.'

'Nee, van het hele pand.'

'Nou ja.' Ze liep er langzaam doorheen, zoals mensen dat doen in een leeg gebouw. 'Het is licht, ruim en goed onderhouden, en de vloeren kraken precies zo dat ze bijdragen aan dat karakter waar je het over had.'

'Je zou er veel mee kunnen doen.'

Ze draaide zich met een ruk om. 'Ik?'

'De huur is redelijk. Het ligt op een toplocatie. Volop ruimte. Genoeg om achterin wat gordijnen op te hangen voor een paar paskamers. Je zou planken nodig hebben, displays, en rekken, denk ik, om kleren op te hangen.' Hij keek om zich heen en haakte zijn duimen in zijn zakken. 'Ik ken toevallig een paar jongens die erg handig zijn in klussen.'

'Bedoel je dat ik hier een winkel moet openen?'

'Je moet gaan doen waar je goed in bent. Zoiets hebben we hier nog niet. En in de wijde omtrek ook niet. Je zou hier iets kunnen opbouwen, Layla.'

'Fox, dat is gewoon... uitgesloten.'

'Hoezo?'

'Omdat ik...' Waar moet ik beginnen, dacht ze. 'Ik zou het me niet kunnen veroorloven, zelfs niet als...'

'Daarvoor zijn er bedrijfsleningen.'

'Ik heb in... nou, eigenlijk al in geen jaren serieus nagedacht over het openen van een eigen zaak. Zelfs als ik zeker wist dat ik het wilde, zou ik niet weten waar ik moest beginnen. Mijn god, Fox, ik weet niet eens wat er morgen gaat gebeuren, laat staan over een maand of over zes maanden.'

'Maar wat wil je vandaag?' Hij liep naar haar toe. 'Ik weet wat ík wil. Ik wil jou. Ik wil dat je gelukkig bent. Ik wil dat je hier gelukkig bent, met mij. Jim Hawkins zal het pand aan je verhuren, en je zult geen enkele moeite hebben om een lening te krijgen om de boel op te starten. Ik heb Joe gesproken, bij de bank...'

'Heb je hier met hen over gesproken? Over mij?'

'Niet over bijzonderheden. Alleen algemene informatie. Gewoon een ruwe inschatting van wat je nodig hebt om te beginnen, aan welke eisen je moet voldoen, de kosten van een vergunning. Ik heb een dossier aangelegd. Je hebt graag overzicht, dus ik heb alle informatie in een dossier gestopt.'

'Zonder eerst met mij te overleggen.'

'Ik heb een dossier aangelegd, zodat we daar samen over van gedachten kunnen wisselen en jij iets tastbaars hebt om op terug te grijpen als je erover gaat nadenken.'

Ze liep bij hem vandaan. 'Dat had je allemaal niet moeten doen.'

'Zulke dingen doe ik. Dit hier,' hij zwaaide met zijn arm om zich heen, 'zijn de dingen die jij doet. Je gaat mij toch niet vertellen dat je er gelukkig van wordt als je de rest van je leven kantoorwerk blijft doen?'

'Nee, dat ga ik je niet vertellen.' Ze draaide zich om. 'Ik ga je niet vertellen dat ik halsoverkop een winkel ga openen, waarvan ik niet eens weet of ik hem wil, in een dorp dat over een paar maanden misschien niet eens meer bestaat. Als ik al een eigen bedrijf wil, dan heb ik er nog niet over nagedacht of ik het hier wil. En als ik het wil, hoe kan ik dan nadenken over alle details die daarbij komen kijken, zolang deze waanzin gaande is?'

Het bleef even stil, zo stil dat ze durfde zweren dat ze het oude huis hoorde ademhalen.

'Het belangrijkste wat je volgens mij moet doen als er waanzin gaande is, is najagen wat je graag wilt. Sterker nog, ik wil je vragen na te denken over iets waar je nog niet over hebt nagedacht. Over blijven. Open de winkel, manage mijn kantoor, sticht een nudistenkamp, of ga voor mijn part macrameeën, het kan me niet schelen wat je doet, als je maar gelukkig bent. Maar ik wil dat je erover nadenkt om te blijven, Layla. Niet alleen om het verrekte oeroude kwaad te vernietigen, maar om te leven. Om een leven op te bouwen, samen met mij.'

Ze staarde hem aan en hij deed een stap dichterbij. 'Stop dit maar in een van je vakjes. Ik ben verliefd op je. Honderd procent, onomkeerbaar, smoorverliefd. We kunnen samen iets goeds en degelijks opbouwen, iets echts. Iets wat ervoor zorgt dat elke dag telt. Dat wil ik. Dus denk erover na, en als je het weet, vertel me dan wat je wilt.'

Hij liep terug naar de deur, deed hem open en wachtte op haar.

'Fox...'

'Ik wil niet horen dat je het niet weet. Dat begrijp ik. Laat het me weten als je het wel weet. Je bent van slag en een beetje pissig, dat begrijp ik ook,' zei hij, terwijl hij de deur op slot deed. 'Neem de rest van de dag vrij.'

Hij zag aan haar gezicht dat ze wilde protesteren, maar ze bedacht zich. 'Goed. Er zijn een paar dingen die ik moet doen.'

'Tot straks dan.' Hij deed een stap achteruit, maar bleef nog even staan. 'Het pand is niet het enige wat mogelijkheden heeft,' zei hij tegen haar. Hij draaide zich om en liep in de aprilzon weg over de stoep.

16

Hij overwoog zich te bezatten. Hij kon Gage bellen, die koffie of sodawater zou drinken en zich alleen voor de vorm zou beklagen. En dan zou hij zich in een of andere bar een stuk in zijn kraag drinken. Cal zou ook meekomen, hij hoefde hem alleen maar te vragen. Daar was je vrienden voor, om elkaar in dit soort gevallen gezelschap te houden.

Of hij kon gewoon het bier – en misschien een fles whisky, voor de afwisseling – meenemen naar Cals huis en zich daar bezatten.

Maar hij wist dat hij geen van die dingen zou doen. Als je dronkenschap ging plannen, was de lol er eigenlijk al af. Hij had liever dat het bij toeval gebeurde. Fox besloot dat hij beter kon gaan werken dan zich moedwillig lam te drinken.

Hij had genoeg te doen om hem de rest van de dag bezig te houden, vooral in het rustige tempo waarin hij graag werkte. Een middag in zijn eentje het kantoor runnen had bovendien als voordeel dat het hem tijd en ruimte gaf om te piekeren. Fox beschouwde piekeren als een onvervreemdbaar menselijk recht. Tenzij het meer dan drie uur in beslag nam, dan werd het aanstellerij.

Dacht ze echt dat hij een of andere grens had overschreden en achter haar rug om dingen had bekokstoofd? Dat hij had geprobeerd haar te manipuleren of onder druk te zetten? Manipulatie was hem niet vreemd, dat moest hij toegeven, maar dat was hier gewoon niet aan de orde. Haar kennende had hij verwacht dat ze het fijn zou vinden om wat feiten en cijfers te hebben. De stappen en fasen ordelijk op een rijtje. Voor hem was het overhandigen daarvan vergelijkbaar met haar een bosje narcissen geven.

Gewoon iets kleins dat hij had meegebracht omdat hij aan haar dacht.

Hij stond midden in zijn kantoor en jongleerde met de drie ballen terwijl hij in gedachten de gebeurtenissen de revue liet passeren. Hij had haar het pand, de ruimte, de mogelijkheden willen laten zien. En inderdaad, hij had haar ogen willen zien oplichten toen ze die zag, toen ze zich ervoor openstelde. Dat was strategie geweest, geen manipulatie. Mijn god, hij had toch zeker geen huurcontract voor haar getekend, of een lening aangevraagd, of een bedrijfsvergunning? Hij had alleen maar de tijd genomen om uit te zoeken wat zij voor die dingen moest doen.

Maar met één ding had hij in die strategie geen rekening gehouden. Hij had nooit overwogen dat zij er misschien niet aan dacht om in The Hollow te blijven, om bij hem te blijven.

Hij liet een van de ballen vallen en wist hem na één keer stuiteren nog net op te vangen. Hij nam zijn oude houding weer aan en hervatte de cirkel.

Als hij een fout had gemaakt, was het dat hij ervan uit was gegaan dat ze van hem hield, dat ze van plan was om te blijven. Hij had er nooit serieus aan getwijfeld – en zij was daar net zo van overtuigd als hij – dat er na de week van 7 juli iets zou zijn om voor te blijven, iets om op te bouwen. Hij was ervan overtuigd geweest dat hij hetzelfde ook bij haar had gevoeld, maar hij moest nu accepteren dat die gevoelens en behoeften slechts een weerspiegeling waren van wat er in hemzelf omging.

Dat was een bittere pil, die in je keel bleef steken en waar je het flink benauwd van kreeg voor je erin slaagde hem weg te slikken. Maar of hij het nu leuk vond of niet, dacht hij, er zat niets anders op dan hem in te nemen.

Ze was niet verplicht te voelen wat hij voelde of te willen wat hij wilde. God wist dat hij van jongs af aan had geleerd individualiteit te respecteren en zelfs op te eisen. Hij kon het maar beter weten als ze zijn gevoelens en verlangens niet deelde. Het was beter de werkelijkheid onder ogen te zien dan een fantasie in stand te houden. Ook dat was een bittere pil, want de fantasie die hij had opgebouwd was prachtig.

Haar frisse, stijlvolle winkel op een paar huizenblokken afstand van zijn kantoor, mijmerde Fox, terwijl hij de ballen teruggooide in zijn la. Misschien een paar keer per week samen lunchen. Op zoek gaan naar een huis in het dorp, bijvoorbeeld dat leuke oude pand op de hoek van Main Street en Redbud. Of iets wat verder uit het dorp, als ze dat liever wilde. Maar op een oud huis konden ze samen hun stempel drukken. Iets met grond eromheen voor kinderen, honden en een tuin.

Iets in een dorp dat veilig en gaaf was en niet langer werd bedreigd. Een schommel op de veranda, daar was hij dol op.

En dat was het probleem, moest hij toegeven, terwijl hij naar het raam liep en de glooiende bergen in de verte bestudeerde. Dit waren allemaal dingen die hij wilde, waar hij op hoopte. En die dingen konden allemaal niet doorgaan als ze niet aansloten bij haar wensen, haar hoop en haar visioenen.

Dus dat moest hij ook slikken. Ze moesten vandaag doorkomen, vandaag en alle dagen die volgden tot Hawkins Hollow schoon was. De toekomst was precies dat: de dag na vandaag. Misschien kon en mocht de basis voor de toekomst niet worden gelegd zolang de grond nog onstabiel was.

Prioriteiten, O'Dell, hield hij zichzelf voor, terwijl hij weer achter zijn bureau ging zitten. Hij opende zijn map met aantekeningen over de dagboeken en begon ze door te nemen.

Op dat moment kwam de eerste spin uit zijn toetsenbord kruipen.

Snel, voor hij het beest van zich af kon gooien, beet het hem in de rug van zijn hand. De pijn was onmiddellijk en verbazingwekkend, een gemene prik als van een ijspriem, die een brandende pijn verspreidde onder zijn huid. Toen hij zijn stoel naar achteren schoof, kwamen ze als zwart water uit zijn toetsenbord en zijn laden stromen.

En ze groeiden.

Nog steeds tot in het diepst van haar wezen geschokt liep Layla het huis in. Ze was ontsnapt. Dat was wat ze had gedaan. Fox had haar een uitweg geboden en die had ze met beide handen aangegrepen. Loop weg, schuif het voor je uit.

Hij hield van haar. Had ze dat geweten? Had ze die wetenschap in een keurig vakje opgeborgen en weggestopt tot zich een geschikter, rustiger moment voordeed om het te bestuderen?

Hij hield van haar. Hij wilde dat ze bleef. Sterker nog, hij wilde dat ze koos voor hem, voor het dorp. Voor zichzelf, gaf Layla toe. Op zijn typische Fox-manier had hij het haar allemaal voorgelegd, had hij het gepresenteerd zoals hij had gedacht dat ze het zou waarderen.

Wat hij had gedaan, dacht Layla, was haar de stuipen op het lijf jagen.

Haar eigen winkel? Dat was slechts een vluchtige droom geweest waar ze jaren geleden mee had gespeeld. Een droom die ze – bijna – had losgelaten. Hawkins Hollow? Daaraan had ze zich gebonden om het te redden, om er – ook al klonk het pretentieus – haar lot te vervullen. Ze vond het moeilijk om verder te kijken dan dat. En Fox?

Hij was de mooiste man die ze ooit had gekend.

Geen wonder dat ze geschokt was.

Ze stapte het kantoortje binnen, waar Quinn en Cybil om het hardst op hun toetsenborden zaten te rammen.

‘Fox is verliefd op me.’

Quinn nam niet eens de moeite om op te kijken en haar vingers vlogen vrolijk verder over de toetsen. ‘Weten we allang!’

'Als jullie het al wisten, waarom wist ik het dan niet?' vroeg Layla fel.

'Omdat je er te veel over in zat dat je verliefd op hém was.' Cybils vingers onderbraken hun werk na een nieuwe klik met de muis. 'Maar wij zagen allemaal al wekenlang de hartjes boven jullie hoofden cirkelen. Ben je niet een beetje vroeg thuis?'

'Ja. Ik denk dat we ruzie hebben gehad.' Layla leunde tegen de deurpost en wreef over haar schouder alsof die pijn deed.

Er deed ook iets pijn, besefte ze, maar het zat zo diep dat ze er niet bij kon komen.

'Het leek geen ruzie, behalve dat ik onder andere geïrriteerd was. Hij nam me mee naar het pand waar de cadeauwinkel in heeft gezeten. Het staat nu leeg. Toen begon hij te praten over de mogelijkheden, dat ik daar een boetiek kan openen, en...'

'Wat een fantastisch idee.' Quinn stopte nu met tikken en haar enthousiasme straalde Layla tegemoet als zonnestralen over een grazige weide. 'Als zijnde iemand die hier komt wonen, kan ik je vertellen dat ik je beste klant word. Stadse mode in kleinsteeds Amerika. Ik zie het helemaal zitten.'

'Ik kan hier geen winkel openen.'

'Waarom niet?'

'Omdat... Heb je enig idee wat er komt kijken bij het starten van een bedrijf? Bij het openen van een winkel, hoe klein ook?'

'Nee,' antwoordde Quinn. 'Maar jij wel, en Fox ook, denk ik, op wettelijk gebied. Ik zal je helpen. Ik ben dol op projecten. Zou je moeten reizen om spullen in te kopen? Kan ik het voor inkoopsprijs krijgen?'

'Q, haal even diep adem,' adviseerde Cybil. 'De logistiek is niet het probleem, toch, Layla?'

'Er is wel een probleem, een groot probleem. Maar... God, kunnen we even realistisch zijn? Er is na juli misschien geen dorp meer. Of alleen een dorp dat na een week vol geweld, vernietiging en dood weer zeven jaar tot rust komt. Als ik bij alles waar we over moeten nadenken zelfs maar zou kunnen overwegen om een eigen zaak te beginnen, zou ik wel gek zijn om er hier een te beginnen, in Demon Centraal.'

'Cal heeft een zaak. Die is niet gek.'

'Sorry, Quinn, ik bedoelde niet...'

'Nee, het geeft niet. Ik zeg het omdat mensen hier wel degelijk bedrijven hebben, en hier wonen. Anders heeft wat we doen weinig zin. Maar als het niets voor jou is, is het niet anders.'

Layla wierp haar armen opzij. 'Hoe moet ik dat weten? O, hij denkt overduidelijk dat hij het wel weet. Hij heeft het er al met Jim Hawkins over gehad of hij me het pand wil verhuren, en hij heeft met de bank gepraat over een starterslening.'

'Oeps,' zei Cybil zacht.

'Hij heeft er een dossier van gemaakt. En oké, oké, ik geef toe dat hij het bij meneer Hawkins en de bank niet specifiek over mij heeft gehad. Hij heeft alleen basisinformatie en wat cijfers verzameld. Ramingen.'

'Ik neem dat "oeps" terug. Sorry, lieverd, dat klinkt als een man die je alleen maar antwoord wilde geven op de vragen die je zou stellen als dit dorp hier je iets leek.' Cybil vouwde nadenkend haar benen in de lotushouding. 'Ik voer het "oeps" met alle plezier weer in en voeg daar zelfs een "laat hem de pest krijgen" aan toe als je me vertelt dat hij het je probeerde op te dringen en zich er pissig over maakte.'

'Nee.' Layla, die na al die logica geen kant meer op kon, slaakte een diepe zucht. 'Ik denk dat ik degene was die pissig werd, maar ik was gewoon overdonderd. Hij zei dat hij verliefd op me was en dat hij wilde dat ik gelukkig was en kreeg wat ik wilde. Hij dacht dat een eigen zaak was wat ik wilde. Dat ik hem wilde, een leven met hem.'

'Als dat niet zo is, als je hem niet wilt, moet je het hem eerlijk zeggen,' zei Quinn na een stilte. 'Anders zal ik dat van dat de pest krijgen tegen jou moeten zeggen. Hij verdient het niet dat je hem aan het lijntje houdt.'

‘Hoe kan ik hem iets vertellen wat ik zelf niet weet?’ Layla draaide zich om, liep naar haar kamer en trok de deur achter zich dicht.

‘Voor haar is het moeilijker dan voor jou,’ merkte Cybil op. ‘Jij hebt altijd gedaan wat je hart je ingaf, Q. Of je hoofd. Soms sloten die twee bij elkaar aan. Zo niet, dan trok je je terug. Dat is jouw manier. Met jou en Cal klikte alles. Het idee om met die man te trouwen en hier te blijven is voor jou niet zo’n grote stap.’

‘Ik hou van die man. Waar we wonen is voor mij niet zo belangrijk als dat we bij elkaar wonen.’

‘En je toetsenbord kun je overal meenemen. Als je ergens naartoe moet voor een verhaal, heeft Cal daar geen moeite mee. De grote verandering voor jou, Quinn, is dat je verliefd bent en je gaat settelen. Voor Layla zijn dat niet de enige grote veranderingen.’

‘Ja, ja, ja. Ik zou het fijn vinden – en niet alleen omdat ik zelf zo gelukkig ben – als die twee het samen proberen. En om puur egoïstische redenen zou ik heel graag willen dat Layla bleef. Maar als ze zou besluiten dat het niets voor haar is, dan is dat zo. Ik denk dat ik ijs moet gaan halen.’

‘Ja, natuurlijk.’

‘Nee, serieus. Ze voelt zich rot. Ze heeft vriendinnen nodig, en ijs. Zodra ik hiermee klaar ben, ga ik dat halen. Nee, ik ga nu. En dan ga ik eerst een paar keer om het blok rennen om mijn deel zonder schuldgevoel op te kunnen eten.’

‘Doe maar pistache,’ riep Cybil haar na, toen ze de kamer uit liep.

Quinn stopte bij Layla’s kamer, klopte aan en deed de deur op een kiertje open. ‘Sorry als ik bot was.’

‘Dat was je niet. Je hebt me iets extra’s gegeven om over na te denken.’

‘Terwijl jij nadenkt ga ik even trainen. Op de terugweg haal ik ijs. Cybil wil pistache. Welk gif neem jij?’

‘Koekjesdeeg.’

‘Komt voor mekaar.’

Toen de deur dichtging, duwde Layla haar haar omhoog. Een kleine traktatie boordevol calorieën was precies wat ze nodig had. IJs en vriendinnen. Ze kon het troostrijke trio net zo goed compleet maken met een warme douche en gemakkelijke kleren.

Ze kleedde zich uit en koos vervolgens voor een katoenen broek en haar zachtste warme trui. In haar badjas besloot ze dat ze zich net zo goed voor de douche nog kon trakteren op een gezichtsbehandeling.

Hoeveel vrouwen in het dorp zouden echt inkopen gaan doen in een boetiek met de kleding die zij zou willen aanbieden? Hoeveel vrouwen, dacht ze terwijl ze reinigde en scrubde, zouden zo'n winkel echt steunen, in plaats van regelrecht naar de textielafdeling van de supermarkt te lopen? Zelfs als The Hollow een gewoon dorpje was, was het de vraag of ze het zich kon veroorloven zo veel tijd, geld, emotie en hoop te investeren in iets wat volgens haar logische verstand waarschijnlijk binnen twee jaar failliet zou gaan.

Terwijl ze het masker aanbracht, speelde ze met ideeën over kleuren en indeling. Kleedkamers met een gordijn ervoor? Absoluut niet. Het was echt iets voor een man om te denken dat vrouwen zich op hun gemak voelen als ze zich in een openbare ruimte achter een stukje stof moeten uitkleden.

Muren en deuren. De kleedkamer moest een veilige, besloten ruimte zijn, die de klant van binnenuit kon afsluiten.

Nu had hij haar verdorie toch nog aan het denken gezet over kleedkamers.

Ik ben smoorverliefd op jou.

Layla sloot haar ogen. Zelfs nu ze hem die woorden in haar hoofd hoorde zeggen, maakte haar hart een lange, trage duikeling.

Maar ze had de woorden niet terug kunnen zeggen tegen hem, ze had ze niet kunnen beantwoorden. Want het oude, karakteristieke pand waarin ze stonden, bevond zich niet in een normaal dorp. Het gebouw was beschadigd en gehavend en het dorp was verdoemd. Was dat niet het woord ervoor? Het kon elk moment in vlammen opgaan.

Het was beter om voorzichtig, stap voor stap te werk te gaan en hem te vertellen dat het voor hen allebei – voor hen allemaal – het beste was als ze gewoon verdergingen zoals ze aldoor hadden gedaan. Het was een kwestie van overleven, daar kwam het op neer.

In de douche liet ze het water zijn kalmerende werk doen. Ze zou het goedmaken met hem. Misschien wist ze niet goed wat ze wilde, of durfde ze gewoon niet te verlangen. Maar ze wist wel dat ze van hem hield. Misschien was dat genoeg om hen erdoorheen te slepen.

Toen ze haar gezicht ophief naar de straal, kronkelde de slang langzaam uit het afvoerputje omhoog.

Quinn begon met een powerwalk, omdat dat haar een goed gevoel gaf. Het was geen straf om wat extra te trainen, niet met een ijsje in het vooruitzicht, en met de lenteboden die overal om haar heen zichtbaar waren. Narcissen en hyacinten, dacht ze, terwijl ze met haar armen zwaaide om haar hartslag op te voeren. Bloeiende bomen en gras dat groen begon te kleuren.

Het was een verdomd mooi dorp, en Cybil had gelijk. Ze had zich gemakkelijk gevoegd naar het idee om hier te gaan wonen. Ze hield van de oude huizen, de overdekte veranda's, de glooiende grasvelden waar de huizen hoger lagen. Als sociaal ingesteld mens vond ze het prettig om veel mensen bij naam te kennen.

Ze sloeg een hoek om en bleef in hetzelfde tempo doorlopen. Pistache en koekjesdeeg, dacht ze. Misschien nam ze wel vanille met chocoladefudge. Laat die gezonde, uitgebalanceerde avondmaaltijd maar zitten. Haar vriendin had behoefte aan ijs en medeleven van andere meiden. Wie was zij om calorieën te gaan tellen?

Ze bleef even staan en keek fronsend naar de huizen op de hoek. Was ze hier al niet langsgekomen? Ze had durven zweren... Hoofdschuddend kwam ze weer in beweging, sloeg een hoek om en stond binnen enkele seconden weer op precies dezelfde plek.

Een tintelend gevoel van angst werkte zich langs haar ruggengraat omhoog. Doelbewust draaide ze zich om en liep, wat harder nu, in tegenovergestelde richting. Daar had je dezelfde hoek weer, dezelfde huizen. Ze rende rechtdoor, om nogmaals op dezelfde plek uit te komen, alsof de straat zelf zijn ligging veranderde om de spot met haar te drijven. Zelfs toen ze naar een van de huizen probeerde te rennen om hulp te halen, belandden haar voeten op de een of andere manier weer op de stoep, op precies dezelfde hoek.

Toen de duisternis plotseling inviel, rende ze zo hard ze kon weg, voortgejaagd door haar eigen paniek.

In het bowlingcentrum stond Cal met zijn handen op zijn heupen naast zijn vader en keek samen met hem toe hoe het nieuwe automatische scoringssysteem werd geïnstalleerd.

'Het wordt geweldig.'

'Ik hoop dat je gelijk hebt.' Jim blies zijn wangen bol. 'Grote uitgave.'

'Zonder uitgaven geen verdiensten.'

Ze hadden de banen de hele dag moeten sluiten, maar de speelhal en het grillrestaurant waren allebei nog open. Cals idee daarachter was geweest dat iedereen die daar naar binnen ging kon zien wat er gebeurde en hoe goed het opschoot.

'Computers regelen tegenwoordig alles. Ik weet hoe dat klinkt,' mopperde Jim, voor Cal iets kon zeggen. 'Het klinkt precies hetzelfde als het gemopper van mijn pa, toen ik hem er eindelijk van had overtuigd dat hij automaten moest aanschaffen om de kegels te plaatsen, in plaats van een paar kerels dat werk te laten doen.'

'Je had gelijk.'

'Ja, ik had gelijk. En ik had geen andere keus.' Jim stak zijn handen in de zakken van zijn klassieke kaki broek. 'Ik denk dat jij je nu net zo voelt als ik toen.'

'Het bedrijf wordt gestroomlijnd en het krijgt meer groeimogelijkheden. Op de lange duur betaalt het zich vanzelf terug.'

'Nou ja, we doen het nu, dus we zien wel hoe het gaat. En verdomd nog aan toe, dat klinkt ook precies als mijn pa.'

Cal klopte Jim lachend op de schouder. 'Ik ga Lump uitlaten, opa. Zin om mee te gaan?'

'Nee ik blijf hier, nog een beetje sippen en klagen over nieuwlichterij.'

'Ik ben over een paar minuten terug.'

Geamuseerd liep Cal naar boven om Lump te halen. De hond vond het leuk om uit te gaan als ze in het dorp waren, maar was diep teleurgesteld toen hij de riem zag. De treurigheid droop van zijn kop toen Cal de riem aan zijn halsband klikte.

'Doe niet zo kinderachtig. Het is de wet, jongen. Ik weet net zo goed als jij dat je niks stoms zult uithalen, maar regels zijn regels. Of wil je dat ik straks borg moet betalen om je uit het asiel te krijgen?'

Lump liep de trap af naar buiten, en hield zijn kop diep gebogen, als een krijgsgevangene. Omdat ze deze procedure al een poosje volgden, wist Cal dat de hond na de eerste paar minuten weer zou opfleuren, voor zover je daar bij Lump tenminste van kon spreken.

Hij hield zijn ogen op de hond gericht en wachtte op het moment van acceptatie terwijl ze om het gebouw heen liepen. Tenzij ze naar Quinn gingen strekte Lump het liefst zijn poten in Main Street, waar Larry van de kapperszaak altijd naar buiten kwam om Lump een koekje en een knuffel te geven.

Cal wachtte geduldig terwijl Lump zijn poot optilde en klaterend tegen de stam van de grote eik pieste die tussen de gebouwen stond. Vervolgens liet hij zich door de hond de stoep weer op trekken.

Toen klopte Cals hart plotseling woest in zijn keel.

Beschadigd en gebroken asfalt ontsierde de straat; verschroeide bakstenen staken omhoog uit de stoepen. De rest van het dorp was verdwenen, tot puin vervallen. En het puin rookte nog na. Geblakerde, versplinterde bomen lagen als verminkte soldaten tussen puntige glasscherven en met bloed besmeurde stenen. Het gras van het plein en de vrolijke lentebloemen waren tot as verbrand. Lichamen, of de gruwelijke overblijfselen ervan, lagen her en der verspreid op de grond en hingen obsceen aan de takken van de ontwortelde bomen.

Lump, die naast hem liep, trilde. Toen ging hij zitten, hief zijn kop op en jankte. Met de riem nog in zijn hand rende Cal naar de ingang van het bowlingcentrum en rukte aan de deur. Maar die wilde niet open. Binnen en buiten was geen ander geluid te horen dan zijn geschreeuw en het wanhopige gebonk van zijn vuisten.

Toen zijn handen bloedden van het slaan, begon hij te rennen, en de hond rende naast hem mee. Hij moest naar Quinn.

Gage wist niet precies waarom hij langs was gekomen. Hij was rusteloos geweest thuis – nou ja, in Cals huis. Thuis was elke plek waar hij lang genoeg bleef om zijn tas uit te pakken. Hij wilde aankloppen, maar uiteindelijk haalde hij zijn schouders op en opende de deur van het huurhuis, die niet op slot zat. Als concessie aan de bewoners gaf hij een brul.

'Is er iemand thuis?'

Hij hoorde de voetstappen en wist al dat het Cybil was voor ze boven aan de trap verscheen. 'Ik ben iemand.' Ze liep naar beneden. 'Wat doe jij hier vóór het happy hour?'

Ze had haar haar – al die dikke, zwarte krullen – achter in haar nek samengebonden, zoals ze vaker deed als ze aan het werk was. Ze was op blote voeten. Zelfs in een vale spijkerbroek en een trui slaagde ze erin een stijlvolle, koninklijke indruk te maken.

Dat was verdomd knap, vond hij. 'Ik had een gesprek met professor Litz, de demonenexpert van Europa. Ik legde hem het idee van een bloedritueel voor. Hij is erop tegen.'

'Klinkt als een verstandige man.' Ze hield haar hoofd schuin. 'Kom mee naar achteren. Jij kunt je waarschijnlijk tiende kop koffie van vandaag drinken, en ik neem thee terwijl jij me zijn zeer verstandige argumenten vertelt.'

'Zijn eerste en meest nadrukkelijke argument komt op ongeveer hetzelfde neer als wat jij zei.' Gage volgde haar naar de keuken. 'We zouden iets kunnen bevrijden waar we niet op voorbereid zijn. Iets ergers, of sterkers, simpelweg vanwege het ritueel.'

'Daar ben ik het mee eens.' Ze zette water op en terwijl dat warm werd, mat ze koffie af voor een verse pot. 'Daarom is het essentieel dat we niet overhaast te werk gaan. Dat we eerst alle mogelijke informatie verzamelen en heel voorzichtig handelen.'

'Dus jij vindt dat we het moeten doen.'

'Ja, daar neig ik wel toe, als we ons zo goed mogelijk hebben beschermd. Vind jij van niet?'

'Ik schat de kans op succes fiftyfifty. Dat is goed genoeg.'

'Misschien wel, maar ik hoop dat we hem nog een stukje in ons voordeel kunnen laten uitslaan.' Ze bracht haar hand omhoog en drukte hem tegen haar oog. 'Ik ben...'

'Wat is er?'

'Misschien heb ik vandaag te lang achter de computer gezeten. Mijn ogen zijn moe.' Ze stak haar hand omhoog naar het kastdeurtje om kopjes te pakken en greep een paar centimeter naast de handgreep. 'Mijn ogen zijn... O god. Ik kan niet zien. Ik kan niet zien.'

'Wacht. Kom, laat me kijken.' Toen hij haar bij de schouders pakte om haar om te draaien, greep ze zijn arm vast.

'Ik kan niets zien. Het is allemaal grijs. Alles is grijs.'

Hij draaide haar om en slaakte bijna een kreet van schrik. Haar ogen, die exotische zigeunerogen van haar, waren met een wit waas overtrokken.

'Kom, dan zet ik je in een stoel. Het is een truc. Gewoon weer een truc. Het is niet echt, Cybil.'

Terwijl zij zich hevig bevend aan hem vastklampte, voelde hij zichzelf langzaam verdwijnen.

Hij stond in het saaie, smerige appartement boven het bowlingcentrum, dat hij ooit met zijn vader had gedeeld. De geuren uit het verleden troffen hem als een klap. Whisky, tabak, zweet, vies beddengoed en vuile vaat.

Daar stond de oude bank met de gerafelde armleuningen en de klapstoel met het kruis van ducttape op de kapotte zitting. De staande lamp naast de bank brandde. Maar die was kapot, dacht Gage. Jaren geleden was die kapotgegaan toen hij zijn vader naar achteren had gedrongen. Toen hij eindelijk groot en sterk genoeg was om zijn vuisten te gebruiken.

Nee, dacht Gage. Nee, hier wil ik niet meer zijn. Hij liep naar de deur en greep de deurknop vast. Maar hoe hij ook draaide en trok, er was geen beweging in te krijgen. Geschokt keek hij naar de hand op de knop, en hij zag dat het de hand was van een kind.

Uit het raam dan, zei hij bij zichzelf, terwijl het zweet langs zijn rug naar beneden droop. Het zou niet de eerste keer zijn dat hij zo ontsnapte. Hij bedwong de aanvechting om te rennen en liep naar zijn oude kamer – onopgemaakt bed, schoolboeken her en der verspreid op de grond, een ladekast, een lamp. Niks bijzonders te zien. Alle schatten – stripboeken, snoep, speelgoed – waren weggestopt, uit het zicht.

Het raam wilde niet open. Toen hij zo wanhopig was dat hij de ruit probeerde in te slaan, wilde het glas niet breken. Hij draaide zich bliksemsnel om, op zoek naar een vluchtweg en zag zichzelf in de spiegel boven de ladekast. Klein, donker, mager als een riet. En doodsbang.

Een leugen. Weer een leugen. Hij was die jongen niet meer, zei hij tegen zichzelf. Hij was niet meer die hulpeloze jongen van zeven of acht. Hij was een volwassen man.

Maar toen hij de deur met een klap open hoorde gaan en de struikelende tred van zijn dronken vader hoorde, was het de jongen die beefde.

Fox sloeg en trapte naar de spinnen. Ze bedekten nu zijn bureau en vielen in een waterval over de rand op de grond. Ze sprongen op hem, beten hongerig in zijn huid. Waar ze beten, brandde hun gif en zijn vlees zwol op en brak als rottend fruit open.

Zijn geest kon niet tot rust komen, niet kalm nadenken, terwijl ze met tientallen tegelijk langs zijn benen omhoogkropen en in zijn shirt verdwenen. Hij stampte ze plat op de grond, in het kleed, terwijl hij met opeengeklemde kaken piepend uitademde. De deuren die hij open had laten staan, schoven met een klap dicht. Terwijl hij er met zijn rug tegenaan botste, werden de ramen langzaam zwart van de spinnen.

Hij schudde alsof hij hoge koorts had, maar hij sloot zijn ogen en beval zichzelf zijn ademhaling onder controle te krijgen. Terwijl ze tegen hem op kropen, klauwden, beten en zijn lichaam bedekten, wilde hij zich het liefst gewonnen geven en het uitschreeuwen.

Ik heb erger gezien dan dit, hield hij zichzelf voor. Zijn hart bonkte, hamer op aambeeld, terwijl hij vocht om enigszins rustig te worden. Zeker wel, ik heb erger gezien. Ik heb erger meegemaakt, rotzak. Gewoon een stelletje spinnen. Ik zou anders morgen de verdelgingsdienst bellen, maar ze zijn niet echt, hufter die je bent. Ik hou dit langer vol dan jij. Ik kan wachten tot je door je brandstof heen bent.

De pure woede in hem won het van de angst en de walging en uiteindelijk lukte het hem om zijn hartslag onder controle te krijgen. 'Speel alle spelletjes maar die je wilt, vuile schoft. Als wij naar je toe komen, worden er geen spelletjes gespeeld. Dit keer maken we je kapot.'

Hij voelde de stroom van kou, die net zo fel brandde als de spinnenbeten.

Jullie zullen gillend sterven.

Daar zou ik maar niet op rekenen, dacht Fox. Daar zou ik verdomme maar niet op rekenen. Hij greep een van de spinnen op zijn arm, kneep hem fijn in zijn vuist en liet het bloed en de pus als vuur tussen zijn vingers door lopen.

Ze vielen van hem af, eerst een, toen nog een. Zij waren degenen die gilden terwijl ze stierven. Met zijn opgezwollen handen duwde Fox de deuren open. En nu begon hij te rennen. Niet voor zichzelf, maar voor

Layla. Een van de gillende stemmen in zijn hoofd was van haar.

Al rennend bloedde hij. Al bloedend genas hij.

Hij rende door gebouwen, sprong over heggen, sprintte door tuinen. Hij zag Quinn hevig bevend midden op straat staan.

'Ik ben verdwaald. Ik ben verdwaald. Ik weet niet wat ik moet doen. Ik kan niet naar huis.'

Hij greep haar hand, sleurde haar met zich mee.

'Het is dezelfde plek. Het is steeds dezelfde plek. Ik kan niet...'

'Sluit het af,' snauwde hij haar toe. 'Sluit alles af.'

'Ik weet niet hoe lang. Ik weet niet eens hoe lang ik... Cal!'

Ze rukte zich los, verzamelde het laatste beetje kracht dat ze nog in zich had, en rende naar Cal, met zijn jankende hond.

'Het is weg, alles is weg.' Hij trok Quinn in zijn armen en duwde zijn gezicht tegen haar hals. 'Ik dacht dat je weg was. Ik kon je niet vinden.'

'Het zijn leugens.' Fox duwde Cal naar achteren. 'Het zijn leugens. Mijn god, hoor je haar niet gillen?'

Hij vloog naar de overkant, rende de straat door en viel het huurhuis binnen. Terwijl hij de trap op denderde, voelde hij hoe zijn angst aan hem rukte, net zoals de spinnen aan zijn vlees hadden gerukt. Haar gegil verstomde. Maar de echo van het geluid leidde hem naar haar toe. Hij smeet de deur van de badkamer open, waar ze naakt en bewusteloos op de grond lag.

In de keuken schreeuwde Cybil het uit toen ze de voordeur met een klap open hoorde gaan. Ze wierp haar armen omhoog en deed een blinde stap naar voren. Het grijze waas week uiteen, werd dunner. Ze snikte het uit toen haar blikveld weer helder werd. Ze zag Gage, alleen Gage, die haar met een lijkbleek gezicht aanstaarde. Toen ze zich in zijn armen stortte, ving hij haar op en klemde haar vast, zowel voor haar als voor zichzelf.

17

Layla was nat en koud, dus droeg Fox haar naar bed en wikkelde de deken om haar heen. Ze had een schaafwond op haar slaap, die ongetwijfeld pijn zou doen als ze bijkwam. Geen bloed of botbreuken, voor zover hij dat na een vluchtige inspectie kon beoordelen. Hij moest haar eerst droog en warm zien te krijgen, dacht hij. Dan zou hij beter, dieper kijken, om het zeker te weten. Hij had nauwelijks tijd gehad om haar hartslag te controleren toen Quinn en Cal binnen kwamen stormen.

'Is Layla... O, god.'

'Flauwgevallen, denk ik. Volgens mij is ze alleen maar flauwgevallen,' zei Fox tegen Quinn, toen ze zich naast hem op haar knieën liet vallen. 'Misschien heeft ze haar hoofd gestoten. Er is iets gebeurd toen ze onder de douche stond. Ik denk niet dat daar nu nog iets is, maar Cal...'

'Ik ga wel kijken.'

'Je zei... Sorry.' Quinn veegde haar tranen weg. 'Het is een akelige dag. Je zei dat je haar hoorde gillen.'

'Ja, ik hoorde haar.' Haar angst was zo immens geweest, dacht hij, terwijl hij haar natte haar uit haar gezicht veegde. Het had hem bij de keel gegrepen en zijn hoofd gevuld met haar geschreeuw. 'Ik hoorde jullie allemaal.'

'Wat?'

'Ik denk dat ons Bat-signaal heeft gewerkt. Het was warrig, maar ik hoorde jullie allemaal. Ze heeft een handdoek nodig. Haar haar is nat.'

'Hier.' Cal gaf hem er een. 'De badkamer is veilig.'

'Cybil, Gage?'

Cal kneep in de hand die Quinn naar hem uitstak. 'Ik ga kijken. Blijf hier.'

'Wat is er met jou gebeurd?'

Fox schudde zijn hoofd. 'Later.' Hij tilde Layla's hoofd op om de handdoek onder haar haar te leggen. 'Ze komt bij. Layla.' Opluchting golfde door hem heen toen haar oogleden trilden. 'Kom maar terug, Layla. Het is goed. Het is voorbij.'

Ze schoot happend naar adem naar de oppervlakte. Ze sloeg wild met haar handen om zich heen en sperde haar ogen wijd open van ontzetting.

'Stop. Stop.' Hij deed alles wat hij kon bedenken. Hij vouwde zich om haar heen, duwde kalmte in haar geest. 'Het is voorbij. Ik heb je vast.'

'In de douche.'

'Weg. Ze zijn weg.' Maar hij zag in haar geest hoe ze uit de afvoerbuis waren gekomen en over de tegels waren gegleden.

'Ik kon er niet uit. De deur ging niet open. Ze waren overal, ze zaten over mijn hele lichaam.' Hevig trillend drukte ze zich tegen hem aan. 'Zijn ze weg? Weet je het zeker?'

'Ik weet het zeker. Ben je gewond? Laat me eens kijken.'

'Nee, ik denk het niet… Mijn hoofd een beetje. En...' Ze richtte haar aandacht op hem. 'Je gezicht! O, god, je hand. Hij is helemaal dik.'

'Hij geneest al. Het komt goed.' De pijn van de genezing viel in het niet bij de overweldigende opluchting. 'Het lijkt erop dat Twisse ons allemaal tegelijk heeft willen treffen.'

Quinn knikte. 'Bij Cal en mij is dat gelukt. Grand slam.'

'Kansloos ingemaakt, kun je wel zeggen,' zei Cybil, vanuit de deuropening. 'Hij heeft Gage en mij ook te grazen genomen. Zes uit zes. Fox, ga jij anders even naar beneden. Je vrienden zijn nog behoorlijk van slag. Wij helpen Layla wel met aankleden, dan komen we over een paar minuten beneden.'

Ze was lijkbleek, viel hem op. Hij had haar in de maanden dat hij haar kende nog nooit zo van slag gezien. Quinn kwam al overeind en liep naar haar toe. Omdat de kamer weer door en door vrouwelijk werd, besloot Fox dat de beide sectoren zich maar beter ieder op hun eigen terrein konden terugtrekken en diep ademhalen voor ze zich weer bij elkaar voegden.

'Goed.' Hij raakte Layla's gezicht aan en kuste haar zacht. 'Ik ben beneden.'

Dit soort momenten vroeg om whisky, dacht Fox. Hij ontdekte de eenzame fles Jameson tussen de flessen wijn en veronderstelde dat dat Cals bijdrage was geweest aan de drankvoorraad. Hij pakte glazen en ijs en schonk elk glas ruim twee vingers vol.

'Goed plan.' Cal sloeg zijn halve glas in één keer achterover, maar zijn ogen behielden hun gekwelde uitdrukking. 'Je bent opgeknapt. Je zag er beroerd uit, buiten.'

'Spinnen. Een heleboel. Grote rotzakken.'

'Waar?'

'In mijn kantoor.'

'Voor mij was het dorp verdwenen.' Cal bestudeerde de whisky en draaide hem rond in zijn glas. 'Ik kwam met Lump het bowlingcentrum uit lopen en het was weg. Alsof er een bom was ontploft. Gebouwen ingestort, vuur en rook. Lichamen. Jezus, overal lichaamsdelen.' Hij nam nog een slok, langzamer nu. 'We moeten dit opschrijven, alles wat iedereen heeft meegemaakt.'

'O, ja, dat gaat helpen.' Gage nam verbitterd een slok. 'Hij had ons te grazen, en niet zo'n beetje ook. En wij gaan die overwinning notuleren.'

'Heb jij een beter idee?' vuurde Cal terug. 'Heb jij de oplossing, vriend? Als dat zo is, hou je dan vooral niet in.'

'Ik weet wel dat we hem niet dood kunnen praten. En aantekeningen maken daar hebben we ook geen ruk aan, tenzij je een boek schrijft. Dat is iets voor je vriendin, niet voor mij.'

'Dus wat ga jij dan doen? Weglopen? Daar ben je goed in. Neem je een vliegtuig naar god weet waar en kom je terug voor de finale? Of wil je dat gedeelte dit jaar gewoon overslaan?'

'Ik kom terug naar dit rotgat omdat ik dat heb gezworen.' Met een woede die als een wervelwind om hem heen kolkte kwam Gage op Cal af. 'Als ik dat niet had gedaan, kon het van mij naar de hel lopen. Ik geef er geen flikker om.'

'Jij geeft nergens wat om.'

'Stop!' riep Fox, en hij wrong zich tussen hen in. 'Het helpt niet als we elkaar aanvallen.'

'Misschien moeten we vredestekens en bloemenkettingen maken.'

'Luister, Gage. Als je ermee wilt kappen, is daar de deur, verdomme. En als jij hem alleen maar verder de grond in kunt trappen,' voegde Fox eraan toe, terwijl hij zich met een ruk omdraaide naar Cal, 'pas dan maar op dat je onderweg naar buiten diezelfde deur niet tegen je reet krijgt.'

'Ik trap niemand de grond in, en wie heeft jou verdomme om je mening gevraagd?'

Cybil versnelde haar pas bij het horen van de harde stemmen. Ze nam het tafereel in de keuken snel in zich op en kwam tussenbeide voordat er iemand handtastelijk werd. 'Nou, dit is lekker productief.'

Ze ging midden tussen de drie woedende mannen in staan, rukte het glas uit Gage' hand en nam een slok. Er klonk een lichtelijk verveelde klank door in haar stem toen ze zei: 'In elk geval is iemand zo verstandig geweest om voor de testosteronaanval de whisky tevoorschijn te halen. Als jullie willen vechten, ga dan naar buiten en sla erop. Jullie genezen snel genoeg, maar het meubilair hierbinnen niet.'

Fox kalmeerde als eerste. Hij zette de whisky, die hij niet meer wilde, opzij en haalde schaapachtig zijn schouders op. 'Zij begonnen.'

Cybil keek hem aandachtig aan en trok een wenkbrauw op. 'En doe jij alles wat zij doen? Van bruggen springen, met lucifers spelen? Kom, dit is wat we doen. Ik zorg voor eten en drinken, dan is aan die menselijke basisbehoefte voldaan. De troost die dat biedt moet ons helpen elkaar te vertellen wat er is gebeurd.'

'Gage wil niet praten,' zei Cal.

'Ik ook niet.' Ze keek naar Gage terwijl ze sprak. 'Maar ik ga het wel doen. Ook dat is een menselijke basisbehoefte en laat zien dat we dat allemaal op de Grote Kwaadaardige Schoft voor hebben.' Haar lippen, die ze voor ze naar beneden ging uitdagend koraalrood had geverfd, glimlachten en ze schudde haar haren naar achteren. 'Waarom bestelt er niemand pizza?'

Het was niet efficiënt, maar het was op de een of andere manier troostrijker om in de woonkamer bij elkaar te komen dan om als verstandige volwassenen in de eetkamer te gaan zitten. Cybil zette een schaal met het voorgerecht op tafel terwijl ze wachtten op de pizza.

Fox ging op de vloer bij Layla's voeten zitten. 'Dames eerst,' stelde hij voor. 'Quinn?'

'Ik ging naar buiten om ijsjes te halen, en omdat ik ijs zou gaan eten, besloot ik eerst een powerwalk te doen.' Haar vingers draaiden de dikke zilveren ketting om haar hals rond. 'Maar ik belandde steeds op dezelfde plek, op dezelfde hoek. Welke kant ik ook op liep. Ik kon de weg niet vinden, ik kon niet meer naar huis.' Ze greep Cals hand beet en drukte haar voorhoofd tegen zijn schouder. 'Ik kon jou niet vinden. Het werd pikkedonker. Er was niemand, en ik kon niet terug.'

'Voor mij was alles weg.' Cal legde een arm om haar schouder en trok haar dicht tegen zich aan. 'Het dorp was vernietigd, iedereen was dood, aan stukken gescheurd. Ik rende hiernaartoe, maar er was niets. Alleen maar een rokend gat in de grond. Ik weet niet waar ik toen naartoe ging. Zoeken naar jou. Want ik kon niet geloven, ik wilde niet geloven… Toen zag ik jou, en Fox.'

'Ik zag jou eerst,' zei Quinn tegen Fox. 'Het was alsof je door een muur van water kwam. Eerst zag ik je wazig. Je rende, maar het geluid van je voetstappen was gesmoord. Toen werd alles helder. Je greep mijn hand, en alles werd helder. Dat moet iets betekenen, denken jullie ook niet?' Ze keek om zich heen terwijl ze het vroeg. 'Ik was bijna hysterisch. Ik denk dat ik al minstens een paar keer heen en weer was gerend en net weer terugkwam. Toen zag ik Fox, en toen hij mijn hand pakte, werd alles weer zoals het hoorde te zijn. Toen kwam Cal.'

'Je was daar niet, niemand van jullie was er. Er was niets. En toen opeens waren jullie er.' Cal schudde zijn hoofd. 'Het was bijna alsof je een televisiekanaal inschakelde. Alsof er een knop omging. Je bloedde,' zei hij tegen Fox.

'Spinnen,' zei Fox, en hij vertelde het hun. 'Toen ik naar buiten ging, zag ik niets vreemds aan het dorp. Ik zag jou op de hoek staan, Quinn. Je zag er verloren uit, denk ik. Ik had je gehoord en gevoeld, net als de anderen. Als een slechte verbinding, vaag en zwak. Maar ik hoorde Layla gillen. Dat hoorde ik luid en duidelijk.'

'Je was twee huizenblokken verderop,' merkte Quinn op.

'Ik hoorde haar gillen,' herhaalde Fox. 'De hele weg, tot ik het huis binnenkwam. Toen hield het op. Dat zal zijn geweest toen je flauwviel.'

'Het gebeurde nadat Quinn was vertrokken. Ze ging ijsjes halen omdat ik van streek was.' Haar ogen schoten naar Fox en weer terug naar haar ineengestrengelde vingers in haar schoot. 'Ik besloot een douche te nemen terwijl ze weg was. Eerst voelde ik iets over mijn voet glijden. Ze kwamen uit de afvoer. Slangen. Ik heb zo gegild dat het me verbaast dat ze het twintig kilometer verderop niet hebben gehoord.'

‘Ik heb je niet gehoord,’ zei Cybil. ‘Ik was hier beneden en ik heb niks gehoord.’

‘Ze bleven maar komen.’ Toen haar adem bijna stokte, ademde Layla rustig en doelbewust uit. ‘Ik stapte onder de douche vandaan, maar ze waren ook op de grond. Ze kropen uit de wastafel. Niet echt, zei ik steeds tegen mezelf, maar ik kon niet... ik bleef niet rustig. Toen de deur niet open wilde, werd ik een beetje gek. Ik sloeg naar ze met een handdoek, met mijn handen. Het raampje was te klein, en het ging trouwens ook niet open. Blijkbaar ben ik flauwgevallen, want ik kan me verder niets herinneren, tot ik in bed lag, en Fox en Quinn bij me waren.’

‘Het feit dat je bent flauwgevallen is misschien gedeeltelijk de reden dat het ophield,’ zei Cybil peinzend. ‘Je kunt een illusie onmogelijk in stand houden als je bewusteloos bent.’

‘Wat is er met jou gebeurd?’ vroeg Layla aan haar.

‘Ik kon niet zien. Gage en ik waren in de keuken. Plotseling begonnen mijn ogen te prikken en na een paar seconden werd mijn zicht wazig. Toen werd alles grijs. Ik werd blind.’

‘O, Cyb.’

Ze glimlachte naar Quinn. ‘Q weet dat dat een persoonlijk angstbeeld is van mij. Mijn vader is zijn gezichtsvermogen kwijtgeraakt bij een ongeluk. Hij heeft zich nooit kunnen aanpassen, heeft het nooit kunnen accepteren. Twee jaar later heeft hij zelfmoord gepleegd. Blindheid is voor mij dus een extra grote verschrikking. Jij was er,’ zei ze tegen Gage, ‘en toen opeens niet meer. Ik kon je ook niet horen. Ik vroeg je om me te helpen, maar je deed het niet. Ik neem aan dat je niet kon.’

Ze zweeg, maar hij zei niets. ‘Ik hoorde de voordeur met een klap opengaan. Ik hoorde Fox. Mijn zicht werd helderder en toen... was je er weer.’ Hij had haar vastgehouden, herinnerde ze zich. Ze hadden elkaar vastgehouden. ‘Waar was je naartoe, Gage? We moeten weten wat ieder van ons is overkomen.’

'Ik was niet ver. Ik was terug in het appartement waar ik vroeger woonde. Boven het bowlingcentrum.'

Er werd op de deur geklopt. Cal stond op, maar hield zijn ogen op Gage gericht. 'Ik ga wel.'

'Er was fysiek iets met je aan de hand,' vervolgde Gage. 'Met je ogen. De irissen, de pupillen waren bedekt, je ogen waren wit. En nee, ik kon niet helpen. Ik liep naar je toe, en stapte zo het appartement binnen.'

Cal kwam terug en zette de pizzadozen op tafel. 'Was je alleen?'

'Eerst wel. Ik kon de deur en de ramen niet open krijgen. Dat lijkt een terugkerend thema.'

'Opgesloten,' mompelde Layla. 'Iedereen is bang om opgesloten te worden, niet weg te kunnen.'

'Ik hoorde hem aankomen. Ik kende... ik ken het geluid van zijn voeten op de trap wanneer hij dronken is en wanneer niet. Hij was dronken en hij kwam eraan. Toen was ik terug in de keuken.'

'Er is meer. Waarom verzwijg je dat?' vroeg Cybil fel. 'We hebben allemaal iets ergs meegemaakt.'

'Toen ik de deurknop vastpakte, was het niet mijn hand. Niet deze hand.' Gage hield zijn hand omhoog, draaide hem om en bekeek hem aandachtig. 'Ik zag mezelf in de spiegel. Ik was een jaar of zeven, acht misschien. Vóór die nacht bij de Heidense Steen. Vóór alles veranderde. Vóór wij veranderden. Hij was dronken, en hij kwam eraan. Duidelijk genoeg zo?'

In de stilte die viel, bukte Quinn zich naar haar bandrecorder, haalde het bandje eruit en stopte er een nieuw in. 'Dit is nog niet eerder gebeurd, toch? Dat hij jullie drieën op hetzelfde moment te grazen nam.'

'Dromen,' zei Cal. 'Wij drieën hebben dromen, meestal in dezelfde nacht, niet altijd over hetzelfde onderwerp. Dat kan weken, zelfs maanden voor de Zeven gebeuren. Maar zoiets als dit, nee. Niet buiten die zeven dagen.'

‘Hij heeft veel moeite gedaan om ons te grazen te nemen,’ merkte Fox op. ‘Om onze persoonlijke, specifieke angsten te achterhalen.’

‘Waarom ben jij de enige die gewond is geraakt?’ vroeg Layla. ‘Ik heb gevoeld dat de slangen me beten, maar ik had geen bijtwonden toen ik bijkwam. Jij wel. Ze zijn nu aan het genezen, maar ze zaten er wel.’

‘Misschien heb ik hem te ver laten gaan en heeft mijn eigen kracht tegen me gewerkt. Misschien heeft dat mijn angst realistischer, tastbaarder gemaakt. Ik weet het niet.’

‘Het is mogelijk.’ Quinn dacht na. ‘Kan het zijn dat hij bij jou is begonnen? Gezien de timing is dat goed mogelijk. Dat hij, zeg maar, jouw energie heeft gebruikt. Zich daarmee heeft gevoed voor de rest. Niet alleen met je angst, maar ook met je verdriet. Hij heeft gebruikgemaakt van onze onderlinge verbondenheid. Van jou naar Cal of naar mij; een van ons tweeën was waarschijnlijk de volgende. Dan Layla, daarna Cybil, en tot slot Gage.’

‘Als een elektrische stroom. De energie.’ Layla knikte. ‘Van de een naar de ander. Fox verzwakte de stroom toen hij ontsnapte. En zo op het rijtje af. Als het zo is gegaan, zou dat een verdedigingsmiddel kunnen zijn, denken jullie ook niet? Iets wat we zouden kunnen gebruiken.’

‘Onze energie tegen die van hem.’ Quinn gaf zich gewonnen en opende de pizzadoos. ‘Positief tegen negatief.’

‘Ik denk dat we meer zullen moeten doen dan denken aan regendruppels op rozenblaadjes.’ Cybil pakte een pizzapunt. ‘Of aan snorharen van jonge poesjes.’

‘Hoewel ik betwijfel of we de jongens ooit in koor “Do-Re-Mi” zullen horen zingen, zelfs als er levens van afhangen, kunnen we de rozen en de jonge poesjes wel als springplank gebruiken.’ Gezien de diep traumatische gebeurtenissen trakteerde Quinn zichzelf op twee punten pizza. ‘Als we allemaal onze persoonlijke angsten hebben, hebben we dan ook niet allemaal onze persoonlijke bronnen van vreugde? Ja, ik weet het wel, het klinkt dramatisch, maar zo heel gek is het niet. O, mijn god, dit is superlekker. Zie je wel, een persoonlijke bron van vreugde. Peperonipizza.'

'Zo is Fox niet aan zijn greep ontsnapt,' merkte Layla op. 'Ik heb hem niet horen zeggen dat hij zich heeft geconcentreerd op pizza's of regenbogen.'

'Niet helemaal waar.' Omdat Lumps ogen zich vulden met liefde, haalde Fox een stukje paprika van zijn punt en gaf het aan de hond. 'Ik dacht eraan dat wat er gebeurde flauwekul was. Maar dat is niet gemakkelijk als hongerige gemuteerde spinnen over je hele lichaam kruipen.'

'En ervan eten,' bracht Cal hem in herinnering.

'Maar ik dacht er meer aan hoe we de Grote Kwaadaardige Schoft te grazen zouden nemen. Hoe we hem zouden afmaken. Daar bleef ik aan denken, alsof ik het aan hem vertelde. Schelden, vloeken, heel veel lelijke woorden. Dat is een persoonlijke bron van vreugde, op een zeer praktisch niveau. En toen die dingen van me af begonnen te vallen en op de grond kwakten, was ik behoorlijk trots en blij. Niet stapelgek van vreugde. Maar ook helemaal niet slecht, alles in aanmerking genomen.'

'Voor jou heeft dat altijd zo gewerkt. Als je er eenmaal achter was,' voegde Cal eraan toe. 'En voor mij en Gage was het net zo. We hebben de illusies altijd kunnen doorbreken – als het illusies waren. Maar deze keer lukte me dat niet.'

'Dus je geloofde het.'

'Ik...'

'Je geloofde het, in elk geval een paar minuten. Want het was te veel, Cal. Alles wat belangrijk voor je is was weg. Quinn, je familie, wij, het dorp. Alleen jij was over. Jij had hem niet tegengehouden, dus alles en iedereen was weg, vermoord, vernietigd. Behalve jij. Het was te veel, verdomme,' herhaalde Fox. 'Die spinnen waren niet echt, niet honderd procent. Maar ik zag mijn hand nadat ze erin hadden gebeten, en die was zo dik als een meloen, en hij bloedde. De wonden waren echt, dus ik wil maar zeggen dat Twisse hier een berg energie in heeft gestoken.'

'Er is meer dan een week verstreken sinds het laatste voorval. Dat trouwens ook met jou begon, Fox.' Cybil legde een punt pizza op een bord en bracht het naar Gage. 'Hij gebruikte Blocks jaloezie, zijn woede, zijn schuldgevoel misschien, voedde zich daarmee en gebruikte dat om hem voldoende te besmetten om jou aan te vallen.'

'Maar waar heeft hij hier dan de extra energie voor opgedaan?' Gage haalde zijn schouders op. 'Als dat de vraag is, kan ik je vertellen dat er in dit dorp, net als overal, genoeg negatieve emoties rondgaan.'

'Het is specifiek,' bracht Cal ertegen in. 'Dat was specifiek voor Block. Dit was specifiek voor ons.'

Cybil wierp Layla een blik toe, maar zei niets terwijl ze weer ging zitten.

'Ik was van streek, en kwaad. En dat was jij ook,' zei Layla tegen Fox. 'We hadden... een verschil van mening.'

'Als hij elke keer als een van ons de pest in krijgt zoiets als dit teweeg kan brengen, zijn we mooi klaar,' besloot Gage.

'Ze waren allebei geïrriteerd.' Quinn dacht erover na hoe ze het het beste kon verwoorden. 'Door elkaar. Dat kan meespelen. En het kan zijn dat als de betreffende emoties erg intens zijn, als er seksualiteit bij komt kijken, dat het dan krachtiger is.'

Gage hief zijn bierglas op. 'Zoals ik al zei. Mooi klaar.'

'Ik denk dat intense menselijke emotie, emotie die voortkomt uit liefde en goede, gezonde seks, heel wat krachtiger is dan wat de hufter tegen ons kan inzetten,' zei Cybil. 'En dat is geen naïef gezwijmel, maar een conclusie die ik trek na het bestuderen van menselijke relaties en hun macht, en met name van deze situatie, en hoe die zich aan ons voordoet. Hoe vaak hebben jullie drieën een scène meegemaakt zoals net in de keuken?'

'Wat voor scène?' wilde Quinn weten.

‘Het was niets,’ mompelde Cal.

‘Jullie stonden te schreeuwen en gingen bijna met elkaar op de vuist. Het was…’ Cybil glimlachte sluw en een beetje katachtig. ‘Stimulerend. Talloze keren, wed ik – ga je de weddenschap aan?’ vroeg ze aan Gage. ‘Talloze keren, en ik wed ook dat er herhaaldelijk vuisten in gezichten zijn geramd. Maar kijk, jullie zitten hier. Jullie zitten hier, want diep vanbinnen houden jullie van elkaar. Dat is de basis, en niets kan dat veranderen. Hij kan dat niet verstoren. Hij beukt ongetwijfeld met zijn vuisten – als hij die heeft – op de barrière die hij maar niet voorbijkomt. Die basis hebben we nodig, net als al die intense menselijke emoties, vooral als we de ongelofelijke stommiteit begaan door een bloedritueel te proberen.’

‘Je hebt iets,’ stelde Quinn vast.

‘Dat denk ik wel. Ik wil wachten tot ik iets hoor van nog een paar andere bronnen. Maar ja, ik denk het wel.’

‘Zeg op!’

‘Allereerst betekent het dat we alle zes meedoen. En we zullen terug moeten naar de bron.’

‘De Heidense Steen,’ zei Fox.

‘Waar anders?’

Later trok Cal Quinn haar slaapkamer in, sloeg zijn armen om haar heen en ademde haar alleen maar in. ‘Het was erger,’ zei hij zacht, ‘erger dan het ooit is geweest, omdat ik even dacht dat ik jou kwijt was.’

‘Het was erger, omdat ik jou niet kon vinden.’ Ze liet haar hoofd achterovervallen en gaf zich over aan zijn kus. ‘Het is moeilijker als je van iemand houdt. Het is beter en het is moeilijker. Het is zo ongeveer alles tegelijk.’

‘Ik wil je een gunst vragen. Ik wil dat je weggaat. Een paar dagen maar,’ vervolgde hij snel. ‘Een week, misschien twee. Ik weet dat je andere schrijfprojecten hebt die je ertussendoor probeert te doen. Neem een poosje vrij, misschien kun je naar huis gaan om…’

'Dit is nu mijn thuis.'

'Je weet wat ik bedoel, Quinn.'

'Absoluut. Geen probleem, hoor.' Haar glimlach was zonnig als een junidag. 'Als jij maar met me meegaat. Dan nemen we samen lekker een poosje vakantie. Wat zeg je daarvan?'

'Ik meen het.'

'Ik ook. Ik ga als jij gaat. Anders kun je hier beter over ophouden. En waag het niet om ruzie te zoeken,' zei ze waarschuwend. 'Ik kan bijna zien hoe je in je hoofd inschat of je me zo kwaad kunt krijgen dat ik ervandoor ga. Dat kun je niet. Dat doe ik niet.' Om haar woorden kracht bij te zetten pakte ze zijn gezicht tussen haar handen en kneep in zijn wangen. 'Je bent bang dat me iets overkomt. Dat ben ik ook. Ik ben ook bang dat jou iets overkomt. Dat hoort er nu allemaal bij.'

'Je zou een trouwjurk kunnen gaan kopen.'

'Dat is gemeen.' Maar ze lachte en gaf hem een harde kus. 'Ik ben daar al een aardig eindje mee op weg. Onze moeders kunnen het goed met elkaar vinden en... vooral wat trouwplannen betreft zijn ze twee handen op één buik. Alles is onder controle. We hebben een slechte dag gehad, Cal, maar we hebben het overleefd.'

Hij trok haar weer in zijn armen en ademde haar nog eens in. 'Ik moet even een wandeling door het dorp maken. Ik moet... Ik moet het zien.'

'Oké.'

'Ik moet een wandeling maken met Gage en Fox.'

'Snap ik. Als je maar weer bij me terugkomt.'

'Elke dag,' zei hij tegen haar.

Toen hij de anderen had overgehaald mee naar buiten te gaan, liep Cal eerst de buurt door. Het licht was zacht en ging geleidelijk over in de avondschemering. Daar stonden de huizen die hij kende, daar waren de tuinen, de stoepen. Hij liep langs het huis van zijn overgrootmoeder, waar de auto van zijn nicht op de oprit stond en de bloemen langs het pad in bloei stonden.

Daar stond het huis van het meisje op wie hij op zijn zestiende smoorverliefd was geweest. Waar was ze nu? Columbus? Cleveland? Hij herinnerde zich niet precies waar ze naartoe was gegaan, alleen dat ze in de herfst van het jaar dat hij zeventien was geworden samen met haar familie was vertrokken.

Na die Zeven, toen haar vader zich had geprobeerd te verhangen aan de zwarte walnotenboom in hun achtertuin. Cal herinnerde zich dat hij zelf het touw had doorgesneden en de man naar beneden had gehaald. Omdat hij geen tijd had om meer te doen, had hij hem met het touw aan de boom vastgebonden tot de razernij voorbij was.

'Je hebt nooit gescoord bij Melissa Eggart, hè, hotshot?'

Echt wat voor Gage om het te onthouden en de herinnering in iets normaals te veranderen. 'Ik was al een aardig eindje onderweg. Maar toen werd het druk.'

'Ja.' Gage stak zijn handen in zijn zakken. 'Het werd druk.'

'Sorry van net. En je had gelijk,' voegde hij er tegen Fox aan toe. 'Het is stom om elkaar aan te vallen.'

'Maakt niet uit,' zei Gage tegen hem. 'Ik heb er zo vaak over gedacht om ervandoor te gaan.'

'Denken en doen is twee.' Ze sloegen een hoek om en liepen in de richting van Main Street. 'Ik had zin om iemand in elkaar te slaan, en jij was toevallig in de buurt.'

'O'Dell was ook in de buurt en hij is het gewend om in elkaar te worden geslagen.'

Toen er geen sarcastische reactie kwam van Fox, nam Gage hem aandachtig op. Hij dacht erover na hoe hij Fox in deze stemming het beste kon aanpakken en koos voor waar hij het beste in was. Pesten. 'Lijd je aan intense menselijke emoties?'

'Ach, rot toch op.'

'Kijk, zo ken ik je weer.' Gage sloeg zijn arm om Fox' schouder.

‘Ik kan je nog steeds op je smoel rammen.’

‘Als ze kwaad op je was,’ zei Cal behulpzaam, ‘is ze dat nu niet meer. Niet nadat je haar als een koene ridder te hulp bent geschoten.’

‘Daar gaat het niet om. Niet om kwaad zijn of het meisje redden. Het gaat erom dat we verschillende dingen willen en nodig hebben. Luister, ik ga nu naar huis. Ik heb daar alles open laten staan.’

‘We gaan wel met je mee, de boel controleren.’

‘Nee, ik red het wel. Ik heb nog wat werk te doen. Als we vanavond nog iets moeten bespreken, spiek ik wel in jullie aantekeningen. Tot kijk.’

‘Hij heeft het flink te pakken,’ merkte Gage op, toen Fox Main Street af liep.

‘Misschien moeten we toch met hem meegaan.’

‘Nee. Wij zijn niet wat hij op dit moment wil.’

Ze draaiden om en liepen terug, terwijl de nacht naderbij kroop.

18

Fox installeerde zich in zijn kantoor en rekende erop dat het papierwerk hem bezig zou houden en voor afleiding zou zorgen. Voor de variatie en het verrassingseffect zette hij zijn cd-speler op shuffle, en hij bereidde zich erop voor om een paar uur achter zijn bureau te gaan zitten om de gebroken werkdag goed te maken.

Hij stelde een paar rechtbankverzoeken op in een vastgoedzaak die hij binnen negentig dagen hoopte af te ronden, legde de laatste hand aan een brief aan de tegenpartij in een letselschadezaak en bracht tot slot wat taalkundige wijzigingen aan in een partnerschapsovereenkomst.

Hij hield van de wet met zijn zachte glooiingen en rechte hoeken, zijn bloemrijke taalgebruik en harde richtlijnen. Maar op dit moment, moest hij toegeven, kon het werk hem niet boeien. Hij kon beter naar een basketbalwedstrijd gaan kijken.

Het dossier dat hij voor Layla had samengesteld lag nog steeds op zijn bureau. Omdat het hem irriteerde, smeet Fox het in een la. Stom, dacht hij. Stom om te denken dat hij haar begreep, simpelweg omdat hij mensen meestal begreep. Stom om te denken dat hij wist wat ze wilde omdat híj dat wilde.

Liefde was niet altijd voldoende om iets te laten slagen, dat wist hij als geen ander.

Het was verstandiger om zich bij het hier en nu te houden, hield hij zichzelf voor. Daar was hij altijd goed in geweest. Het was veel beter om zich te richten op het hier en nu dan dat hij zichzelf en Layla een vage, nevelige toekomst in dreef. Ze had een punt als ze zei dat het dorp geen duidelijke toekomst had. Wie wilde er in godsnaam een winkel openen in een dorp dat over een paar maanden misschien niet meer bestond? Waarom zou iemand daar tijd en energie in steken, de boel op poten zetten en stug volhouden in de hoop dat de goeden het uiteindelijk zouden winnen? Ze waren er vandaag allemaal op een afschuwelijke manier aan herinnerd dat de tijd voor The Hollow en voor hen begon te dringen.

Maar dat was onzin. Geërgerd duwde hij zijn stoel naar achteren. Dat was grote onzin. Als mensen zo dachten, waarom namen ze dan 's morgens nog de moeite om hun bed uit te komen? Waarom deden de meesten van hen op z'n minst hun best om het goede te doen, of in elk geval hun versie daarvan? Waarom zouden mensen een huis kopen, of kinderen krijgen, of een seizoenkaart aanschaffen, als alles zo verdomd onzeker was?

Misschien had hij het met Layla stom aangepakt – dat gaf hij toe. Maar zij was net zo stom om terug te schrikken voor wat ze samen konden opbouwen, enkel omdat de toekomst niet in keurige kolommetjes was gerangschikt. Wat hij nodig had was een andere benadering, besefte hij. Hij was advocaat, nota bene, hij wist hoe je een geval van verschillende kanten kon benaderen, om obstakels heen kon manoeuvreren en langs een andere weg je doel kon bereiken. Hij wist hoe je compromissen moest sluiten, moest onderhandelen, de gulden middenweg moest vinden.

Dus wat was het doel, vroeg hij zich af, terwijl hij naar het raam slenterde.

Het dorp en de mensen erin redden, het kwaad vernietigen dat het leven eruit wilde wegzuigen. Dat waren de grote doelen, maar als hij die zaken van leven en dood opzijzette, wat was dan het doel van Fox B. O'Dell?

Layla. Een leven met Layla. De rest was bijzaak. Hij had onderweg naar het doel de bal verspeeld omdat hij verstrikt was geraakt in details. Daar moest hij zich nu eerst van ontdoen. Als hij dat had gedaan, bleven er alleen een jongen en een meisje over. Zo simpel en zo ingewikkeld was het.

Hij draaide zich om naar zijn bureau. Het dossier zou hij wegdoen, dat stond alleen maar symbool voor die details. Toen hij zijn hand uitstak om de la open te trekken, werd er op de deur geklopt. Hij fronste zijn wenkbrauwen. Het moest Gage zijn, of Cal, dacht hij, terwijl hij zijn kamer uit liep om open te doen. Hij had geen tijd voor gezelligheid. Hij moest werken aan zijn vereenvoudigde, van alle poespas ontdane methode om de vrouw van wie hij hield voor zich te winnen.

Toen hij de deur opendeed, stond de vrouw in kwestie voor zijn neus.

'Hoi, ik dacht net... Ben je alleen?' Zijn verrassing en verwardheid maakten plaats voor irritatie en hij trok haar aan haar hand naar binnen. 'Hoe kom je erbij om 's avonds in je eentje door het dorp te dolen?'

'Hou op. Twisse laat zich na een dag als vandaag niet meer zien, en ik doolde niet. Ik ben rechtstreeks hiernaartoe gelopen. Je kwam niet terug.'

'We hebben er geen idee van waar Twisse na een dag als vandaag toe in staat is, verdomme. En ik kwam niet terug omdat ik dacht dat je wel zou willen slapen. Bovendien was je vóór die vertoning van vanmiddag niet erg blij met me.'

'Dat was precies de reden waarom ik dacht dat je terug zou komen. Zodat we erover konden praten.' Ze prikte met haar vinger in zijn borst. 'Je hebt niet het recht om kwaad op me te zijn.'

'Pardon?'

'Je hebt me wel gehoord. Je hebt niet het recht om kwaad te zijn, enkel omdat ik niet halsoverkop instem met de plannen die je hebt gemaakt, zonder met mij te overleggen.'

'Wacht eens even, verdomme.'

'Nee, ik wacht verdomme niet. Jij bepaalde wat ik de rest van mijn leven moet gaan doen, waar ik moet gaan wonen, hoe ik de kost moet verdienen. Je hebt nota bene een dossier samengesteld.' Verontwaardiging straalde uit haar ogen, klonk in haar stem. Hij zag het bijna uit haar vingertoppen knetteren. 'Het zou me niet verbazen als er verfstalen en namen voor die denkbeeldige boetiek in zitten.'

'Qua kleur dacht ik aan paarsbruin. Dat wordt zwaar ondergewaardeerd. Wat namen betreft zou mijn keus op dit moment vallen op "Stel je verdomme niet zo aan", maar daar moeten we ons misschien nog even op beraden.'

'Je hoeft niet tegen me te vloeken of de boel belachelijk te maken.'

'Als dat je eisen zijn, ben je aan het verkeerde adres. Dan breng ik je wel naar huis.'

'Dat doe je niet.' Ze plantte haar voeten stevig op de grond en vouwde haar armen over elkaar. 'Ik ga pas weg als ik klaar ben, en ik ben nog niet klaar. En waag het niet om me de deur uit te zetten, want dan...'

'Wat dan?' Hij móést er wel een grapje van maken. Het was bespottelijk. Hij balde zijn vuisten en nam een bokshouding aan. 'Denk je dat je me aankunt?'

De woede die ze uitstraalde was heet genoeg om de lucht aan de kook te brengen. 'Daag me niet uit. Je hebt me hiermee overvallen. Zomaar. En als ik geen vreugdedansje maak en me niet in je plannen stort, loop je weg. Je zegt dat je van me houdt, en dan loop je weg.'

'Sorry, ik denk dat ik even alleen moest zijn toen het tot me doordrong dat de vrouw van wie ik hou geen leven met me wil opbouwen.'

'Ik zei niet... Ik bedoelde niet... Verdomme.' Layla sloeg haar handen voor haar gezicht en haalde een paar keer diep adem. De woede verdampte toen ze haar handen liet zakken. 'Ik heb je al eerder verteld dat ik bang van je word. Jij begrijpt dat niet. Jij bent niet zo gauw bang.'

'Dat is niet waar.'

'O, jawel, dat is wel waar. Jij hebt te lang met deze dreiging geleefd om snel bang te worden. Jij ziet de dingen onder ogen. Deels komt dat door de omstandigheden, deels is het je karakter, maar jij ziet onder ogen wat er op je pad komt. Dat heb ik niet vaak hoeven doen. Voor mij waren de dingen in mijn leven tot februari redelijk gewoon. Geen grote hobbels op mijn pad, geen spectaculaire ontwikkelingen. Al met al denk ik dat ik het er redelijk goed van afbreng. Al met al,' herhaalde ze met een zucht, terwijl ze de kamer rond begon te lopen.

'Je doet het prima.'

'Ik ben bang voor wat hier is, voor wat eraan komt, voor wat er misschien gaat gebeuren. Ik heb niet Quinns energie of Cybils... flair,' besloot ze. 'Ik heb wel doorzettingsvermogen. Als ik mezelf ergens aan verbind, doe ik mijn best om het vol te houden, en ik heb er slag van om het grote geheel op te delen in kleinere stukjes waar ik iets mee kan. Dus dat is iets. Het is niet zo overweldigend, niet zo beangstigend als je die kleinere stukjes hebt om mee te werken. Maar ik lijk er maar niet uit te kunnen komen hoe het moet met jou en mij, Fox. En dat maakt me bang.'

Ze keerde zich weer naar hem toe. 'Het beangstigt me dat ik nooit voor iemand heb gevoeld wat ik voor jou voel. En ik heb tegen mezelf gezegd dat het oké is, dat het niet erg is dat die gevoelens me overvallen en bij de keel grijpen. Want alles is gek. Maar tegelijkertijd is het ook echt. Wat er om ons heen gebeurt, wat er in mij gebeurt is allemaal echt. En ik weet niet wat ik ermee aan moet.'

'En dan kom ik er nog bij met het idee om hier een bedrijf te starten, waardoor het nog ingewikkelder en beangstigender wordt. Ik begrijp het. We halen het van tafel. Ik wilde je niet onder druk zetten. We staan allemaal al genoeg onder druk.'

'Ik wilde kwaad zijn, omdat het gemakkelijker is om kwaad te zijn dan bang. Ik wil geen ruzie met jou, Fox. Alles wat er vandaag is gebeurd... je was er. Ik ontwaakte uit die nachtmerrie, en je was er. En toen kwam je niet meer terug.' Ze sloot haar ogen. 'Je kwam niet terug.'

'Ik ging niet ver weg.'

Er lag een emotioneel waas in haar ogen toen ze ze opendeed. 'Ik dacht dat je dat misschien wel had gedaan. En dat beangstigde me meer dan wat dan ook.'

'Ik hou van je,' zei hij eenvoudig. 'Waar zou ik naartoe moeten?'

Ze wierp zich in zijn armen. 'Niet ver weggaan.' Haar mond vond de zijne. 'Stuur me niet weg. Laat me bij je blijven.'

'Layla.' Hij nam haar gezicht in zijn handen en hief het langzaam op, tot hun ogen elkaar ontmoetten. 'Als het erop aankomt wil ik alleen maar dat jij bij me bent.'

'Ik ben hier. Het kómt erop aan en ik ben hier. Dit is waar ik wil zijn.'

Haar lippen waren zo zacht, zo gul. Haar zucht toen haar lichaam zich naar het zijne vormde, klonk hem als muziek in de oren. Haar handen streken zachtjes over zijn gezicht en door zijn haar terwijl hij haar naar de slaapkamer bracht. In het donker lieten ze zich op het bed zakken. Ze stak haar armen naar hem uit en hun benen verstrengelden zich met elkaar terwijl ze met hun gezichten naar elkaar toe bij elkaar lagen. Terwijl ze elkaar prikkelden met lange, trage kussen, zag hij in het donker de glans van haar ogen, de ronding van haar wang. Hij voelde de vorm van haar lippen en het kloppen van haar hart tegen het zijne.

Ze maakte zich van hem los en ging op haar knieën zitten om zijn shirt los te knopen. Toen boog ze voorover en drukte ze haar lippen op zijn hart. Heel licht gleden haar vingertoppen langs zijn zij, en haar lippen en tong streken over zijn huid. Ze voelde zijn spieren trillen toen ze al kussend met open mond langzaam over zijn buik gleed en de knoop van zijn spijkerbroek losmaakte.

Ze wílde dat hij trilde.

Ze trok de rits naar beneden en hoorde sissend zijn adem ontsnappen toen ze de spijkerstof over die smalle heupen naar beneden trok, waar de huid warm was. Hij kreunde toen ze hem aanraakte.

Ze regeerde zijn lichaam. Haar mond en handen voerden hem langzaam, onverbiddelijk mee in de deinende, hete zee, tot die hem helemaal omhulde. En toen het bloed begon te branden onder zijn huid, maakte ze zich weer van hem los. Hij hoorde het zachte geruis toen ze zich uitkleedde.

'Ik wil je iets vragen.' Ze kroop op handen en knieën over het bed naar hem toe en zijn mond werd zo droog als stof.

'Als je een gunst wilt vragen, is dit waarschijnlijk een goed moment.'

Plagerig bracht ze haar lippen naar zijn mond, streek er vluchtig overheen en trok zich weer terug. Toen hij zijn hand om haar achterhoofd legde om haar gezicht weer naar zich toe te trekken, bracht ze zijn mond naar haar borst.

'Als je me aanraakt, als je met me vrijt, als je in me bent, kun je dan voelen wat ik voel? Mag ik voelen wat jij voelt? Ik wil dat met jou. Ik wil weten hoe het is om zo samen te zijn, zoals wij nu.'

Een geschenk, dacht hij, van compleet vertrouwen, aan beide kanten. Hij ging rechtop zitten en keek haar in de ogen. 'Stel je maar open,' mompelde hij en hij wreef met zijn lippen langs de hare. 'Stel je maar helemaal open.'

Hij voelde haar zenuwen, haar verlangens, en de gedachten die als zachte schijnsels haar hoofd in en uit gleden. Haar verlangen om begeerd te worden, aangeraakt te worden. Door hem. Toen haar handen langs zijn rug omhooggleden, kende hij haar genot en haar goedkeuring. Hij kende de druk van hun lichamen, het kloppen van hun harten.

Hij liet haar langzaam achteroverzakken en zijn kus werd dieper. Toen opende hij zich voor haar.

Eerst was het als een zucht die door haar lichaam en haar geest trok. Ze dacht: heerlijk. Het is heerlijk. De verwachting nam toe.

Ze draaide haar hoofd bij toen ze zijn verlangen voelde om de kloppende ader in haar keel te proeven.

Haar adem stokte en er ging een lichte schok door haar heen toen zijn mond haar borst nam. Zo veel te voelen, te weten. Ze beefde met iedere nieuwe sensatie die in en om haar heen gleed. Zijn handen, haar huid, zijn lippen, haar smaak. Haar verlangens verstrengelden zich met de zijne toen ze zich in een vrije val naar beneden stortten.

Begeerte – was het haar begeerte of de zijne waardoor ze met hem over het bed rolde, wanhopig verlangend naar meer. En het meer maakte alleen maar nieuwe, wilde hunkeringen los. Zijn handen gebruikten haar, ruwer dan eerdere keren, en beantwoordden haar onuitgesproken verlangens. Neem, neem, neem. Genot zwol aan, ontrolde zich en spatte uiteen in de ene schitterende schok na de andere.

Haar nagels haakten zich in hem vast, zijn tanden beten haar. En toen hij in haar stootte, dacht ze dat ze gek zou worden van de intensiteit van hun verstrengelde krachten.

'Blijf bij me, blijf bij me.' Wanhopig, gek van verrukking sloeg ze haar benen als kettingen om hem heen toen ze voelde dat hij zich begon af te sluiten. Genot, een tweesnijdend zwaard, was fel en meedogenloos. Ze hield het met hem in haar greep.

Ze hield zijn lichaam, zijn gedachten, zijn hart vast tot ze het geen van beiden meer konden volhouden.

Hij strekte zich met gespreide armen en benen uit op het bed, zijn gezicht naar beneden. Zijn hoofd tolde, zijn longen zwoegden. Hij had nog niet de kracht om haar te vragen of het goed met haar ging, en nog minder om een verbinding met haar te leggen om het zelf na te gaan.

Ze had hem uit elkaar gehaald en hij was nog niet in staat zichzelf weer in elkaar te zetten. Geen van zijn gedachten vond enige samenhang. Hij wist niet zeker of er geen echo's van haar gedachten in hem rondzweefden.

Toch drong het na een paar minuten tot hem door dat hij misschien zou sterven van dorst als hij niet uit bed kroop om water te halen.

'Water,' kraste hij schor.

'God, ja, graag.'

Hij begon te rollen en stootte tegen haar aan, want ze lag dwars over het bed. 'Sorry.'

Hij gromde alleen maar iets terwijl hij zijn voeten op de grond zette en struikelend zijn weg zocht naar de keuken. Het lampje in de koelkast brandde als een zon in zijn ogen. Met één hand voor zijn ogen gedrukt tastte Fox de rekken af, op zoek naar een fles water.

Hij dronk de helft ter plekke op, naakt voor de koelkast, met zijn ogen stijf dicht om elke lichtbron buiten te sluiten. Nu hij wat steviger op zijn benen stond, opende hij zijn ogen op een kiertje, greep een tweede fles en nam die mee naar de slaapkamer.

Ze had geen spier bewogen.

'Gaat het? Heb ik...'

'Water.' Haar hand maaide krachteloos door de lucht. 'Water.'

Hij opende de fles en sloeg een arm om haar heen om haar rechtop te zetten. Leunend tegen zijn arm dronk ze net zo gulzig als hij had gedaan.

'Tuiten jouw oren ook?' vroeg ze hem. 'Die van mij wel. En ik denk dat ik blind ben.'

Hij draaide haar om, zodat ze tegen de kussens leunde in plaats van tegen zijn arm en knipte het bedlampje aan.

Ze gaf een gil en sloeg haar hand voor haar ogen. 'Oké, ik was niet blind, maar nu misschien wel.' Voorzichtig gluurde ze tussen twee gespreide vingers door. 'Heb jij ooit...?'

'Nee. Dit was de eerste keer.' Omdat zijn benen nog steeds wat beverig waren, ging hij naast haar zitten. Wat jammer was, mijmerde hij, omdat hij had genoten van het uitzicht. 'Intens.'

' "Intens" is te zwak uitgedrukt. Er is geen woord voor. Ze moeten er een uitvinden. Ik denk dat we dit niet elke keer aankunnen.'

'Laten we het bewaren voor speciale gelegenheden.'

Ze glimlachte en verzamelde de energie om rechtop te gaan zitten, zodat ze haar hoofd op zijn schouder kon laten rusten. 'Binnenkort is het boomplantdag, geloof ik. Dat is redelijk speciaal.'

Hij lachte en draaide zijn hoofd om, zodat hij met zijn wang over haar haar kon wrijven. Ik hou van je, dacht hij, maar deze keer sprak hij de woorden niet uit.

Omdat Fox afspraken buiten de deur had, maakte Layla van de stille middag gebruik om gedeelten van Ann Hawkins' derde dagboek door te lezen. Er stonden geen toverformules in, of puntsgewijze instructies voor het vermoorden van een eeuwenoude demon, zoals ze hadden gehoopt. Layla begon te geloven dat Giles Dent zijn geliefde de antwoorden niet had gegeven. Cybils kijk op de zaak was ingewikkelder, veronderstelde Layla. Als Ann het wist, wist ze ook dat wat er ook maar nodig was om Twisse te vernietigen, zou verwateren of zelfs zijn kracht compleet zou verliezen als de antwoorden simpelweg werden overgedragen.

Dit was Layla te cryptisch en irritant, dus ze besteedde flink wat tijd aan pogingen om tussen de regels door te lezen. Maar dat leverde haar alleen maar hoofdpijn en frustratie op. Waarom konden mensen niet gewoon duidelijk zijn? Zij híéld van puntsgewijze instructies. En als ze die ooit vonden en met succes toepasten zou ze ze zonder enige twijfel vastleggen, voor het onwaarschijnlijke geval dat een toekomstige generatie met een soortgelijk probleem te maken zou krijgen.

'Waarom kom je niet terug?' mompelde Layla. 'Kom terug en praat met me, Ann. Leg het gewoon uit. Dan kunnen we allemaal ons normale leven weer oppakken.'

Ze had het nog niet gezegd of ze hoorde de voordeur opengaan. Ze schoot overeind. Brian O'Dell slenterde naar binnen.

'Hé, Layla. Sorry, liet ik je schrikken?'

‘Nee. Een beetje. Ik verwachtte niemand. Fox is vanmiddag niet op kantoor.’

‘O. Nou ja.’ Brian stak zijn handen in zijn zakken en wipte van zijn tenen op zijn hakken. ‘Ik was in het dorp, dus ik dacht, ik ga even langs.’

‘Hij komt waarschijnlijk pas na zessen terug. Ik kan wel een boodschap doorgeven...’

‘Nee. Doe geen moeite. Weet je, nu ik hier toch ben, loop ik even naar achteren.’ Hij trok een hand uit zijn zak en wees met zijn duim. ‘Fox heeft het erover dat hij een nieuwe vloer wil in de keuken, en nog een paar dingetjes. Ik ga even opmeten. Heb je zin in koffie of zo?’

Layla hield haar hoofd schuin. ‘Hoe gaat u opmeten zonder meetlint?’

‘O ja. Ja. Ik haal er een uit de truck.’

‘Meneer O’Dell, heeft Fox u gevraagd om vanmiddag langs te komen?’

‘Ah. Hij is er niet.’

‘Precies.’ Hij was een slechte leugenaar, net als zijn zoon, dacht Layla. ‘Dus hij heeft gevraagd of u langs wilde gaan, om een oogje in het zeil te houden. Ik had dat misschien niet in de gaten gehad, als uw vrouw een uur geleden niet langs was gekomen met een doos eieren. Als ik die twee dingen bij elkaar optel, ruik ik kinderoppas.’

Brian grijnsde en krabde op zijn hoofd. ‘Betrapt. Hij vindt het niet prettig dat je hier alleen zit. Ik kan het hem niet kwalijk nemen.’ Hij slenterde naar een van de bezoekersstoelen en liet zich erin vallen. ‘Ik hoop dat je het hem niet te hard aanrekent.’

‘Nee.’ Ze zuchtte en ging zelf ook zitten. ‘Ik denk dat we ons op de een of andere manier allemaal zorgen maken over elkaar. Maar ik heb mijn mobiel in mijn zak, en iedereen die ik ken zit onder een sneltoets. Meneer O’Dell...’

‘Brian.’

'Brian. Hoe ga jij ermee om? Als je bedenkt wat er aan de hand is en wat er met Fox kan gebeuren?'

'Weet je, ik was negentien toen Sage werd geboren.' Hij legde zijn voet met de werkschoen op zijn knie, met het gebaar van een man die van plan is een poosje te blijven. 'Jo was achttien. We waren kinderen die dachten dat ze alles wisten, alles onder controle hadden. Dan krijg je zelf een kind en de hele wereld verandert. Iets in mij is nu al drieëndertig jaar bezorgd.' Hij glimlachte terwijl hij het zei. 'Ik denk dat ik extra bezorgd ben als het Fox betreft. En zal ik eerlijk zijn? Ik ben woedend dat zijn jeugd, zijn onschuld is hem afgenomen. Hij kwam die dag terug, op zijn tiende verjaardag, en hij is daarna nooit meer een kleine jongen geweest. Niet zoals daarvoor.'

'Heeft hij verteld wat er was gebeurd? De ochtend dat hij terugkwam van de Heidense Steen?'

'Ik vind het fijn om te denken dat we veel goed hebben gedaan met onze kinderen, maar van één ding ben ik zeker. Ze weten dat ze ons alles kunnen vertellen. Hij had dat verhaal verzonnen dat ze bij Cal in de achtertuin gingen kamperen, maar dat hadden Jo en ik door.'

'Wisten jullie dat hij die nacht in het bos zou gaan slapen?'

'We wisten dat hij op avontuur ging, en we gaven hem de ruimte. Als we dat niet hadden gedaan, had hij een manier gevonden om het toch te doen. Vogels vliegen uit. Je kunt het niet tegenhouden, hoe graag je ze ook veilig in het nest wilt houden.'

Hij zweeg even, en Layla, die zag dat hij terugdacht aan die tijd, vroeg zich af hoe het zou zijn om terug te kijken op het leven van iemand anders. Van iemand van wie je hield.

'Hij had Gage bij zich toen hij thuiskwam,' vervolgde Brian. 'Je kon aan allebei zien dat er iets was veranderd. Toen vertelden ze het ons, en dat veranderde alles. We hebben overwogen om weg te gaan. Jo en ik dachten erover de boerderij te verkopen en ergens anders te gaan wonen. Maar hij moest hier zijn. Toen de week voorbij was, dachten we allemaal dat het afgelopen was. Maar wat meer is, we wisten dat Fox hier moest zijn, bij Cal en Gage.'

'Je hebt het nu drie keer meegemaakt, en nu gaat het weer gebeuren. Ik vind dat er enorm veel moed voor nodig is om te accepteren wat hij doet. Om niet te proberen hem tegen te houden.'

Hij glimlachte ontspannen. 'Het is geen moed, het is vertrouwen. Ik heb een absoluut vertrouwen in Fox. Hij is de beste man die ik ken.'

Brian bleef tot zij het kantoor afsloot en stond erop om haar daarna naar huis te brengen. De beste man die ik ken, peinsde ze, terwijl ze het huis in liep. Kon een vader zijn zoon een groter compliment geven? Ze liep de trap op om het dagboek terug te brengen naar het kantoortje.

Quinn zat aan haar bureau en tuurde nijdig naar haar monitor.

'Hoe gaat het?'

'Waardeloos. Ik moet mijn artikel inleveren en ik kan mijn hoofd er niet bij houden.'

'Sorry. Ik ga naar beneden, dan kun je verdergaan.'

'Nee. Shit.' Ze wendde zich af van haar computer. 'Ik had niet moeten zeggen dat ik dat stomme artikel zou schrijven, behalve, nou ja, om het geld natuurlijk. Maar we hebben nagedacht over dat idee van het bloedritueel en over de juiste woorden die daarbij horen, en Cybil is chagrijnig.'

'Waar is ze?'

'Ze zit in haar kamer te werken omdat ik blijkbaar te luidruchtig nadenk.' Quinn wuifde het weg. 'Zo doen wij als we langere tijd aan hetzelfde project werken. Alleen doet zij het meer. Ik heb zin in een koekje.' Quinn steunde met haar kin op haar hand. 'Ik heb zin in een zak Milano's. Shit.' Ze pakte de appel van het bureau en beet erin. 'Wat lach jij nou, maatje xxs?'

'xs, en ik lach omdat het geruststellend is om thuis te komen terwijl jij in een rotbui bent en naar koekjes hunkert, en Cybil zich heeft opgesloten in haar kamer. Het is zo normaal.'

Met iets wat het midden hield tussen een snuif en een grom nam Quinn nog een hap van haar appel. 'Mijn moeder heeft me een stalenboek gestuurd voor de jurken van de bruidsmeisjes. Fuchsia. Hoe normaal is dat, zonnestraaltje van me?'

'Als het moest zou ik best fuchsia aankunnen. Maar zeg alsjeblieft dat het niet hoeft.'

Quinn kauwde en glimlachte, met een boosaardig lichtje in haar blauwe ogen. 'Cyb zou er afschuwelijk uitzien in fuchsia. Als ze op me blijft kankeren, moet ze fuchsia dragen van me. Weet je wat? Wij moeten er even tussenuit. Voor serieuze zaken, hoor, niet voor de lol. We nemen morgen vrij om mijn trouwjurk uit te zoeken.'

'Meen je dat?'

'Dat meen ik.'

'Ik dacht dat je het nooit zou vragen. Ik kan niet wáchten om dit te doen. Waar...'

Layla draaide zich om toen Cybils deur openging. 'We gaan winkelen. Voor Quinns trouwjurk.'

'Mooi, dat is mooi.' Cybil leunde tegen de deurpost en bestudeerde haar beide vriendinnen. 'Dat zouden we een ritueel kunnen noemen. Een wit, vrouwelijk ritueel. Tenzij we de symboliek nauwkeuriger willen bestuderen. Wit staat voor maagdelijkheid, een sluier staat voor onderwerping...'

'Dat doen we niet,' onderbrak Quinn haar. 'Ik zet zonder schaamte mijn feministische principes opzij voor de perfecte trouwjurk. Daar kan ik mee leven.'

'Juist. Nou ja, goed...' Cybil duwde verstrooid haar dikke bos haar naar achteren. 'Toch is het een vrouwelijk ritueel. Misschien biedt het tegenwicht tegen wat we over een week of twee gaan doen. Bloedmagie.'

Fox reed na zijn afspraken regelrecht naar Layla's huis. Zodra hij het pad op liep, opende ze de deur. Haar haren zwierden om haar gezicht en haar lippen verwelkomden hem met een glimlach. Kon hij het helpen dat dat precies was wat hij het liefst elke avond wilde zien als hij thuiskwam?

'Hé.' Hij boog voorover om haar te kussen, kwam overeind en keek haar met schuin gebogen hoofd aan toen ze niet reageerde. 'Dat moeten we nog maar eens proberen, vind ik.'

'Sorry. Ik was afgeleid.' Ze pakte hem bij de revers van zijn jasje en kuste hem vol overgave.

'Dat is beter.' Maar hij zag nu dat de verwelkomende glimlach niet in haar ogen werd weerspiegeld. 'Wat is er aan de hand?'

'Heb je mijn voicemail gekregen?'

'Dat ik zo snel mogelijk hiernaartoe moest komen. Ik ben er.'

'We zijn in de huiskamer. Het is... Cybil denkt dat ze heeft uitgedokterd hoe het moet met het bloedritueel.'

'Dat wordt een dolle boel.' Bezorgd wreef hij met zijn duim over haar jukbeen. 'Wat is het probleem?'

'Ze... Ze heeft gewacht tot jij er was om het aan jullie drieën uit te leggen.'

'Wat ze jullie heeft uitgelegd heeft geen kleur op je wangen gebracht.'

'Sommige variabelen van de mogelijke uitkomst zijn niet rooskleurig.' Ze pakte zijn hand. 'Je kunt het beter van haar horen. Maar eerst... moet ik je iets anders vertellen.'

'Oké.'

'Fox...' Haar vingers klemden zich om de zijne, alsof ze hem wilde troosten. 'Kunnen we hier even gaan zitten?'

Ze zaten op de trap van de veranda en keken uit op de rustige straat. Ze klemde haar handen om haar knie, een van de tekenen – Gage zou het een "verklikker" noemen – dat ze nerveus was. 'Hoe erg is het?' vroeg Fox haar.

'Ik weet het niet. Ik weet niet hoe jij erover zult denken.' Ze perste haar lippen even stijf op elkaar. 'Ik ga het zonder omwegen zeggen, dan kun jij daarna alle tijd nemen die je nodig hebt om het, nou ja, te verwerken. Carly was verbonden. Met dit. Ze was een afstammeling van Hester Deale.'

Het trof hem hard, als een snelle, krachtige stomp in het middenrif. Het duizelde hem, dus hij vroeg het eerste wat in hem opkwam. 'Hoe weet je dat?'

'Ik heb Cybil gevraagd...' Ze brak haar zin af, draaide zich naar hem toe en begon opnieuw. 'Het leek erop dat er een reden was voor wat er was gebeurd, Fox. Een reden waarom ze zo snel besmet raakte, met zo'n… fatale afloop. Dus ik vroeg Cybil om dat te onderzoeken, en dat heeft ze gedaan.'

'Waarom heb je niets tegen mij gezegd?'

'Ik wist het niet zeker, en als ik het mis had gehad, had ik je voor niets van streek gemaakt. En… Ik had het je moeten vertellen,' voegde ze eraan toe. 'Het spijt me.'

'Nee.' De duizeligheid verdween; de pijn pal onder zijn hart nam af. Ze had hem willen beschermen tot ze wist dat haar vermoeden juist was. Hij zou precies hetzelfde hebben gedaan. 'Nee, ik snap het. Cybil heeft dus Carly's stamboom nagetrokken?'

'Ja. Vanavond vertelde ze me dat ze de verbinding had gevonden. Zij heeft de genealogische details, als je die wilt zien.'

Toen hij alleen maar zijn hoofd schudde, ging ze verder. 'Ik weet niet of dit het beter voor je maakt, of erger, of dat het niets verandert. Maar ik vond dat je het moest weten.'

'Zij maakte er deel van uit,' zei hij zacht. 'Al die tijd.'

'Twisse gebruikte dat, en jou, en haar. Het spijt me. Ik vind het zo erg, maar niets wat je hebt gedaan of niet hebt gedaan, had daar iets aan kunnen veranderen.'

'Ik weet niet of dat waar is, maar nu kan ik er in elk geval niets meer aan veranderen. Misschien hebben Carly en ik elkaar hierom ontmoet. Maar daarna hebben we allebei keuzes gemaakt die tot dit einde hebben geleid. Andere keuzes hadden misschien een ander resultaat gehad. Dat zullen we nooit weten.'

Na een ogenblik stilte legde hij zijn hand over de hare. 'Er zal altijd schuldgevoel zijn, en verdriet, als ik aan haar denk. Maar nu weet ik in elk geval een deel van het waarom. Ik heb nooit begrepen waarom, Layla, en daar zat ik mee in de knoop.'

'Twisse gebruikte haar om jou te kwetsen. En hij kon haar op die manier gebruiken omdat ze zijn bloed droeg. En omdat...'

'Ga door,' zei hij, toen haar stem wegstierf.

'Ik denk omdat zij niet geloofde, niet echt. Ze geloofde niet genoeg om bang te zijn, of om te vechten, of zelfs om te vluchten. Dat is maar een vermoeden, en misschien gaat het te ver, maar...'

'Nee.' Hij zei het rustig. 'Nee, je hebt het helemaal goed. Ze geloofde niet, zelfs niet toen ze het met haar eigen ogen zag.' Hij tilde zijn vrije hand op en bestudeerde de ongeschonden handpalm. 'Ze vertelde me wat ze dacht dat ik wilde horen en beloofde me dat ze die nacht op de boerderij zou blijven, terwijl ze niet van plan was zich aan die belofte te houden. Ze was een geboren scepticus, ze kon het niet helpen.'

Hij balde zijn hand losjes tot een vuist en liet hem zakken. En voor het eerst in bijna zeven jaar liet hij het los. 'Ik heb er nooit aan gedacht dat er een verbinding zou kunnen zijn. Dat was slim. En je hebt gelijk dat je het me hebt verteld.' Hij tilde haar hand op en verstrengelde zijn vingers met de hare. 'Openhartig zijn tegen elkaar, zelfs als het moeilijk is, dat is voor ons de beste keus.'

'Voor we naar binnen gaan wil ik nog één ding tegen je zeggen. Als ik je iets beloof – als je me vraagt iets te doen of niet te doen, en ik beloof het je – dan hou ik me daaraan.'

Hij bracht hun verstrengelde handen naar zijn lippen. 'En ik zal geloven wat je me vertelt. Laten we naar binnen gaan.'

Hij kon het verleden niet veranderen, dacht Fox. Hij kon zich alleen voorbereiden op de toekomst. Maar het nu kon hij koesteren en vasthouden. Layla was zijn nu. De mensen in dit huis hoorden ook bij hem. Ze hadden hem nodig en hij had hen nodig. Dat was voor elke man voldoende.

Hij nestelde zich op zijn gebruikelijke plekje op de grond, bij Lump. Er hing iets in de lucht, dacht Fox, iets wat het midden hield tussen nervositeit en angst. Dat kwam bij de vrouwen vandaan. Bij Cal en Gage voelde hij belangstelling en ongeduld.

'Wat is er aan de hand? Wat het ook is, laten we opschieten.'

Cybil nam het woord.

'Ik heb een paar mensen gesproken die ik ken en die ik grotendeels vertrouw, over het uitvoeren van een bloedritueel, met als doel de drie stukken van Dents bloedsteen weer tot een geheel te vormen. We nemen aan dat we dat moeten doen. Veel van onze veronderstellingen zijn gebaseerd op stukjes en beetjes informatie en speculatie.'

'De drie afzonderlijke stukken hebben ons tot nog toe niet veel goeds opgeleverd,' merkte Gage op.

'Nou, dat weet je niet, hè?' kaatste Cybil terug. 'Het is heel goed mogelijk dat die losse stukken jullie je gaven hebben geschonken, jullie zicht, jullie geneeskracht. Als hij weer heel is, verliezen jullie dat misschien. En zonder die gaven in jullie arsenaal, zijn jullie kwetsbaarder voor Twisse.'

'Als je ze niet bijeenbrengt,' merkte Cal op, 'zijn het alleen maar drie stukken steen die we niet begrijpen. We waren het erover eens dat we het zouden proberen. We hébben het geprobeerd. Als jij een andere werkwijze hebt ontdekt, gaan we die nu proberen.'

'Bloedrituelen zijn machtige en gevaarlijke staaltjes magie. We hebben al met een machtige, gevaarlijke kracht te maken. Je moet op de hoogte zijn van alle mogelijke consequenties. Daar moeten we allemaal van op de hoogte zijn. We moeten hier allemaal mee instemmen, want als we ook maar een beetje kans willen maken dat het ritueel slaagt, moeten we er allemaal aan deelnemen. Ik stem hier niet mee in voordat we dat allemaal begrijpen.'

'We snappen het.' Gage haalde zijn schouders op. 'Cal zal misschien zijn bril weer tevoorschijn moeten halen, en we zullen alle drie weer gevoelig worden voor verkoudheid.'

'Maak er geen grapje van.' Cybil draaide zich naar hem toe. 'Je raakt misschien kwijt wat je hebt, en meer. Het kan totaal mislukken. Je hebt gezien dat dat mogelijk is. De combinatie van bloed en vuur, de steen op de steen. Elk levend wezen ging in vlammen op. Het was jullie bloed dat de demon heeft bevrijd. We moeten er rekening mee houden dat we met het uitvoeren van dit ritueel iets nog ergers kunnen bevrijden.'

'Als je wilt winnen, moet je spelen.'

'Hij heeft gelijk.' Fox knikte naar Gage. 'We riskeren het, of we doen niets. We geloven Ann Hawkins of we doen dat niet. Dit is het moment, heeft ze Cal verteld. Deze Zeven is het alles of niets, en de steen, de hele steen, is een potentieel wapen. Ik geloof haar. Ze heeft haar leven met Dent opgeofferd en dat offer heeft tot ons geleid. Eén in drie, drie in één. Als er een manier is, moeten we het doen.'

'Er zijn er nog drie. Q, Layla en ik. Ons bloed, dat zo je wilt is besmet met het bloed van de demon.'

'En dat het bloed van de onschuldige in zich draagt.' Layla zat met haar handen gevouwen, alsof ze iets heel kwetsbaars vasthield. 'Hester Deale was niet slecht. Onschuldig bloed, zei je, Cybil. Onschuldig bloed is een machtig element in een ritueel.'

'Dat is me verteld.' Cybil slaakte een zucht. 'Ik ben ook gewaarschuwd dat de onschuldige kan worden gebruikt om de nakomelingen van de demon meer macht te geven. Dat een ritueel zoals wij dat overwegen een uitnodiging kan zijn. Drie jonge jongens werden veranderd door een bloedritueel dat op die grond heeft plaatsgevonden. Het zou weer kunnen gebeuren, met ons.' Ze keek naar Layla en Quinn. 'En wat verdund is, of in een sluimertoestand verkeert, of in ons wordt gecompenseerd door wie we zijn, zou naar boven kunnen komen.'

'Dat gaat niet gebeuren.' Quinn sprak kortaf. 'Niet alleen omdat ik hoorntjes en duivelspoten niet zie als de nieuwste modetrend, maar'

– ze negeerde Cybils geïrriteerde vloek – 'omdat we het niet toelaten. Cyb, jij bent gewoon veel te nuchter om je doen en laten te laten bepalen door een beetje demonen-DNA. En jij bent niet verantwoordelijk. Ik wil er niets meer over horen,' beval ze, toen Cybil iets wilde zeggen. 'Niemand kent je zo goed als ik. Als we besluiten het te doen, staan we er allemaal achter, maken we allemaal de keus. En wat er ook gebeurt, of we voor of tegen stemmen, het ligt niet aan jou. Jij bent alleen maar de boodschapper.'

'Begrijp wel dat als het misgaat, het op een heel ernstige en gewelddadige manier mis kan gaan.'

'Als het goed gaat,' bracht Fox Cybil in herinnering, 'is het een stap naar het redden van levens. Naar een einde aan dit alles.'

'Dikke kans dat we wat bloed verliezen en dat er verder niks verandert. Hoe je het ook bekijkt, het blijft een gok,' voegde Gage eraan toe. 'Ik hou daar wel van. Ik doe mee.'

'Niemand tegen?' Quinn keek de kamer rond. 'Dan gaat het dus door.'

'Laten we beginnen.'

'Niet zo snel, grote jongen,' zei Cybil tegen Gage. 'Het ritueel is vrij simpel, maar er zijn details en een procedure waar we rekening mee moeten houden. We moeten met z'n zessen – jongen-meisje, jongen-meisje, net als bij een feestelijk etentje – de standaard rituele cirkel vormen. Op de rituele grond bij de Heidense Steen. Cal, ik neem niet aan dat je het mes nog hebt dat je eerder hebt gebruikt?'

'Mijn padvindersmes? Zeker wel.'

'Zeker wel.' Quinn leunde vertederd naar hem toe en gaf hem een kus op de wang.

'Dat hebben we nodig. Ik heb een lijst gemaakt van wat we nodig hebben. En we moeten de woorden van de toverspreuk bedenken. We moeten wachten op de nacht van vollemaan en we beginnen in het half uur voor middernacht en sluiten een half uur daarna af.'

'O, doe me een lol, zeg.'

'Ritueel vereist ritueel,' snauwde ze tegen Gage. 'En respect, en heel veel vertrouwen. De vollemaan geeft ons licht, letterlijk en in magische zin. Het half uur voor middernacht is de tijd van het goede en het half uur daarna die van het kwaad. Dat is de tijd, dat is de plaats en dat is onze grootste kans op succes. Zie het maar als een manier om de kansen in ons voordeel te laten uitpakken. We hebben twee weken om het nauwkeurig af te stemmen en problemen op te lossen. Of om de hele boel af te blazen en naar St. Barts te vertrekken. Intussen...' ze keek in haar lege glas, 'is mijn wijn op.'

Omdat de discussie onmiddellijk losbarstte, glipte Gage de kamer uit en volgde Cybil naar de keuken. 'Je bent ergens van geschrokken. Wat is het?'

'O, ik weet het niet.' Ze schonk zichzelf een royaal glas cabernet in. 'Het zal het dood-en-verdoemenis-verhaal wel zijn.'

'Je schrikt niet snel, dus zeg op.'

Ze nam een klein slokje en draaide zich naar hem toe. 'Jij bent niet de enige die voorvertoningen krijgt van komende attracties.'

'Wat heb je dit keer gezien?'

'Ik zag mijn beste vriendin doodgaan, en ik zag de dood van de vrouw van wie ik ben gaan houden en die ik respecteer. Ik zag de mannen die van hen houden sterven bij een poging hen te redden. Ik zag jouw dood in bloed en vuur. En ik bleef leven. Waarom is dat erger? Dat ik iedereen zag sterven en zelf bleef leven.'

'Klinkt meer als zenuwen en schuldgevoel dan als een voorgevoel.'

'In de regel doe ik niet aan schuldgevoel. Maar het goede nieuws is dat het in mijn droom wel werkte. Ik zag de bloedsteen heel en wel in het licht van de vollemaan op de Heidense Steen liggen. En even straalde hij feller dan de zon.'

Ze haalde diep en rustig adem. 'Ik heb geen zin om in mijn eentje bij de open plek weg te lopen, dus doe me een lol. Ga niet dood.'

'Ik zal zien wat ik kan doen.'

19

Buiten, bij het schemerige licht van de wassende maan, kuste Layla Fox goedenacht. En die lichte kus ging over in een tweede, zacht en verleidelijk als de nachtlucht. 'Ik denk dat ik vannacht hier moet blijven.' Maar ze vlijde zich tegen hem aan voor een nieuwe kus. 'Cybil is nerveus, Quinn is verstrooid. En ze zitten elkaar in de haren. Ze hebben een scheidsrechter nodig.'

'Ik zou kunnen blijven.' Zachtjes gleed hij met zijn tanden over haar onderlip. 'Om jou te steunen.'

'Dat zou afleiden. Ik ben al afgeleid.' Met een lichte kreun maakte ze zich zachtjes van hem los. 'Trouwens, ik heb het gevoel dat jij naar Cal gaat. Jullie willen dit vast met z'n drieën bespreken.'

'Het is veel.' Hij liet zijn handen over haar armen naar beneden glijden. 'Je kunt het.'

'Dat was geen vraag.'

'Nee. Ik zag het. Ik zie het nog steeds.'

Weinig had haar zo blij kunnen maken als dit bijna terloopse blijk van vertrouwen. 'Tijd om de volgende stap te zetten. En trouwens, ik wil morgen graag een dag vrij.'

'Oké.'

'Alleen maar "oké"?' Ze schudde haar hoofd. 'Niet "waarvoor", of "wie moet er dan in godsnaam het kantoor runnen?"'

'Drie of vier keer per jaar – meer niet – mochten wij thuis een dag vrij nemen van school. We zeiden gewoon: ik wil morgen niet naar school, en dat was oké. We hoefden nooit te doen alsof we ziek waren, of de kantjes eraf te lopen. Ik denk dat hetzelfde geldt voor werk.'

Ze leunde tegen hem aan, met haar armen om zijn middel en haar vingers door elkaar gestrengeld. 'Ik heb een fantastische baas. Als hij weg is stuurt hij zelfs zijn ouders naar me toe om te zien hoe het met me gaat.'

Fox kromp ineen. 'Misschien heb ik gezegd...'

'Het geeft niet. Sterker nog, het is prima. Ik heb een leuk gesprek gehad met je moeder en daarna nog met je vader, die me trouwens een beetje van mijn stuk brengt, omdat je zo op hem lijkt als je glimlacht.'

'Grootste charme van de O'Dells. Werkt altijd.'

Ze lachte en leunde achterover. 'Ik moet je iets vertellen voor je weggaat. Ik ben er al een poosje in mijn hoofd mee bezig, maar vandaag, toen ik met je vader praatte, werd me iets duidelijk. Waarom heeft het me zo veel moeite gekost om het in te zien? Waarom kon het er niet gewoon zijn? Want, nou ja, het is gewoon zo.'

'Wat is gewoon zo?'

'Ik ben verliefd op je.' Ze moest even lachen. 'Ik hou van je, Fox. Je bent de beste man die ik ken.'

Hij kon geen woorden vinden, niet terwijl er zo veel door hem heen ging. Ik hou van je, zei ze, met een glimlach die de woorden deed glinsteren in het donker. Hij boog zijn voorhoofd naar het hare, sloot zijn ogen en gaf zich over aan het moment. Hier was ze, dacht hij. Al het andere was bijzaak.

Hij nam haar hoofd tussen zijn handen en kuste haar voorhoofd en haar wangen voor hij zijn lippen op de hare drukte. 'Stuur je me naar huis, nadat je me dit hebt verteld?'

Ze lachte weer. 'Ik ben bang van wel.'

'Misschien kun je een uurtje meekomen. Of twee.' Hij kuste haar weer, dieper en dieper. 'Of drie.'

'Ik wil het wel, maar...'

Op het moment dat ze zich gewonnen wilde geven – wat was een uur of twee als je verliefd was – kwam Gage de voordeur uit lopen. 'Sorry.' Hij keek Fox met schuin gebogen hoofd aan. Fox knikte.

'Hoe krijgen jullie het voor elkaar om een gesprek te voeren zonder een woord te zeggen?' vroeg Layla vol verbazing, toen Gage naar zijn auto liep.

'Het heeft er waarschijnlijk mee te maken dat we elkaar al vanaf onze geboorte kennen. Ik rijd met hem mee.' Fox nam haar gezicht tussen zijn handen. 'Morgenavond.'

'Ja. Morgenavond.'

'Ik hou van je.' Hij kuste haar weer. 'Verdomme, ik moet weg.' En weer. 'Morgen.'

Toen hij naar de auto liep, waren zijn gedachten zo van haar vervuld dat hij niet de donkere wolk opmerkte die de maan opslokte.

Laat het aan Quinn over om de perfecte bruidswinkel te vinden, dacht Layla. Elke minuut van de tweeënhalf uur durende rit bleek de moeite waard te zijn geweest toen ze aankwamen bij het charmante, drie verdiepingen tellende victoriaanse huis met de verbluffende tuinen. Layla's verkopersoog merkte de details op: de kleurenschema's, de inrichting, de overdadig vrouwelijke zitjes, de o zo flatterende verlichting.

En de collectie. Jurken, schoenen, haarversieringen en lingerie, allemaal uiterst creatief tentoongesteld, gaven Layla het gevoel dat ze om een wufte, elegante bruidstaart heen wandelde.

'Te veel keus. Te veel. Ik stik.' Quinn greep Cybils arm.

'Nee, dat doe je niet. We hebben de hele dag. Mijn god, heb je ooit zo veel wit gezien? Het is een sneeuwstorm van tule, een winterbos van shantoeng.'

'Nou ja, er is wit, ivoorwit, crème, champagne, écru,' begon Layla. 'Met jouw huidskleur zou ik voor wit gaan, Quinn. Dat kun je wel hebben.'

'Kies jij er maar een. Dat is toch wat je doet... deed?' Quinn wreef over haar keel. 'Waarom ben ik zo zenuwachtig?'

'Omdat je maar één keer voor het eerst trouwt.'

Quinn gaf Cybil een por en lachte. 'Hou je kop. Oké.' Ze haalde diep adem. 'Natalie maakt de kleedkamer in orde,' zei ze, met een knikje naar de bedrijfsleidster. 'Ik zal aanpassen wat zij heeft uitgezocht. Maar wij gaan ook allemaal ten minste één jurk uitkiezen. En we zweren dat we eerlijk zijn. Als een jurk me waardeloos staat, zeggen we dat. Goed, we gaan ons verspreiden. Over twintig minuten bij de kleedkamer.'

'Je weet welke jurk voor jou bestemd is als je jezelf erin ziet. Zo werkt dat.' Maar Layla slenterde weg.

Ze keek naar kant, zijde, satijn, kralen. Ze bestudeerde belijningen, slepen en halslijnen. Terwijl ze een jurk stond te bekijken en zich Quinn erin voorstelde, kwam Natalie jachtig aanlopen.

Haar korte, peper-en-zoutkleurige haar paste goed bij haar jongensachtige gezicht. Een klein, zwart brilletje maakte het af. Ze was klein en slank en droeg een zwart pak waarvan Layla vermoedde dat ze het had gekozen omdat het contrasteerde met de trouwjurken in plaats van dat het er een mooi geheel mee vormde.

'Quinn is klaar, maar ze wil wachten tot jij erbij bent. Wij hebben zes jurken uitgekozen om mee te beginnen.'

'Zouden we deze er ook nog bij kunnen doen?'

'Natuurlijk, ik neem hem van je over.'

'Hoe lang doe je dit al?'

'Mijn partner en ik hebben de zaak vier jaar geleden geopend. Voor we verhuisden ben ik een aantal jaren manager geweest van een bruidswinkel in New York.'

'O ja? Welke?'

'I Do, in Upper East Side.'

'Fantastische winkel. Een vriendin van mij heeft daar een paar jaar geleden haar trouwjurk gekocht. Ik woon... woonde...' Wat was het, vroeg Layla zich af. 'Eh, in New York. Ik runde een boetiek in de binnenstad. Urbania.'

'Ik ken die zaak.' Natalie straalde. 'Klein wereldje.'

'Zeker. Mag ik vragen waarom je I Do en New York hebt verlaten en hier een zaak hebt geopend?'

'O, Julie en ik hebben er in de loop der jaren eindeloos over gepraat. We zijn al sinds onze studententijd bevriend. Zij ontdekte deze winkel, belde me en zei: "Nat, dit is het." Ze had gelijk. Ik dacht dat ze gek was. Ik dacht dat ik zelf gek was, maar ze had gelijk.' Natalie hield haar hoofd schuin. 'Weet je hoe het is als je voor een klant precies vindt wat ze wil, wat goed is? De uitdrukking op haar gezicht, de toon in haar stem?'

'Ja, dat weet ik.'

'Vermenigvuldig dat met drie als het je eigen zaak is. Zal ik je naar de paskamer brengen?'

'Ja, graag.'

Er stond thee in sierlijke porseleinen kopjes in een ruime kamer met een driedelige staande spiegel en stoelen met geborduurde kussentjes. Flinterdunne koekjes lagen uitgestald op een zilveren schaaltje en zachtroze lelies en witte rozen verspreidden een heerlijke geur.

Layla ging zitten en nipte van haar thee terwijl Quinn zich door de selectie heen werkte.

'Hij staat je niet slecht.' Cybil tuitte haar lippen terwijl Quinn voor de spiegel ronddraaide. 'Maar hij is te druk voor je. Te...' Ze draaide haar hand rond. 'Donzig,' besloot ze.

'Ik vind de kraaltjes leuk. Ze schitteren zo mooi.'

'Nee,' zei Layla alleen, en Quinn zuchtte.

'Volgende.'

'Beter,' vond Cybil. 'En dat zeg ik niet alleen omdat ik hem zelf heb uitgekozen. Maar als we ervan uitgaan dat dit de belangrijkste jurk van je leven is, is het het toch niet helemaal. Ik vind hem te statig – niet genoeg sjeu.'

‘Maar ik zie er zo elegant uit.’ Quinn draaide zich om en haar ogen straalden terwijl ze zichzelf bekeek in de driedelige spiegel. ‘Bijna... ik weet niet... koninklijk. Layla?’

‘Je kunt het hebben, met jouw lengte en lichaamsbouw, en de lijnen zijn klassiek. Maar nee.’

‘Maar...’ Quinn zuchtte zo diep dat haar lippen ervan trilden.

Na nog twee pogingen en afwijzingen, nam Quinn een theepauze in haar beha en slipje. ‘Misschien moeten we er gewoon vandoor gaan. We zouden naar Las Vegas kunnen gaan en ons laten trouwen door een Elvis-imitator. Dat kan best lollig zijn.’

‘Je moeder zou je vermoorden,’ bracht Cybil haar in herinnering, terwijl ze een van de dunne koekjes doormidden brak en de helft aan Quinn gaf. ‘En Frannie ook,’ voegde ze eraan toe, doelend op Cals moeder.

‘Misschien heb ik gewoon niet het juiste lichaam voor zo’n lange jurk. Misschien is een cocktailjurk een beter idee. Het hoeft niet zo formeel en opgedirkt.’ Ze zette haar thee neer en koos een jurk uit de voorraad. ‘In deze rok heb ik waarschijnlijk een kont van een vierkante meter.’ Ze wierp Layla een verontschuldigende blik toe. ‘Sorry, deze had jij uitgekozen.’

‘Het gaat erom wat jij kiest. Het is een rok met draperieën,’ legde Layla uit.

‘We kunnen het ook gewoon simpel houden, met een trouwerij en receptie in de achtertuin. Dit is allemaal uiterlijk.’ Ze praatte tegen Cybil, terwijl Layla haar in de jurk hielp. ‘Ik hou van Cal. Ik wil met hem trouwen. Ik wil die dag vieren wat wij voor elkaar betekenen en wat wij zessen hebben bereikt. Ik wil onze betrokkenheid en ons geluk symboliseren met een superfeest. Ik bedoel, serieus, met alles wat wij hebben meegemaakt en nog gaan meemaken heeft één stomme jurk niks te betekenen.’

Toen Layla achteruitstapte, draaide ze zich om. ‘O, mijn god.’ Ademloos staarde ze naar zichzelf. Het hartvormige lijfje van de strapless jurk toonde haar sterke, goedgevormde schouders en armen en glinsterde van een stofregen van geslepen glazen kraaltjes. De rok waaierde vanuit de slanke taille uit in zachte rushes van tafzijde, geaccentueerd met parels.

Quinn raakte de rok zachtjes aan met haar vingertoppen. 'Cyb?'

'Nou ja, zeg.' Cybil veegde een traan weg. 'Ik had niet verwacht dat ik zo zou reageren. Jezus, Q, hij is perfect. Jij bent perfect.'

'Zeg alsjeblieft dat ik er geen kont in heb van een vierkante meter. Lieg desnoods.'

'Je kont ziet er fantastisch uit. Verdomme, ik moet een tissue.'

'Weet je nog wat ik net zei over dat de jurk en de pracht en praal niet belangrijk zijn? Dat mag je nu vergeten. Layla.' Quinn sloot haar ogen en kruiste haar vingers. 'Wat vind jij?'

'Dat hoef ik je niet te vertellen. Je weet dat dit hem is.'

De lente bracht kleur naar The Hollow, met uitbottende wilgen die werden weerspiegeld in de vijver in het park, met judasbomen en wilde kornoeljes die langs de wegen in bloei stonden. De dagen werden langer en warmer en gaven plagerig een voorproefje van de zomer die in aantocht was.

De pas geverfde veranda's glommen in de voorjaarszon en tuinen bloeiden uitbundig. Grasmaaiers zoemden en de zoete geur van pasgemaaid gras verspreidde zich door de lucht. Kinderen speelden basketbal en mannen maakten de roosters van hun barbecues schoon.

En met het voorjaar werden de dromen heviger.

Fox werd badend in het zweet wakker. Hij rook nog steeds het bloed, de rook van de hel, de verkoolde lichamen van de verdoemden en vervloekten. Zijn keel klopte van de rauwe kreten die hij in zijn dromen had uitgestoten. Gerend, dacht hij, hij had gerend. Zijn longen brandden nog steeds van de inspanning en zijn hart bonkte nog als een razende. Hij had gerend door de verlaten straten van The Hollow, omringd door brandende gebouwen terwijl hij Layla probeerde te bereiken voor ze...

Hij stak zijn hand uit en ontdekte dat ze weg was.

Hij sprong uit bed en griste een boxershort mee terwijl hij de kamer uit rende. Hij riep haar, maar hij wist al voor hij de deur open zag staan waar haar droom haar naartoe had gelokt.

Hij vloog de deur uit, de koele lentenacht in en rende zoals hij ook in zijn droom had gerend. Blote voeten roffelden over de stenen, het asfalt, het gras. Een stinkende rook hing in de verlaten straten en prikte in zijn ogen en in zijn keel. Overal om hem heen stonden huizen in brand. Niet echt, hield hij zichzelf voor. De branden waren leugens, maar het gevaar was echt. Terwijl de hitte zijn huid schroeide en door de straatstenen omhoog leek te komen en zijn voeten verbrandde, rende hij door.

Zijn hart ging als een razende tekeer toen hij haar door de nepvlammen zag lopen. Ze gleed als een geestverschijning door de rook en het krankzinnige schijnsel van het vuur flakkerde op haar lichaam. Hij riep, maar ze draaide zich niet om, bleef niet staan. Toen hij haar vastgreep en haar met een ruk naar zich toe draaide, waren haar ogen blind.

'Layla.' Hij schudde haar door elkaar. 'Word wakker. Wat doe je?'

'Ik ben verdoemd.' Ze zong het bijna, en er lag een gekwelde glimlach op haar gezicht. 'We zijn allemaal verdoemd.'

'Kom mee. Kom mee naar huis.'

'Nee. Nee. Ik ben de Moeder des Doods.'

'Layla. Je bent Layla.' Hij probeerde tot haar benevelde geest door te dringen en vond alleen Hesters krankzinnigheid. 'Kom terug.' Hij bedwong met geweld zijn paniek en pakte haar steviger vast. 'Layla, kom terug.' Toen ze zich los probeerde te worstelen, sloeg hij simpelweg zijn armen om haar heen. 'Ik hou van je. Layla, ik hou van je.' Terwijl hij haar stevig vasthield, smoorde hij al het andere, de angst, de woede en de pijn, in liefde.

Ze verslapte in zijn armen en begon hevig te trillen. 'Fox.'

'Het is goed. Het is niet echt. Ik heb je vast. Ik ben echt. Begrijp je het?'

'Ja. Ik kan niet nadenken. Dromen we?'

'Nu niet meer. We gaan terug. We gaan naar binnen.' Hij sloeg zijn arm stevig om haar middel en draaide hen om.

De jongen scheerde over het vuur. Hij reed erop mee, als een kind op een skateboard, uitgelaten, terwijl zijn donkere haar wapperde in de felle wind. Fox werd overspoeld door woede en maakte aanstalten om hem te bespringen.

'Niet doen.' Layla's stem was schor van uitputting, terwijl ze met haar volle gewicht tegen hem aan leunde om hem tegen te houden. 'Hij wil dat je dit doet, hij wil ons uit elkaar drijven. Ik denk dat we samen sterker zijn, dat we elkaar moeten vasthouden.'

Dood voor de een, leven voor de ander. Ik zal je bloed drinken, jongen, en daarna zal ik mijn jong planten in die menselijke teef van je.

'Niet doen!' Deze keer moest Layla haar armen om Fox' nek slaan om hem tegen te houden. Ze dreef haar gedachten zijn hoofd binnen. *We kunnen hier niet winnen. Blijf bij me. Je moet bij me blijven.* 'Laat me niet alleen,' zei ze hardop.

Het was een worsteling om weg te lopen en geen aandacht te besteden aan de schunnigheden die de jongen hen naar het hoofd smeet. Om door te lopen terwijl hij pesterig om hen heen cirkelde en joelde terwijl hij voortvloog op zijn skateboard van vlammen. Maar terwijl ze liepen begonnen de vlammen sputterend te doven. En toen ze de trap op liepen naar zijn appartement, was de nacht weer koel en helder en hing er alleen nog een vage zwavelgeur in de lucht.

'Je bent koud. Laten we weer in bed kruipen.'

'Ik moet even zitten.' Ze liet zich in een stoel zakken en gaf zich hulpeloos over aan de rillingen die door haar lichaam trokken. 'Hoe heb je me gevonden?'

'Ik droomde het. Dat ik door het dorp rende, de brand, alles.' Om haar op te warmen greep hij de sprei die zijn moeder had gemaakt van de bank en legde hem over Layla's blote benen. 'Naar het park, naar de vijver. Maar in de droom was ik te laat. Je was dood toen ik je uit het water haalde.'

Ze pakte zijn handen vast en ontdekte dat ze net zo koud waren als de hare. 'Ik moet het je vertellen. Het was net als in New York, toen ik droomde dat hij me verkrachtte. Ik wilde dat het ophield. Ik wilde een eind maken aan mijn leven, mezelf verdrinken. Zij wilde dat. Ik kon haar niet tegenhouden. Hij had mijn geest in zijn greep.'

'Nu niet meer.'

'Hij is sterker nu. Je hebt het gevoeld. Je weet het. Fox, hij had me bijna zover dat ik zelfmoord pleegde. Als hij sterk genoeg is om dat te doen, als Quinn, Cybil en ik niet immuun zijn, kan hij ervoor zorgen dat wij jullie kwaad doen. Dan kan hij ervoor zorgen dat ik jou vermoord.'

'Nee.'

'Verdomme nog aan toe, wat als hij me naar de keuken had laten gaan om een mes te pakken en dat in je hart te steken? Als hij ons kan overnemen in onze slaap, dan...'

'Als hij je zo had kunnen besmetten dat je mij zou vermoorden, dan had hij dat gedaan. Zijn belangrijkste doel is Cal, Gage of mij af te maken. Jij komt uit Hester en hem voort, dus hij heeft Hester tegen jou gebruikt. Anders zou ik dood zijn met een mes in mijn hart, en zou jij voor de derde keer verdrinken in de vijver. Jij hebt een logische geest, Layla. Dat is logisch.'

Ze knikte en hoewel ze die uit alle macht probeerde tegen te houden, ontsnapten de eerste tranen. 'Hij verkrachtte me. Ik weet dat ik het niet was en dat het niet echt was, maar ik vóélde het. Hij greep me beet. Hij ramde zich bij me naar binnen, Fox.'

Ze brak en hij trok haar zachtjes naar zich toe en tilde haar op zijn schoot. Er was geen hel donker genoeg, dacht hij, terwijl zij het uitsnikte en hij haar in zijn armen heen en weer wiegde.

'Ik kon niet schreeuwen,' bracht ze met moeite uit, en ze drukte haar gezicht tegen zijn schouder. 'Ik kon hem niet tegenhouden. Toen kon het me niet meer schelen. Het was Hester. Ze wilde er alleen nog maar een eind aan maken.'

'Wil je dat ik Quinn en Cybil bel? Wil je liever...'

'Nee. Nee.'

'Hij heeft dat gebruikt. De schrik, het trauma, om je wil te onderdrukken.' Hij streelde over haar haar. 'We laten het niet nog eens gebeuren. Ik laat niet toe dat hij je nog eens aanraakt.' Hij tilde haar gezicht op en veegde met zijn duimen haar tranen weg. 'Ik zweer je, Layla, wat er ook moet gebeuren, hij zal je niet meer aanraken.'

'Je hebt me gevonden voor ik mezelf vond.' Ze legde haar hoofd op zijn schouder en sloot haar ogen. 'We laten het niet nog eens gebeuren.'

'Over een paar dagen nemen we de volgende stap. We ondergaan dit niet om te verliezen. En als we hier een eind aan maken, zul jij daar deel van zijn. Jij zult deel zijn van wat hier een eind aan maakt.'

'Ik wil dat hij pijn lijdt.' Haar stem werd sterker toen dit besef tot haar doordrong. 'Ik wil dat hij het uitschreeuwt, zoals ik het uitschreeuwde in mijn hoofd.' Toen ze haar ogen weer opende, stonden ze helder. 'Ik wilde dat er een manier was om hem uit onze hoofden te bannen. Zoals je vampiers verdrijft met knoflook. Dat klinkt stom.'

'Vind ik niet. Misschien kan ons onderzoekswonder iets bedenken.'

'Misschien wel. Ik moet douchen. Dat klinkt ook stom, maar...'

'Nee hoor.'

'Wil je tegen me praten terwijl ik onder de douche sta? Alleen maar praten?'

'Natuurlijk.'

Ze liet de deur open en hij stond tegen de deurpost geleund. 'Het is al bijna ochtend,' merkte hij op. 'Ik heb verse eitjes van de boerderij, dankzij mijn moeder.' Schakel over naar normaal, zei hij bij zichzelf. Dat hadden ze allebei nodig. 'Ik kan roerei maken. Ik heb nog niet voor je gekookt.'

'Ik geloof dat je een paar blikken soep hebt opengetrokken tijdens die sneeuwstorm, toen we bij Cal logeerden.'

'O, nou ja, dan heb ik wel gekookt. Maar ik zal toch roerei maken. Als extraatje.'

'Toen we de vorige keer naar de Heidense Steen gingen, was hij nog niet zo sterk als nu.'

'Nee.'

'Hij wordt nog sterker.'

'Wij ook. Ik kan niet zo veel van je houden – roerei-veel – zonder sterker te worden dan ik was vóór jou.'

Ze deed haar ogen dicht onder de warme straal. Het waren niet de zeep en het water die ervoor zorgden dat ze zich schoon voelde. Het was Fox. 'Niemand heeft ooit roerei-veel van me gehouden. Ik vind het fijn.'

'Als je je best doet schop je het misschien nog tot mijn regionaal beroemde broodje met spek, sla en tomaat.'

Ze draaide de kraan dicht en stapte onder de douche vandaan om een handdoek te pakken. 'Ik weet niet of ik dat wel waard ben.'

'O.' Hij liet grijnzend zijn blik over haar lichaam glijden. 'Geloof me. Met de juiste motivatie kan ik ook een bagel roosteren.'

Ze bleef in de deuropening staan. 'Heb jij bagels?'

'Nu niet, maar de bakker is over ongeveer een uur open.'

Ze lachte – god, wat een opluchting was het om te lachen – en schoof langs hem heen om de badjas te pakken die ze in zijn kast had gehangen.

'Volop uitstekende bakkerszaken in New York,' merkte hij op. 'De stad van de bagels. Dus ik heb eens nagedacht. Aangezien ik dol ben op goede bakkers en lekkere bagels, zou ik na deze zomer kunnen kijken of ik daar als advocaat kan worden toegelaten.'

Ze draaide zich om terwijl ze een knoop legde in de ceintuur van haar badjas. 'Of je kunt worden toegelaten?'

'De meeste advocatenkantoren nemen liever geen partners aan die niet tot hun balie zijn toegelaten. Het huurcontract van je appartement loopt tot en met augustus. Misschien wil je daar nog blijven wonen tot september, als Cal en Quinn gaan trouwen. Of misschien wil je iets nieuws zoeken in New York. Tijd genoeg om daarover na te denken.'

Ze bleef staan waar ze stond en bestudeerde zijn gezicht. 'Je hebt het over verhuizen naar New York.'

'Ik heb het over bij jou zijn. Het maakt me niet uit waar.'

'Dit is jouw thuis. Je hebt hier je praktijk.'

'Ik hou van jou. Daar hebben we het over gehad, toch?' Hij deed een stap naar haar toe. 'We hebben het er toch over gehad dat jij ook van mij houdt?'

'Ja.'

'Verliefde mensen willen meestal bij elkaar zijn. Wil jij bij mij zijn, Layla?'

'Ja. Ja, ik wil bij jou zijn.'

'Goed dan.' Hij kuste haar zacht. 'Ik ga eieren in de pan gooien.'

Later die ochtend zat Fox in Cals kantoor en wreef met zijn voet over Lumps achterwerk. Gage ijsbeerde door de kamer. Hij vond het verschrikkelijk om hier te zijn, wist Fox, maar er was niets aan te doen. Ze konden er ongestoord praten en het was handig. En bovenal had Fox een persoonlijke eed gezworen om tot vollemaan binnen gehoorsafstand van Layla te blijven.

'Er moet een reden zijn waarom hij juist haar hiervoor uitkiest. Smerige verkrachter.'

'Als ik die reden wist, konden we er een eind aan maken.' Cal knikte. 'Het kan zijn dat zij de zwakste schakel is. Ik bedoel, wij drieën kennen elkaar al ons hele leven. Quinn en Cybil kennen elkaar sinds hun studententijd. Niemand van ons kende Layla voor februari.'

'Of misschien heeft de schoft gewoon een dobbelsteen opgegooid.' Gage bleef staan bij het raam, zag niets interessants en liep verder. 'Geen van de anderen heeft blijk gegeven van besmetting.'

'Het is anders. Het is niet zoals wat er met mensen gebeurt tijdens de Zeven. De verkrachting gebeurde in haar slaap, net als de vorige keer. En daarna was ze min of meer aan het slaapwandelen. Ze volgde hetzelfde patroon als Hester Deale. Er zijn veel manieren om jezelf van kant te maken, en wij hebben er heel wat gezien. Maar het zou verdrinking zijn geworden, buitenshuis. Hetzelfde als Hester. Misschien moest dat zo zijn.'

'Een van ons blijft 's nachts in het huis tot dit voorbij is,' besloot Cal. 'Zelfs als Layla bij jou thuis is, Fox, blijven de andere twee vanaf nu 's nachts niet meer alleen.'

'Daar wilde ik naartoe. Als we onze vollemaansdans hebben gedaan, moeten we ons nog eens goed in deze invalshoek verdiepen. We moeten een manier vinden om hier een eind aan te maken. Om haar – hen alle drie – te beschermen.'

'Overmorgen,' mompelde Gage. 'Godzijdank. Heeft iemand nog wat meer details uit Madame Voltar kunnen lospeuteren?'

Cals mondhoeken trilden. 'Niet echt. Als Quinn het weet, houdt ze haar lippen ook stijf op elkaar. Ze zegt alleen dat Cybil bezig is om de boel gedetailleerd uit te werken. En dan leidt ze me weer af met haar lichaam, wat niet moeilijk is.'

'Zij schrijft het script.' Fox hief zijn handen op toen Gage spottend snoof. 'Luister, wij hebben het op verschillende manieren geprobeerd en we hebben niks bereikt. Laat de dame maar eens een poging wagen.'

'De dame is bezorgd dat we er allemaal aan gaan. In elk geval vijf van de zes.'

'Beter bezorgd dan overmoedig,' besloot Fox. 'Ze gaat niet over één nacht ijs. Dat is slim. Bovendien is ze dol op Quinn. Ook op Layla, maar Quinn en zij hebben een ongelofelijk hechte band.'

Fox kwam overeind. 'Ik moet terug naar kantoor. Over werk gesproken, ik denk erover om als Quinn en jij getrouwd zijn naar New York te verhuizen.'

'Mijn god, nog een met een vishaak in zijn mond.' Gage schudde zijn hoofd. 'Of misschien is het een ring door de neus.'

'Ach, barst. Ik heb nog niets tegen mijn familie gezegd. Ik wil dat voorzichtig brengen.' Fox bestudeerde Cals gezicht terwijl hij sprak. 'Maar ik wilde jullie alvast informeren. Ik denk dat ik tot na de Zeven wacht om het pand in de verkoop te gooien. Ik heb er aardig wat actief vermogen in zitten, en de markt is vrij stabiel, dus...'

'De eeuwige optimist. Broer, voor hetzelfde geld ligt de hele tent 14 juli in puin.'

Deze keer stak Fox alleen zijn middelvinger naar Gage op. 'Hoe dan ook. Ik dacht dat jij of je vader er misschien in geïnteresseerd zouden zijn. Als dat zo is, moeten we maar eens wat getallen doornemen.'

'Het is een grote stap, Fox,' zei Cal langzaam. 'Je bent hier ingeburgerd, niet alleen persoonlijk, maar ook met je praktijk.'

'Niet iedereen kan blijven. Jij doet dat ook niet,' zei Fox tegen Gage.

'Nee, dat klopt.'

'Maar je komt terug, en dat zul je blijven doen. Net als ik.' Fox draaide zijn pols om, met het litteken dat er dwars overheen liep. 'Niets kan dit uitwissen. Helemaal niets. En serieus, New York ligt hier maar een paar uur vandaan. Tijdens mijn rechtenstudie reed ik voortdurend heen en weer. Het is...'

'Toen je samen was met Carly.'

'Ja.' Hij knikte naar Cal. 'Nu is het anders. Ik heb daar nog steeds een paar contacten, dus ik zal mijn voelsprieten uitsteken, en dan maar zien wat zich aandient. Maar nu heb ik nog wat zaken te regelen als dorpsadvocaat. Ik kan vannacht een dienst draaien in het huis,' voegde hij eraan toe, terwijl hij naar de deur liep. 'Maar ik vind nog steeds dat die vrouwen een sportkanaal moeten nemen.'

Toen Fox wegliep, ging Gage op de hoek van Cals bureau zitten. 'Hij gaat het daar afschuwelijk vinden.'

'Ja, is zo.'

'Hij gaat het toch doen, en hij gaat een manier vinden om te zorgen dat het werkt. Want zo is O'Dell. Die zorgt dat dingen werken.'

'Hij zou het ook hebben geprobeerd met Carly. Ik weet niet of het hem zou zijn gelukt, maar hij zou het hebben geprobeerd. Hoe dan ook, hij heeft gelijk. Met Layla is het anders. Hij zal zorgen dat het werkt, en ik zal degene zijn die het afschuwelijk vindt. Dat ik zijn stomme kop niet meer elke dag kan zien.'

'Niet zo somber. Vijf van de zes zijn binnen een paar dagen misschien wel dood.'

'Bedankt. Dat helpt.'

'Graag gedaan.' Gage ging rechtop zitten. 'Ik heb nog wat te doen. Tot kijk.'

Hij was bijna bij de deur toen zijn vader aan kwam lopen. Ze bleven allebei staan, alsof ze tegen een muur liepen. Cal kwam onhandig overeind.

'Ah... Bill, zou jij de afzuigkap van de grill even willen nakijken? Ik kom er zo aan. Ik ben hier bijna klaar.'

Terwijl het rood op zijn wangen van de klim naar boven wegtrok, staarde Bill zijn zoon aan. 'Gage...'

'Nee.' Het was een leeg woord met een lege stem, en Gage liep meteen de deur uit. 'Wij zijn klaar.'

Cal wreef over de gespannen spieren in zijn nek terwijl Bill hem beschaamd aankeek. 'Eh... Wat wil je dat ik nakijk?'

'De afzuigkap van de grill. Hij loopt een beetje zwaar. Neem er de tijd voor.'

Eenmaal alleen liet Cal zich in zijn stoel zakken en drukte zijn vingers tegen zijn ogen. Zijn vrienden, zijn broers hadden allebei moeilijk begaanbare wegen gekozen, dacht hij. Hij kon niets anders doen dan zo ver als nodig was met ze meegaan.

20

Sommige mensen zouden het misschien een beetje vreemd vinden om 's morgens op te staan en gewoon aan het werk te gaan, terwijl er voor de avond bloedrituelen op het programma stonden. Maar Fox beschouwde het als een redelijk gangbare handelwijze voor hem en zijn vrienden.

Layla, die zo efficiënt was dat zijn geliefde Alice Hawbaker bij haar vergeleken de kantjes eraf liep, had zijn agenda zo strak gepland dat het kantoor op de grote dag exact om drie uur dicht kon. Hij had zijn spullen al ingepakt. De meesten zouden misschien niet weten wat ze mee moesten nemen voor een vroege avondwandeling door het bos, die via een behekste poel naar een mystieke open plek liep, waar een stokoude altaarsteen domineerde, maar Fox had alles voor elkaar. Deze keer had hij er zelfs aan gedacht om de weersvoorspelling in de gaten te houden.

Geen bewolking – dat was een voordeel – met temperaturen die van een zachte 21 graden zakten naar een koelere maar nog steeds aangename 12 tot 13 graden.

Om het behaaglijk te hebben kon je het beste laagjes dragen.

In zijn zak had hij zijn derde deel van de bloedsteen. Hij hoopte dat het een nieuwe oplossing zou blijken te zijn.

Terwijl Layla zich omkleedde, voegde hij wat essentiële bestanddelen aan zijn koeltas toe. Hij keek om toen zij binnenkwam en er verscheen een brede glimlach op zijn gezicht. 'Je kunt zo op het omslag van *Hiking in stijl*, als er zoiets bestaat.'

'Ik heb er nog over nagedacht om oorbellen in te doen.' Ze wierp een blik in zijn koeltas en in zijn open rugzak. Cola, Little Debbies, Nutter Butters. 'Het is denk ik zoals jij zegt: we dragen allemaal ons steentje bij.'

'De proviand maakt deel uit van een aloude traditie.'

'In elk geval wordt iedereen hyper, met al die suikers. God, Fox, zijn we gek?'

'Het is een gekke tijd. Wij zitten er toevallig middenin.'

'Is dat een mes?' Ze staarde met open mond naar het foedraal aan zijn riem. 'Neem jij een mes mee? Ik wist niet dat je er een had.'

'Eigenlijk is het een tuinmes. Een Japans sikkelmes. Het is een mooi ding.'

'En dan?' Ze drukte haar hand tegen de zijkant van haar hoofd, alsof dat haar kon helpen de logica van dit alles in te zien. 'Ben je van plan een potje te gaan tuinieren als we daar zijn?'

'Je weet maar nooit, toch?'

Ze legde een hand op zijn arm toen hij zijn rugzak dichtdeed. 'Fox.'

'Grote kans dat Twisse geïnteresseerd is in wat we vannacht gaan doen. Het is mogelijk om hem te verwonden. De laatste keer dat we daar waren heeft Cal hem wat schade toegebracht met dat handige padvindersmes van hem. Je kunt er zeker van zijn dat Gage dat verdomde wapen van hem meeneemt. Ik ga daar niet naartoe met alleen mijn Nutter Butters.'

Ze wilde er iets tegen inbrengen – hij zag het aan haar blik – maar toen verscheen er iets anders in haar ogen. 'Heb je een reserve?'

Zonder iets te zeggen liep hij naar de gereedschapskast en rommelde daar wat in rond. 'Het heet een kliefmes. Het wordt gebruikt om houten pennen te maken die voor fijn timmerwerk worden gebruikt. Of om een stuk uit een demon te hakken. Houd het in de schede,' voegde hij eraan toe, terwijl hij het in de leren huls liet glijden. 'Het is scherp.'

'Oké.'

'Begrijp me niet verkeerd.' Hij legde zijn handen op haar schouders. 'Onthoud dat ik een groot voorstander ben van gelijkheid en vrouwenrechten. Maar ik ga jou beschermen, Layla.'

'Begrijp mij ook niet verkeerd. Ik ga jou ook beschermen.'

Hij streek met zijn lippen langs de hare. 'Dan zijn we er klaar voor.'

Ze verzamelden bij Cal, om op het pad dicht bij zijn huis aan hun wandeling te beginnen. De bossen waren veranderd sinds de vorige keer dat ze hier was, dacht Layla. Toen had er sneeuw gelegen, die zich op beschaduwde plekken had opgehoopt. Het pad was glad geweest van de modder en de bomen waren kaal geweest en grimmig. Nu zaten er fluweelzachte blaadjes aan de takken en het zachte wit van de wilde kornoelje schemerde in het schuin invallende zonlicht.

Nu bungelde er een mes in een leren schede langs haar heup.

Ze had hier eerder gelopen, op weg naar het onbekende, met vijf andere mensen en Cals vriendelijke hond. Deze keer wist ze wat haar misschien te wachten stond en maakte ze deel uit van een team. Ze ging ernaartoe met de man naast zich van wie ze hield. Om die reden had ze deze keer meer te verliezen.

Quinn vertraagde haar pas en wees naar de leren schede. 'Is dat een mes?'

'Ja, een kliefmes.'

'Wat is dat in godsnaam?'

'Een stuk gereedschap.' Cybil reikte achter Layla langs om het gewicht van de schede te voelen. 'Wordt gebruikt om hout te klieven. Veiliger dan een bijl. Naar de vorm en grootte te oordelen is dit waarschijnlijk een bamboekliefmes. Het wordt gebruikt om de bamboe pennen te klieven die in Japans timmerwerk worden gebruikt.'

'Precies,' beaamde Layla.

'Nou, ik wil ook een kliefmes. Of zoiets. Ik wil een schede. Nee,' besloot Quinn, 'ik wil een kapmes. Met een lekker lang handvat en zo'n gemeen gebogen blad. Ik moet een kapmes kopen.'

'Je mag dat van mij de volgende keer wel gebruiken,' zei Cal tegen haar.

'Heb jij een kapmes? Jeetje, mijn man zit vol geheimen. Waarom heb jij een kapmes?'

'Om onkruid en struikgewas weg te hakken. Misschien is het meer een zeis.'

'Wat is het verschil? Nee.' Quinn stak haar hand omhoog voor Cybil iets kon zeggen. 'Laat maar.'

'Dan zeg ik alleen dat je waarschijnlijk die zeis wilt, want die hebben traditioneel een lang handvat. Hoewel...' Cybils stem stierf weg. 'De bomen bloeden.'

'Dat is niet erg,' zei Gage tegen haar. 'Het jaagt de toeristen weg.'

Het dikke rode spul stroomde langs de bast naar beneden en verspreidde zich over de bladeren die de grond bedekten. De lucht rook naar verbrand koper terwijl ze het pad naar Hester's Pool volgden.

Daar bleven ze staan naast het bruine water, en het bruine water begon te borrelen en rood te kleuren.

'Weet hij dat we hier zijn?' Layla sprak rustig. 'Of is dit de demonenversie van een beveiligingssysteem? Zou hij denken dat dit soort dingen ons nu nog angst aan zal jagen, of is het wat Gage zei? Een show voor de toeristen?'

'Misschien is het van allebei een beetje.' Fox bood haar een cola aan, maar ze schudde haar hoofd. 'Beveiligingssystemen geven een waarschuwingssignaal af. Dus als de Grote Kwaadaardige Schoft niet weet wanneer we hiernaartoe gaan, weet hij wel wanneer we bepaalde punten bereiken.'

'En dit is een *cold spot*, in paranormaal jargon,' legde Quinn uit. 'Een belangrijke, machtige plek. Als we... O, jezus.'

Ze trok haar neus op toen er iets boven kwam drijven.

'En dood konijn.' Cal legde een hand op haar schouder en verstevigde zijn greep toen er nog andere kadavers naar het borrelende oppervlak stegen.

Vogels, konijnen, vossen. Quinn maakte een ontsteld geluid, maar ze pakte haar camera en begon alles vast te leggen. De dood verspreidde zijn stank door de lucht.

'Hij is er druk mee geweest,' mompelde Gage.

Terwijl hij sprak kwam het opgezwollen kadaver van een hert bovendrijven.

'Zo is het genoeg, Quinn,' mompelde Cal.

'Nee, dat is het niet.' Maar ze liet haar camera zakken. Haar stem was schor en haar ogen hadden een felle uitdrukking. 'Het is niet genoeg. Ze waren onschuldig, en dit is hún wereld. En ik weet best dat het stom is om me zo op te winden over… bosdieren als er mensenlevens op het spel staan, maar...'

'Kom, Q.' Cybil sloeg een arm om haar heen en draaide Quinn om. 'We kunnen er niets aan doen.'

'We moeten ze eruit halen.' Fox staarde naar het obscene beeld, dwong zichzelf het te zien, zich te harden. 'Niet nu, maar we moeten terugkomen om ze eruit te halen. Hun lichamen verbranden. Het is niet alleen hun wereld, het is ook die van ons. We kunnen ze niet zo achterlaten.'

Met een misselijkmakende woede in zijn maag wendde hij zich af. 'Hij is hier.' Hij zei het bijna terloops. 'Hij kijkt.' En hij wacht, dacht hij, terwijl hij naar voren liep om als eerste het pad naar de Heidense Steen op te lopen.

De kou kwam plotseling opzetten. Het deed er niet toe dat het een leugen was, ze verkilde hen tot op het bot. Fox ritste zijn jack met capuchon dicht en liep in hetzelfde tempo door. Hij pakte Layla's hand vast om die op te warmen.

'Hij wil het ons alleen maar moeilijk maken.'

'Ik weet het.'

Zijn geest richtte zich op het geritsel en gegrom om hen heen. Blijven lopen, dacht hij. Hij weet waar we naartoe gaan, maar niet wat we van plan zijn als we daar aankomen.

Donder rommelde in de wolkeloze hemel en regendruppels kletterden op hen neer en staken als naalden in hun huid. Fox trok zijn capuchon omhoog en Layla deed hetzelfde. De wind joeg in woeste, ijskoude vlagen om hen heen. Bomen bogen krom en jonge bladeren werden van hun takken gerukt. Hij sloeg een arm om haar heen om haar te ondersteunen, kromde zijn schouders en zwoegde verder.

Regendruppels op rozenblaadjes, mooi niet, dacht hij, maar hij hield het hoofd koel.

'Alles goed daarachter?' Hij had het al gecontroleerd met zijn geest, maar werd gerustgesteld door de bevestigende uitroepen. 'We gaan een ketting vormen,' zei hij tegen Layla. 'Ga achter me lopen en houd mijn riem stevig vast. Cal weet wat hij moet doen. Hij houdt zich aan jou vast en geeft het door aan de anderen.'

'Zing iets,' schreeuwde ze.

'Wat?'

'Zing iets waar we allemaal de woorden van kennen. Iets supervrolijks.'

Ondanks de ijzige kou begon hij te grijnzen. 'Ik ben verliefd op een briljante vrouw.' Liedjes die iedereen kende, dacht hij, terwijl Layla achter hem ging lopen en zijn riem vastgreep. Dat was gemakkelijk.

Hij begon met Nirvana, in de overtuiging dat ze geen van zessen hun middelbare school konden hebben doorlopen zonder de tekst van 'Smells Like Teen Spirit' te hebben opgepikt. Het refrein van *Hello!* weerklonk uitdagend terwijl de diamantscherpe regen op hen neersloeg. Hij gooide er wat Smashing Pumpkins in, een beetje Springsteen (hij was niet voor niks The Boss), ging over op Pearl Jam en verzachtte het geheel met Sheryl Crow.

De volgende twintig minuten ploegden ze door de vliegende storm, de ene strijdlustige stap na de andere, en zongen Fox' versie van Demon Rock.

Langzaam werd het minder koud en uiteindelijk waren er alleen nog een frisse bries en een miezerig regenbuitje. Ze lieten zich als één man op de doorweekte grond vallen om op adem te komen en hun spieren te ontspannen.

'Is dit alles wat hij in huis heeft?' Quinns handen trilden terwijl ze een thermoskan met koffie doorgaf. 'Want...'

'Nee,' onderbrak Fox haar. 'Hij speelt alleen maar met ons. Maar we hebben hem verdomd goed tegenspel geboden. Het hout is nat. We zullen misschien moeite hebben om vuur te maken.' Zijn ogen ontmoetten die van Cal op het moment dat die Lumps riem van zijn halsband losmaakte.

'Dat heb ik geregeld. We kunnen beter verdergaan. Ik loop wel een poosje voorop.'

De hond sprong het pad op. Hij zette zijn grote zwarte lijf schrap en ontblootte grommend zijn hoektanden. Zelfs Fox greep naar de schede van zijn mes en Cybil kwam overeind. Ze haalde een revolver onder haar jack vandaan en vuurde koel zes schoten af.

De hond jankte van pijn en woede. Zijn bloed rookte en siste toen het de grond raakte. Met één wilde sprong verdween hij in de kolkende lucht.

'Dat is omdat je mijn haar hebt verpest.' Cybil schudde haar wilde krullen naar achteren terwijl ze een zak van haar jack openritste om een doosje munitie te pakken.

'Mooi.' Gage, die ook was opgesprongen, stak zijn hand uit. Hij onderzocht de revolver, een goed geoliede .22 met een glanzend parelmoeren handvat. Normaal gesproken zou hij om zo'n wapen lachen, maar zij had ermee geschoten als een professional.

'Ach ja, gewoon iets wat ik langs legále weg heb opgepikt.' Ze pakte het wapen terug en herlaadde het vakkundig.

'Wauw.' Fox haatte wapens, zoals viel te verwachten. Maar hij kon niet anders dan bewondering hebben voor haar lef. 'Dat geeft de Grote Kwaadaardige Schoft iets om over na te denken.'

Ze liet het wapen in de holster onder haar jack glijden. 'Nou ja, het is geen kliefmes, maar het heeft zijn verdiensten.'

De lucht werd weer warmer en de avondzon glinsterde op de jonge blaadjes terwijl ze het laatste stuk naar de Heidense Steen aflegden.

Hij verrees uit de geblakerde grond van de bijna volmaakt cirkelvormige open plek en glansde in het afnemende licht van de lenteavond. De steen, die volgens diverse onderzoeken uit gewoon kalksteen bestond, vormde een rechte kolom die zich aan de bovenkant als een altaar verbreedde.

'Eerst vuur,' besloot Cal, terwijl hij zijn rugzak afdeed. 'Voor we het licht kwijtraken.' Hij opende de rugzak en haalde twee blokken houtskool tevoorschijn.

Na de ellendige tocht was het heerlijk om Fox te horen lachen. 'Echt iets voor jou, Hawkins.'

'Je moet op alles voorbereid zijn. We steken een van deze twee blokken aan en bouwen er een tent van hout omheen, dan trekken de vlammen het vocht eruit. Moet werken.'

'Is hij geen schatje?' Quinn sloeg haar armen om Cal heen en gaf hem een knuffel. 'Serieus.'

Ze verzamelden stenen en takjes en hingen hun natte jacks aan de rechte takken die Fox in de grond zette, in de hoop dat het vuur ze zou drogen. Ze prikten de kalkoenhotdogs van Quinn op houten pennen om ze boven het vuur te roosteren, deelden Cybils brie en Layla's appelpartjes rond en aten alsof ze uitgehongerd waren.

Toen de duisternis inviel en Cal de zaklampen controleerde, haalde Fox de Little Debbies tevoorschijn. 'Neem er een,' zei hij tegen Quinn, toen ze een smachtende blik op de cakejes wierp. 'Het mag wel een keer.'

'Ze gaan regelrecht naar mijn kont. Als we het overleven, moet ik in mijn absoluut spectaculaire trouwjurk passen.' Ze nam er een en brak hem zuinig doormidden. 'Ik denk dat we het overleven, en een halve Little Debbie telt niet.'

'Je zult er fantastisch uitzien.' Layla glimlachte naar haar. 'En de schoenen die we hebben gevonden zijn precies goed. En Cybil en ik zullen er ook niet sjofeltjes bij lopen. Ik ben helemaal blij met de jurken die we hebben gevonden. Het idee om donkerrood te combineren met lichtpaars is gewoon...'

'Ik heb opeens een onweerstaanbare behoefte om over honkbal te praten,' zei Fox, en Layla gaf hem een por met haar elleboog.

Het gesprek verstomde langzaam, tot alleen nog het knisperen van het hout en de eenzame roep van een uil te horen waren. Zo zaten ze zwijgend bij elkaar, terwijl de vollemaan als een witte toorts aan de met sterren bedekte hemel stond. Fox stond op om afval te verzamelen. Bedrijvige handen borgen voedsel weg en stapelden hout op het vuur.

Op een teken van Cybil pakten de vrouwen de spullen uit wat Layla de rituele tas noemde. Een kleine koperen schaal, een zak zeezout, verse kruiden, kaarsen, bronwater.

Geheel volgens de voorschriften strooide Fox het zout in een ruime cirkel om de Heidense Steen.

'Oké.' Cybil deed een stap achteruit en bestudeerde de spullen die op de steen lagen uitgestald. 'Ik weet niet hoeveel hiervan visuele hulpmiddelen zijn, maar in al mijn onderzoeken werden deze elementen aanbevolen. Het zout dient als bescherming tegen het kwaad, als een soort barrière. Wij moeten in de cirkel staan die Fox heeft gemaakt. Er zijn zes witte kaarsen. We steken er allemaal om de beurt een aan. Maar eerst gaat het bronwater in de schaal, dan de kruiden en dan de drie stukken steen, ieder op zijn beurt. Q?'

'Ik heb zes prints gemaakt van de woorden die we moeten reciteren.' Quinn haalde de map uit haar rugzak. 'We doen dat een voor een, de cirkel rond, terwijl we allemaal om de beurt ons eigen bloed laten vloeien met Cals mes.'

'Boven de schaal,' bracht Cybil haar in herinnering.

'Ja, boven de schaal. Als de laatste dat heeft gedaan, gaan we hand in hand staan en herhalen we de woorden samen zes keer.'

'Het moet zeven keer zijn,' zei Layla. 'Ik weet dat we met z'n zessen zijn, maar zeven is een magisch getal. Misschien is de zevende keer voor de wachter, of symboliseert hij de onschuldige, het offer. Ik weet het niet, maar het moet zeven keer zijn.'

'En zeven kaarsen,' besefte Fox. 'Een zevende kaars die we met z'n allen aansteken. Shit, waarom hebben we dit niet eerder bedacht?'

'Dat is nu een beetje laat.' Gage haalde zijn schouders op. 'We hebben er zes, dus we doen het met zes.'

'We kunnen het met zeven doen.' Cal stak zijn hand uit naar Layla. 'Mag ik jouw kliefmes lenen?'

'Wacht. Ik snap wat je wilt.' Fox haalde zijn mes tevoorschijn. 'Dit werkt beter. Laat me eens kijken.' Hij pakte een van de dikke, witte kaarsen op. 'Bijenwas… Goed. Ik heb als kind veel met bijenwas en lonten gewerkt.' Hij legde de kaars op zijn kant en keek Cybil aan. 'Zijn deze dingen nog aan een bepaalde maat gebonden? Qua hoogte?'

'Nee, maar volgens mijn bronnen moeten het er zes zijn.' Ze keek naar Layla en knikte. 'De bronnen kunnen me wat. Maak er een kaars bij.'

Hij ging aan de slag. De was zou zijn mes geen goed doen, dacht hij, maar als alles goed ging, zou hij het kunnen schoonmaken en slijpen als hij thuiskwam. Het kostte zo veel tijd dat hij zich afvroeg waarom Cybil in godsnaam niet een doos dunne kaarsjes had meegenomen. Maar hij sneed er acht centimeter vanaf en pakte toen Layla's gereedschap om een gat te maken voor de lont.

'Niet mijn beste werk,' besloot hij, 'maar hij zal wel branden.'

'We steken hem het laatste aan.' Layla keek de anderen aan. 'Met z'n allen.' Ze moest diep ademhalen om te voorkomen dat haar stem trilde. 'Het is bijna zover.'

'We hebben de stenen nodig,' begon Cybil. 'En het rituele padvindersmes,' voegde ze er met een flauwe glimlach aan toe.

De jongen kwam uit het bos en maakte een paar vrolijke salto's. De klauwen aan zijn handen en voeten maakten groeven in de grond, waar bloed uit opwelde.

'Je weet waarschijnlijk wel dat we eerder zout hebben gebruikt.' Gage haalde zijn luger tevoorschijn, die hij achter op zijn rug tussen zijn broekriem had gestoken. 'Heeft geen flikker geholpen.' Zijn wenkbrauwen gingen omhoog toen de jongen met zijn hand langs het zout streek. Hij gilde het uit van pijn en sprong achteruit. 'Was vast een ander merk.' Op het moment dat Gage zijn wapen richtte, siste de jongen en verdween.

'We moeten beginnen.' Met vaste hand schonk Cybil het water in de kom en strooide er de kruiden in. 'Nu de stenen. Cal, Fox, Gage.'

Er klonk een donderslag, het bliksemde en een regen van bloed gutste uit de hemel. De geschroeide aarde dronk het op en stoomde.

'Het houdt het.' Layla keek op. 'Hij komt niet in de cirkel.'

Fox hield de steen in zijn vuist. Hij had hem bijna eenentwintig jaar als hoop bij zich gedragen. En met die hoop liet hij hem na Cals steen in het water glijden. Buiten de cirkel werd de wereld gek. De aarde trilde hevig en bloed kwam aangolven en klotste brandend tegen de barrière van zout.

Hij eet het weg, dacht Fox. Hij brandt en eet de barrière weg. Hij ontstak zijn kaars en gaf de aansteker door aan Layla.

Bij het licht van zes kaarsen legden ze hun handen op elkaar en ontstaken de zevende kaars.

'Schiet op,' beval Fox. 'Hij komt terug, en hij is kwaad.'

Cal hield zijn hand boven de schaal, trok het mes over zijn handpalm en las de woorden voor. Quinn deed hetzelfde, gevolgd door Fox.

'Mijn bloed, hun bloed. Ons bloed, zijn bloed. Een in drie, drie in een. Duisternis met het licht. Wij brengen dit offer, wij zweren deze eed.'

Geschreeuw en gejammer dat menselijk noch dierlijk was rolde door het donker. Lump, die aan de voet van de steen was vastgebonden, hief zijn grote kop op en jankte.

Layla pakte het mes, siste even vanwege de felle pijn en las de woorden voor. Toen, terwijl Gage haar afloste, flitste haar geest naar die van Fox. *De kou! Hij is er bijna doorheen!*

Terwijl de grond trilde onder hun voeten, greep hij met zijn bebloede hand haar hand vast.

De wind zwol aan. Hij kon de anderen niet horen, niet met zijn oren of zijn geest, maar hij schreeuwde de woorden en bad dat ze hem volgden. Op de Heidense Steen brandden de zeven kaarsen rustig en in de schaal borrelde het roodgekleurde water. De grond golfde onder zijn voeten en smeet hem met zo veel kracht tegen de tafel van steen dat hij naar adem moest happen. Iets wat leek op klauwen schraapte over zijn rug. Hij voelde dat hij op een onmogelijke manier werd rondgetold. Wanhopig probeerde hij met zijn geest Layla te bereiken. Toen werd hij door een golf van licht en warmte opgetild en blindelings de duisternis in gesmeten.

Hij kroop, sleepte zichzelf over de grond naar waar hij vaag een echo van haar stem hoorde. Hij greep zijn mes en sleurde zich voort over de heftig bewegende grond.

Ze kroop naar hem toe en zijn diepste angst viel weg toen hij haar hand vond. Toen hun vingers zich verstrengelden, was er weer een hevige lichtflits, gevolgd door een gruwelijk geluid, als een schreeuw. Vuur overspoelde de Heidense Steen en omhulde hem zoals een leren schede een mes omhult. Met een oorverdovend gebulder schoten de vlammen omhoog naar de koude, roerloze maan. En de vlammen vlogen weg om de open plek met een kronkelend gordijn van vuur te omringen. In het woeste licht van de vlammen zag Fox de anderen, die knielden en zich uitstrekten op de grond.

Allemaal zaten ze gevangen in een ring van vuur terwijl de Heidense Steen in het midden nog meer vlammen uitbraakte.

Samen, dacht hij, terwijl de gruwelijke hitte zijn huid deed glimmen van het zweet. Levend of dood, maar in elk geval samen. Met Layla's hand in de zijne geklemd sleepte hij hen beiden de open plek over. Toen was haar arm om hem heen en trokken ze elkaar voort. Cal greep hem bij zijn onderarm en sleurde hem verder. Hij ontmoette Gage' blik. Terwijl de lucht om hen heen brandde, grepen ze elkaars handen weer vast.

Samen, dacht Fox, terwijl de dodelijk muur van vuur steeds dichterbij kwam. 'Voor de onschuldigen,' wist hij, ondanks de rook die zijn keel binnendrong, uit te brengen. Het verblindende vuur vrat zich een weg over de grond. Ze konden nergens naartoe en hij wist dat hun nog maar enkele ogenblikken restten. Hij drukte zijn wang tegen die van Layla. 'Wat we hebben gedaan, hebben we gedaan voor de onschuldigen en voor elkaar. En holy shit, we zouden het verdomme zo weer doen.'

Cal wist een dodelijk vermoeide lach op te brengen en bracht Quinns hand naar zijn lippen. 'Holy shit.'

'Holy shit,' zei Gage instemmend. 'Dan kan het net zo goed met een knal uitgaan.' Hij trok Cybil tegen zich aan en bedekte haar mond met de zijne.

'Nou ja, we kunnen net zo goed proberen erdoorheen te breken.' Fox knipperde met zijn schrijnende ogen. 'Het heeft geen zin om te gaan zitten wachten tot we geroosterd worden als we... Het vuur dooft uit.'

'Sorry hoor, ik ben bezig.' Gage keek op en speurde de open plek af. Er verscheen een grimmige maar voldane glimlach op zijn gezicht. 'Ik kan verdomd goed zoenen.'

'Idioot.' Cybil duwde hem naar achteren en ging op haar knieën zitten. De vlammen trokken zich terug naar de steen en kropen langs de onderkant omhoog. 'Hij heeft ons niet vermoord.'

'Ik weet niet wat we hebben gedaan, maar het is in elk geval goed geweest.' Met een verdwaasde blik in de ogen staarde Layla naar het vuur, dat zich terugtrok in de schaal, die goud oplichtte. 'Ik denk dat het belangrijkste is dat we elkaar hebben gevonden en samen zijn gebleven.'

'We zijn niet gevlucht.' Quinn wreef met haar vuile wang langs Cals schouder. 'Elk redelijk mens zou zijn gevlucht, maar wij zijn gebleven. Ik weet ook niet zeker of we hadden kunnen vluchten.'

'Ik hoorde je,' zei Layla tegen Fox. 'Levend of dood, maar in elk geval samen.'

'We hebben een eed gezworen. Cal, Gage en ik, toen we tien waren. En wij zessen vanavond. We hebben een eed gezworen. Het vuur is uit.' Hij kwam moeizaam overeind. 'Ik denk dat we maar eens moeten gaan kijken.' Toen hij zich naar de steen wendde, bleef hij verbijsterd staan.

De kaarsen waren verdwenen, evenals de schaal. De Heidense Steen stond ongeschonden in het maanlicht. En daarbovenop lag de bloedsteen, heel.

'Mijn god.' Cybil bracht de woorden met verstikte stem uit. 'Het heeft gewerkt. Ongelofelijk, het heeft gewerkt.'

'Je ogen.' Fox draaide zich met een ruk om naar Cal en zwaaide zijn hand heen en weer voor zijn gezicht. 'Kun je iets zien?'

'Hou op.' Cal duwde zijn hand opzij. 'Ik zie prima. Goed genoeg om te zien dat drie weer een is geworden. Goed werk, Cybil.'

Ze liepen ernaartoe, en net als tijdens het ritueel, vormden ze een cirkel rond de steen op de steen.

'Oké, nou.' Quinn bevochtigde haar lippen. 'Iemand moet hem oppakken; een van de mannen dus, want het is hun steen.'

Voor hij zijn hand kon optillen om naar Cal te wijzen, wezen Cal en Gage allebei Fox aan. 'Verdomme.' Hij veegde zijn handen af aan zijn spijkerbroek, rolde met zijn schouders en stak zijn hand uit.

Zijn hoofd viel achterover en zijn lichaam trok krampachtig samen. Toen Layla hem vastgreep, begon hij dwaas te lachen. 'Grapje.'

'Verdómme, Fox!'

'Gewoon een geintje.' Hij nam de steen in zijn hand. 'Hij is warm.

Misschien van het angstaanjagende magische vuur, of misschien is hij gewoon warm van zichzelf. Gloeit hij? Gloeien de rode vlekken?'

'Nu wel,' mompelde Layla.

'Hij... hij begrijpt dit niet. Hij kent dit niet. Ik zie niet...' Fox wankelde. De wereld deinde om hem heen. Toen greep Layla zijn hand vast en werd alles weer rustig. 'Ik hou zijn dood vast.'

Cybil wrong zich langs Gage heen naar hem toe. 'Hoezo, Fox? Hoezo is die steen zijn dood?'

'Ik weet het niet. Hij bevat ons nu allemaal. Begrijp je wel, door wat we hebben gedaan. Ons bloed heeft hem doen samensmelten. En dit is deel van wat zijn einde kan en zal zijn. Wij hebben de macht om dat te doen. Die hebben we altijd al gehad.'

'Maar hij lag in stukken,' besloot Layla. Tot nu. Tot wij er waren – wij allemaal.'

'We hebben gedaan waarvoor we zijn gekomen.' Quinn liet haar vingertoppen over de steen glijden. 'En we hebben het overleefd. Nu hebben we een nieuw wapen.'

'Waarvan we niet weten hoe we het moeten gebruiken,' merkte Gage op.

'Laten we hem gewoon mee naar huis nemen en de veiligste plek zoeken om hem op te bergen.' Cal keek de open plek rond. 'Ik hoop dat niemand iets belangrijks in zijn rugzak had zitten, want die zijn verbrand. De koeltassen ook.'

'Daar gaan mijn Butter Nutters.' Fox pakte Layla's hand en kuste de gewonde handpalm. 'Zin in een wandeling bij maanlicht?'

'Graag.' Ze begonnen te lopen. Kon er een beter moment zijn, dacht ze. Kon er een volmaakter moment zijn? 'Maar goed dat ik mijn handtas bij Cal heb laten liggen. Dat doet me trouwens ergens aan denken. Cal, mijn sleutels zitten daarin, maar als je vader en jij het goedvinden, zou ik ze graag houden.'

'Geen probleem.'

'Wat voor sleutels?' vroeg Fox, terwijl hij onder het lopen wat roet van haar gezicht veegde.

'Van de winkel in Main Street. Ik had ze nodig om er samen met Quinn en Cybil te gaan kijken. Het is allemaal goed en wel dat jij daar met je timmermansoog of je advocatenoog hebt rondgekeken, maar als ik daar een boetiek voor vrouwen wil openen, heb ik vrouwenogen nodig.'

'Je gaat... Wat?'

'Maar ik heb jou en hopelijk je vader nodig om er samen met mij naar te kijken. En ik ga je vader verleiden tot een ik-ben-verliefd-op-je-zoon-korting. Hopelijk een grote korting vanwege grote liefde.' Ze veegde overdreven nauwkeurig het vuil van zijn shirt. 'En vanwege het feit dat ik zelfs met de lening – en ik reken erop dat jij een heel goed woordje voor me doet bij de bank – op een erg krap budget zit.'

'Je zei dat je het niet wilde.'

'Ik zei dat ik niet wist wat ik wilde. Nu weet ik dat wel.' Haar heldere, groene, geamuseerde ogen ontmoetten de zijne. 'Was ik vergeten dat te zeggen?'

'Ja, eigenlijk wel.'

'Nou ja.' Ze gaf hem een zet met haar schouder. 'Ik had de laatste tijd veel aan mijn hoofd.'

'Layla.'

'Ik wil iets voor mezelf.' Ze liet haar hoofd tegen zijn schouder rusten. 'Ik ben eraan toe om te gaan doen wat ik wil. Want mijn god, laten we eerlijk zijn, als ik het nu niet doe, wanneer dan wel? Dit betekent trouwens dat ik opzeg. Over twee weken ben ik weg.'

Hij bleef staan en nam haar gezicht tussen zijn handen terwijl de anderen hun voorbijsjokten. 'Weet je het zeker?'

'Ik heb het straks te druk met het opknappen van de zaak, het inslaan van voorraden en het vechten met demonen om jouw kantoor te runnen. Je moet er maar aan wennen.'

Hij drukte zijn lippen op haar voorhoofd, haar wangen en haar mond en keek haar grijnzend aan. 'Oké.'

Uitgeput maar tevreden liep hij samen met haar achter de anderen aan over het maanverlichte pad. Ze hadden vannacht wonderen verricht, dacht hij. Ze hadden hun pad gekozen en hun weg gevonden.

De rest was bijzaak.